HERMANN SCHAEFER

DIE WEISSE KATHEDRALE

HERMANN SCHAEFER

DIE WEISSE KATHEDRALE

ABENTEUER NANGA PARBAT

nymphenburger

Die Nymphenburger Verlagshandlung dankt
Frau Waltraut Wien, München,
für die freundschaftliche Unterstützung

© 1987 by Nymphenburger Verlagshandlung GmbH, München
Alle Rechte, auch der fotomechanischen Vervielfältigung
und des auszugsweisen Abdrucks, vorbehalten
Schutzumschlag: Cooperation, München, unter Verwendung
eines Fotos von Hartmut Münchenbach
Satz: Fotosatz Völkl, Germering bei München
Gesetzt aus der 11/13 Punkt Garamond
Druck und Bindung: Wiener Verlag, Himberg bei Wien
Printed in Austria 1987
ISBN 3-485-01697-7

Inhalt

Widmung, Würdigung, Dank *7*
Khaiber, Massaga, Aornos, Taxila *9*
Entdeckung des Nanga Parbat *19*
Karlo Wien *37*
Auf dem Dach der Welt *63*
Sie stürzten ab am Nord-Ost-Sporn *115*
Auf Elefantenpfaden zum Mount Kenia *155*
Karakorum-Highway, Porzellan- und Seidenstraße *169*
»In der Halle des Bergkönigs« *189*
Karlo Wiens letzte Fahrt *215*
Nur die Sterne sahen zu *265*
Der Berg *287*

Namen- und Ortsregister *296*
Bildnachweis *304*

Widmung, Würdigung, Dank

Vor 50 Jahren wurde die Himalaya-Expedition des Dr. Karlo Wien am Nanga Parbat Opfer einer Eislawine. Das Unglück ereignete sich in der Nacht vom 14. zum 15. Juni 1937. Sieben Mitglieder der »Expedition der Freunde« fanden unterhalb des Rakiot Peak den Tod:

Dr. Karlo Wien

Dr. Hans Hartmann   Dr. Günther Hepp
Pert Fankhauser   Martin Pfeffer
Peter Müllritter   Adi Göttner

Neben den sieben Sahibs ruhen neun Scherpas aus Darjeeling:

Mingma Tsering   Pasang Picture
Jigmay   Nima Tsering
Jimtsering   Angtsering
Cong Kamma   Karmi
Gyaljen Monjo

Drei Expeditionsteilnehmer überlebten die Katastrophe:

Dr. Ulrich C. Luft, Albuquerque/New Mexico
Prof. Dr. Karl Troll, später Rektor der Universität Bonn
Leutnant Smart von den »Gilgit Scouts«, Gilgit

Der britische Offizier schloß sich am 12. Mai 1937 in Astor der Mannschaft Karlo Wiens an. Durch seine Teilnahme erhielt das Unternehmen den Charakter einer deutsch-britischen Expedition.

Den Opfern und Überlebenden des Unglücks widme ich dieses Buch. Sie waren Bergsteiger und Wissenschaftler zugleich. Der Nanga Parbat hatte alle mit der Aufgabe herausgefordert, eines der höchsten und gefährlichsten Grenzgebiete der Erde geophysikalisch zu erforschen und dabei die Leistungs- und Lebensfähigkeit des Menschen wissenschaftlich auszuloten.

Als der Nanga Parbat Karlo Wien und seine Freunde heimrief, lag hinter ihnen bereits ein reiches Leben, das nicht an seiner Länge, sondern an seiner Erfüllung zu messen war. Im Todesdrama verlieh der Berg den Sterblichen die Krone mit Insignien der Unsterblichkeit.

Mein Dank gilt der Schwester Karlo Wiens, Waltraut Wien. Sie hütet das Erbe. Ihre Dokumentationsarbeit führte sie nach Samarkand und New Mexico, nach Sikkim und an den Nanga Parbat.

Bemerkenswert waren zahlreiche bisher unbekannte wissenschaftliche Zeugnisse über die Entwicklung zu einem neuen physikalischen Weltbild, das im Hause Wien heranreifte. Max Planck und Wilhelm Wien galten als »Doppelgestirn der Physik«. Ihre Forschungsarbeiten standen in enger Verbindung zu Hermann von Helmholtz, Wilhelm Conrad Röntgen, Marie Curie und Albert Einstein. Die Dokumentation erhellt, wie die Einzelpersönlichkeit Wilhelm Wiens dazu beitrug, die Welt zu verändern und das Tor zu einem neuen Zeitalter aufzustoßen. Die geistige Begabung erbte sein Sohn Karlo.

Mein Dank gilt meinen Freunden aus Hunza, Mir Ghazanfar Ali, den Königsenkeln Prinz Riaz und Wali Khan, Sherzad Khan aus Astor, Tarek Khan aus Punial, Sarbaz Khan aus Gilgit, dem Wesir Abdul Bari aus Galmit und Habib Afridi Khan vom Khaiber-Paß. Während meiner Reisen durch den Hindukusch und den Karakorum waren sie mir gute Berater und treue Gefährten.

Siebengebirge, im Dezember 1986   *Hermann Schaefer*

Khaiber, Massaga, Aornos, Taxila

Gipfel des Schamanen. Fels des Prometheus. Der erste Bergsteiger der Geschichte: Alexander der Große, bezwingt Hindukusch und Pamir. Aurel Stein im Lande Rudyard Kiplings. Suche nach der »Stadt des Sieges«.

> *»Aus den Gärten komme ich zu euch,*
> *ihr Söhne des Berges,*
> *aus den Gärten,*
> *da lebt die Natur geduldig und häuslich,*
> *pflegend und wieder gepflegt,*
> *mit den fleißigen Menschen zusammen.*
> *Aber ihr, ihr Herrlichen,*
> *steht wie ein Volk von Titanen*
> *in der zahmeren Welt*
> *und gehört nur euch und dem Himmel.«*
>   Hölderlin

Hölderlin kannte den Nanga Parbat nicht. Vom Karakorum, Himalaya und dem Pamir wußte er nur das, was die Landkarte Asiens und die Legenden Griechenlands ihm verrieten. Aber er ahnte, daß es zwischen dem Berg, dem Göttersitz, und dem Bezirk des Menschen eine mythische Beziehung gibt. Wo sich Gipfel und Tal zusammentun und hängende Gärten entstehen, inspiriert Harmonie auch den Geist. Dort hat alles, wie Augustinus in seiner manichäischen Zeit bekannte, »Gott nach Maß, Zahl und Gewicht geordnet«.
Auf der Suche nach einem asiatischen Arkadien, nach einem Ort des Friedens, hatten im Altertum Griechen zwischen Oxus und Yaxartes die Urheimat der Kulturträger entdeckt. In Mittelasien lag auch der geheimnisvolle »Kaukasus«, der Berg, an den Prometheus gekettet wurde, weil er dem Herrn des Universums das göttliche Feuer geraubt und es den Irdischen gegeben hatte.
Mit den Energiekeimen dieses Feuers schenkte er seinen Geschöpfen, die er nach der Legende aus Ton und Wasser schuf, Geist und Leben. Hatte es der Allmächtige der Christen nicht ähnlich getan? Es war ein großer Augenblick, als der Menschheit »ein Licht aufging«. Die Geschichte änderte ihren Lauf. Die Stunde der griechischen Sage und der biblischen Genesis wiederholt sich noch heute auf höchst anschauliche Weise in den Schamanenereignissen Mittelasiens.
Der Schamane erinnert den Menschen an die Urgeschichte, was ihm nämlich einst durch den Energiekeim des Feuers an Macht und Wissen gegeben worden war und wieviel Lebenskraft ihm die segensreiche »Naturkonserve«, das Gerstenkorn, gespendet hatte. Beide setzten in grauer Vorzeit auf den Straßen der Völker den Kulturprozeß in Bewegung. Seine Signale kamen vom Berg. Steinritzzeichnungen beschreiben noch heute den Weg, den der Urpriester einst auf seiner Seelenreise durch Gebirgskammern des Pamir und Karakorum nahm, als er vom Gipfel zurückkehrte.

Noch nach Jahrtausenden gibt es denselben Schamanen, mit Prometheus und den Urpriestern und Propheten eines Geistes; wir verstehen ihn nicht mehr, weil sich unser Bewußtsein verändert hat. Hin und wieder verläßt der Schamane sein »Niemandsland« und bewegt die Geschöpfe dazu, mit ihm noch einmal zurückzuschauen, zum Berg. Dabei bereist er auf dem Lebensstrom vieler Generationen die Epoche der Ur-Sachen, der Ur-Kräfte und der Ur-Formen und veranlaßt den atemlos bewegten Zeugen, im Ährenfeld unserer Zeit anzuhalten und des ersten Korns, des Menschheitsbrotes und des geheimnisvollen Lichtkeims, des Ur-Wissens, zu gedenken – und der Verantwortung, die er damit erhielt.

Dann begreift man auch die uralte Verehrung für den Berg, die ersten Werke des Menschen um Altar und Tempel, Frühkulturen, die keinen Namen in der Geschichte hinterließen, aber die die Gründer großer Universalmonarchien nach Mittelasien riefen: Kyros II. und Darius I. – Glaubenskönige ihres »Magiers« Zarathustra vom Oxus – und als Erbe Alexander von Makedonien. Der »König Asiens« aus Europa brachte die Erfüllung; er erwies sich auf seinen Feldzügen als »erster Bergsteiger der Geschichte«. Er kletterte mit der Lanze, bezwang den Hindukusch, den »Hindumörder«, und die menschenfeindliche Hochwelt des Pamir, die Gipfel des Schamanen und setzte diesen Gottheiten Griechenlands zur Seite.

Alexander überschritt den Khaiber, den Fels, an dem die Eroberer Asiens seit Jahrtausenden ihre Schwerter geschliffen hatten. Er kam vom Kunar-Fluß herauf und »bestieg selbst die Berge des wilden Schneegebirges«, wie es in einer zeitgenössischen Darstellung heißt. Alexander bezwang Massaga im östlichen Hindukusch. Als er mit der Steilklippe rang, traf ihn der Pfeil eines Gegners. Aber die Berggötter Griechenlands bewahrten ihn vor dem Sturz in die Tiefe.

Nach Massaga, das die Archäologie unlängst mit all seinem historischen Reichtum entdeckte, eroberte Alexander Öra, das heutige Udegram im Swat-Tal, im »Ur-Garten« und Heiligen Land Buddhas. Er bezwang in der Höhe von Udegram die Bergfeste, die den Namen »Kings Gira Castle« trägt. Dann stürmte der Makedonier den hohen Malakand-Paß und wandte sich danach dem als unbezwingbar geltenden Fels zu, dem »Aornos«. Unweit von Thakot überragt der Aornos hoch das Industal. Nach einem Zeugnis aus der Alexanderzeit war der

Aornos so hoch, daß »kein Vogelflug hinaufreicht«. Adler, die heute den verlassenen Aornos umkreisen, würden die Behauptung sicherlich für eine Kränkung halten. An anderer Stelle heißt es: »Auf der Stirn dieser steilen Bergmasse lag jene merkwürdige Felsenfestung, deren Mauern Gärten, Quellen und Holzung umschlossen, so daß sich Tausende von Menschen jahraus, jahrein oben erhalten konnten.« Solche Felsenfestungen existieren heute noch im Karakorum.

Sechs Tage brauchte der Makedonier, um den Aornos einzunehmen. Danach stiftete Alexander seinen heimatlichen Göttern Tempel und Altäre und ehrte sie durch Opfer. Der Aornos erinnerte ihn an den fernen Olymp, an die Bergresidenz der griechischen Gottheiten. Selbst nach 2200 Jahren erscheint es noch immer rätselhaft, wie sicher der jugendliche »König Asiens« die Hochwelt bezwang. In seinem Heer befanden sich gewiß geübte einheimische Bergsteiger wie die Bogenschützen aus Kafiristan im heutigen Chitral. Aber die eigentliche Lösung findet man wahrscheinlich in den Schriften Arrians und des Diodorus. Aus den Schilderungen geht hervor, daß Alexander als vergöttlichter Herrscher ein anderes Verhältnis zu den Göttersitzen in den Bergen besaß als etwa die dardischen Völker, die sie verteidigten. Die Darden weigerten sich, den Frieden der Überirdischen durch Waffenlärm zu stören; aber wie in Persepolis, so ging es Alexander auch hier um den »Frevel« – beim Sieg über fremde Heere in erster Linie um den Sieg über fremde Gottheiten. Die Götter Griechenlands rangen immer mit, wenn Alexander eine Schlacht schlug.

Alexander »suchte die Gipfel«, um sie zu zerstören, während die einheimischen Bogenschützen und Schwertkämpfer, die an Tapferkeit den Griechen keineswegs nachstanden, heilige Plätze aus religiösen Gründen räumten, die selbst bei längerer Belagerung uneinnehmbar gewesen wären.

In den zwanziger Jahren entdeckte Aurel Stein auf dem Aornos – im heutigen Pir-Sar-Massiv – Reste des Tempels, den Alexander für Pallas Athene hatte errichten lassen. Der Archäologe konnte die überlieferte Geschichte vom Aornos nur bestätigen, weil er als Mitglied des »Himalaya Clubs« von Darjeeling zugleich auch Bergsteiger war. Hoch über dem Indus versuchte er, dem behauenen Fels Geschehen und Wissen zu entlocken, die Alexander gespeichert hatte. Über den Khaiber-Paß hinweg, durch das Land Rudyard Kiplings, folgte Stein den Spuren Alexanders. Der Forscher hatte sich für sein Lebenswerk gründlich vorbereitet. Der Engländer stammte aus Budapest, hatte die Kreuzschule in Dresden und die Universitäten von Tübingen, Wien und Leipzig besucht und beherrschte neben modernen Sprachen Sanskrit, Griechisch, Awestisch, Persisch und Latein. Stein konnte sich mit dem Altertum verständigen. Vor allem aber war Stein Bergsteiger, der die Gipfel des Hindukusch, des Karakorum und des Pamir liebte. Wie Prof. Ernst Herzfeld, der mit seinem Spaten im fernen Persepolis die verschollene persische Geschichte wieder ans Tageslicht brachte und obendrein den Persern ihre ursprüngliche Sprache zurückgab, so besaß auch Aurel Stein eine unfehlbare Imaginationsgabe. Mythen und Legenden sowie Schamanenweissagungen, die in anderen europäischen Ohren unwahrscheinlich klangen, erschlossen für Aurel Stein den Weg zur Wahrheit. Er war ständig bemüht, dem behauenen Fels ein vor Jahrtausenden eingegebenes Wissen zu entlocken.

Nach Aornos suchte Aurel Stein Nikäa, die Stadt des Sieges, und Boukephala, wohl Alexanders persönlichste Gründung. Der Name sollte die Welt an seinen treuesten Gefährten erinnern, an sein Reitpferd, das ihn vom Bosporus bis zum Indus und Jhelum, bis an den Fuß Kaschmirs getragen hatte; es war wie ein Soldat mehrfach verwundet worden und hatte alle Entbehrungen und Siege geteilt. Alexander rief sein Reitpferd Boukephalos, weil es in der Blesse einen Stierkopf trug; er glich dem göttlichen Zeichen, dem Ammonshorn, das ihn selbst krönte. Boukephalos fiel in der letzten Schlacht am Jhelum, von einer Lanze durchbohrt. Das Pferd mit dem Stierkopf wurde in einem Fürstengrab bestattet.

Aurel Stein konnte Nikäa und Boukephala nur ungenau lokalisieren. Er fand Hügel, bedeckt mit Rosen und Tamarisken, die schon zur Zeit Alexanders geblüht hatten. Er versuchte Scherben zu lesen, die vor über 2000 Jahren Teil eines Weltkruges gewesen waren. Aber der Forscher fand Spuren einer Brücke, die der Makedonier unweit von Thakot über den Indus hatte schlagen lassen, um den letzten Widersacher Porus zu bezwingen. Als die Hufe seines Pferdes den Boden des Pandjab, des Fünfstromlandes, berührten, blickte nach der Überlieferung Alexander noch einmal zum Aornos zurück.

Die Legende berichtet, er habe dabei den Gipfel mit den Worten gegrüßt: »Du Zeus hältst den Olymp, ich festige die Erde unter mir.«

Aber es gelang ihm nicht mehr, die indische Erde zu festigen, die er nun unter seine Hufe nahm. Die Spur, die Alexander in der Geschichte hinterließ, war nicht frei vom Blut und Leid der beteiligten Völker. Am Indus jedoch wandelte sich seine Persönlichkeit. Der König Asiens legte das Kleid des Tyrannen ab, nachdem er erleben mußte, daß sein bisheriges Weltbild trog. Hinter den Bergen und Flüssen hatte er das Ende der Welt und den unendlichen Ozean vermutet, die das Orakel einst angesagt hatte. Aber die Gebirge waren jenseits des »Löwenflusses«, des Indus, noch höher, die Ebenen weiter und die Sonne gnadenloser. Nachdem Boukephalos gefallen war, verließ ihn das Glück. Sein Satrap wurde in Taxila ermordet, und Teile seiner Armee lösten sich auf. Die Griechen hatten nun eigentlich keinen siegreichen Alexander mehr, der am Fuße Kaschmirs die letzte Schlacht schlug, sondern einen Sterblichen, der sich zur Heimkehr anschickte.
Zahlreiche Soldaten zogen sich in die Hochwelt des Hindukusch und des Karakorum zurück und tauschten in den unerreichbaren Rückzugsgebieten heimlich ihr Schwert gegen Hirtenstab und Pflug. Der Name Alexanders erhielt jedoch in den Stromtalkulturen Mittelasiens eine unvergängliche Leuchtkraft. Vornehme Familien verleihen ihren Söhnen noch heute gern den Namen Alexander – Iskander. Die Stämme von Chitral, Hunza und Nagär, von Gilgit und aus dem fernen Fergana-Tal erzählen dem Reisenden nicht ohne Stolz, daß sie von den Griechen abstammten, wobei die nicht ungebildeten Fürsten hinzufügen, daß ihr Ahn Alexander selbst gewesen sei. Wer in den Zügen des Menschen zu lesen versteht, der entdeckt zu seiner Verblüffung, daß mancher Hunza-Mann und Darde wie ein griechischer Olympiakämpfer aussieht und nichts mit den Rassen zu tun hat, die ihn halbkreisförmig von West-Turkestan bis Sinkiang und Tibet umgeben.
Er erinnert daran, daß »Europa einst in Asien« lag.
Eine verkehrsfeindliche Hochgebirgslandschaft schloß vor über 2000 Jahren die Stämme mit ihrer Sprache, mit ihren Legenden und mit ihrer Kultur in Felskammern ein. In den Rückzugsgebieten entlang des Gilgit, des Hunza oder Oxus blieb das große, alte historische Geschehen in der Überlieferung lebendig. Die Geschichten um Alexander, um Timur Lenk, um Babur den Tiger und um die Gilgit-Könige werden daher in einer Art erzählt, als habe der Erzähler die Helden noch selbst gekannt. Alle Berichte haben hier den Charakter der Sage; aber mit der

Sage drücken die Bergbewohner Grundgeschehen aus. Und die Lebenden verbinden sich mit den Großen, indem sie den Söhnen deren Namen verleihen. Die Väter legen damit zu den leitenden und bildenden Kräften des Altertums ein Bekenntnis ab. Der Name Alexander, Iskander, sagt dem jungen Menschen die Richtung zu Noblesse und Tatkraft an.

Mögen sich auch historische Linien im Gewebe der Sagen verlieren, so ist eines aber gewiß: Alexander spielt im Leben Mittelasiens eine größere Rolle als etwa in Griechenland, denn in Mittelasien liegen seine Werke, die noch heute an ihn erinnern. Die Großen, die hier die Zeiten bewegten und das Weltrad drehten, blieben durch Legenden lebendig, die dem historischen Geschehen täglich in vollen Farben der Zuneigung neues Leben schenken.

Iskander, Alexander, der Name ist Ruf für die Macht, die die Welt in ihrem Innersten zusammenhalten konnte. Sie veranlaßte die Völker, sich aufeinander zuzubewegen. In den Gefäßen ihrer Reiche sammelten Rom, Gandhara, Baktrien und Sogdien die Kraft und »ökumenische Wirkung« des europäischen Helden für den weiteren Gang der Geschichte. Von nun an spielten sich auf dem weiten Feld Eurasiens die verschiedenen Kulturen ihre Ideen zu.

Die Wechselbeziehungen wurden wenig später durch die Wanderungen der Völker verstärkt, die insgesamt 17 indogermanische Sprachen in 24 Schriften kannten; man nannte sie Arianer oder Arier. Es waren »Bergbewohner«, Stämme, die die Idee des Berges mit sich führten, um ihre Gottheiten verehren zu können. Zu den Bergbewohnern zählten die rätselhaften Ta Yüe-tschi der Chinesen, die »Großen Goten«. In Verbindung mit römischem Kulturgut, das um die Zeitenwende bereits der Gandhara-Epoche den Zauber verliehen hatte, trugen die »Großen Goten« entscheidend dazu bei, daß Europa geschichtsfähig werden konnte. Stämme der Ta Yüe-tschi, die sich der großen Wanderung nicht anschlossen, klammerten sich im Karakorum, im Pamir und in Sinkiang an die Berge; sie bewahrten Sprache und Volkstum. Das 2000jährige europäische Zeitalter ging spurlos an den verkehrsfeindlichen Hochtälern vorüber. Nach zwei Jahrtausenden wird daher dort der Besuch zur Reise in die Vergangenheit, an die Ur-Wiege, zur Begegnung mit dem lebendigen Altertum. Was Forscher wie Aurel Stein, Le Coq, Wilhelm Filchner oder Sven Hedin zusammentrugen, gleicht einem Märchen, in dem der erste Europäer aufbrach, um im fernen Westen das Königreich zu finden.

Wo der Name Alexander fällt, schaut sich der Reisende unwillkürlich um. Er hat plötzlich das Gefühl, als wäre der Ur-König soeben vorübergeschritten.

Entdeckung des Nanga Parbat

Für Rußland gibt es in Asien keine Grenzen.« Prinz Waldemar von Preußen und Alexander von Humboldt. Forschungsreise und Tod Adolf von Schlagintweits. Göttersitze Asiens: Himalaya und Karakorum. Die erste Tragödie am Nanga Parbat: Alfred Mummery. »In den Bergen liegt der Quell allen Lebens.«

»Hier wohnen die Götter.
Unzweifelhaft. Dies ist kein Menschenland.«

Rudyard Kipling: »Kim«

Im Jahre 1846 unterwarfen britische Truppen Kaschmir. Der allmächtige Maharadscha wurde Vasall der britischen Krone. Großbritannien tastete sich nach Norden, in den Karakorum, vor. Der Vizekönig von Indien setzte zunächst Forschungsreisende in Marsch, Ethnologen, Geographen und Archäologen, die jedoch alle auf der Offiziersliste des Generalstabes standen. Die Forschungsarbeit, zu der auch Bergsteigerei gehörte, wurde nun politisch.
Der Zar versuchte in der ersten Hälfte des 19. Jahrhunderts umgekehrt einen Weg nach Indien und ins Industal aufzubrechen. Sein Programm war klar. Als General Obtruchow in die Turkmenensteppe eindrang und nach Petersburg kabelte, wie weit er gehen könne, antwortete der Zar: *»Für Rußland gibt es in Asien keine Grenzen.«* Die Eroberung der Oase Khiwa im alten Choresmien war der erste Schritt auf dem Weg nach Indien. In derselben Zeit untersuchten russische Geologen, ob das Kaspische Meer durch einen schiffbaren Kanal mit dem Oxus verbunden werden könne. Einen solchen Wasserweg hatte es in der Ära Darius des Großen gegeben. In der Folgezeit eroberte Rußland ein Fürstentum nach dem anderen. Dabei befand sich der Zar in einer Lage, die sich vorteilhaft von der britischen Situation in Indien unterschied. Während Großbritannien lange Seewege brauchte, um seine Position in Indien festigen zu können, konnte Rußland die in Mittelasien eroberten Gebiete seinem Staatsverband einverleiben. Mit den neuen Provinzen Khiwa und wenig später mit Samarkand, Taschkent, Merv und Khokand schob sich Rußland immer näher an die sogenannten »umstrittenen Gebiete« entlang des Hindukusch, des Karakorum und des Pamir heran.
Ziel der rivalisierenden Großmächte waren Kaschgar in Sinkiang, Kabul, der »Pamir-Knoten« von Gilgit und die Marco-Polo-Route, ein Balkonpfad durch Hunza am Nanga Parbat vorbei. Um in dem verkehrsfeindlichsten Gebiet der Erde, im Raum von Gilgit, Hunza und

Astor, die eigene Lage zu konsolidieren und das russische Tor zu verschließen, eröffnete in der Folgezeit John Biddulph, Oberst und Ethnologe, in Gilgit die britische »Agency«, die bei allen Nanga-Parbat-Expeditionen eine besondere, hilfreiche Rolle spielte.
Aber es waren eigentlich zwei deutsche Forschungsreisende, die im Karakorum und Himalaya die Tore öffneten, Tore für neues Wissen. Der eine war ein Prinz aus dem Hause Hohenzollern, Waldemar von Preußen. Er bereiste Nordindien und Tibet. Der begabte Schüler Alexander von Humboldts erkannte bald, daß in den Gebirgskammern des Karakorum und des Himalaya Völker lebten, die seit dem Altertum über eine geschichtliche Kontinuität verfügten. Bei seinen Arbeiten wurde Waldemar von Preußen von den Naturforschern Dr. Hoffmeister und Graf von Oriolla unterstützt. Während später Alexander von Humboldt die Arbeiten seines Schülers über die »Göttersitze Asiens« ausführlich würdigte, verlieh ihm Königin Victoria, zugleich Kaiserin von Indien, das Großkreuz des Bath-Ordens für seine Verdienste im Kampf gegen die Sikhs. Geschwächt von den Strapazen seiner Hochgebirgsreisen starb Waldemar von Preußen bald nach seiner Rückkehr in Berlin.
Der Entdecker des Nanga Parbat war ebenfalls ein Schüler Alexander von Humboldts, der Forschungsreisende Adolf Schlagintweit aus München. Er zählte zum kosmopolitischen Freundeskreis des hohen preußischen Gelehrten. Mit seinen Brüdern Robert und Hermann trat Adolf Schlagintweit 1854 in die »Ostindische Kompanie« ein, um topographische Untersuchungen im Karakorum, im Himalaya und in Sinkiang vorzunehmen, die auch Gletscherforschung einschlossen. Sie betraten unerforschte Gebiete; die Hochwelt nördlich des Indus war eine Terra incognita.
Die Schlagintweits waren Gäste des Maharadschas von Kaschmir namens Gulab Singh. Im Juni des Jahres 1856 trennten sich die Brüder; jeder übernahm im Himalaya bestimmte Bezirke. Adolf wandte sich dem Karakorum zu und stieß bis zum Mustagh-Paß vor. Wenig später kamen die Schlagintweits in Srinagar wieder zusammen, um hier ihre Ergebnisse auszutauschen. Da die nächste Reise Adolf durch kritische feindliche Gebiete führte, hinterlegte er in Srinagar sein Erfahrungsmaterial.
Schlagintweit besaß keine Landkarten; aber er hatte den festen Willen,

Landkarten über ein Gebiet herzustellen, das bisher noch nie erfaßt worden war. Er kannte nur die Beschreibungen Marco Polos und der chinesischen Pilger; in ihren Berichten spiegelte sich der Glanz wider, den das goldene buddhistische Zeitalter von Swat aus über Mittelasien ausgestrahlt hatte. Schlagintweit wollte sich auch mit den riesigen Eiskörpern, den Gletschern, befassen und die Wege der Wasserstraßen verfolgen, die sich mit dem Indus vereinigten. Je tiefer Schlagintweit in die Bergwelt eindrang, um so stärker fühlte er sich von der feindlichen Umwelt bedroht.

Im Jahre 1856, als sich die Einflüsse der rivalisierenden Großmächte auch bei den Bergstämmen bemerkbar machten, erreichte Schlagintweit die Indus-Schlinge nördlich von Chilas. Hier erfuhr er, daß der Indus dem »Rachen eines Löwen« entspränge und daher »Löwenfluß« oder »Fluß des Ostens« heiße. Seine Beobachtungen zeichnete der Forschungsreisende mit Feder und Pinsel auf. Schlagintweit erwies sich im Umgang mit der olympischen Landschaft als begabter Zeichner. Wenn es Nacht wurde, so hörte er nur noch die Rufe des Wildes aus den Bergen, vor allem des Markhor mit dem Flammengehörn. Die Nacht war hier nicht dunkel, sondern schwarz. Nur die Gletscher hingen wie fahle Spiegel vom Himmel herab. Die Öllampe des Dieners erleuchtete nicht mehr als den Schritt auf dem Weg zur Hütte. Schlagintweit war mit den weißen Gipfeln und der fernen, schwarzblauen Landschaft des Himmels ganz allein. Er spürte, wie über dem Tal eine Unruhe kreiste. Es war für ihn keine Überraschung, wenn die Ureinwohner die Welt mit Fabelwesen bevölkerten, mit Nymphen, Dämonen, mit einer Himmelskönigin und einem »Pan«, der im Abendschatten den Hirten erschreckte.

An einem klaren Morgen kam es im Industal zu einer schicksalhaften Begegnung. Nachdem sich die Wolken verzogen hatten, stand er plötzlich vor einem Berg, vor dem »König der Berge« aus dem Altertum, den Schlagintweit in dieser Erhabenheit, in dieser Größe und Wildheit noch nie erschaut hatte. Besaß er nicht apokalyptische Züge? El Greco könnte das Bild gemalt haben, wären da nicht die lauten Böen, die durch die Täler stürmten und alles mit feindlichem Leben füllten. Der Anblick raubte dem Beobachter den Atem. Er beschloß, sich um diesen Giganten zu kümmern und verbrachte Tage damit, die Sockel des königlichen Massivs zu untersuchen. Schlagintweit zeichnete seine Eiskörper auf und beschrieb den Berg mit Worten der Ehrfurcht. Bei seinen Vermessungen kam der Forscher vor 130 Jahren zu dem Ergebnis, daß der Gipfel etwa 8125 Meter über dem Meeresspiegel liegen müsse und daß die Steilwand der Rupalflanke über 4500 Meter hoch sei. Die Berechnungen stimmten. Schlagintweit hatte eine große Entdeckung gemacht; denn dieses Massiv zwang den Indus, seinen bisherigen Lauf vom Berge Kailas aufzugeben und sich im rechten Winkel nach Süden auf seine 2000 Kilometer lange Reise in den Indischen Ozean zu begeben.

Bei seinen Trägern erkundigte sich Schlagintweit nach dem Namen des Titanen, der an dieser Stelle den westlichsten Eckpfeiler des Himalaya bildet, der aber dem Karakorum viel näher steht, wäre da nicht der »Vater aller Flüsse«, der Indus, der geographisch beide Gebirgszüge voneinander trennt. An dieser Stelle war jedoch die Trennung nicht größer als der Indusgraben, über den eine abenteuerlich gespannte Brücke führte. Der Forscher erfuhr, daß der Reisende vor der Gewalt dieses Berges die Augen niederschlage, statt sie zu erheben. Man nenne ihn, so erzählten Ureinwohner, Diamir, »Thron der Götter«. Der Volksmund bezeichne ihn jedoch als »Nanga Parbat«, was soviel wie »Nackter Berg« bedeute. In der Tat, so vermerkte Schlagintweit, erinnerten ihn die Abstürze an den Höllenschlund. Gab es auf der Erde eine Steilwand, die höher als jene sein konnte, die Schlagintweit mit der Feder festhielt? Der Berg sei »nackt«, weil die Fallinie der großen Flanke fast senkrecht ist, so daß der Schnee in den Höhen kaum liegenbleiben kann. Er empfange, so meinte ein Urpriester, im Orkan die Schneewolken und schicke sie als Lawine gegen Frevler zu Tal.

Die Anwesenheit eines Europäers, der sich zudem für höhere Regionen interessierte und sie zeichnerisch zu Papier brachte, löste in der Umgebung des Nanga Parbat Unruhe aus. In einem Nachbartal trat vor den versammelten Einwohnern ein Schamane, der hier Bitan genannt wird, zum Tanz an, um sich nach den Rhythmen der Trommel zu entrücken. Er verließ mit archaischer Ekstasetechnik seinen Körper und trat die Himmelsreise an, um als »Sohn der Peri« nun seine vergöttlichte »Mutter« auf dem Thron des Diamir, des Nanga Parbat, nach dem Fremden zu befragen. Schlagintweit war hier nicht willkommen; auch ohne Weissagung war ihm das nicht unbekannt. Aber der Bitan erinnerte ihn an »den Derwisch, der fliegen« oder auch an den keltischen »Fili«, der in »ferne Länder fahren konnte, um Antwort auf Fragen zu finden, die sein Land beschäftigten«. Schlagintweit kannte die sibirischen und tibetischen Traditionen des Schamanismus und war daher nicht bereit, alles als »Firlefanz« abzutun.

Am Nanga Parbat wurde das Leben des Forschers zum Wagnis. Er hörte sich die Geschichte geduldig an, daß ein goldener Faden den Nanga Parbat mit dem Rakaposchi verbinde und daß vom Gipfel des Dumani (Rakaposchi), der »Mutter der Wolken«, eine Verbindung zum Königspalast nach Baltit in Hunza bestehe. Dort habe der Herrscher, der bisher noch keinen einzigen Ausländer in sein Land gelassen habe, die Judeni-Trommel gerührt, um alle Stämme in Karakorum und Pamir vom Eintreffen des Europäers zu unterrichten.

Das jedoch wußte Schlagintweit nicht; aber er verstand die Diener, wenn sie plötzlich Opferfeuer anzündeten oder Gebetsfahnen entrollten. Er verstand die Ureinwohner, an denen seit Alexander die Geschichte vorübergegangen war; er verstand sie, weil er die Geschichte seiner eigenen christlichen Kultur nicht vergessen hatte.

Weder in Asien noch in Europa waren die Gipfel heiliger Berge Orte für Sterbliche gewesen. Und bis in Schlagintweits Zeit hinein wimmelte es in den Alpen, vom Montblanc übers Matterhorn bis zum Großglockner, von Geistern, göttlichen Mischwesen und Dämonen, die dem Gipfel erst das Unantastbare, das Sakrale gaben und ihn gegen den Menschen verteidigten. In den offiziellen Reiseführern der Schweiz wird im 19. Jahrhundert die Dämonologie ausführlich beschrieben. Der Forscher und Alpinist aus München kannte die Chronik über die Verurteilung von sechs Priestern, die in der Schweiz am Pilatus, »verbotenes Gebiet« betreten hatten. Sollte er das selbst hier für Aberglauben halten?

Mit Schlagintweit war der Diamir, der Nanga Parbat, nun dem Dunkel der Geschichte entrissen. Der Berg bedeutete ihm ungeheuer viel. Schlagintweit ahnte in ihm den Fels der Kultur- und Religionsgeschichte. In den Stürmen der Nächte glaubte er Laute zu vernehmen, die er nicht unterzubringen wußte und die seine Phantasie anregten. Bevor sich Adolf Schlagintweit vom Westpfeiler des Himalaya verabschiedete, trug er in seinen Zeichenblock das Bild eines Gletschers ein. Noch nach 130 Jahren dient das Bild dazu, Bewegungsvorgänge des Eiskörpers zu errechnen und die Wachstumsvorgänge zu analysieren.

Von seinem höchsten Standort aus warf Schlagintweit einen Blick auf die Bergwelt des legendären Karakorum-Königreiches von Hunza. Oberst John Biddulph, der in Bonn Indologie studiert hatte und wenig später den Grundstein zur Sprach- und Völkerforschung im Karakorum legte, war der erste Europäer, der den Bergkönig von Hunza besuchte, nachdem sich der Generalstab von Taschkent für die Stromtalkultur zu interessieren begann. Denn es gab einen Pfad, der vom Großen Pamir aus über die Marco-Polo-Route von Hunza ins Industal führte. Um den Besitz dieser Straße ging es Petersburg und London, als Schlagintweit den Karakorum bereiste. »Das Schema wird immer klarer«, kabelte der britische Botschafter vom Zarenhof nach London, »das Fürstentum Hunza, tief im Karakorum, wird in St. Petersburg als Tête de Point von Rußlands Macht in Mittelasien bezeichnet.«
Den Gesichtspunkt faßte der legendäre »Lawrence von Mittelasien«, Hauptmann Francis Younghusband, später vor seinem Vizekönig etwas präziser mit den Worten zusammen: »Hunza ist der Schlüssel, Hunza ist die Stelle, an der Anglo-Indien verwundbar ist.« Bis auf den heutigen Tag spielte Hunza im »Großen Spiel« die Rolle des russischen Tores ins Industal.
Die höchsten Bollwerke gegen Kosaken aus dem Norden waren Nanga Parbat und Rakaposchi. John Biddulph beschreibt, was vor ihm Schlagintweit sah: »In keinem Teil der Welt findet man auf so begrenztem Raum eine so große Zahl hochaufragender Berge. Diese ungeheure Bergwelt ist von zahlreichen tiefen Tälern durchschnitten, wie sie mir in anderen Teilen des Himalaya nicht aufgefallen sind. Die Bewohner sind furchtlose Kletterer. Mit Leichtigkeit überwinden sie Stellen, die so gefährlich sind, daß selbst erfahrene Bergsteiger zögern würden, sie zu überqueren. Die Verbindung am Flußufer wird an manchen Stellen durch Hängebrücken aus verflochtenen Birkenzweigen hergestellt, ein Behelf zum Übergang, der selbst die besten Nerven strapaziert.«
Schlagintweits Weg führte über »Balkonpfade«; an manchen Stellen waren sie so kritisch, daß sich gar der Esel weigerte, den nächsten Schritt zu tun. »Er hat nicht gemerkt«, so erzählen in Form der Legende noch heute die Ureinwohner, »daß sich die Peri, die Nanga-Parbat-Fee, heimlich an die Ferse Schlagintweits heftete« und ihn bei Yarkand in Sinkiang auf tragische Weise einholte.
Bei Yarkand geriet Schlagintweit zwischen die Fronten. In Raschkam

versuchte er den »Roten Rittern« des ismaelischen Ordensstaates von Hunza auszuweichen, die dabei waren, turkmenische Stammesreiter zurückzutreiben. Dabei fiel Schlagintweit Horden der turkmenischen Khodja-Dynastie in die Hände. Sie zählten zu den tödlichen Feinden der Chinesen und aller Weißen. Der Turkmenenhäuptling, der soeben die chinesische Besatzung aus Kaschgar vertrieben hatte, gehörte zu den in ganz China verhaßten Brüdern der Khodja-Dynastie. Er hieß Wali Khan und stammte aus Andijan, unweit von Khokand im Fergana-Tal.

Siegesfreude und Plünderungen trübten das Auge der Steppenreiter. Alle Weißen waren für sie Engländer, und dieses England lag irgendwo hinter dem Hindukusch, genauer hinter Gilgit, in feindlichem Lande. Und der Gefangene schien ein schlimmer Feind zu sein, nachdem man in seinem Gepäck rätselhafte Gebirgszeichnungen, Skizzen von Pfaden, Pässen und Flüssen entdeckt hatte, an denen Wohnsiedlungen lagen. Damit hatte Wali Khan das Kartenmaterial gefunden, das seiner Ansicht nach für ein anglo-indisches Expeditionskorps bestimmt war, um den Chinesen zu Hilfe zu eilen. Wali Khan war ein echtes Kind der Hochsteppe. Für ihn gab es kein anderes Handwerk auf Erden als Krieg hinter der grünen Fahne des Propheten.

Für Wali Khan war der Fall klar: Bei diesem Christen – Allah verdamme ihn – konnte es sich nur um einen Kundschafter Anglo-Indiens handeln. Er war heimlich in das Land eingedrungen, um es auszuspähen und über seine Beobachtungen ein Buch für den großen Khan Englands zu machen. Schon das allein war für den Turkmenen Frevel genug, da es ja außer dem Buch des Propheten – Friede sei mit ihm – kein anderes Buch geben durfte.

Schlagintweit versuchte mit Hilfe eines Dolmetschers seine Anwesenheit zu erklären. Was aber wußten die Henker in ihrem Stumpfsinn von Topographie, Gletscherkunde und Geographie? Der Turkmene hatte kein Verhältnis zur Forschungsarbeit und hielt Schlagintweits Erklärungen für Ausreden. Für ihn stand im Koran, was der Mensch wissen mußte; außerdem hatten die Timuriden aus Samarkand bereits vor Jahrhunderten die Erde gründlich untersucht. Was wollte da noch dieser Christ?

Den letzten Tag verbrachte Schlagintweit in einem Verlies der alten Feste von Kaschgar. Es tröstete ihn ein wenig, daß er die wichtigsten Forschungsergebnisse zuvor in Srinagar in Sicherheit hatte bringen können und daß sie für den Barbaren aus Khokand nicht erreichbar waren. Er war mit sich selbst gänzlich allein; in seiner Nähe stand nur der Tod. Adolf schloß mit seinem Leben ab. Das einsame Drama besaß Würde. Klaglos fügte er sich in sein Schicksal. In den Tagen und Nächten des Schreckens hatte er gelernt, seinen Körper zu verlassen und mit seinem Geist noch einmal alte Wege zu gehen: durch München, durch das Tor der Universität, an den Ufern der kleinen Bergseen vorbei zu seinem Lieblingsberg, dem Großglockner, den er mit seinem Bruder Hermann vor acht Jahren bestiegen hatte. Der Bergsteiger Schlagintweit war auf der Pasterze immer zugleich auch Geologe gewesen, der darüber hinaus meteorologische Beobachtungen anstellte und Gletscherforschung betrieb; wie er es auch im Karakorum getan hatte. Welch ein Abgrund aber lag zwischen den zwei Welten Europa und Mittelasien. Er tröstete sich mit dem Gedanken, daß er seine Forschungsarbeiten vielleicht an jene weiterreichen konnte, die eines Tages eine Brücke über die Kluft schlagen würden.

Der schweifende Gedanke kehrte wieder zu ihm zurück, als er im Hof den Hufschlag zahlreicher Reiter vernahm, die absaßen und sich zu Fuß zu formieren schienen. Schlagintweit wußte in diesem Augenblick instinktiv, daß das nun seine Stunde sei und daß es keine Möglichkeit mehr gab, ihr zu entrinnen. Die Turkmenenwache, die den Gefesselten holen soll, traf Schlagintweit betend an. Das Wort »Und vergib ihnen ihre Schuld«, mag schwer über seine Lippen gekommen sein. Kann solche Schuld überhaupt vergeben werden? Schlagintweit tat nun die letzten Schritte, Stufe um Stufe, begleitet vom Fluch turkmenischer Krieger. Als er ins Licht trat, sah er seine Henker.

Am 26. August 1856, nachmittags gegen 16 Uhr, wurde Adolf Schlagintweit im Hofe der alten Feste vorgeführt. Zahlreiche Turkmenen waren mit ihren Pferden im Viereck angetreten. Wali Khan wollte Schlagintweits Ende erleben, da er darin den Triumph über die verhaßte Glaubenswelt erblickte, die der Gefangene vertrat. An Händen und Füßen gefesselt, blickte Schlagintweit seinem Mörder offen ins Antlitz; Furcht, nein, er fühlte sich ganz und gar in der Hand Gottes, in seinem irdischen wie auch bald in seinem überirdischen Dasein. Die Würfel waren gefallen. Wie sollte sich Schlagintweit in den letzten Sekunden seines Lebens verständlich machen?

Mit seiner Vorstellungskraft machte er sich noch einmal davon. Vor seinem inneren Auge beschwor er die Landschaft zwischen Diamir und K-2; und es erschien ihm, als hätten die Berge und Stromtalkulturen ihn für diesen letzten Gang vorbereitet, weil sie ihm die Nichtigkeit menschlichen Daseins vor den hohen Werken der Schöpfung gelehrt hatten. Während Schlagintweit die Augen schloß, um das eisgrüne Hermelinkleid seines Diamir noch einmal sehen zu können, bohrte sich die Klinge des Henkers in seine Brust. Noch bevor der Getötete zu Boden sank, trennte der zweite Henker nach uraltem Ritual mit einem Schwert den Kopf vom Rumpf. Der Tod überfiel den Forscher in Blitzesschnelle.

Der Nanga Parbat hatte sein erstes Opfer gefordert. Im Privatarchiv des Hunzakönigs, der die Turkmenen zurückschlug und später zur Ausrottung der Khodja-Dynastie entscheidend beitrug, war zu lesen, daß nach Meinung des Schamanen Ibrahim sich die Peri vom Diamir eines Turkmenen-Dolches bedient habe, um die Entdeckung ihres Eispalastes zu vergelten. Tod wurde zur Sage.

In seinem Bericht an den Vizekönig von Indien berichtete Oberst Edwards, Commissioner von Nordwest-Indien, am 18. Dezember 1858: »Nach allem, was vorliegt, fand Herr Schlagintweit einen Weg nach Yarkand, ohne Ladakh durchqueren zu müssen. Dann fand er die Gegend östlich von Hunza durch fanatische Moslems aus Turkestan verheert. Ihr Anführer Wali Khan ließ Herrn Schlagintweit ergreifen und – den barbarischen Sitten seiner Völker folgend – enthaupten, ohne irgendeinen anderen Grund, als daß er eben ein Fremder war. Wenn irgendein Umstand den Schmerz mildern kann, so dürfte es das erhabene Streben des gelehrten Reisenden und sein edles Forschen zur Bereicherung der Wissenschaft sein, was ihn veranlaßte, bei ständiger Gefahr für sein Leben diese wilden Regionen zu besuchen.«

Der Begleiter Schlagintweits wurde für 34 Rupees als Sklave auf einem turkmenischen Menschenmarkt verkauft. Der russische Zar erhob angesichts seiner Verdienste Schlagintweit posthum in den Adelsstand. Von dieser Stunde an hieß er Adolf von Schlagintweit.

Ein Jahr nach der Ermordung Adolf von Schlagintweits gründeten britische Bergsteiger in London den Alpen-Club. Österreich und Bayern folgten mit dem Alpenverein. Die Bergsteigerei erhielt ihre Organisation. Dennoch stand am Anfang aller Unternehmen die Persönlichkeit. Sie sorgte dafür, daß in Europa die Welt ihre engen Grenzen verlor. Im 19. Jahrhundert fiel das Bollwerk, das die blühenden Mittelmeerkulturen von den Ländern des Nordens trennte, der 1000 Kilometer lange Gebirgsstock der Alpen. Den Anfang machte im Jahre 1786 Horace Benedict de Saussure, Naturwissenschaftler aus Genf. Er war der Vater der Gletscherforschung. De Saussures Ziel war der Mont Blanc, der gleichsam drei Länder miteinander vergipfelte – Italien, Frankreich und die Schweiz – und der alle anderen Berge Europas um Hauptestlänge überragte. Von nun an gehörte die Besteigung des Mont Blanc zum Pflichtfach.

Nach der Französischen Revolution sprengten die Europäer die Grenzen ihres bisherigen Wissens. In ihrem Drang, die Welt naturwissenschaftlich zu erklären, begannen sie in der napoleonischen Epoche damit, die Alpen zu vermessen und die dämonischen Gewalten als Naturkräfte zu entzaubern. Der Mensch veränderte sein Verhältnis zum Berg. Was früher allein den Gottheiten, Dämonen und Geistern gehört hatte, nahm er nun selbst in Besitz: den Gipfel. Hier kam er dem Schöpfer näher als in den Talschaften.

Der zweite Impuls ging von der Romantik aus. Man versenkte sich in das Reich des Unsichtbaren und Unermeßlichen und beschritt den Weg zur Verherrlichung der Natur. Dazu zählte die Erhabenheit der Bergwelt. Mit dem leidenschaftlichen Interesse, das der westliche Eckpfeiler der Alpen, der Mont Blanc, ausgelöst hatte, wandte man sich gleichzeitig dem östlichen Eckpfeiler, dem Großglockner, zu. Aber es sollte noch ein halbes Jahrhundert vergehen, bis die Fackel Rousseaus die Routen erhellte, die zu den anderen Großen der Alpenwelt führten, zum Monte-Rosa-Massiv, zum Dom, zum Mönch, zum Aletschhorn und zum Matterhorn. Hier, am erhabensten aller Berege, der dem Riesenfels aus dem Industal gleicht, spielte sich das erste Hochgebirgsdrama ab, in dem Edward Whymper eine tragische Rolle spielte.

An der Spitze der Pioniere standen in der Schweiz Engländer. Sie trugen sich in die Geschichte einer Alpenwelt ein, die praktisch über vier Millionen Jahre unberührt unter Schnee und Eis gelegen hatte. Alfred Mummery überragte alle. Er wies den Europäern den »Weg zu den Sternen«. Der Engländer wurde »Vater des Alpinismus«. Wie die Eisenbahn die Grenzen kleiner Staaten »einfach beiseiteschob«, hob Alfred Mummery die uralte, mythische Grenze nach oben auf. Ein Zeitgenosse schrieb über ihn: »Er, der Meister aller Kletterer, betrachtet den Berg als Werkstatt seiner Kunst. In jedem Teil der Alpen erschloß er neue Wege. Das Herzstück seiner Bergwelt aber blieben die Nadeln von Chamonix.«

Mummery wollte noch höher hinaus. In Europa hatte er die äußerste Grenze unseres Planeten erreicht. Mittlerweile waren aus seinen Schülern Meister geworden, denen er seine Grundeinstellung und seine Technik vermittelt hatte. So konnte er denn getrost weitergehen. Mummery reiste in den Kaukasus. Aber der Kaukasus war nur Zwischenstation. Ziel war der hohe Ort, den Rudyard Kiplings »Kim« mit den Worten erschaute: »Hier wohnen die Götter. Unzweifelhaft, dies ist kein Menschenland.«

Was Kim sah, nannte der Inder Himalaya, »Heimat des Schnees«. Dort lagen im Verborgenen die heiligen Quellen der Ströme, des Indus, des Sadletsch, des Brahmaputra und des Ganges. Wie Kiplings Kim, so spürte auch Alfred Mummery plötzlich im Bilde der hohen Landschaft eine neue Mitteilung, ein göttliches Gnadentum, das den »Weißen Bogen« zwischen Hindukusch, Karakorum, Himalaya und dem tibetischen Hochland beherrschte.

Wie Schlagintweit, so stieß auch Mummery auf etwas, das völlig unbekannt war. Ihm erschienen die Gipfel wie »Worte Gottes«, von denen Jesaja gesprochen hatte. Seit den Tagen Herodots waren nur wenige Reisende unterwegs gewesen. Die Gelehrten des Bonaparte, die in Ägypten das Geheimnis der Hieroglyphen entschlüsselten, hatten für den großen Aufbruch gesorgt. Naturwissenschaftler folgten plötzlich den Straßen der Legende, den Wegen der Völker, die aus dem Osten gekommen waren; sie sollten einst den Weltenberg in das Zweistromland mitgenommen und dort ihrer alten Gottheit eine neue Wohnstatt errichtet haben. Wo war die Wohnstatt geblieben? In der Zeit Schlagintweits, Waldemar von Preußens, Alfred Mummerys und Karlo Wiens war die Suche des Menschen nach Unerreichbarem, nach Verschüttetem und nach Verborgenem in vollem Gange. Ziel war der äußere Gipfel, der in den Himmel ragte, und der innere Gipfel, der im Staub der mesopotamischen Erde ruhte. Beide Gipfel waren durch die Wohnstatt der Gottheit miteinander verbunden – und durch Völker, »die aus dem Osten kamen« und die ihren alten Weltenberg in einen Stufentempel umgesetzt hatten.

Auf ihre Weise drangen Archäologen und Bergsteiger weit in die Zeitgeschichte vor, wenn der eine in die Tiefe und der andere zur Höhe aufbrach. Der Archäologe entdeckte auf dem inneren Gipfel die Kammer für das älteste Ritual, und dem Bergsteiger erschien der äußere Gipfel als Portal, das seit den Tagen der Schöpfung niemand betreten hatte. Keiner entdeckte auf seinem Gipfel die Gottheit; dennoch aber offenbarte sie sich dort dem ringenden Menschen. Als Karlo Wien 1937 am Nanga Parbat seine Stufen ins Eis trieb, legte André Parrot in Südmesopotamien eine Treppe zum »inneren Gipfel« frei. Parrot schrieb: »Die Menschen wollten seit dem Ende des vierten Jahrtausends zwischen Himmel und Erde eine Treppe bauen, auf der ihre Götter herabsteigen sollten. Deshalb errichteten sie den immer weiter in die Höhe getriebenen Berg. Auf seinem Gipfel befand sich ein Heiligtum besonderer Art, um die Gottheit aufzunehmen. Die Gottheit wohnte dann mitten unter ihnen, offenbarte sich ... Der ganze Kult diente diesem Zwiegespräch zwischen Himmel und Erde.«
Zikkurratu nannte der Sumerer, der »Mann aus dem Osten«, den künstlichen Berg, den Stufentempel; in der wörtlichen Übersetzung heißt Zikkurratu »Bergspitze«. Auch der Bergsteiger suchte Stufen zum Gipfel, zum höchsten Punkt, um vielleicht der Macht am nächsten zu sein, der die Erde alles Leben verdankt.
Von Alfred Mummery bis Karlo Wien ging es dem Bergsteiger darum, die »Himmelsleiter« zu finden und das *Zikkurratu des Nanga Parbat* zu erreichen. Im Jahre 1894 bat Mummery die »Indische Regierung Großbritanniens«, seine Reise zum Nanga Parbat zu genehmigen. Der Antrag wurde von Prof. Ramsay vom »London University College« unterstützt. Es ging Ramsay um neue topographische Erkenntnisse, aber auch um die Sicherheit für die Expedition. Am 20. Juni 1895 verließ Alfred Mummery in Begleitung der Alpinisten Hastings und Collie Großbritannien. Mit der Reise Mummerys zum Nanga Parbat begann das dramatische Kapitel in der Geschichte der Bergsteigerei, das Ringen des Menschen mit unberechenbaren Naturgewalten. Der Kampf mit den Achttausendern verlangte den Eroberern die höchsten Tugenden ab, Physisches und Psychisches, Moralisches und Charakterliches, alles auf einer Stufe, die noch niemand betreten hatte. Im Kaschmir lernte Mummery die Macht der Monsunstürme kennen, die sich später in 6000 Meter Höhe in Eisorkane verwandelten. Im Kagan-

tal hatten Flutwellen, die in Europa unbekannt sind, Brücken zertrümmert und große Teile des Karawanenpfades hinweggeschwemmt. Mummery verlor Teile seines ohnehin notdürftigen Gepäcks, wobei er nicht wußte, ob Kohistanis, Bergbewohner, sie geraubt oder der reißende Kaganfluß sie in den Indus gespült hatte.

In der schwierigen Lage schickte Mummery Oberst Charles Granville Bruce, der später zum General befördert wurde und mit Karlo Wien Bekanntschaft schloß, einen Brief. Darin bat der britische Bergsteiger schlicht um Hilfe und um einen militärischen Begleitschutz zum Nanga Parbat. In dem Unwetter, das die Expedition Mummerys heimsuchte, hielt sich Bruce zufällig in einem Seitental auf. Als ihn der Notruf seines Landsmannes erreichte, brach er sogleich mit seinen Gurkhas auf, um Mummery unweit von Abbottabad abzufangen. Das Unternehmen Mummerys faszinierte ihn. Zum ersten Mal hatte ein Mensch die Absicht, einen Achttausender zu besteigen und seine Kraft mit der Macht unbekannter Naturgewalten zu messen. Unterwegs geriet Bruce selbst in Schwierigkeiten; überall in Kaschmir und im Kagantal hatten reißende Gewässer ihre Herrschaft über Stromtal- und Terrassenkulturen angetreten. An einer Stelle, die schon seit Tagen von Fluten eingeschlossen war, stieß der Oberst zufällig auf völlig erschöpfte und durchnäßte Europäer, die sich von dem Unwetter dennoch nicht demoralisieren ließen. Es waren Mummery, Hastings und Collie mit ihren Trägern.

Was dem britischen Offizier, der über eine solide Himalayaerfahrung verfügte, in der ersten Minute auffiel, vertraute er seinem Tagebuch an: »Vom einfachen Gerät der Bergsteiger abgesehen, entsprach ihre Ausrüstung kaum den Anforderungen, die man in Kaschmir und im Himalaya an eine Jagdexpedition stellt.« Dennoch beschloß Bruce, Mummery mit seinen Gurkhas zu begleiten. Überall im Himalaya rückten Bergsteiger vor und erreichten die 6000-Meter-Marke, vom Mount Everest über den Kangchendzönga bis zum Nanga Parbat. Bruce verfiel der Bergwelt, als er Eric Shipton kennenlernte und zum ersten Mal von der magischen Macht des Annapurna und des Nanda Devi erfaßt wurde. Wegen dieser weißen Götterburgen hatte Bruce sein Herz an Indien verloren.

60 Jahre später bekannte Paul Bauer, Notar und Bergsteiger aus München, daß »Mummerys Angriff auf den Nanga Parbat der entschlossen-

ste und kühnste war, der je geführt wurde«. Waren die Angriffe Willy Merkls 1934 und Karlo Wiens im Jahre 1937 weniger kühn und weniger entschlossen? Am 4. August 1895 notierte Mummery in seinem Tagebuch: »Diese dunkle Bergwelt mit all ihren Drohungen ist am Ende der Quell allen Lebens.«

»... Quell allen Lebens ...« – Mummery hat am Nanga Parbat den Quell entdeckt, aus dem der Reisende schöpft, um ein neues Weltgefühl zu erfahren, die Kraft, die ihn nach oben trägt. Mummery empfing den sakralen Impuls des Berges, der Baumeister wie Bergsteiger inspiriert. Ihn befiel das glückliche Gefühl, noch nie seinem Schöpfer näher gewesen zu sein. Von diesem Ort aus erscheint jeder Berg als Zauberberg, als Faszinosum, mit den glitzernden Sternen am Nachthimmel eher verwandt als mit den Tälern und Ebenen der Erde.

Alfred Mummery und Karlo Wien: Der Engländer steht am Anfang der Pionierzeit, der Deutsche 42 Jahre später am Ende. Wer die Reflexionen in ihren Tagebüchern vergleicht, dem entgeht nicht die geistige Verwandtschaft, die zwischen dem ersten und dem letzten des Pionierzeitalters besteht, die beide am Nanga Parbat ihr Leben ließen. Mummerys Weg führte durch die Alpen von West nach Ost, durch die Bergwelt des Kaukasus und endlich zum Nanga Parbat. Mit Mummery setzte das Ringen um die Achttausender ein. Der Engländer hatte es nicht so einfach, wie es die Heutigen haben: Er mußte den Berg erst kennenlernen und sich Routen suchen. Es gab kein Kartenmaterial. Beschreibungen und Erfahrungen fehlten, auf die sich die nächste Generation bereits stützen konnte. Mummery war mit den herrschenden Gewalten, die ihn erst am Berg erwarteten, nicht vertraut. Er ahnte die Macht, aber er kannte nicht die Übermacht, die auf den Graten, auf den Gletschern und in den Eisbrüchen lauerte. Er wußte nicht, was überwindbar war und was als unüberwindlich erschien. Mummery wurde am Nanga Parbat zum Pfadfinder, der sich in unbekannter Hochwelt auf sein Gespür verlassen mußte. Aber dieses Gespür mußte versagen. Wo in den Alpen und im Kaukasus die Berge aufhörten, da fingen sie hier erst an. Nichts war am Nanga Parbat mehr berechenbar oder meßbar. Der schlimmste Gegner des Bergsteigers war das Wetter.

Am 24. August 1895 brach Mummery mit den Trägern Raghobir und Goman Singh auf, um in das Rakiotgebiet vorzustoßen. Collie befand sich in dieser Zeit bereits auf der anderen Seite, um Mummery in Empfang zu nehmen. Collie verbrachte nun Tage und Nächte damit, auf dem Paß nach Mummery auszuschauen. In der dritten Nacht befiel ihn eine unheilvolle Ahnung. Der höhenkranke Raghobir erinnerte sich, wie Alfred Mummery von der »Mummery-Rippe« aus, wie sie später genannt wurde, noch einmal den zurückgebliebenen Freunden zuwinkte, so als wolle er sagen: Freunde, sorgt euch nicht da unten, wir werden uns bald wiedersehen.

Niemand sah Alfred Mummery je wieder. Hastings brach sofort auf, um Mummery zu suchen. Er suchte seine Spur in frischen Lawinenfeldern, Eisabbrüchen und in den abgründigen Schatten der Schneeüberhänge. Bald war der Einzelgänger am Ende seiner Kräfte. Er ließ seinen Rucksack mit Verpflegung und mit allem zurück, das er entbehren konnte, damit Mummery alles finde, wenn er zurückkehren sollte. Aber Mummery fand den Rucksack nicht mehr.

Collie schrieb den Nachruf: »Die gnadenlose Bergwelt holte Mummery heim. Er ruht im Frieden der Gletscher und der Felsen unter dem Dach des Himmels. Die weiße Erde, die keines Menschen Fuß berührte, bedeckt sein Grab. Der Gipfel, den Mummery über alles liebte, bewacht nun den Platz, an dem er für immer schläft.«

In derselben Stunde erhielt Mrs. Mummery in London von ihrem Mann den letzten Brief: »Ich bin sicher, daß der Gipfel uns gehören wird. Wir genießen wundervolle Zeiten, und sollten wir den Nanga Parbat nicht erreichen, werde ich nie bedauern, diese gigantischen Berge erblickt und Ausschau nach der Gebirgslandschaft von Hunza gehalten zu haben.«

Was war denn nun an Hunza so gewaltig? Sechs Achttausender, 37 Berge über 7500 Metern und mehr als 110 Gipfel, die keinen Namen hatten und mit 7000 oder 6000 Metern die Rolle der Kleinen unter den Großen spielten. Und irgendwo in der Gruppe der Giganten gab es eine Gebirgskammer, Hunza, einen Berg mit einer Heilsburg, die dem Reisenden, der dort lange verweilte, Gesundheit, Jugend und ein hohes Alter spendete. Die Nachbarschaft von Hunza trug nicht unwesentlich dazu bei, daß der Nanga Parbat auf die besten unter den Bergsteigern eine hohe Anziehungskraft ausübte.

Karlo Wien

Geograph, Physiker und Bergsteiger. Vater: Nobelpreisträger für Physik, Rektor der Universitäten Würzburg und München. Mutter: Malerin und Bildhauerin. Freunde: Max Planck, Ernst von Siemens, Theodor und Margret Boveri, Giovanni Kerschbaum, Oskar Ritter von Niedermayer, Sven Hedin. Der »Akademische Alpenverein München«: Paul Bauer, Willo Welzenbach, Hans Hartmann, Karl und Georg von Kraus. Erstbesteigungen in den West- und Ostalpen. Willo Welzenbachs Tod am Nanga Parbat.

> *»Es gibt in der Welt einen Weg,*
> *welchen niemand gehen kann außer Dir.*
> *Frage nicht, wohin er führt, gehe ihn.«*
>
> *Nietzsche*

Karlo Wien – was war das für eine Persönlichkeit, die vor 50 Jahren dem Ruf des königlichen Berges Asiens folgte und dem mit seiner ganzen Mannschaft, der »Expedition der Freunde«, widerfuhr, was der Bezwinger des K-2, Ardito Desio, gesagt hatte: »Der Tod mag schrecklich sein, aber er ist nie erbärmlich.«
Der Expeditionstod 1937 am Nanga Parbat, die Ablösung des irdischen Lebens im mystischen Traum, war für die Überlebenden gewiß schrecklich, aber er schenkte der Tragödie auch Züge einer Erhabenheit, mit der griechische Gottheiten einst junge Helden auszeichneten, um das Unsterbliche ihres Geistes und Charakters auszudrücken. Alle, die sich vor 50 Jahren um Karlo Wien am Eissockel des Gipfels versammelt hatten, näherten sich ihrem Schöpfer, drängten zum Licht, um sich mit ihm zu vereinigen auf jene Weise, die Leo Nikolajewitsch Tolstoi in seinem Brief an einen Freund 1901 beschrieben hat.
Die Entwicklung des späteren Physikers und Geographen Dr. Karlo Wien ist nur durch seinen Vater und sein Elternhaus zu verstehen. Der Vater war für ihn die tragende Kraft, die ihn beflügelte; der Vater war Freund, Berater und Leitbild. Das Wappen der Familie Wien enthielt die Weintraube und die Ähre, seit der Antike Zeichen für die Fruchtbarkeit des Geistes und der Erde.
Der Vater, Wilhelm Wien, war Sohn eines Rittergutsbesitzers aus Ostpreußen. Er kam vom Gut Gaffken bei Fischhausen und verbrachte seine Jugend auf Gut Drachenstein bei Rastenburg. Die schulischen Leistungen deuteten kaum auf den künftigen Nobelpreisträger für Physik hin. Aber die Landschaft Ostpreußens, die Welt der Seen und Alleen, schenkte der jungen Persönlichkeit Unersetzliches: Weite des Blicks, die Gabe, in sich selbst zu ruhen, eine großzügige Gesinnung und gesellige Gastfreundschaft. Die weißen masurischen Nächte begleiteten ihn mit ihren Träumen auf seinem Weg nach Würzburg und München. Wilhelm Wien selbst war der lebendige Teil einer Schick-

salslandschaft, die mit den Burgen des deutschen Ritterordens und der Backsteingotik, mit ihren Ordnungs- und Disziplinbegriffen den Pfad vorzeichnete.

In jungen Jahren tat Wilhelm Wien nun etwas, das in seinen Kreisen einfach nicht »schicklich« war; der Student verließ den festen Boden des Gutes und begab sich auf den schwankenden Steg einer akademischen Laufbahn. Er studierte in Berlin, Heidelberg und Göttingen Mathematik und Naturwissenschaften. Drei Jahre nach seiner Promotion wurde Wien an der »Physikalisch-Technischen Reichsanstalt« Assistent von Hermann von Helmholtz. Im Jahre 1900 folgte Prof. Dr. Wilhelm Wien dem Ruf nach Würzburg, um hier die Nachfolge von Konrad Röntgen, dem Entdecker der Röntgenstrahlen, anzutreten und zugleich seine Forschungen fortzusetzen.

Wien, der später »die Atome zum Leuchten bringen konnte« und noch vor Einstein die sogenannte »Einsteinsche Beziehung für den lichtelektronischen Effekt« entdeckte, führte nach den Worten von Max von Laue die wissenschaftliche Entwicklung »an die Pforten der Quantenphysik«. »Ich hatte«, bekannte Wilhelm Wien in seinem Rückblick für die amerikanische Columbia-Universität, »die photoelektronische Beziehung bei Röntgenstrahlen experimentell geprüft, kam aber mit meiner Veröffentlichung zu spät gegenüber Einstein.« Einstein war der schnellere Publizist.

Die einzigartige Persönlichkeit wurde im Jahre 1906, in dem Geburtsjahr seines Sohnes Karlo, zum Geheimrat ernannt. Aber auch die internationale Anerkennung blieb ihm nicht versagt.

Fünf Jahre später erhielt Wilhelm Wien die höchste Auszeichnung, den Nobelpreis für Physik. Der Glückwunschbrief der berühmten Marie Curie von der »Faculté des Sciences de Paris« an Wilhelm Wien – »Au revoir à Stockholm – auf Wiedersehen in Stockholm« – blieb für Karlo zeitlebens ein Impuls, der ihn zur Vollendung eigenen Tuns beflügelte. Im März 1913 wurde der Physiker Wilhelm Wien Rektor der Universität Würzburg. 1920 folgte er dem Ruf nach München. Fünf Jahre später wurde der Nachfolger Röntgens auch in der bayerischen Landeshauptstadt zum Rektor gewählt. 1924 zeichnete ihn der Freistaat mit dem Maximiliansorden aus.

Nach der Geburt von Karlo hatte der Vater in Mittenwald ein großes Hanggrundstück erworben. In den nächsten zwei Jahren entstand nach

eigenen Plänen ein geräumiges Ferienhaus. Es wurde im Laufe der Jahre Mittelpunkt des Familienlebens und »Haus der Physik«, in dem sich Forscher und Hochschullehrer aus Europa trafen, um den Erkenntnisstand zu pflegen.
Die Mutter, eine Malerin und Bildhauerin aus Aachen, stattete das Heim mit Porträts und Aquarellen aus. In der Diele, die zwei Stockwerke umfaßte, entstand für die Kinder eine Märchenlandschaft.
Mittenwald wurde für den kleinen Karlo die erste Stufe auf seinem Weg zum Nanga Parbat. Die Gebirgswelt lud hier überall zum Klettern ein. Das Leben der Familie spielte sich, wie Karlo in einem Rückblick bekannte, »mit großem Vergnügen wechselseitig in Mittenwald, in Würzburg und später in München ab«, im Hochgebirge, in der Stromtalkultur des Main und in der politischen Metropole Bayerns.
In Würzburg wohnte die Familie im Physikalischen Institut. In einem Brief schildert die Mutter das Wohnklima am Botanischen Garten. »Aus dem ehemaligen Festungs-Glacis waren schöne Anlagen geworden, und die waren so recht ein Spielfeld für die Kinder. Auf einem langen, breiten Gang hing das Parthenon-Fries, das mein Mann 1904 aus England mitgebracht hatte. Es war ein Abguß, dem ich durch leichten Farbanstrich sehr viel von seiner kalten ›Weißheit‹ genommen hatte.« Die ersten Kletterversuche des kleinen Karlo fanden an der Mauer des Botanischen Gartens und an vier alten Kastanienbäumen statt, die im Sommer das Gebäude gegen die heiße Sonne im Kessel Würzburg schützten.
Das Dach des Instituts war für Karlo das erste »Dach der Welt«, das er bestieg. Hier schmückte er die Ziegel mit naiven Ritzzeichnungen und bewunderte ansonsten still das Paradies, den Garten, der mit Kletterrosen, Goldregen, Jasmin, Rotdorn, Spalierobst und Akazien die Welt des Kindes verzauberte. Später schrieb Karlo: »Wir waren als Kinder immer sehr stolz darauf, daß es das Haus war, in welchem Röntgen die Röntgenstrahlen gefunden hat.«
Mit drei Jahren rutschte Karlo »schon munter auf Brettern im Schnee herum. Es kamen dann auch immer eine Masse Physiker«, heißt es später in einem Rückblick, »die dann größere Touren unternahmen, was dann aber meistens einen Arm oder ein Bein in Mitleidenschaft zog oder einen Ski kostete«. Die Skier hatte der Vater für Karlo aus Norwegen mitgebracht.

Obwohl schon allein durch das Elternhaus sein Weg festgeschrieben war, wollte Karlo ursprünglich weder Physiker noch Geograph oder gar Bergsteiger werden – sondern Kutscher. Und das kam so:
Im Alter von vier Jahren befand sich Karlo in Begleitung seiner älteren Schwester Gerda auf dem Weg zu seiner Großmutter. Er trottete durch die Straßen Würzburgs hinter seiner Schwester her und bewunderte still »so schöne Dinge, wie Pferde, die weiß, schwarz und braun sind«. An der Ecke Klinikgasse entdeckte er einen offenen Kanalschacht. Als er mal nachschauen wollte, was sich so alles da unten in der Erde befand, verlor er das Gleichgewicht und stürzte hinein. In einem Rückblick schrieb der 17jährige: »Alsbald sammelte sich eine Menge Volks, die Frauen alle von der Überzeugung durchdrungen, ich sei tot, die Männer, ich lebe. Man schaffte mich nun stehenden Fußes in das naheliegende Juliusspital, wo Prof. Dr. Enderlen gerade seine Vorlesung hielt. Enderlen legte mich auf den Experimentiertisch mit den Worten: ›Sie sehen hier, meine Herren, einen interessanten Fall von Schädelbruch.‹ Ich weiß das aus Erzählungen, denn ich war ja bewußtlos, wurde aber immerhin durch diesen Sturz zur Berühmtheit in der ganzen Stadt.«
Als nun der Vierjährige später noch einmal zur Nachuntersuchung in die Klinik mußte, sträubte er sich mit Händen und Füßen. Seine Widerspenstigkeit war nur durch das Versprechen zu bändigen, daß er auch von einem schönen weißen Pferd in die Klinik gefahren werde. Sein Fazit: »Mein Entschluß, Kutscher zu werden, stand damit fest.«
Am 11. Januar 1911 gratulierte Max Planck seinem Freund Wilhelm Wien zur Wiedergenesung seines Sohnes: »Die Nachricht, daß es Ihrem Karlo wieder besser geht, freut mich von ganzem Herzen. So können Sie von dieser schweren Sorge wieder aufatmen.«
In Würzburg erhielt Karlo Wien Privatunterricht. In seinem Tagebuch erzählt er: »Es ist mir bis heute noch ein ziemliches Rätsel, wie Herr Grossmann (der Privatlehrer) es fertig gekriegt hat, mir in den zwei Jahren wie so ganz nebenher mit wöchentlich drei Stunden beizubringen, was man eben so können muß. Die letzten Monate des dritten Jahres hatte ich dann noch eine Extrastunde, um mit den erforderlichen Kenntnissen gewappnet in die Aufnahmeprüfung für das Gymnasium steigen zu können, was mir, wie sich zeigen würde, auch vortrefflich gelang.«

Der Vater nahm den Sohn früh mit in die Berge. Er war der erste Lehrmeister. Im Alter von neun Jahren machte Karlo eine Hochtour auf die mittlere Karwendelspitze. Ein Jahr später nahmen Vater und Sohn die Arnspitze und gar die Dreitorspitze. »Allerdings«, so steht es später im Tagebuch, »nur der Partenkirchener-West rückten wir zu Leibe, wobei ich mir sehr wichtig vorkam, weil man manchmal mit den Händen zugreifen mußte und die erste Übernachtung in einer Berghütte, der Meilerhütte, stattfand.« Durch Wilhelm Wien wuchs Karlo zu einem idealen Tourengefährten und zünftigen Bergsteiger heran. Sehr früh enthüllte sich sein Charakter. Für Karlo war der Berg Charakterschule, in der der Grundzug seines Wesens zur Uneigennützigkeit, zur Kameradschaft und Hilfsbereitschaft geprüft wurde. Und bald wußte man in Mittenwald, daß man sich auf den Schüler des Königlich Alten Gymnasiums von Würzburg verlassen konnte. Der junge Herr, der sich mit den Schönheiten der Berge und der griechischen Sprache erfolgreich herumschlug, zählte zu den wenigen, die Wort hielten, die zuverlässig waren und dabei von sich selbst wenig Aufhebens machten. 1915 schrieb Karlo: »Die erste Stufe zum Alpinisten ist erreicht.«

Am 25jährigen Todestag Wilhelm Wiens erinnerte sich sein Schüler und zeitweiliger Nachfolger an der Universität München, Prof. Dr. Eduard Rüchardt, in einem Vortrag: »Das Würzburger Institut, in dem er 20 Jahre lang gelehrt hatte, war nicht groß; die Gesamtzahl der wissenschaftlich arbeitenden Mitglieder betrug nicht mehr als acht bis zehn Personen, mit Einschluß der zwei Assistenten.« Zum kleinen Kreis zählten u. a. der norwegische Polarforscher Vegard, die Amerikanerinnen Elisabeth Laird und Edna Carter, ein Schüler des russischen Forschers Lebedew namens Wilsar, der Finne Saxen und der norwegische Physiker Holtsmark. Rüchardt erinnerte sich der herrlichen Institutsausflüge in die Umgebung Würzburgs, »ins Taubertal oder in den Spessart, in die mittelalterlichen Städtchen des Maintales und die Wälder. Das Kolloquium fand im Sommer meist im Freien statt, bei Dinkel am Main oder auf dem Steinberg, im Winter aber in einer der Weinstuben Würzburgs. Wien ist viel und gerne gereist, nach England, Schottland, Griechenland und in die USA, wo er in der Columbia-Universität in New York Vorträge hielt.«

Was der Vater seinem Sohn Karlo mitgab, schilderte Wilhelm Wien in seinem Rückblick kurz vor dem Tode: »Ich habe immer das Bedürfnis gehabt, neben der wissenschaftlichen Arbeit andere geistige Tätigkeiten zu pflegen, Geschichte und Literatur, besonders den englischen und französischen Zweig. Auch die bildende Kunst schenkte mir geistige Anregungen. Höhepunkte sind für mich die klassische griechische Zeit, die Malerei der großen Niederländer und Italiener, der Spanier und der Deutschen. Wenn ich jedoch die Entwicklung der neueren Literatur und Kunst verfolge, so können sie mir nie die geistige Freude bereiten wie die Werke des Michelangelo, Tizian, Dürer, Holbein, Velazquez, Shakespeare und Goethe. Auch körperliche Betätigung habe ich immer wieder zur Erholung gebraucht. In Würzburg fing ich wieder an zu jagen; aber die stillen Stunden auf dem Hochsitz im Walde galten weniger der Jagd und Entspannung; sie boten mir vielmehr Gelegenheit zur wissenschaftlichen Gedankenarbeit.« Bald machte ein Studentenvers an der Universität die Runde:

>»Die Atome siebt er,
> das Gesetz verschiebt er,
> sammelt schwarze Strahlen,
> dopplert in Kanalen.
> Das ist der Geheime Rat ...«

Wien lehnte es ab, aus dem sich rasch weiterentwickelnden physikalischen Weltbild weltanschauliche Folgerungen zu ziehen, »nicht aus Mangel«, wie Rüchardt 1953 an der Münchener Universität bekannte, »sondern aus Fülle an metaphysischem Bedürfnis und aus religiöser Überzeugung. So lehnte er denn auch den angeblich wissenschaftlich begründeten Materialismus wie auch den Monismus Haeckels ab ...« Sorge bereiteten ihm nur die Forschungsfortschritte seines eigenen Fachs. Wien, der mit den Theorien der Kernspaltung konfrontiert war, befürchtete, eines Tages könne der Physiker die Geister nicht mehr bannen, die er rief, und die klassische Strenge des physikalischen Denksystems werde durchbrochen. Neben seinem Lehr- und Forschungsamt an den Universitäten Würzburg und München übte Wien noch eine Reihe von Tätigkeiten aus, die auf komplexe Weise zeigten, daß sein ganzes Leben im Dienst der klassischen Physik stand. Wien war Vorsitzender der Deutschen Physikalischen Gesellschaft, er war maßgebend an der Gründung der Notgemeinschaft der Deutschen

Wissenschaft sowie der Helmholtz-Gesellschaft beteiligt. Er redigierte »Die Annalen der Physik« und gab dazu ein Handbuch der Experimentalphysik heraus. Am produktivsten erwies sich die Persönlichkeit in den Diskussionen mit Albert Einstein, Marie Curie, Max Planck und anderen in Brüssel. Hier fand alljährlich der »Solvey-Kongreß« statt. Die bedeutendsten Forscher und Physiker aus aller Welt begegneten sich, um dem internationalen Gremium die Ergebnisse ihrer Forschungsarbeiten zu unterbreiten. In Brüssel trafen sich die Zauberer und schlugen den Bogen von der klassischen Mechanik zur Quantentheorie. Die »Solvey-Kongresse« öffneten das Tor zum Zeitalter der Atomphysik. Wien zählte in der belgischen Hauptstadt zu den Persönlichkeiten, die mit dem »schwarzen Strahl«, der alles zu durchdringen schien, die neue Ära sichtbar machten.
Alle Arbeiten wurden im Institut und in den physikalischen Gesellschaften ohne Sekretariat und Schreibmaschine verrichtet. Max Planck und Wilhelm Wien schrieben ihre Briefe und Protokolle mit der Hand. Keine Bürokratie behinderte die Freiheit des forschenden Geistes. Prof. Dr. Eduard Rüchardt bemerkte in seiner Gedenkrede 1953: »Die Folge war natürlich, daß so wenig wie möglich geschrieben wurde. Ich hege deshalb den Verdacht, daß nicht die Kompliziertheit unseres heutigen Verwaltungsapparates so viele Schreibmaschinen, Büros und Sekretariate erforderlich macht, sondern daß so viele Schreibmaschinen, Büros und Sekretariate bei den Behörden die Verantwortung für die Bürokratisierung des Lebens tragen.«
Zum Freundeskreis der Familie Wien zählten Theodor Boveri, Entdecker der Chromosomen, seine Tochter Margret, Oswald Külpe, Philosoph und erster Inhaber des Lehrstuhls für Psychologie in München, Max Planck, mit dem Wilhelm Wien 20 Jahre »Die Annalen der Physik« herausgab; sie wurden in wissenschaftlichen Kreisen als »Doppelgestirn der Physik« bezeichnet. Weiter: Ernst von Siemens, Hans Kerschbaum, Sven Hedin, Oskar Ritter von Niedermayer, der im Ersten Weltkrieg in Kabul »Kriegsminister« einer indischen Exilregierung wurde und in den zwanziger Jahren Verbindungsmann zwischen der »Schwarzen Reichswehr« und der »Roten Armee« in Moskau war, sowie viele andere aus dem wissenschaftlichen und gesellschaftlichen Leben, darunter Max von Laue, Arnold Sommerfeld und Paul Drude. In seiner Würzburger Zeit bot Wilhelm Wien dem schwe-

dischen Forschungsreisenden Sven Hedin einen Lehrstuhl an. Hedin schlug nur zögernd das Angebot seines Freundes aus, weil er das freie Leben des Forschungsreisenden der Universitätsbindung vorzog.
Wilhelm Wien hatte das Dammkar, Deutschlands längste Skiabfahrt, entdeckt. Die geringe Übung der Wissenschaftler stand jedoch in einem gewissen Gegensatz zu ihrem Wagemut, so daß es öfter Verstauchungen oder auch Brüche gab. »Aber er strahlte«, so berichtet Max von Laue über die Begegnungen mit Wilhelm Wien, »eine Lebensfreude und eine Freude am Forschen aus, die sich mitreißend auf die ganze Umwelt übertrug. Für alle war es ein unvergessenes Glück, im winterlichen Gebirge mit Wilhelm Wien Ski laufen und abends diskutieren zu dürfen.«
Dieses Glück teilte sich vor allem seinem Sohn Karlo mit; er war ein aufmerksamer Zuhörer und ein guter Beobachter mit einem Gespür für Wesentliches. In Mittenwald fand auch seine erste Begegnung mit dem Himalaya statt. Im Arbeitszimmer seines Vaters hing das Bild vom »Kantsch«, vom Kangchendzönga. Das Bild faszinierte den Sohn. Ahnte er, daß er einmal dort oben in fast 8000 Meter Höhe mit seinem Freund Hans Hartmann um den Gipfel kämpfen würde?
Wilhelm Wien war 1914 bei Ausbruch des Ersten Weltkrieges Rektor der Universität, als König Ludwig III. Würzburg besuchte, um die 100jährige Zugehörigkeit der Stadt zu Bayern festlich zu begehen. »Auch ein Festaktus in der Universität war geplant«, berichtete 1953 Prof. Dr. Rüchardt, »da traf die Nachricht vom Mord in Sarajewo ein«, der im Buch der Geschichte ein Zeitalter beendete und eine neue kulturelle und soziale Epoche in Europa einleitete. »Die Universitätsfeier wurde abgesagt«, erzählte Rüchardt, »und der Rektor vom König in Privataudienz empfangen.« Ludwig III. wollte den berühmten Nobelpreisträger aus Bayern sehen. »Wien hat uns später eine nette Einzelheit aus dem Gespräch mit dem König erzählt, die ich hier wiedergeben möchte, weil sie kennzeichnend ist für die Geistesgegenwart Wiens. Der König fragte in leutseliger Art: ›Nicht wahr, Herr Geheimrat, die Röntgenstrahlen sind doch Licht von sehr großer Wellenlänge?‹ Nun verbot es die Etikette, dem König zu widersprechen. Wien besann sich einen Augenblick und sagte dann: ›Die Röntgenstrahlen, Majestät, sind Licht von sehr großer Frequenz‹, und die Situation war gerettet.«

Im Jahre 1918 brach die Politik in die Harmonie des Hauses Wien ein. Karlo erinnerte sich in seinem Tagebuch der Ereignisse in bilderreicher Sprache:
»Im Sommer 1918 waren wir, wenigstens ich, noch fest vom Sieg Deutschlands überzeugt. Als wir Mittenwald Anfang September verließen, dachte ich wohl kaum, unter welchen Umständen ich es zwei Monate später wiedersehen sollte. Es war im Oktober 1918, als ich so allmählich etwas Interesse an den Ereignissen des Krieges und der Politik bekam.
Ein Telegramm hatte uns, Mutti und mich, nach Mittenwald gerufen, weil wir das Haus für die bevorstehende Einquartierung der deutschen Truppen räumen sollten. Man fürchtete nämlich den Einmarsch der Italiener. Daher warf man alle Truppenreserven an den Brenner, um die deutsche Grenze zu schützen. Wir räumten in aller Eile im Haus zwei Zimmer aus. Die Einquartierung ließ auch nicht lange auf sich warten. Man hatte sogar schon eine Kanone zu uns hinaufgefahren, um von dort aus das Tal zu beherrschen. Glücklicherweise aber wurde sie gleich wieder abtransportiert. Am Morgen des 8. November erlebten wir einen großen Truppendurchmarsch ... Infolge der unsicheren Lage fuhren wir schleunigst ab und kamen nun in München gerade in die Revolution hinein. Ein schwarzes Menschengewühl von Arbeitern mit roten Fahnen, Frauen, Kindern und Soldaten wälzte sich durch die Straßen. Wir konnten von Glück sagen, daß wir gerade noch den letzten Zug nach Würzburg erwischten, denn später wurde aller Verkehr stillgelegt.«
Die sogenannte Revolution verschonte auch Wilhelm Wien nicht. Nach dem Zusammenbruch der Monarchie war das Bürgertum führungslos oder handlungsbehindert. Die chaotischen Verhältnisse, die vor allem in München herrschten, forderten den Nobelpreisträger zur politischen Stellungnahme heraus. Der Gelehrte Wien war weder weltfremd noch feige. Die Usurpatoren mit der roten Armbinde waren dem Konservativen ein Greuel, Wilhelm Wien war in der politischen Welt Otto von Bismarcks großgeworden. Fundamentale Ordnungs- und Disziplinbegriffe, ohne die es keine Freiheit gibt, weder die Freiheit der Forschung noch die Freiheit der Persönlichkeit, wurden dem Spott der Straße überantwortet. Wien spürte die Tragweite; hier ging es um die Wurzel der Kultur.

Der Hochschullehrer verließ den Hörsaal und griff zum Gewehr. Er gründete in Würzburg ein Rekrutierungsbüro, um Freiwillige für seine Studentenkompanien anzuwerben. Wien wußte, daß man München nur von außen befreien konnte. Er schickte die akademischen Verbände nach Thüringen; dort schlossen sie sich dem Freikorps Epp an, das wenig später mit Hilfe der Würzburger Studenten die Räterepublik in München stürzte. Die Ausschaltung der Spartakisten in Würzburg gelang Wien mit Hilfe einer Artillerieabteilung allein. In dunkler Zeit zählte Wien zu den Rettern Würzburgs, Münchens, Nürnbergs und ganz Bayerns. Seine Ideen und Aktionen trugen zur Wiederherstellung der Ordnung und der Sicherheit bei. Vor allem: Wien setzte Maßstäbe. Sein Beispiel war für das Bürgertum Bayerns Fanal, sich auf die eigene Kraft zu besinnen. Danach kehrte die wissenschaftliche Persönlichkeit wieder zur Forschungs- und Lehrtätigkeit zurück – still, wortlos, ohne über die Rolle im Hintergrund des Zeitgeschehens viel Aufhebens zu machen.

Sowohl die Räterepublik als auch die Siegermächte hatten die »Gefahr« erkannt, die von Wien ausging. Die einen setzten ihn auf die Liste der Geiseln und die anderen auf die Liste der Persönlichkeiten, die ausgeliefert werden sollten. Wien mußte zeitweise untertauchen, um Häschern zu entgehen. Es war jedoch für ihn nicht schwierig, im konservativen »Untergrund« Zuflucht zu finden. Freunde und Universität bildeten ohnehin einen schützenden Ring der Sympathie.

Der 13jährige Karlo, der in den Ereignissen um seinen Vater den Spiegel erkannte, der das politische Abenteuertum der Zeit reflektierte, meinte ironisch: »Deutschland ist auf dem absteigenden Ast.« Als sich in Würzburg die Nachricht verbreitete, der Physiker sei von einer Festnahme bedroht, versammelten sich im Universitätsgelände spontan Studentenschaft und Bürgerwehr; sie formierten sich zu einem Fackelzug durch die Stadt. Karlos Schwester Waltraut erinnert sich nach über 65 Jahren der großen Protestkundgebung: »Vater stand bleich am Fenster, während die Studenten vaterländische Lieder sangen und im Sprechchor gegen die Auslieferung protestierten.« Die Treuekundgebungen für den Nobelpreisträger rissen nicht ab.

Im Hause Wilhelm Wiens, in dem jahrelang Heiterkeit und gepflegte Gastlichkeit geherrscht hatten, kehrte nach Monaten der Stille allmählich wieder der Alltag ein. Es war nicht allein das so ausgeglichene Kli-

1 Karlo Wien als Junge mit sieben Jahren

2 Physiker-Kongreß Brüssel 1911. V. l. n. r. – sitzend: Nernst, Brillouin, Solvay, Lorentz, Warburg, Perrin, Wien, Mme. Curie, Poincaré; stehend: Goldschmidt, Planck, Rubens, Sommerfeld, Lindemann, de Broglie, Knudsen, Hasenohrl, Hostelet, Herzen, Jeans, Rutherford, Kamerlingh Onnes, Einstein, Langevin. Einige der Teilnehmer waren gern gesehene Gäste im Hause Wien.

3 Pamirexpedition 1928. Im Morgenland

4 Kamelkarawane in Osch

5 Am Tanismasfluß

6 Professor Richard Finsterwalder mit tadschikischem Führer

7 Gletscher am Kaschal Ajak

8 Hirte in Rufweite (Seite 101)

ma des Elternhauses, es war nicht allein der ständige Umgang mit Wissenschaftlern und Forschern, die das Wesen des heranwachsenden Karlo prägten, der ab 1920 das Wilhelm-Gymnasium in München besuchte. Als der Erste Weltkrieg mit dem Zusammenbruch der bisherigen Staats- und Lebensordnung zu Ende ging, erwachte der Gymnasiast gleichsam aus den Träumen seiner Kindheit. Er fing nun an, das Zeitgeschehen schärfer zu beobachten und unterschied nach den Dingen, die ihn ansprachen oder seiner Natur widersprachen. Er ging fast zögernd, dann aber festen Schrittes über die schwankende Brücke, die zwei Zeitalter verbinden sollte und nicht verbinden konnte: Königreich und Republik. Der Sohn aus konservativem Hause trat nach dem Umsturz in einen konservativen Jugendbund ein, der dem deutschen Wandervogel nahestand.

Mit 14 Jahren begann Karlo Wien damit, ein Tagebuch zu führen und seine Gedanken dem Papier anzuvertrauen. Sein Geschichtsbewußtsein vertrug sich nicht mit den politischen Ereignissen der Zeit. In seinem Innern suchte der Königsgedanke heimlich Asyl, wie die deutschen Könige selbst, die nun außerhalb ihrer Länder eine neue Heimat suchten. Aber niemand war da, der das in Parteien zerstreute Volk wieder sammeln konnte. Die politische Armut im Lande, das rohe Geschrei rotbefahnter Revolutionäre, all das war ihm zuwider. Die neuen Leute waren ihm zu laut, zu leer und zu ungebildet. Aus der Öde, die sie verbreiteten, wollte der junge Karlo Wien ganz einfach heraus.

Im Kreise des konservativen Jugendbundes fand er Gleichgesinnte, die sich von der politischen Tristesse der neuen Zeit abkehrten. Ihre Gesinnung drückten die Gymnasiasten durch Lieder aus, die sie draußen am Lagerfeuer sangen. Auf Fahrt wurden Berg und Zelt zur Zuflucht, zugleich aber auch zu einem Ort, an dem die Tugenden des »Hohen Meißner« das Bewußtsein gegen das dunkle Zeitbild schärften. Karlos Schilderungen über Sonnwendfeiern, Floßfahrten, über die Begegnung mit Generalfeldmarschall von Ludendorff und Lettow-Vorbeck enthielten Bekenntnisse und eine aufs feinste zugeschliffene Selbstdeutung.

In seiner Leidenschaft für ethische Thesen suchte Karlo gleichzeitig die Nähe der Dichter Kleist, Shakespeare und Schiller wie auch später Hans Carossa. Was Kleist im »Käthchen von Heilbronn« beschäftigt hat, beschäftigte auch den jungen Karlo Wien, nämlich das dramatische

Thema der Seelenverbindung über Raum und Zeit hinweg. Im Schleier der Dichtung suchte er den Faden, der die Geschichte mit dem menschlichen Dasein verband und ihm etwas vom Sinn des Lebens verriet. »Julius Cäsar« schaute er sich mehrfach an und hielt das ihn Bewegende in seinem Tagebuch fest. Er fand bei den Dichtern Gestalten, die als Helden in die Zeit paßten: »Michael Kohlhaas« und »Wilhelm Tell«, der erst in den Tagen Oberschlesiens und der Rheinlandbesetzung zum Nationaldrama der Deutschen aufstieg.

Seinen eigenen musischen Hang stillte Karlo Wien im Orgel- und Klavierspiel. Nach seinem Tod am Nanga Parbat schrieb seine Mutter einem Schriftsteller, der das Leben des Sohnes würdigte: »Wie richtig haben Sie das Weltanschauliche gebracht, das Ringen nach immer größerer Vollkommenheit ... Und dann, daß Sie seine Liebe zur Musik immer wieder hervorheben, die Musik, die seinem ganzen Leben einen goldenen Schimmer gab.« Sinn für das Musische drückte sich auch im Umgang mit dem Berg aus. Er horchte gleichsam in ihn hinein. Wenn darin eine Saite schwang, so wußte er sich eins mit ihm.

In seinem Tagebuch bekannte Karlo nach dem Besuch von Beethovens »Missa Solemnis«, das Gloria habe ihn hoch hinaufgetragen bis zu einem bisher nie gekannten Gipfel, dorthin, wo er seine innige Teilnahme am imaginären Triumph spürte. Der junge Alpinist erkannte im Musisch-Poetischen eine Macht, die die Zeiten formt und ihn auch persönlich bewegte. In seinem Innern warteten gespannte Saiten darauf, von Natur- oder Kunstwerkerlebnissen berührt zu werden, damit alles in ihm in Schwingung geriete. Er horchte in die Symphonien von Bruckner, Brahms und Berlioz hinein und entdeckte die Kräfte, die nach langem Schlummer nun erwachten.

Als 16jähriger zitierte er Keller: »Es gehört auch zum Leben, sich einer schweren Notwendigkeit unterziehen zu lernen und von der Hoffnung zu zehren.« Solche Worte nährten das Feuer. Karlo spürte in sich etwas, das Novalis einst als den »magischen Idealismus« bezeichnete. Am 6. September 1921 zitierte er den »Lehrer seines Vaters« Hermann von Helmholtz: »Nicht der behagliche Genuß einer sorgenfreien Existenz gibt eine dauernde Befriedigung, sondern nur die Arbeit, und zwar nur die uneigennützige Arbeit für ein ideelles Ziel.« Zu den Worten, die ihm gefielen, weil sie sein Sauberkeitsgefühl bestätigten, zählte auch eine These Friedrich Naumanns:

»Alle Gesinnungskräfte sind in Zukunft noch mehr als in der Vergangenheit die Kapitalien der Nation. Wir können nicht materialistisch denken, weil wir dabei zugrunde gehen, denn wenn ein Mensch sich nur als Produkt der wirtschaftlichen Verhältnisse ansieht, muß er bei sinkender Wirtschaft selber sinken. Obwohl wir ärmer, mühseliger und abhängiger sein werden, müssen wir unser Haupt hochhalten, im Glauben an den Menschheitswert unseres Volkes.« In solchen Gedanken fand Karlo Wien das Motto für sein eigenes Leben. Dabei schwang der Geist seines Jugendbundes mit, der all die Gedanken in dem großen Liedgut des deutschen Wandervogels zusammenfaßte.

Mit seinem Jugendbund nahm Karlo Wien auch an der Trauerfeier für König Ludwig III. von Bayern teil, während die parlamentarische Demokratie die neue Staatsform bestimmte. Karlo Wien hatte Ludwig III. vor Ausbruch des Krieges erlebt, als der Monarch Würzburg besucht hatte und am selben Abend die Welt vom Fürstenmord zu Sarajewo überrascht worden war. Nun stand er am Odeonsplatz, um sich in seiner Gruppe dem Trauerzug durch München anzuschließen. Die riesige Demonstration für das Haus Wittelsbach machte auf den Abiturienten einen großen Eindruck. Aber er fühlte zugleich, daß das, was da unter der eindrucksvollen Teilnahme Münchens zu Grabe getragen wurde, eigentlich ein Zeitalter, eine Lebensform war, die langsamen Schrittes der Erde überantwortet wurde.

Ob die Jugend den neuen Weg finden würde? Sie mußte ihn finden, wenn die kommende Generation nicht scheitern sollte. Im Laufe der nächsten Jahre festigte sich in seinem Innern das Lebensprogramm. Es hat drei »Gipfel«: Physik, Geographie und den Berg.

Der Wendepunkt im Leben Karlo Wiens fiel in das Jahr 1924. Zu Ostern bestand er im Alter von 17 Jahren das Abitur. Er ließ sich an der Universität München einschreiben und trat zugleich in den »Akademischen Alpenverein München«, in den AAVM, ein. In diesem elitären Kreis begegnete er seinen künftigen Freunden: Karl und Georg von Kraus, Willo Welzenbach, dem Physiker Walter Hofmeier, den Karlo schon von Kindheit an kannte; Paul Bauer, Ernst von Siemens, Hans Kerschbaum, genannt Giovanni, der von 1924 bis 1927 Assistent seines Vaters im Physikalischen Institut war und später Generaldirektor von Siemens wurde; nach einiger Zeit auch Hans Hartmann, Günther Hepp, Martin Pfeffer, Pert Fankhauser, Peter Müllritter und Adi

Göttner, mit denen er 13 Jahre später die Krypta im Eis des Nanga Parbat teilen würde.
Kameradschaftliche und freundschaftliche Zuneigung festigten sich in der Folgezeit in der Seilschaft; am Berg bedarf es nicht vieler Worte. Hier wurde nicht über Kameradschaft geredet; Kameradschaft wurde gelebt. Im April 1924 ging Karlo Wien mit Ernst von Siemens, Hans Kerschbaum und Walter Hofmeier zum Matterhorn nach Zermatt. In einem Brief an die Eltern heißt es: »Das Wetter ist so herrlich, daß ich noch mit Walter Hofmeier nach dem Genfer See fahre. Wenn ich dann auch mit schlechtem Gewissen und Schulden zurückkommen werde, ich kann es ja in den nächsten Monaten wieder einsparen ...«
Hinter ihm lag bereits eine Erstbesteigung an der Zugspitze und die Erstbesteigung der senkrechten Steilwand des »Vierers« bei Mittenwald. Im Juli wurde Karlo aufgefordert, sich an einer Rettungsexpedition zu beteiligen, die zwei vermißten Bergsteigern in der Bettelwurf-Nordwand galt.
Acht Tage später schrieb Wilhelm Wien seiner Frau: »Karlo ist am Sonntag wohlbehalten zurückgekommen. Das Unglück hat ihn doch nachdenklich gestimmt. Ich habe ihm nochmals eingeschärft, vorsichtig zu sein. Sympathisch ist mir die jetzige Art des Bergsports nicht.«
Im Sommer machte Karlo Wien mit seinen Freunden das Ulrichshorn und das Hochbergjoch: »In 3700 m Höhe beziehen wir auf dem Gletscher unser zweites Biwak. Das Eis wurde geebnet, Platten aus der Moräne darauf gebreitet, das Zelt mit Eispickeln gespannt, und angesichts des Matterhorns und des Rothorns legten wir uns zur Ruhe nieder.« In den nächsten Tagen bezwang die Oberland-Expedition das Matterhorn und das Breithorn. Die Leistung war um so größer, weil wegen der Inflation und der Wirtschaftskrise in Deutschland niemand Geld hatte und sich alle nicht ausreichend ernähren konnten. »Das Wetter drohte schlecht zu werden. Wir beschlossen umzukehren, hielten aber noch eine große Finanzsitzung ab, in der wir unsere Geldkatastrophe beweinten«, heißt es im Tagebuch vom 12. August 1924. Karlo würde in einem Monat 18 Jahre alt werden.
Sein Vater, der ihn im gewählten Studium für Physik beriet, hielt es für besser, wenn der Sohn ein oder zwei Semester in Heidelberg bei Prof. Lenard studieren würde. Er sollte einfach etwas anderes zu sehen bekommen als nur das väterliche Institut in München. Aber Heidelberg

trennte Karlo nicht von der Bergwelt. Nach einem Semester kehrte er nach München mit der Bemerkung zurück, er habe nun auf dem Nekkar genug gerudert.

Karlos neue Lehrer im Hochalpinismus hießen Paul Bauer und Wilhelm Welzenbach, genannt Willo. Paul Bauer, von Haus aus Jurist, zählte 1924 schon zu den Meistern. Von ihm stammte der Himalayagedanke. Bauer führte 1928 eine Expedition in die Hochgebirgswelt des Kaukasus und erstieg den 5050 Meter hohen Nordgipfel der Schkora. Auf seiner Expeditionsreise experimentierte er mit einer neuen Höhenausrüstung und einem neuen Zelt. Er legte im Kaukasus den Grundstein für mehrere Himalaya-Expeditionen. Im Jahre 1931 begleiteten Karlo Wien und Hans Hartmann Paul Bauer zum Kangchendzönga und 1936 nach Sikkim. Dort gelang dem begabten Schüler Bauers die Erstbesteigung des Siniolchu.

Stärker als Bauer beeinflußte Willo Welzenbach Karlos Begabung und seine Hingabe an den Berg, bis eines Tages aus dem Schüler ein Meister geworden war und das Team die gemeinsame Leistung suchte. Willo Welzenbach fand in Karlo Wien den idealen Seilgefährten, mit dem er ein Jahr später große Erstbesteigungen unternahm.

Karlo aber ahnte nicht, daß aus den freundschaftlichen Beziehungen zu Willo Welzenbach und Hans Hartmann eine Schicksalsverflechtung entstand. Bauer würde 1937 die Expedition führen, die Karlo Wien und seine Freunde am Nanga Parbat suchen sollte und gefunden hat; Willo Welzenbach, der bedeutendste Bergsteiger nach dem Ersten Weltkrieg, ging Karlo Wien und Hans Hartmann am Nanga Parbat in seinem »magischen Idealismus« für den Berg um drei Jahre voraus.

Welzenbach absolvierte 1924, im Abiturjahr von Karlo Wien, sein Examen als Diplomingenieur. Wenig später wurde er zum Stadtbaurat von München ernannt. Seine Doktorarbeit schrieb Willo Welzenbach über ein Thema der Lawinenforschung. Zusammen mit Karlo Wien, dem angehenden Geophysiker, betrieb der »Lawinendoktor« aus München seine Forschung im Eis der Glarner Alpen unter Führung von Prof. Dr. Paulcke aus Karlsruhe.

Die Welt der Bergsteiger, so unendlich sie sich auch am Gipfel in die Weite und Höhe dehnte, war sehr klein. Der Kern des »Akademischen Alpenvereins« bestand aus wenigen jungen Persönlichkeiten, die mit ihrem Selbstverzicht, mit ihrer Genügsamkeit und Moral die Härte mit dem Fels der Berge teilten. In der Zeit Paul Bauers, Willo Welzenbachs und Karlo Wiens verlor London nach und nach seine Stellung als Metropole des Alpinismus; an die Stelle Londons rückte die Hauptstadt München. Ihren großen Alpinisten verdankt nicht nur München, sondern ganz Deutschland in dieser Zeit eine gewisse Weltgeltung. Karlo Wien ging an der Seite seiner Freunde bald den Weg, den einst Alfred Mummery gegangen war. Von West nach Ost, bis zu den stolzen Riesen der Ostalpen, vollzog Karlo Wien die schwere aber große Geschichte des Hochalpinismus noch einmal an sich selbst, Berg um Berg. Er war der erste Bergsteiger, dem die Eroberung des Mont Blanc im Winter gelang. Von der Blümlisalp zogen Wien und Welzenbach zum Laguinshorn (4005 m); hier bei Saas Fee erfolgte die zweite Erstbesteigung im Winter.

Am 3. April 1926 schrieb der nun 20jährige aus Zermatt seinen Eltern: »In den letzten fünf Tagen haben wir es doch zu vier Viertausendern gebracht. Von der Britannica waren wir gestern auf dem Alblihorn, wo wir vor zwei Jahren abgeblitzt sind. Gestern waren wir auf dem Strahlhorn bei fabelhaftem Wetter.« Die bedeutendste Leistung aber fand ihren Ausdruck in der ersten Winterbegehung des Lyskamm-Westgipfels; es war der letzte Viertausender der Schweiz, der bisher im Winter noch nicht bestiegen worden war.

Die Hausberge für die Seilschaft Wien/Welzenbach aber lagen im Wilden Kaiser mit seinen schroffen, steilen Wänden. Auf der Gaudeamus-Hütte verbrachten die Freunde aus dem gesamten Akademischen Alpenverein unvergeßliche Abende und Nächte. Wenn im Kamin die Scheite brannten, entzündete sich an den Funken auch der Geist; er sprühte wie das Feuer im Kamin und der Rote im Glas, wie die Lieder, Gesänge, die das Leben bejahten. Sie erfaßten alle, schalteten alle in dem zielstrebigen Vorsatz gleich, sich dort unten im Tal nicht am konformistischen Leben zu beteiligen. Ja, sie wollten höher hinaus mit ihrem ganzen Dasein.

Im Mai 1926 schrieb Karlo Wien in seinem Tagebuch: »Kleine Halt, Westkante. Der heurige Sommer beginnt mit einem Kopfsprung. Am 2. Mai waren Kraus und ich am Kirchl. Zehn Tage später wanderte Welzenbach mit mir das Kaisertal hinauf ...« Karlo schilderte auch die Besteigung der Kleinen Halt mit all ihren Tücken. »... 200 Meter freie Fall-Linie. Langsam schiebt sich Willo hinauf, schlägt einen Haken,

steht mit einem Fuß irgendwo in der Wand, deponiert seinen Rucksack, schiebt sich weiter hinauf und noch weiter hinaus, balanciert mit zwei Fingern und einem Fuß, schlägt einen Haken und rankt sich an diesem weiter hinauf bis zu einer Nische. Ich folge bis zum Rucksack, muß bei sehr mäßigem Stand die Rucksäcke zum Aufseilen anstückeln und bin schließlich auch auf irgendeine Weise in die Nische gelangt. Gott sei Dank, der nächste Haken war nur sechs Meter weiter, und drüben, auf einem rettenden Grasfleck, sitzt Willo stillvergnügt und – grinst.«
Das alles, obwohl Welzenbach bereits von einer Armlähmung behindert wurde. Sie zwang ihn, seine Klettertechnik zu ändern und sich mehr auf seine Beinarbeit zu verlassen. Der »Lawinendoktor«, der in diesen Jahren als Vorstand den »Akademischen Alpenverein« leitete, mobilisierte all seine Willenskraft, um die Schwäche auszugleichen. Am 13. Juni 1926 beobachtete Karlo Wien in der berüchtigten Westwand der Ellmauer Halt, wie Welzenbachs Rechte versagte. Wien tat nun das, was er immer getan hat und auch weiter tun wird: Er schwieg und half seinem Freund über alle Schwierigkeiten hinweg. Es dauerte zwei Stunden, bis beide die kritische Zone verlassen konnten.
Was auf so rätselhafte Art und Weise Welzenbach vorübergehend behinderte, knüpfte die Bergfreundschaft zu Wien noch enger. Plötzlich verstärkte sich auch der Erschließungsdrang; allein die Vorstellung, er könne vielleicht eines Tages nicht mehr klettern, löste in Welzenbach Unruhe aus. An die Stelle des Briefes trat nun die Telegrammverständigung. Ein paar Worte genügten: »Ankomme Bruck 15 Uhr. Du Seil, ich Haken. Willo.« Von Bruck aus radelten die Freunde dann durchs Fuschertal ihrem wahrscheinlich bedeutendsten Abenteuer in den Alpen entgegen. Bis dahin hatte Welzenbach am Glockner Lawinenforschung betrieben.
»In den letzten Augusttagen«, so schilderte Wien den gemeinsamen Entschluß, »fand Willo jedoch auch, jetzt sei der wissenschaftlichen Tätigkeit Genüge getan und wir hätten hinreichend lang am Kaindlgrat Löcher in die Wächten gebohrt. Das erste Ziel war die Glockerin-Nord-West-Wand.« Wien schilderte in seinem Tagebuch anschaulich, wie sich beide Seillänge um Seillänge durch sehr steile, mit Eis und Schnee gefüllte Couloirs und Rinnen »emporrauften«. Sie schlugen eine Menge Stufen, während ab und zu Steine vom »sonnigen Gipfel«

herabsausten. »Wohl weiß ich noch, wie mir manche Stelle recht schwer fiel, wie unangenehm es manchmal war, auf kleiner Stufe am Eishaken gesichert zu stehen und mir den Hagel von Eisbrocken auf den Kopf fallen zu lassen, die Willo oben loshackte. Vor zwei Jahren hatte Willo noch in einem Vortrag gesagt: ›Das Problem Glockerin-Nord-West-Wand wird wohl immer unlösbar bleiben.‹ Als ich sie vom Moserboden aus zum ersten Mal sah, in ihrer ganzen Größe, rot in der Abendsonne, da hatte ich das auch noch geglaubt. Deshalb werde ich die Freude nie vergessen, die wir empfanden, als wir sie nun durchstiegen hatten.«

Tags darauf erkundeten Welzenbach und Wien die Eiskögele-Nord-West-Wand. Sie fanden jedoch keine Einstiegsmöglichkeiten. Dazu bemerkte Wien im Tagebuch: »Es gibt Wände, die darf man nie von vorne noch von der Seite oder von oben ansehen, wenn man nicht den Mut verlieren will, sie anzugehen. Unsere glatten Kaiserwände gehören dazu. Dann gibt's Wände, die muß man von weitem anschauen, wenn einem nicht grauen soll. Eine solche ist die Eiskögele-Wand, und wir hatten anderentags Gelegenheit, das alles festzustellen.«

Wie beide das Eiskögele schafften, beschrieb Wien mit Worten, die das Schwierige und Gefahrvolle nicht schildern, sondern eher verkleiden: »Wir verließen um vier Uhr die Rudolfshütte und standen um sechs Uhr am Fuße der Wand. Das untere Drittel wird von steilen, wild zerrissenen Gletscherhängen gebildet. Mit viel Glück fanden wir durch das Gewirr der Riesenspalten hindurch. Über eine Rippe kamen wir zum Couloir, das steil und mit blankem Wassereis gefüllt war. Wir mußten uns mit Willos Eishaken hinaufziehen.« Mittags um 13.00 Uhr erreichten beide den Gipfel. Über den Johannisberg kehrten sie zur Rudolfshütte zurück.

Hier, am Johannisberg betrachteten sie den Glockner und kamen auf die Idee, während einer Wochenendtour auch die Nordwand zu bezwingen. »Es klappte 14 Tage später auch alles wundervoll«, erzählte Wien. »An einem herrlichen Herbstmorgen fuhren wir mit den Rädern nach Forleiten und verwendeten den ganzen Tag darauf, um vom Lukas-Haus zum Franz-Josef-Haus zu gelangen.« Um drei Uhr in der Frühe verließen beide die Hütte. Als die Sonne aufging, steckten sie bereits in den großen Eisbrüchen, über denen das innere Glockenkar liegt. Dann betrachteten sie die 600 Meter hohe Wand. Nach zwei

Stunden lag bereits ein Drittel der Wand hinter ihnen. Es folgten dramatische Augenblicke, bevor sich beide dem Sockel des Gipfels näherten. Darüber geben die Eintragungen im Glockner-Tagebuch Auskunft. Karlo Wien schrieb: »Mit je zwei Pickelhieben ritzte Willo eine Stufe und stellte eine schnurgerade Stufenleiter nach oben her, auf der das Emporkommen, vor allem für den zweiten, recht unangenehm war ... Daß sich anschließend das Seil verhängte und dann nur mit gutem Zureden aus dem Ring des Hakens zu bewegen war, ist eigentlich an solchen Stellen die Regel ... Immer am Rande des Couloirs entlang. Vergeblich tastete die Hand unter dem Schnee nach Griffen, immer wieder glitt der Fuß an dem blanken Eise ab. Dann gewannen wir wieder die Rippe und wurden durch einen kletterbaren Steilaufschwung für unsere Mühe belohnt. Zehn Stunden nach Überschreitung des Bergschrunds drücken wir uns am Glocknerkreuz die Hände.«

Dramatische Abläufe fing Karlo Wien mit unterkühlter Darstellung ab. Der stille, in sich gekehrte junge Mann redete nur, wenn er auch etwas zu sagen hatte. Er bezeichnete sich selbst als »Zuhörer« und litt darunter, wenn Freunde aneinander vorbeiredeten. Mit Siemens, Kerschbaum, den Gebrüdern Kraus, Willo Welzenbach und Hans Hartmann bedurfte es nicht vieler Worte, um sich zu verständigen.

Was sie nach schwerem Anstieg auf dem Gipfel mit allen Sinnen erlebten, vertrauten sie ihren Tagebüchern an. Die Tagebücher sind von hohem Wert. Niemand trug seine Gedanken öffentlich zur Schau; mit den Träumen schlossen die Bergsteiger ihre Erlebnisse in die Tagebücher ein. In einer Welt, die vom materialistischen Nützlichkeitsdenken zersetzt ist, fand eine ratlose und enttäuschte Jugend hier das Leitbild. Der Weg war schwer; er war nicht mit Rechten, sondern mit Pflichten gepflastert. Berge gibt es überall im Leben des Menschen; alles Leben erscheint als Bergsteigerei, solange der Leistungsgedanke das Programm bestimmt.

Karlo Wien und Willo Welzenbach verbrachten nun noch zwei Stunden am Gipfel unter dem Glocknerkreuz. Dort genossen sie die weiche Wärme des Südens und ein Licht, das den Pastellton von Seide hatte. Ohne darüber zu sprechen, was sie sahen und was das Auge im Innern weckte, spürten beide dasselbe beim Anblick des Zackenmeeres der Dolomiten im Süden und der Salzburger Kalkalpen im Norden. Die hellen, hohen Wände machten die Täler rätselhaft dunkel und tief. Im

fernen Asien hatten die persischen Weltkönige solche Wände geglättet und beschriftet. Hier hatte niemand eine Schrift hinterlassen, weder Hannibal, der 70000 Mann in den Alpen verlor, noch die deutschen Kaiser, die allein im 11. Jahrhundert 39mal über die Pässe nach Rom zogen, bewegt von der großen Gipfelschau der Riesen, die ihnen den Glaubensweg nach Italien zu verlegen schienen.
Und irgendwo im Südwesten ahnten Karlo Wien und Willo Welzenbach Lavant, das jenseitige Aguntum Roms, wo die Archäologie im Arsenal römischer Legionäre Steigeisen entdeckt hatte, die von den modernen Geräten nicht zu unterscheiden waren. Hatten römische Legionäre den Glockner erstiegen, wie Alexander den Aornos bezwungen hatte, um dort ein Heiligtum zu errichten? Wohl kaum, denn beide, Römer und Griechen, besaßen eine andere Einstellung zum Berg.
Als die Abenddämmerung einsetzte, erreichten Karlo Wien und Willo Welzenbach das Franz-Josef-Haus. Hier goß der Mond sein silbernes Licht über die Firne. Die zwei Freunde, eines Sinnes nun, traten den Abstieg und den Heimweg an.
Am Joch der Pfandlscharte zeichnete sich im Sternenband des Nachthimmels die Freiwandspitze und der Gipfel des Großglockner ab. »Da vergaßen wir«, schrieb Welzenbach, »all unser Ungemach ob der Schönheit der Welt. Ein Gefühl vollkommener Zufriedenheit erfüllte uns. Der stolze Berg war über seine stolzeste Seite bezwungen. Und am Wege durchs nachtdunkle Fuschertal hinaus zur Bahn begleitet uns das Glück der Erfüllung.«
Die Worte zeigen, daß es sich im Grunde genommen um ein religiöses Ereignis handelt. Auf dem Gipfel befindet sich der Bergsteiger im Einklang mit sich selbst. Zugleich gewährt ihm der Gipfel den Blick auf die unberührten Werke der Schöpfung. Der Bergsteiger nähert sich am Gipfel einer Zeit, deren Ferne kaum meßbar ist. Er sucht den Gipfel, um das Feuer der Gottesnähe zu verspüren. Der Gedanke gar reinigt sich, dessen erste Aufgabe es nach Ortega y Gasset ist, »das Sein der Dinge zu spiegeln« und die Urform der Welt zu erkennen. Karlos Hände, die so gut die Tastatur der Orgel oder des Flügels bedienten, fühlten im schwierigen Fels des Berges diesen fernen Ton. Der Berg hatte für den jungen Wissenschaftler eine Partitur, eine Komposition, die er sich von Stufe zu Stufe ertastete.
Die Kameradschaft, die Neigung, alles miteinander zu teilen, vom Brot

bis zum Schicksal, hatte in Stein- und Lawinenschlägen die Feuertaufe empfangen. Niemand wußte, wie oft ihr Leben auf der Aufstiegslinie bedroht gewesen war, in den Westalpen, im Berner Oberland und in den Ostalpen. Ihre Erstbesteigungen, Expeditionen und ihre wissenschaftlichen Leistungen führten zu internationaler Anerkennung. Ihre Namen hatten sich mit leuchtenden Lettern in die Bergwelt eingetragen, dort, wo sie am schwierigsten war. Welzenbach und Wien revolutionierten zugleich die Klettertechnik. Für das moderne Eis- und Felsklettern waren sie Pioniere. Der »Lawinendoktor« entwickelte dabei neue Ausrüstungen, vor allem passendes Schuhwerk, und ebnete der touristischen Bergsteigerei ungewollt die Wege, indem er Routen und Schwierigkeitsgrade in einem Katalog behandelte.

»Der Berg kann uns töten«, hatte Karlo während einer Rast einmal zu Willo Welzenbach gesagt, »aber er kann uns nicht das Leben nehmen.« Alfred Mummery hatte es anders gesagt, daß der Berg nämlich der Quell allen Lebens sei, eines Lebens, das den Tod und die Zeit danach einschließt. Und es werde immer wieder einen neuen Willo Welzenbach und einen neuen Karlo Wien geben, die von der ethisch-geistigen Kraft des älteren Vorbildes zehren würden. Die Spur werde bleiben, die beide im Schnee und im Eis der Alpen, des Himalaya und im Pamir hinterließen. Bei jedem Bergunternehmen gab es auch im besten Plan stets eine unbekannte Größe; irgendeinen Unfall und irgendeine Tragödie, die niemand voraussehen konnte. Acht Jahre später zerschnitt das Schicksal das Band zwischen Welzenbach und Wien am Nanga Parbat, am hohen Westtor zum Himalaya, aber auch zum Karakorum. Das Schicksal zerschnitt das Band, um es 1937 wieder neu zu knüpfen; im eisigen Totenreich des Weltenberges.

Das Sterben seines Freundes Welzenbach bewegte 1934 Wien so stark, daß er einfach nicht anders konnte, als eben das Vermächtnis des Umgekommenen anzutreten. Karlo spürte die epische Macht des Todes, als er sagte: »Eine andere Antwort gibt es auf das Unglück nicht. Wenn Männer ihr Leben nicht mehr wagen, um Dinge zu versuchen, die vorher noch nie getan wurden, wird die Menschheit auf dem absteigenden Ast sein.« Karlos Worte erinnern an den Geist von Antoine de Saint-Exupéry im Schmerz über die Mannschaft, die ihr Leben für die Rettung eines einzigen Bergmannes eingesetzt hat.

Es ist ausgerechnet die Stunde des Sterbens, in der sich der großartige

Charakter des 33jährigen Willo Welzenbach ganz enthüllt. Welzenbach, der mit dem etwas autoritären Willy Merkl nicht immer übereinstimmte, teilte mit dem Expeditionschef in Lager VII den Todeskampf, obwohl er sich hätte retten können. Der britische Bergsteiger Eric Roberts hat die letzten Tage dokumentarisch beschrieben; sein Bericht erschien, nachdem Roberts am Annapurna das Schicksal seines Vorbildes Welzenbach im Bergtod geteilt hatte. »Die Gruppe hatte gerade zwei Schlafsäcke für acht Träger und für die Bergsteiger, die sich Merkl und Wieland teilten«, schreibt Roberts. Ein Schlafsack gehörte Welzenbach, der nach Roberts ohne Schlafsack im Schnee schlief und sich, am Ende seiner Kräfte, eine Lungenentzündung holte. Der Träger Angtsering berichtete später, Welzenbach habe sich vor Schmerzen gekrümmt. Angtsering schlug vor, sofort abzusteigen, Merkl »war jedoch immer noch dafür, abzuwarten«. Er hoffte auf Hilfe von unten, die jedoch nach der Wetterlage nicht mehr zu erwarten war. Nach Mummery, Drexel und Wieland war Willo Welzenbach das vierte europäische Opfer, das der Nanga Parbat in seinen kalten Armen tötete – weil er seinen Expeditionschef nicht allein lassen wollte und seinen letzten Kälteschutz seinen Kameraden überließ. Sein Todeskampf war qualvoll. Das Heldentum dieses Mannes war unbeschreiblich, es ist nie beschrieben worden.
Dabei war der Nanga Parbat Welzenbachs Idee gewesen. »Gehe nicht mit«, hatte ihn die Mutter beim Abschied in München noch einmal gewarnt, »wenn du nicht die Führung hast.« Aber Willy Merkl hatte 1934 die besseren Beziehungen. Welzenbach wurde zweiter Mann der Expedition. Der letzte Brief Willo Welzenbachs stammt vom 10. Juli 1934, zwei Tage vor seinem Ende. Das Schreiben »An die Sahibs zwischen Lager VI und IV« ist in seiner Schlichtheit und in seinem Lebensschrei, in seinem ungehörten Ruf nach Rettung ein ergreifendes Dokument für Größe. Der Brief wurde erst viele Jahre später gefunden. Welzenbachs Tod war Selbstopfer. Am Ende seines Bergsteigerlebens erreichte er den höchsten Gipfel, denn sein letzter Gedanke galt der Rettung seiner Gefährten und der Träger. Dann kam der Sturm und bedeckte den Toten mit dem weißen Tuch des Nanga Parbat.
Drei Wochen vor seinem Tode hatte sich Welzenbach in einem Brief über die Schwächen der Expeditionsführung geäußert. Er schrieb, »daß zu viele versuchten, den Gipfel gemeinsam zu erreichen«. Damit

brachen die Nachschublinien der Expedition zusammen. Am 10. Dezember 1934 schloß sich auch der Präsident des britischen »Alpen-Clubs«, Withers, Welzenbachs Meinung an. »Es ist schwierig«, erklärte Withers, »vielleicht sogar vermessen, im gegenwärtigen Augenblick die Ursachen dieser größten Katastrophe, die bisher im Himalaya stattfand, erklären zu wollen, ein Unfall, der in seinem Ausmaß nur von dem Verlust von elf Menschenleben an einem Tage des Jahres 1870 am Montblanc übertroffen wird. Es mag sich jedoch jeder daran erinnern, daß der Leiter den großen Vorteil nicht nutzte, eine große Expedition zu seiner Verfügung zu haben. Die lebenswichtigen Nachschublinien wurden vernachlässigt. Nicht weniger als 16 Europäer und Träger befanden sich im höchsten Lager, während die drei darunter befindlichen Lager vollkommen leer waren ...«
Der Tod des Freundes, der ihm am fernen Berg vorausging, bewegte Karlo tief und nachhaltig. Es verstand sich von selbst, daß er die Trauerrede hielt und noch einmal das Leben seines Freundes beschwor, den man in Großbritannien, in der Schweiz, in Österreich und in Frankreich als den bedeutendsten Bergsteiger der Nachkriegszeit auszeichnete.
»... Sonntag für Sonntag zogen wir von Kufstein durch den braunen und goldenen Herbst nach Hinterbärenbad, wo sich am runden Tisch im Erker, am Stammtisch der ›Seltenen Hirsche‹, eine kleine Gruppe von uns zusammenfand, die gesonnen war, die köstlichen Tage ihrer Jugend nicht zu verschlafen. In der eigenartigen Stimmung, die die AAVM-Zusammenkünfte in den Bergen immer umgab, feierten wir bei Wein und alten Liedern rauschende Feste. Mit dem ganzen Übermut des jungen Lebens, unbekümmert um das Morgen, warfen wir alles Feuer unserer Herzen in die Waagschale und schwangen uns in unserer Vorstellung zu allen Höhen, zu allen Bergen rund um den Erdball auf.
Willo, der sonst vieles schwer nahm, stand hier mitten unter uns; fröhlich und begeistert ließ er sich vom Trubel fortreißen, und gerade in Bärenbad war es am lustigsten, wenn er dabei war. Wenn der fahle Schein des Morgens dann hinter den Halten und am Totenkirchl (Kaiser) dämmerte, war das Fest zu Ende. Wir langten nach dem Seil und den Kletterschuhen und zogen hinauf in die Wände des Kaisers, und es waren nicht die schlechtesten Taten, die wir vollbrachten.

Das Schönste aber, was wir mit ihm erleben konnten, waren die Minuten nach dem Bezwingen einer noch undurchstiegenen Wand, wenn wir uns die Hände drückten und wenn wir uns zu einer kurzen Rast am Gipfel niederließen.

Merkwürdig mutet es an, wenn wir von ihm den Satz lesen, geschrieben 1924, als er gerade anfing, sich den großen Bergen zu nähern, die bis dahin sein Traum gewesen waren, ein Ausspruch voller Vorahnung:

Nicht nur das Können bringt den Erfolg, auch Glück muß der Mensch haben, sind doch die Gefahren, die den Bergsteiger bedrohen, zu mannigfaltig. Immer wird das Schicksal des einzelnen der Macht des Zufalls überlassen bleiben, welches wie das Damoklesschwert über dem Haupt eines jeden Bergsteigers schwebt – den einen verschonend in gütiger Fügung, dem anderen zum Verderben werdend.«

Auf dem Dach der Welt

Das afghanische und islamische Problem der UdSSR. Vom Freund zum Gegenspieler: Enver Pascha 1920 in Baku und Bokhara. Die deutsch-russische Pamirexpedition 1928. Wilhelm Rickmer Rickmers, Prof. Dr. Finsterwalder und Karlo Wien. Knapp am Tode vorbei. Erstbesteigung des Peak Kaufmann (Peak Lenin).

»Mein Kaiser, es gibt auf der Welt nichts, was nicht zu etwas anderem in Wechselbeziehung steht. Wenn wir nur von einem Teil ausgehen, so können wir das andere nicht erfassen. Erst aus dem Wissen um den anderen kommt uns die Erkenntnis.
Die Harmonie liegt nicht außer uns, sondern in uns. Wenn wir alles im Leben der Ewigkeit betrachten, heben sich die Gegensätze auf. Die Achse der Welt ist dort, wo unser Geist um den Sinn dieses Lebens schwingt.
Geschrieben im Tal des Vogelfluges unter der Regierungszeit des sechsten Han. Zu einer Zeit, da die Wildgänse nordwärts zogen und man daheim in Schen-si die Seideneier mit Blütenwasser benetzte.«

Der Gesandte Tschang-kiän
an Kaiser Wu-ti im Jahre 126 v. Chr.

Der deutsche und österreichische Alpenverein hatte 1912 den Forschungsreisenden Wilhelm Rickmer Rickmers aus Bremen beauftragt, im Hochgebirge östlich von Bokhara, in der Kette »Peters des Großen«, umfangreiche naturwissenschaftliche Untersuchungen durchzuführen. Die russische Regierung hatte jedoch das eigentliche Hochland von Pamir von den deutschen Forschungsarbeiten ausgeschlossen. Die Expedition unter Rickmers fand 1913 statt. Sie dauerte sechs Monate.
Pamir: Dieses einsame, wild-schöne, hohe Land war in Wahrheit voller Spannungen und Leidenschaften. Der höchste Berg des Pamir war zugleich der höchste Berg Rußlands: Peak Kaufmann. Der deutsche Name sagt zunächst nichts Besonderes aus. Seine Bedeutung entspricht jedoch der Größe des Berges. Im 19. Jahrhundert war Kaufmann Oberbefehlshaber der Mittelasienarmee und Generalgouverneur in Taschkent, Herr über Russisch-Turkestan.
Der Sproß einer einflußreichen deutsch-russischen Familie aus dem Baltikum hatte in den letzten Jahrzehnten ein Fürstentum nach dem anderen in Mittelasien erobert und alle dem Zarenreich einverleibt. Für St. Petersburg spielte Kaufmann die Rolle der Lanzenspitze gegen Afghanistan, Sinkiang und Indien. Er war von vornherein im Vorteil: Großbritannien brauchte einen langen Seeweg und viele Schiffe, um die indische Kronkolonie verwalten zu können. Der Zar hingegen brauchte nur Kosaken und Artillerie; er annektierte in Mittelasien fremde Gebiete auf der inneren Linie und ließ nach jeder Eroberung den Vorhang des Schweigens herab. Für den Kaiser aus dem Hause Romanow war Khiwa, unweit des Aralsees, der erste Schritt auf dem Wege nach Indien. Den zweiten tat wenig später Kaufmann, als er eine russische Militärmission nach Kabul beorderte. Auf Khiwa folgten Samarkand, Bokhara, Taschkent, Merw und Khokand im Fergana-Tal, im Tal des »Vogelfluges«.

Der Peak Kaufmann, der im fernen Pamir auf die Besteigung und Vermessung durch Karlo Wien und seine Freunde wartete, lag mitten im sogenannten »Umstrittenen Gebiet«. Im Raum von Khokand, Osch und Sarikol, mitten im Pamir, stieß Kaufmann nun auf das britische Einflußgebiet und auf chinesische Interessen als Gegenkraft. »Das Große Spiel« begann, wie Rudyard Kipling schrieb. In diesem Spiel rangen keine Heere miteinander. Im Pamir begann ein langer, zäher Krieg der Patrouillen mit Stammesreitern, Kosaken, Kirgisen und Bergsteigern, ein geheimer Krieg der Forschungsreisenden, die plötzlich die Waffe zogen und sich als Offiziere feindlicher Generalstäbe entpuppten. Es war ein ständiges Duell von Diplomaten, die dem Notenspiel mit bewaffneten Missionen Schärfe verliehen.

In dem »Großen Spiel« wirkten bedeutende Persönlichkeiten mit: der Deutsche Dr. Werner Otto von Hentig, und Francis Younghusband, der Gegenspieler des Zaren, Bergsteiger, Generalstabsoffizier und Geograph; Lord Kitchener, der für Großbritannien als »Leutnant Smith« Patrouillen durch den russischen Pamir ritt, und Lord Curzon, der mit Durand die Demarkationslinie durch Asien zog, die erst 1979 durch die »Breschnew-Linie« abgelöst wurde. Sie alle sorgten dafür, daß es nie zu einem Vakuum kam und daß die Balkonpfade aus dem Pamir in Richtung Indus und Kabultal sowie Sinkiang kosakenfrei blieben. Umgekehrt drangen russische »Forschungsreisende«, die in Taschkent auf der Offiziersliste des Generalstabes standen, tief in britische Interessengebiete ein, bis in den Hindukusch und an die Pforte Indiens in Hunza. Dort lag die begehrteste Straße Asiens, die Marco-Polo-Route, die Karakorum und Pamir miteinander verband. Für Engländer wie für Russen wurde die Reise nach Hunza zugleich zur Reise in die ferne Vergangenheit, zur Begegnung mit den Ta-Yüe-tschi, den Großen Goten mit ihrem kultischen Königtum.

Hauptmann Gromschewski und Oberst Yonow vom Generalstab in Taschkent, echte Russen, grob und gerissen, die Wodka-Imperialismus mit Ethnologie verbanden, versuchten jedoch vergeblich, die Tore nach Indien und Afghanistan zu öffnen. Selbst die Kosakensprache der Russen hielt die Engländer nicht davon ab, mit einer Handvoll Männer den Pamir, den Hindukusch und den Karakorum unter Kontrolle zu halten. Sie kannten die Methode des »Menacer souvent, mais frapper rarement«, auch wenn immer irgend etwas an den Konferenztischen für Petersburg heraussprang.

Die deutsch-russische Konstellation war 1928 einmalig: Der Pamir wäre für eine deutsche Expedition zweifellos »verbotenes Land« gewesen, hätten die Sowjets die geographischen Forschungsarbeiten der Deutschen nicht mit eigenen Interessen koordinieren können. Der Kreml benutzte die unpolitische Natur deutscher Wissenschaftler, um auf dem langen Marsch Rußlands ins Indus- und Kabultal den nächsten Schritt vorzubereiten. Umgekehrt zogen die deutschen Wissenschaftler aus dem konspirativ eingestellten Charakter der Russen den Vorteil, eine der bedeutendsten und unbekanntesten Hochwelten der Erde untersuchen und vermessen zu können.

Mittelasien – in welchem Zustand befand sich die von Kirgisen, Usbeken, Turkmenen und Tadschiken bevölkerte Welt, die unter General Kaufmann russisch geworden war und unter Lenin nun kommunistisch werden sollte? Was die Chinesen im 2. Jahrhundert vor Christus »Dach der Welt« nannten, weil sich die hohen Gebirgsketten Innerasiens hier begegneten, war 1928 noch immer »umstrittenes Gebiet«. Eine fremde Expedition konnte nur reisen, wenn der Kreml dabei war. Denn die Sowjets saßen in den ersten Jahren nach der Oktoberrevolution hier noch keineswegs fest im Sattel. Ihre Lage war sehr prekär. Um fest im Sattel sitzen zu können, mußten sie die sogenannte »Warm-Water«-Strategie General Kaufmanns bis ins letzte Ziel verwirklichen: Letztes Ziel war der Khaiber-Paß, war Wakhan, um die Verbindung zwischen China und Afghanistan zu unterbrechen, und zum letzten Ziel zählten vor allem Kabul und das Industal, bis die Küste des »warmen Meeres« erreicht war.

Was Kaufmann für den Zaren erobert hatte, mußte Lenin von neuem mit Waffengewalt erwerben und obendrein im Umgang mit Geschlagenen eine Nationalitätenpolitik betreiben, die die Spannungen entstören konnte. Die junge UdSSR – und das war das eigentliche Ereignis – stieß in Mittelasien zum ersten Mal auf die bewaffnete Macht des Islam, mit der sie auch seit 1979 in Afghanistan ringt. Als die deutsche Expedition 1928 über Moskau in den Pamir aufbrach, waren erst wenige Jahre vergangen, seitdem der legendäre Seraskir des Osmanischen Reiches, Enver Pascha, in Bokhara und Samarkand das Erbe Timur Lenks angetreten und versucht hatte, mit einem islamischen Heer ein neues Kalifat zu gründen; und das mit Hilfe der jungen UdSSR.

Wie kam der Schwiegersohn des ehemaligen Sultans nach Moskau? In den zwanziger Jahren trafen sich im Kreml Männer des Orients, die in den letzten Jahren vergeblich versucht hatten, die Engländer in Indien und Mittelasien zu entmachten. Darunter waren deutsche Orientpolitiker, islamische Prinzen, indische Fürsten und militärische Abenteurer. Für sie alle war Wladimir Iljitsch Lenin die große Hoffnung, anstelle des alten deutschen Kaiserreiches und der Hohen Pforte werde nunmehr die junge UdSSR den Kampf gegen die britische Kolonialherrschaft aufnehmen.

Lenin war klug genug, vor solchen Gästen die Lehren von Karl Marx zurückzustellen und statt dessen den Freiheitskampf der unterdrückten Völker Asiens anzusprechen. Zum engeren Kreis zählte 1920 der Schwiegersohn des ehemaligen türkischen Sultans, Enver Pascha, der Seraskir aus Stambul. Ein Jahr lang saßen Lenin und Enver an dem großen Tisch und spielten um den Besitz Mittelasiens. Es war von vornherein ein Doppelspiel. Für Lenin und Trotzki ging es in erster Linie darum, sich des großen Ansehens zu bedienen, das Enver in Ost- und West-Turkestan, in Afghanistan und in allen islamischen Räumen besaß. Enver ging es um ein Zeitbündnis mit der Sowjetunion; er strebte den Oberbefehl über Lenins Mittelasienarmee an, um, wie es in russisch-türkischer Einmütigkeit hieß, die Engländer aus Afghanistan und Indien zu vertreiben.

Was der Zar mit Hilfe seiner schwarzen Reiter aus Orenburg, den Kosaken, unternommen hatte, betrieb Lenin nun mit den Lehren seiner Oktoberrevolution. Sie sollten in Asien alle Grenzen sprengen und tief in die Gesellschaft Indiens und Afghanistans einbrechen. Ein »Propagandazug für den Orient« begab sich mit seinem revolutionären Instrumentarium auf die Reise durch den mittelasiatischen Ländergürtel. Auf einem Propagandafeldzug, der bis dahin seinesgleichen nicht gekannt hatte, überschüttete die UdSSR die Völker Asiens mit Parolen, die kommunistische Ziele unterschlugen und nur den Freiheitskampf der Unterdrückten ansprachen. Mit dieser Kampagne bereitete Lenin den »Kongreß der unterdrückten Völker des Orients« in Baku vor. Hier schlug im September 1920 Enver Paschas Sternstunde.

Enver zählte nicht zu den konservativen Prinzen, die das »Elend der Philosophie« von Karl Marx liebten und die Wunderkinder seiner

Weltrevolution verhätschelten, ohne zu ahnen, daß aus solchen Materialien der Strick gemacht wurde, an dem viele von ihnen bald selbst baumeln würden. Enver war Türke, ein echtes Kind Turans. Wer war schon dieser Lenin? Warum sollte man den Russen nicht vor den türkischen Karren spannen können? Der Russe und der Türke hatten die Parole vom Freiheitskampf der Völker gemeinsam; gemeinsam war ihnen auch, daß jeder sein eigenes Ziel verfolgte und es vor dem anderen listig verbarg.

Enver bestieg Anfang September in Moskau den Sonderzug nach Baku. Dort sollte der Kongreßvorsitzende Sinowjew den neuen Mann Lenins für Mittelasien den Delegationen vorstellen. Enver brauchte diese Vorstellung nicht. In den Straßen der Erdölstadt schlug ihm die Begeisterung der Massen entgegen. Als Enver die Kongreßhalle betrat, erhoben sich Afghanen, Chinesen, Inder, Perser, Uzbeken, Tadschiken und Turkmenen von ihren Plätzen. Nach Augenzeugenberichten verloren all die aufgeklärten Marxisten vor dem Charisma des Türken ihren kühlen Verstand. Sie knieten vor der Loge Envers nieder und küßten den Saum seiner Kleider. Enver – als der Name fiel, brach die alte Sehnsucht der Völker nach Freiheit aus. Erschien hier nicht der Mann, der die unterdrückten islamischen Völker Asiens in die letzte Schlacht führen könnte? Aber die letzte Schlacht sollte nicht den Engländern, sondern den Russen gelten.

Das alte Turkmenenlied über das Beben der asiatischen Erde, wenn Reitervölker wieder über die Steppe jagen und ihre Pferde alles unter die Hufe nehmen, wurde in Baku noch einmal gesungen: »Asien bebe ...« Es ist kein Lied, sondern ein Schrei; er drang bis Samarkand und Kaschgar. Im fernen Moskau zeigte selbst Wladimir Iljitsch Lenin Wirkung. Hinter der Akklamation witterte er Gefahr. Dieser Enver war für ihn kein Schwärmer. In ihm floß das Blut Timur Lenks. Auch nach dem Zusammenbruch des Osmanischen Reiches war Enver Pascha noch immer der erste Mann des Orients. Für die Moslems Mittelasiens, die keine Grenzen kannten, befand sich in den Händen Envers das heilige Schwert.

Mit dem Rest des alten türkischen Generalstabes brach Enver Ende September nach Bokhara auf. Sinowjew reiste zum Gründungskongreß der »Kommunistischen Partei Deutschlands« nach Halle. Dort bekannte der Russe im Oktober: »Als ich in Baku sah, wie Hunderte von Persern, Türken und Afghanen mit uns die Internationale anstimmten, fühlte ich Tränen in den Augen. Da spürte ich den Hauch der Weltrevolution.« Für den Mann, der in diesem Augenblick in Bokhara eintraf, aber sollte die Weltrevolution nicht russisch, sondern türkisch werden. Stämme und Städte fielen in islamischem Begeisterungstaumel von Lenin ab und wandten sich Enver zu.

Mit Enver Pascha schien die Geschichte Mittelasiens einen anderen Weg einzuschlagen. Der Weg führte nicht nach Moskau und Leningrad, sondern nach Samarkand und Bokhara. In Bokhara wiederholte sich für den Schwiegersohn des Kalifen die Stunde von Baku. Die Massen gerieten beim Erscheinen des Seraskir außer sich. Enver ergriff von ganz Transoxanien Besitz. Zu seiner Mittelasienarmee stießen auch die Basmatschen des Dschanait-Khan, des »Löwen der Wüste«, und des Djahangir, des »Herrn der Welt«. Die Basmatschen waren Freiheitskämpfer und Plünderer, vor allem aber waren sie Moslems und Antibolschewisten; sie handelten nach dem Grundsatz, wer keinen Gott besitzt, hat auf der Erde nichts zu suchen.

Am Geburtsort der türkischen Geschichte war Enver wieder zu seinem Volk zurückgekehrt, dem er den alten Rang zurückgeben wollte. Nach seinem Einzug in Bokhara war Enver wieder Seraskir, der erste Mann des Orients. Binnen weniger Tage entfachte er einen Sturm, der für das bolschewistische Rußland ungleich gefährlicher wurde, als es die weißen Armeen unter Wrangel, Denikin und Koltschak waren. Enver hatte ein höheres Ziel; er weckte die traditionellen Kräfte Mittelasiens; er hatte ein islamisches Programm und war der »Freund Gottes«. Die Verbände, die Lenin ihm entgegenschickte, wurden geschlagen. Bald trug Enver einen neuen Namen. Die Nomaden Turkestans nannten ihn »Orchan Padscha«. In den Legenden der Völker, die zwischen Aralsee und Sinkiang autonome Wanderstaaten unterhielten, war »Orchan Padscha« der unbesiegbare Befreier der Völker. Das Königtum war dem Seraskir nun gewiß; die späten Söhne Timur Lenks verliehen es jenem, der dem Großen aus Samarkand am nächsten kam.

Nach den Niederlagen der Reiterarmee Budjonnys, die in Asien einen schlechten Ruf hatte, wußte Moskau, daß der neue Orchan Padscha mit militärischen Mitteln allein nicht zu schlagen ist. Die Lage Lenins war fatal und grotesk. Man stelle sich vor: Lenin hat Enver nach Moskau geholt und nach Baku gebracht. Vor den Augen der Welt küßten kommunistische Führer den Saum seiner Kleider und vergötterten ihn als Mahdi, als Erlöser. Dann machte Lenin diesen Enver zum Oberbefehlshaber seiner Mittelasien-Armee, die nun nicht für ihn, sondern gegen ihn reagiert. Wenn schon Budjonny den Türken nicht schlagen konnte, so mußte ein anderer her. Lenin rief den »Priester der Oktober-Revolution«, den Polen Felix Dserschinsky, den Chef der Tscheka, der Geheimpolizei, zu sich. Die Unterredung dauerte so lange wie die Länge eines einzigen Satzes: »Enver Pascha muß in Bokhara beseitigt werden.«

In der Tat wurde nun Mittelasien durch einen Mord sowjetisch. Der hagere Dserschinsky, einst Schüler des polnischen Marschalls Pilsudski, hatte das Aussehen eines Asketen auf den Bildwerken byzantinischer Ikonen. Er war jener Mann, von dem Arthur Koestler meinte, er habe »den Bergquell der reinen Revolution in einen schmutzigen Fluß voller Leichen verwandelt«. Auf einem Jagdausflug in die Bokhara-Berge lief Enver der Tscheka in die Falle. Vor dem Aufbruch wurde Enver noch gewarnt, daß Budjonny mit einer Truppe Taschkent verlassen und sich in die Jagdgebiete Envers begeben habe. »Budjonny?« Enver lachte und winkte ab, während ein armenischer Tschekist im Hintergrund bereits die Regie für seine Ermordung in Bewegung gesetzt hatte. Das neue Licht, die junge Mondsichel, die dem Krummschwert der Türken glich und Enver immer auf der Jagd begleitet hatte, brachte ihm kein Glück. Dennoch erreichte sein Stern an dem Morgen, als Tausende von roten Reitern über ihn und seine türkischen Generalstabsoffiziere herfielen, den Zenit und seinen höchsten Glanz. Der Seraskir erkannte die Falle erst, nachdem sie sich bereits geschlossen hatte. In dem Tötungsdrama übernahm Enver nun eine Rolle, die eigentlich einer anderen Epoche angehörte und die Afrosiab und Timur aus Samarkand näherstand als unserer Zeit. Der Tod in der Wüste hat vor dem historischen Hintergrund Turans nichts Schreckliches, sondern nur Episches. Tod im Kampf ist für den Sohn Turans im Grunde genommen ein hohes Fest.

Lenin hatte 3000 Reiter geschickt. Mit zehn Stabsoffizieren war Enver allein. Er lachte, als er die Henker sah. Er wartete ihren Angriff nicht ab, sondern stürzte sich mit seinen türkischen Offizieren auf die Gegner. Mit dem Schwert teilte der Seraskir den Tod aus. Die letzte Schlacht für das Sultanat schlug nicht das Heer, sondern ihr Heerführer. Als die russischen Säbel den Seraskir einkreisten, zeichnete der Erbe Timurs seine letzte Stunde mit der Würde und Tapferkeit der alten Fürsten Turans aus. Das Ende kam, als Envers Pferd verwundet zusammenbrach und der Seraskir zu Boden stürzte. In dieser Sekunde fand der Säbel eines Tataren das Ziel Lenins. Das Haupt Envers rollte in den Sand. Von den zehn Generalstabsoffizieren der alten Hohen Pforte war Enver der letzte.

Die Basmatschen Dschanait-Khans und die Reiter des Usbekenfürsten Ibrahim-Beg kamen zu spät. Sie fanden den Seraskir umgeben von Feinden, die er zuvor erschlagen hatte. Die rechte Faust Envers umklammerte den blutigen Krummsäbel; in seiner Linken hielt er den Koran, und in der Brusttasche fand der »Löwe der Wüste« das Bild seiner Frau, der Tochter des Sultans, der Prinzessin aus Stambul. Die Henker hatten die Flucht ergriffen.

Der »Heilige Krieg« ging in Mittelasien nie zu Ende. Er änderte nur seine Form, nicht aber die Gärung. Das sowjetische Rußland vergaß die Lektion nie, die Enver Pascha erteilt hatte. Der Islam blieb das Problem Rußlands, denn er verband die Völker Mittelasiens mit den Nachbarn, mit Afghanistan, Persien und seit 1981 mit Pakistan. Als 1979 der islamische Druck zunahm, angeregt durch den Machtantritt Khomeinis in Teheran, setzte die UdSSR den langen Marsch an den Indischen Ozean fort und besetzte die islamische Drehscheibe Afghanistan; zwei Jahre später annektierte der Kreml Wakhan, die afghanische Grenzprovinz zu Sinkiang, um den massiven chinesischen Einfluß im Pamir und in Afghanistan zu unterbinden. Die Eroberung Afghanistans setzte einen langfristigen strategischen Plan voraus. Das Wichtigste war der Zeitpunkt: Die Entscheidung fiel, als in Teheran der Schah stürzte und in Islamabad Premierminister Bhutto beseitigt wurde, als ein Vakuum entstand und keinerlei Intervention zu erwarten war. Was wird? Die Frage lautet heute nicht, ob die Russen Afghanistan wieder verlassen; sie lautet, ob sie überhaupt in Afghanistan stehenbleiben können und nicht im Rahmen der »Warm-Water-Strategy« weitermarschieren müssen. »Für Rußland gibt es in Asien keine Grenzen«, hatte der Zar nach der Landung an der Ostküste des Kaspischen Meeres General Obtruchow gekabelt, er hat damit für alle Zukunft das außenpolitische Programm Rußlands zusammengefaßt.

Im Spiegel Afghanistans erscheint Schlimmeres als der Hunger einer

Großmacht nach fremden Ländern, Bergen und Flüssen. Im afghanischen Spiegel erscheint der dunkle Trieb nach Vivisektion am Leib eines Volkes, das sich verzweifelt wehrt, ohne militärisch je siegen zu können. Damit der Islam in Zukunft keine Brücke mehr nach Russisch-Mittelasien besitzt und sich keine Fremdhilfe mehr entfalten kann, versucht die UdSSR in Afghanistan, die Zentren des Glaubens, des unabhängigen politischen Willens und das kulturelle Bewußtsein auszuschalten und für die künftigen Generationen die Erinnerung an eigene Überlieferungen zu löschen. Selbst wenn die UdSSR eines Tages ihre militärische Anwesenheit verdünnen sollte, Afghanistan wird eine Provinz Russisch-Turkestans sein und Kabul der politische »Vorort« von Taschkent.

Von Khiwa über Samarkand bis Kabul lief seit 150 Jahren jede Annexion fast mechanisch nach demselben Muster ab. Die Russen spielten zunächst Balalaika. Dann kamen die Berater. Die Offiziersschüler Afghanistans gingen zur Militärakademie nach Taschkent, und die Studenten besuchten in der Metropole Russisch-Turkestans die Internationale Universität. Vor den Augen der Welt bauten die »sowjetischen Freunde« in Afghanistan eine Panzerstraße vom Oxus quer durch den Hindukusch bis an die Grenze Pakistans. Afghanistan war schon vor dem Einmarsch der Roten Armee »besetzt« und in der Hand des Kreml. Zum Vollzug kam es erst nach dem Sturz des Schahs von Persien und von Ministerpräsident Bhutto in Pakistan. Widerstand oder eine wirkungsvolle Hilfe für Afghanistan war nunmehr kaum noch zu erwarten. Afghanistan war isoliert.

Mit der deutschen Pamir-Expedition betraten nun Forscher, die mehr sehen konnten als nur Standlinien zur Erforschung der Bergwelt, kritische Gebiete. Während in Leningrad und in Berlin Deutsche und Sowjets ihre Expeditionsziele und Pläne verhandelten, bewegte der »Orchan Padscha« Mittelasiens, Enver Pascha, die politische und religiöse Vorstellungswelt der Völker weiter. Für die Sowjets ist der tote Seraskir nicht ungefährlicher als der lebende; die Geheimpolizei ist gegenüber einem Mythos machtlos. Die deutschen Bergsteiger und Wissenschaftler erreichten das Pamirgebiet in einer Zeit, da ringsumher noch immer der »Homo islamicus« mit dem »Homo sowjeticus« rang.

Nach dem Vertrag von Rapallo hatte sich das Klima zwischen der jungen UdSSR und der Republik von Weimar geändert. Es war freundlicher geworden. Staatsminister Dr. Schmidt-Ott, zugleich Präsident der »Notgemeinschaft der deutschen Wissenschaft«, verhandelte mit dem Chef des Vollzugsausschusses des Rates der Volkskommissare Nicolai Petrowitsch Gorbunow über Fragen der Zusammenarbeit. Beide kamen überein, eine deutsch-russische Pamir-Expedition zusammenzustellen. Unter der Oberleitung von Gorbunow und seinem Vertreter, dem nicht unbekannten Generalstaatsanwalt Krylenko, sollte die nach wissenschaftlichen Fächern besetzte Expedition die Arbeiten von Wilhelm R. Rickmers aus dem Jahre 1913 nun im Pamirgebiet fortsetzen.

Die Sowjets kannten ihren eigenen Pamir nur ungenau, so daß es keine gesicherte Verkehrsgeographie gab. Sie aber war im Grenzraum nach Sinkiang, Afghanistan und Indien bedeutsam, denn die Revolution brauchte Straßen und Balkonpfade; sie sollte nicht an den Grenzen stehenbleiben. Projekt reihte sich an Projekt; aber jedes war abhängig von neuen Erkenntnissen, und die neuen Erkenntnisse hingen wiederum von den photogrammetrischen Arbeiten auf den Hochpässen ab. Man brauchte exaktes Kartenmaterial. Für die Herstellung benötigte die UdSSR Bergsteiger mit wissenschaftlicher Ausbildung; und diese Bergsteiger gab es in der UdSSR nicht. Wie wichtig der politische Hintergrund war, zeigte der hohe Rang der sowjetischen Expeditionsführer.

Gorbunow, Krylenko und Schmidt, die zur ersten Garnitur der Kreml-Führung zählten, vertrauten sich in den nächsten Wochen hoch über den Abgründen des Pamir dem Seil und der Hand deutscher Bergsteiger an. Karlo Wien bekannte später, es habe ihn mit »machiavellistischer Heiterkeit« erfüllt, als ihm plötzlich an einem Sechstausender bewußt geworden war, daß der kleine Seilgefährte unter ihm der allmächtige Chef der Exekutive aus dem Kreml war und daß die Geheimpolizei hier oben in der Wand nichts mehr zu sagen hatte.

Die deutsche Seite verfolgte keinerlei politische Interessen. Es ging ihr darum, auf der internationalen Ebene ihren Rang herauszustellen und im Pamir Arbeiten fortzusetzen, die 15 Jahre zuvor an der Kette »Peters des Großen« eingestellt worden waren. Dennoch aber hatte das Pamir-Unternehmen sehr viel mit den Ereignissen im benachbarten Sinkiang zu tun. Es traf sich, daß 1928 auch der Freund des Hauses

Wien, der schwedische Forschungsreisende Sven Hedin, in Begleitung von elf deutschen Wissenschaftlern »die andere Seite«, eben Sinkiang, bereiste und geographische Forschungsarbeiten wie auch Vermessungen durchführte. Bei den elf deutschen Expeditionsmitgliedern Hedins handelte es sich um ehemalige Generalstäbler. Der schwedische Expeditionschef verhandelte 1928 mit dem starken Mann Sinkiangs, mit Generalgouverneur Yang. Yang hatte aus der uralten Südwestprovinz Chinas ein unabhängiges Staatswesen gemacht und suchte nun in seiner prekären Lage zwischen der UdSSR und Peking nach dem dritten Weg; Yang fand den Weg, indem er sich der Republik von Weimar, der deutschen Industrie und der Deutschen Lufthansa zuwandte, der er Landerechte und Stützpunkte einräumen wollte.

In der Regierungszeit Yangs griff der russische Bürgerkrieg auf Nord-Sinkiang über, als Reste der sibirischen Koltschak-Armee unter Führung von General Annenkow in Stärke von 60 000 Offizieren und Soldaten über die Grenze abgedrängt worden waren. Mit seinen Kosaken und mandschurischen Reiterverbänden gründete Annenkow in Sinkiang einen weißrussischen Staat, bevor er einem Attentat erlag. Im Untergrund hatte aber die junge UdSSR bereits Fuß gefaßt. Arnold Toynbee hielt Yang für den größten Chinesen seiner Zeit. Ein deutscher Forschungsreisende befand über die Ära Yang in Ost-Turkestan: »Die Zeit war stehengeblieben. Das war das Paradies in Sinkiang.«

Das antibolschewistische Bollwerk Sinkiang unterhielt 1928 über geheime Pfade Beziehungen zu den islamischen Freischärlern in Bokhara, Samarkand und Khokand. Alle Pfade führten durch Sarikol, über Taschkurgan, durch den Tagdumbasch-Pamir und über die verborgenen Pässe der Hochwelt, die in den nächsten Monaten Karlo Wien bereiste, vermaß und eroberte. Für ihn war das Unternehmen nicht Teil der großen Auseinandersetzung zwischen »Weiß und Rot«, sondern eine Expedition, die ihn an Scott oder Amundsen erinnerte und einen rein wissenschaftlichen Ruf besitzt.

Willo Welzenbach, der bis November 1926 den AAVM leitete, hatte an den frühen Vorbereitungen für eine deutsch-russische Pamir-Expedition teilgenommen. Gleichzeitig untersuchte er gemeinsam mit Philipp Borchers, Regierungsrat in Bremen, sowie mit Prof. Paulcke und anderen Persönlichkeiten die wissenschaftlichen Möglichkeiten, die sich der Expedition im Pamir bieten konnten. Die Notgemeinschaft der

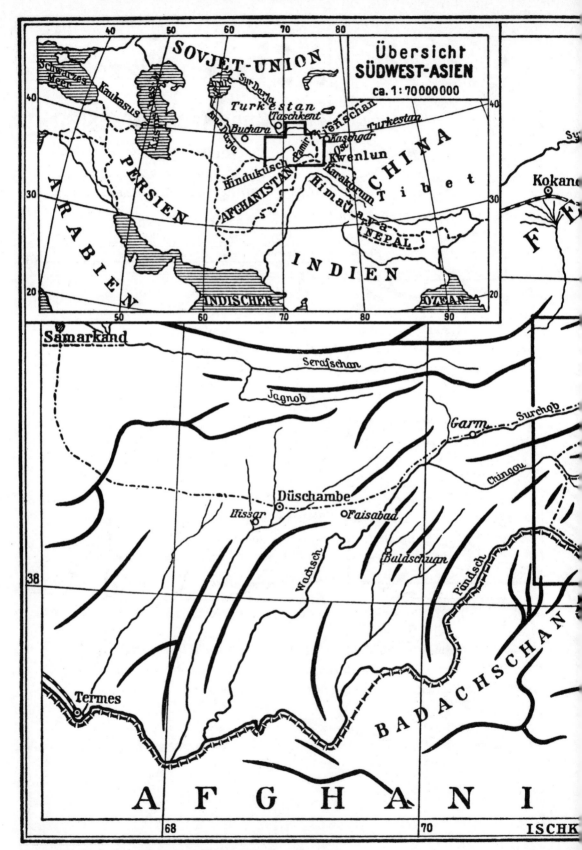

Borchers, Berge und Gletscher im Pamir

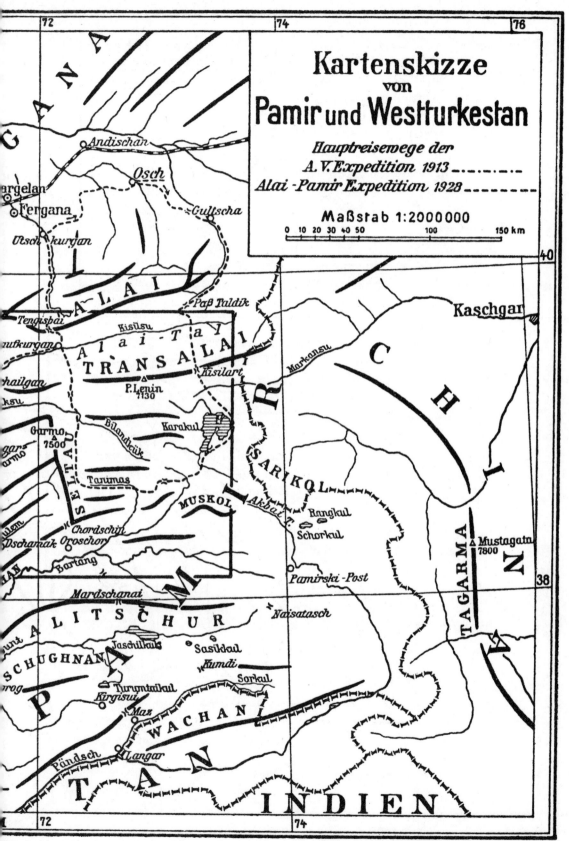

deutschen Wissenschaft empfahl Welzenbach, zur Unterstützung der Fachgelehrten vier Bergsteiger vorzuschlagen. Allein konnten es die Wissenschaftler auch nicht.

Je mehr von den Vorbereitungsarbeiten nun bekannt wurde, um so lebhafter setzten von allen Seiten die Bewerbungen ein. Nur einer bewarb sich nicht: Karlo Wien. Es war von vornherein klar, daß der AAVM angesichts seiner bergsteigerischen Bedeutung in den alpinen Vereinen Österreichs und Deutschlands auch die Leitung des Unternehmens haben müsse. Die Wahl fiel jedoch schwer, von zahlreichen erstklassigen Kräften vier Teilnehmer auszusuchen.

Welzenbach schätzte die Qualitäten Karlo Wiens so hoch ein, daß er von Anfang an seine Beteiligung vorschlug. Für den AAVM gab es über die Persönlichkeit des Bergsteigerführers keine Debatten. Es kam nur Willo Welzenbach in Frage. Welzenbach schrieb am 4. Januar 1926 in einem Schreiben, in dem der AAVM Karlo Wien zur Teilnahme aufforderte: »Mit Dir verstehe ich mich besser als mit jedem anderen aus dem Verein. Wenn der AAVM seine internationale Bedeutung beibehalten oder festigen will, so muß er in weit höherem Maße als bisher ins Eis gehen, denn bei den Engländern werden als Maßstab alpiner Leistung nur Eisfahrten anerkannt.«

In der Zwischenzeit stellte sich jedoch heraus, daß Willo Welzenbach wegen seines kranken Armes auf die Teilnahme verzichten mußte. Am 16. Dezember 1926 schrieb er Karlo Wien: »Mein Arm ist ganz unförmig angeschwollen. Ständige Schmerzen und andauerndes Fieber haben mir derart zugesetzt, daß ich in all meinen Bewegungen vollkommen auf die Hilfe fremder Personen angewiesen bin. Ich hoffe, daß der kritische Punkt bald überwunden sein wird, aber es scheint ganz unmöglich, daß ich im Frühjahr 1928 mit in den Pamir kann.«

Am 10. Januar 1927 äußerte Karlo Wien in einem Brief an Borchers, daß er die Hoffnung auf Welzenbachs Teilnahme noch nicht aufgegeben habe, es sei jetzt jedoch notwendig, daß sich der AAVM über die Nominierung der Teilnehmer schlüssig werde. Nachdem Welzenbach endgültig wegen einer heimtückischen Krankheit ausschied, bestimmte der AAVM Dr. Eugen Allwein und Karlo Wien als Expeditionsteilnehmer und der AAVB (Akademischer Alpen Verein Berlin) Dr. Philipp Borchers und Erwin Schneider.

Über die umfangreichen wissenschaftlichen und bergsteigerischen

Aufgaben der deutsch-russischen Pamir-Expedition haben später Karlo Wien und Philipp Borchers berichtet: »Wir vier Bergsteiger bildeten im Rahmen der großen Expedition eine eigene Gruppe; unser Ziel waren in erster Linie die hohen Gipfel, darunter auch nach Möglichkeit der höchste Berg des russischen Reiches. Wo übrigens dieser lag, war keineswegs bekannt. Das Aufspüren all dieser Berge und der verborgenen Pässe, die unseren russischen Auftraggeber besonders interessierten, sowie das Aufspüren geeigneter Anmarschwege enthielt neben der bergsteigerischen auch eine Fülle von geographischen Aufgaben.
In den Dienst der Wissenschaft hatten wir uns ferner in der Weise zu stellen, daß wir mit unseren alpinen Erfahrungen, wo es nötig war, den Gelehrten den Weg bereiteten und ihnen überhaupt helfend zur Seite standen.« Unmittelbarer Teilnehmer an den wissenschaftlichen Arbeiten war zunächst Wien, Student der Physik, im Jahre 1927 durch Prof. Finsterwalder in der Photogrammetrie so weit ausgebildet, daß er selbständig topographische Aufnahmen machen konnte. Außerdem war er Fachmann für den drahtlosen Kurzwellenbetrieb; Schneider, Bergbau-Student, wurde für geologische Hilfsarbeiten, ferner für das Zeichnen von Aufrissen und Kartenskizzen in Aussicht genommen.
Der Hauptausschuß des Deutschen und Österreichischen Alpenvereins teilte am 13. Juli 1927 Karlo Wien mit: »Der Hauptausschuß beabsichtigt, im Jahre 1928 an eine von der Notgemeinschaft der deutschen Wissenschaft in Aussicht genommene deutsch-russische Expedition nach Turkestan (Alai-Pamir) eine bergsteigerische Forschungsfahrt anzuschließen. Die Expedition würde schon im Mai 1928 beginnen und einen Zeitraum von etwa sechs Monaten beanspruchen. Die Kosten der Expedition trägt der Österreichische und Deutsche Alpenverein. Wir ersuchen um baldgefällige Mitteilung, ob Sie geneigt wären, eine auf Sie entfallende, endgültige Wahl anzunehmen.«
Aus dem Kreis deutscher Fachgelehrter ragte Prof. Dr. Finsterwalder heraus; Finsterwalder galt in Deutschland unbestritten als erste Autorität für photogrammetrische Landschaftsaufnahmen und genoß als Gletscherforscher einen internationalen Ruf. Zur Erörterung der Organisations- und Anpassungsprobleme regte Borchers nach der endgültigen Nominierung ein Treffen in der Mont-Blanc-Kette an. Am 1. August 1927 sahen sich die Expeditionsmitglieder in Courmayeur. Drei Wochen dauerte die Arbeitstagung. »Um sich aufeinander abzu-

stimmen«, wurden gemeinsame Bergfahrten unternommen. Zur großen Freude von Karlo Wien erschien zu den »Herbstmanövern« auch Willo Welzenbach. Anschließend hielt Finsterwalder in den Ötztaler Alpen, in Ober-Gurgl, einen Gletscher-Kursus ab. »Von dort gehen wir mit Finsterwalder ins Zillertal«, schrieb Karlo Wien, »um Vermessungen zu machen.« Seine Mitarbeit bei Aufnahmen für eine Zillertal-Karte sicherte ihm einen gewissen Rang in der Photogrammetrie, so daß nach der Pamir-Expedition von Karlo Wien gesagt werden konnte, »er hat die Erkundung des Pamir-Hochlandes als führender Bergsteiger und durch seine Vermessungsarbeit entscheidend mitgefördert«.
Es erwies sich für die wissenschaftliche Ausbeute der ganzen Expedition auch als sehr wertvoll, daß Karlo Wien gegen den anfänglichen Widerstand von Rickmers die Anschaffung eines besonderen Kurzwellenempfängers durchsetzte, der bei Siemens & Halske entwickelt worden war. Er hatte Finsterwalder darauf aufmerksam gemacht, wie wertvoll der jeweilige über Rundfunk einzuholende Zeitempfang für geographische Ortsbestimmungen im Pamir sein müßte. Um der Expedition besondere Auslagen zu ersparen, unterzog sich Karlo Wien einer mehrwöchigen Spezialausbildung, um die komplizierte Anlage erfolgreich bedienen zu können.
In den Zillertaler Bergen erreichten ihn im September 1927 zum 21. Geburtstag Glückwünsche seiner Familie und seiner Freunde. Sein Vater schrieb: »Es ist dies doch ein Zeitpunkt, in dem es sich empfiehlt, einen Augenblick in der gewöhnlichen Tätigkeit innezuhalten und einen Blick auf das bisherige Leben zu werfen. Du hast nun schon mancherlei erlebt, sonnige Kinderjahre und schwere und sorgenvolle Zeiten. Du hast Dich Deiner Natur entsprechend entwickeln können und das tun dürfen, was Dir Freude machte. Ob das letztere immer weiter möglich sein wird, ist nicht sicher; denn die Anforderungen, die das Leben stellt, stimmen nicht immer mit den eigenen Wünschen überein. Wenn die bergsteigerische Betätigung eine etwas große Bedeutung in Deinem Leben erlangt hat, so weißt Du auch, daß das vorübergehend ist und daß später andere Aufgaben an die Stelle treten müssen.«
Karlo teilte sich die Zeit ökonomisch ein; er hielt sich für die Pamir-Expedition in Form, aber er kam auch in seinem Studium weiter und begann mit den Experimenten seiner physikalischen Doktorarbeit. Mit zahllosen Arbeiten, die keiner Worte bedurften, schien er seinem Vater

9 Oberer Fedschenkogletscher

10 Karlo Wien bei Vermessungsarbeiten

11 (folgende Doppelseite) Vermessungsaufnahme von Karlo Wien: Unterer Fedschenkogletscher vom Punkt Sporn 4800 m

12 Peak Lenin

13 Beiga (Reiterspiel)

nach dem Brief nun zeigen zu wollen, wie gut er die leise Mahnung zum Tage seiner Volljährigkeit verstanden hat. Er spürte, daß der Vater den Sohn nur ungern ziehen ließ, dazu noch in eine Welt, die sich dem Westen so rätselhaft darstellt. Aber hatte Karlo nicht in Wahrheit das große Los gezogen? Wer konnte schon in dieser Zeit und in seinen jungen Jahren nach Zentralasien reisen? Der Große Pamir war für Karlo ein großer Traum.

Am 8. Mai 1928 verließ Karlo München. Seine Eltern und Geschwister, seine Freunde aus dem AAVM, Studenten, Assistenten und Professoren des Physikalischen Instituts verabschiedeten sich am Zug nach Berlin. »Ein unglaublicher Trubel und ein einziges Hallo, und auf einmal war er dann fort.« Seine Eltern gingen still und in sich gekehrt nach Hause. Nur einmal sagte unterwegs der Vater: »Wenn wir ihn nur erst wieder heil da hätten.«

Auf der Reise plagten Karlo Neugier und Zweifel. Rußland, was ist dieses unendlich große Reich eigentlich, das in diesen Jahren im Urteil der Welt von Widersprüchen gezeichnet ist? Ist es die Welt Tolstois oder Iwans IV., der in der Verkündigungskathedrale von Nowgorod für das Seelenheil jener Bürger betete, die er soeben in den Straßen der Stadt hatte umbringen lassen? Ist Moskau das Dritte Rom oder der Kreml der rote Vatikan? Karlo dachte an die unbekannte Bergwelt des Pamir und an die wissenschaftlichen Aufgaben neben Prof. Dr. Finsterwalder. Seine Mutter schrieb am 10. Oktober 1927 in einem Brief: »Karlo hat in der letzten Zeit zur Vorbereitung für seine Pamir-Expedition jeden Tag einen anderen Gipfel vermessen, für welche Tätigkeit er sogar vom Staat ein Gehalt bezog. Jetzt hat er sich wieder in seine Arbeit im Institut gestürzt, hat aber noch nebenbei viel für die Expedition zu tun.« Karlo »liest sich ein«; er wollte den Pamir kennenlernen, bevor er ihn betrat. Dabei bahnte sich in ihm eine seltsame Veränderung an; der Physiker wandte sich der Geographie zu.

Jeder Name auf der Reiseroute lockte, weil jeder Name für eine uralte, geheimnisvolle Welt stand: Moskau, Bokhara, Taschkent, Samarkand, Khokand und Osch, vor Jahrtausenden Drehscheibe des internationalen Ost-West-Handels, der »Steinerne Turm« mit seinen Warenlagern in den Felsen. Wie oft hatte Karlo auf der Gaudeamus-Hütte im »Wilden Kaiser« mit seinen Freunden den Liliencron gesungen: »… Kamele zu kaufen, in Samarkand, hali und halo …« Nun war es soweit.

»Die hohen Gipfel«, notierte der junge Bergsteiger aus München in seinem Tagebuch, »darunter auch nach Möglichkeit der höchste Berg des russischen Reiches, der Peak Kaufmann, sind in erster Linie Ziel unserer Bergsteigergruppe. Niemand aber weiß, wo denn nun dieser Peak Kaufmann eigentlich genau liegt.« Hauptziel der Expedition: Die topographische Erforschung des Pamir. Die Expedition stand insgesamt vor der Aufgabe, ein 15 000 Quadratkilometer großes, äußerst schwieriges Hochgebirgsgebiet auf Grund von photogrammetrischen und kartographischen Arbeiten zu erfassen, wobei der Bergsteiger bis an die Grenze der physischen Leistungsfähigkeit in Anspruch genommen würde.

Am 11. Mai 1928 gingen die Expeditionsmitglieder unter Wilhelm Rickmer Rickmers in Stettin an Bord der »Preußen«. Drei Tage später betraten sie in Kronstadt russischen Boden. Im »Haus der Gelehrten« zu Leningrad wurden die Deutschen gastfreundlich aufgenommen. Was sich den wachen Sinnen des jungen Physikers einprägte, stammte aus der Zeit, da Leningrad noch St. Petersburg hieß. Auch Moskau erwies sich von der artigsten Seite. Zwei Rolls-Royce holten die deutsche Reisegruppe vom Bahnhof ab; die einzelnen Mitglieder wurden wie Staatsgäste begrüßt und gefilmt. Alles war ungewöhnlich und entsprach kaum den Vorstellungen, die sich der junge Physiker zuvor über Moskau gemacht hatte. Moskau war anders, fast ein Wechselbad, denn er spürte die Kälte der Geschichte und zugleich die Wärme russischer Gastfreundschaft. Am 23. Mai 1928 trat die Gruppe Rickmers ihre Reise nach Taschkent an. Nach 24 Stunden passierte der Zug die Ural-Grenze und rollte nun tief nach Asien hinein; täglich 1000 Kilometer. Hier, so notierte Karlo Wien, stellten sich andere Zeitbegriffe ein. Die Stunde zählte nicht viel. Der Tag galt wenig. Das Leben hatte den Rhythmus des Kamels, das draußen durch die unendliche Steppe zog, ruhig und im Einklang mit sich selbst wie auch der turkmenische Reiter daneben.

Taschkent, hier stieß Dr. Lentz zur Expedition, der im Pamir Sprachforschung betreiben wollte. Russische Physiker nahmen sich Karlo Wiens an und zeigten ihm ein Versuchsfeld für die Ionen-Behandlung der Baumwollkulturen. Taschkent: Die Hauptstadt Russisch-Turkestans mit einer Einwohnerzahl von 300 000. Bis zur russischen Eroberung gehörte Taschkent dem Khanat, dem Fürstentum Khokand im fruchtbaren Ferganatal an. Khokand lag auf der Reiseroute der Expedition. Khokand war einst alles: Kornkammer Mittelasiens und zugleich das Tor nach Sinkiang, errichtet aus dem Fels des Pamir. Der Fürstensitz war das letzte große Monumentalbauwerk in Mittelasien. Hier residierte bis zur russischen Eroberung ein Nachfahr der timuridischen Schebani-Dynastie, Abdul Rahman Khan.

Während er durch Taschkent wanderte, wo ihm blonde Russen und dunkle Usbeken und Turkmenen begegneten, fragte Karlo nach der Bedeutung dieser Stadt für das russische Reich. Als Taschkent russisch wurde, konnte der Ort bereits auf eine lange geschichtliche Laufbahn zurückblicken. Schon vor über 2000 Jahren hatte ein Berichterstatter des chinesischen Kaisers eine Siedlung namens Tschatsch erwähnt. Die archäologischen Funde, die sich Karlo im Museum ansah, erinnern an eine Urkultur, die auf das Leben in den Sumpfdörfern am Yaxartes verweist; es gibt aber auch andere Schichten. Die Funde hier entsprechen den abstrakten Tier- und Blumenmustern aus der Bronzezeit und verblüffen durch ihre Identität mit dem Ketten-, Gürtel- und Waffenschmuck gotischer wie parthischer Völkerschaften.

Seit dem 17. Jahrhundert war der usbekische Kaufmann aus Taschkent ein gern gesehener Gast auf den Messen von Orenburg und Nischni-Nowgorod. Die alte Karawanenstraße zwischen Orenburg und Taschkent wurde 1865 Kosakenweg und das Handelszentrum Taschkent die südlichste Bastion des Zarenreiches entlang einer 1000 Kilometer langen Sicherheitskette. West-Turkestan und Sibirien galten von nun an als Geschwisterpaar.

Die Eroberung von Taschkent veränderte nicht nur das Bild Mittelasiens; sie veränderte auch das Organisationswesen des russischen Reiches und verlagerte die Gewichte der Macht. Im Jahre 1867 verlegte der Zar sein militärisches und politisches Hauptquartier von Orenburg nach Taschkent. Taschkent war von nun an der Ort, in dem der russische Generalstab die Pläne für die Eroberung Indiens, Sinkiangs und Afghanistans entwarf. Mit Taschkent rückte Petersburg näher an den Pamir, an den Hindukusch und an den Karakorum heran. Taschkent ist zuständig für die sogenannte »Warm-Water-Strategy« des einstigen Zarenreiches wie auch der heutigen UdSSR. Alles dient hier der Macht und der Machtausdehnung: der Generalstab, die Universität, die die Studenten vieler Völker unterrichtet – auch politisch – und das Generalgouvernement. Die deutschen Gäste spürten etwas von ihrer Aura auf dem Gang durch die frühsommerliche, freundliche Stadt. Sie erhielten hier zur Durchführung ihrer Expeditionsarbeiten eine militärische Bewachung von 15 Rotarmisten; dazu zwei Dolmetscher.

Samarkand hat eine gänzlich andere Ausstrahlung. Von der historischen Stadt Marakanda (Samarkand) bis zu den Pamir-Ketten und damit bis zum Tor nach Sinkiang beträgt die Entfernung 50 Kilometer. Am Serafschan, am »Verteiler des Goldes« Mittelasiens, erfüllte sich der Traum Karlo Wiens, ein einziges Mal in seinem Leben an einem der »Urherde« der menschlichen Kultur stehen zu dürfen. Ende Mai stand er nun in Samarkand-Afrosiab, im Herzen Sogdiens; hier stand der Thron einer Kultur, von der alles ausging: Marakanda, zugleich Achse, um die einst alle Welt schwang.

Karlo Wien ging den Hügel zum Palast des sagenhaften Königs Afrosiab hinauf, im Ohr das Wort des Römers Lukrez: »Und kurze Zeit davor waren auch die Buchstaben erfunden worden, weshalb wir von dem, was bis dahin war, nichts wissen, es sei denn anhand von Spuren, die unser Verstand deuten kann.«

Karlo Wien hatte sich in München auf diese Reise gut vorbereitet und sich für seinen Weg durch Mittelasien »eingelesen«. Sind die Kulturen der Antike nicht im Grunde genommen sekundäre Kulturen, während die Ur-Zelle im Boden Mittelasiens zu suchen ist, hier bei Samarkand, drüben am Oxus und im Raume von Merv? Wie bunte Gartenteppiche bedecken die alten Zivilisationen und Gottesstaaten die Erde und die Säume an den Küsten. Das Urmuster aber, das sie alle besitzen, wurde zum ersten Mal in Sogdien geknüpft, das mehr als 1000 Städte mit seinen Ideen befruchtete. Hier lag der biblische Osten, aus dem die früheren Völker kamen.

In Samarkand wollte Karlo Wien etwas länger verweilen. Wenn er sich bückte, so erschaute er die gebrannten Zeichen der sogdischen Schrift, die von den alten Völkern Mittelasiens entwickelt worden war. Die Stadtmauer von Afrosiab war einst zehn Meter stark und elf Kilometer lang. Er sah die Reste. Und im Innern nun die »Museumsstadt« mit dem Kulturgut Sogdiens, Alt-Persiens, der Ta Yüe-tschi – der Großen Goten –, Greco-Baktriens, der romanisierten Mischkultur von Gandhara, Münzen, die den Ablauf der bunten Chronik historisch sichern und dazu eine Frauenkultur, die von den bewaffneten Amazonen mit dem Kurzschwert bis zu jener zarathustrischen Schutzgöttin reicht, die auf den Hügeln Afrosiabs einst Nana genannt wurde und Vertreterin der ganzen weiblichen Natur war.

Die Karawanenpfade Asiens und gar auch des südlichen Europa verlieren sich im Raum Sogdien in der Dämmerung der Geschichte. Eines aber blieb: Das kunstvolle Kanalsystem zur Bewässerung der Oasen. Alles Leben hier ist vom Serafschan, vom »Verteiler des Goldes«, abhängig. Wo Steppe und Hochgebirge herrschen, gilt Wasser in der Tat als flüssiges Gold, das dafür sorgt, daß die Erde Früchte hervorbringt.

Unter Timur Lenk entfaltete Samarkand noch einmal die ganze Schönheit und allen Reichtum Sogdiens. Der Titan machte zwar aus der Welt einen Friedhof, aber Samarkand mit ganz Transoxanien verwandelte er in ein Paradies; die unbekannten Reiche des Altertums feierten ihre Renaissance. Wissenschaften und Künste gediehen. Der »hinkende Timur« löschte draußen das Leben der Städte aus, um Samarkand den einsamen Glanz als Zentrum der Welt verleihen zu können. Alle Wege führten von nun an nach Samarkand, in die Gärten, in die Märchenschlösser, in die Märchenmoscheen, in die Residenzkultur des Herrn der Erde. Noch heute weht der Wind dem Besucher aus weiter, weiter Ferne die alten Lieder von Marakanda zu.

Karlo Wien in seinem Hunger nach Wissen kostete den letzten Strahl einer verloschenen Größe. Er besuchte die Grabbauten der Heiligen und Astronomen, die berühmte Sternwarte und das Mausoleum der Timuriden, Bauwerke, die Ehrfurcht wecken, weil sie von erregender Schlichtheit sind. Mit dem hinkenden Timur erlosch die Geschichte Samarkands keineswegs. 200 Jahre später eroberte ein junger Fürst aus Samarkand namens Zehir-uddin-Mohammad Afghanistan. Väterlicherseits stammte der junge Eroberer von Timur Lenk ab und mütterlicherseits von Dschingis Khan. Die Geschichte nennt ihn Babur, den »Tiger«. Mit der Eroberung Kabuls legte der Tiger den Grundstein zum Mogulreich von New Delhi und Lahore, zu einem Reich, in dem sich zum zweiten Mal seit der Gandhara-Epoche Mittelasien, Afghanistan und Indien zu einem Imperium vereinigten.

Überall Geschichte und Bauwerke, die selbst im Zerfall noch etwas vom Gold alter Tage hatten. Als Karlo Wien Samarkand verließ, schrieb er in seinem Tagebuch: »Samarkand war einfach überwältigend. Wir haben in einem einfachen Serail gewohnt und in der Altstadt vollkommen orientalisch gelebt. Mit unseren Ausweisen von der Akademie war uns alles zugänglich. Manche Bauten sind ziemlich gut erhalten, bei anderen meint man jeden Augenblick, sie müßten nun einstürzen. Alles in allem ergeben sich fabelhafte Bilder, die von zahllosen Kuppeln in phantastischer grüner Farbe beherrscht werden und von Minaretts in leuchtendem Weiß. Alle Türen sind wundervoll geschnitzt, die Zeichnungen auf den Ziegeln vielfach unendlich fein und liebevoll ausgeführt. Vor dem langen Gang zum Grab Timurs sitzen zwei Wächter. In einem merkwürdig wirkenden Zimmer befindet sich das Grab, angelehnt ein riesiger Koran aus Stein. Die ganze Stadt, in der Alexander der Große seinen Freund Klitus erschlug, ist erfüllt von historischen Erinnerungen. Sie hat sich im Laufe der Jahrhunderte in ein jeden Blick fesselndes hügeliges Terrain mit Tonscherben verwandelt.«

»Eine Bahnfahrt von vierundzwanzig Stunden«, so notierte Karlo Wien am 2. Juni, »immer am Rand eines Gebirges entlang, an aufreizend schönen Bergen vorbei, deren Höhe wir zwischen viertausend und fünftausend Meter schätzen, treffen wir abends um 8 Uhr in Andijan ein.« Ahnte der junge Physiker, der in wenigen Tagen im Pamir sein großes Praktikum als Geograph absolvieren würde, daß er den Ort betrat, aus dem Wali Khan, der Mörder Adolf von Schlagintweits, stammte? Alle wollten weiter, hinauf nach Osch, zum Ausgangspunkt der Pamir-Expedition. Die Russen verhandelten mit dem Chauffeur eines Fordwagens, die Expedition noch in der Nacht nach Osch zu fahren.

Mit dem Fordwagen begann in Andijan das Abenteuer. Karlo schrieb danach: »Der Ford arbeitete anfangs nur mit zwei Zylindern. Dann lief das Kühlwasser aus, und anschließend gab es eine Reifenpanne. O heiliges Rußland. Über die Abart eines kirgisischen Reitweges ging es durch hügeliges Gelände. Dort hatten schon die Fuhrwerke der Kirgisen Mühe vorwärtszukommen. Wir schaukelten noch mühsamer dahin, unter einer Staubentwicklung, die es stellenweise unmöglich machte, sein Gegenüber erkennen zu können. Dabei war die Landschaft sehr schön. Der Vollmond beleuchtete die Ortschaften, die wir durchfuhren; die Bewohner waren nett und gastfreundlich. Wir lernten sie kennen, als wir irgendwo eine Teepause einlegten.«

Osch, ein langes Straßendorf am Fuße der Pamirregion; Karlo nannte es im Vergleich mit den westeuropäischen Alpen das »Courmayeur

Mittelasiens«. In einem blühenden Garten standen fünf große Militärzelte, bewacht vom Begleitkommando der Roten Armee aus Taschkent. Die Betten für die Expeditionsmitglieder waren Leihgaben aus einem Krankenhaus. Zwei Dolmetscher sollten von nun an für die Verständigung sorgen. Nach dem Empfang gab es »Suppe mit Hammelfleisch und schmackhaften Kräutern«, notierte Karlo noch in der Nacht. Rickmers überprüfte inzwischen in einem Nachbarzelt 50 Sättel, die die Militärverwaltung von Taschkent der Expedition zur Verfügung gestellt hatte. Die Bergsteigerei im Sattel begann in den nächsten Tagen. Am frühen Morgen besichtigten alle eine Seidenraupenzucht und eine Seidenweberei. Dann fuhren sie mit dem Ford, der trotz seines Alters Tapferkeit zeigte, durch Reisfelder bis an den Saum der Steppe. Hier stießen sie auf Kirgisen, die sich in Jurten der freien Natur zuordneten. Im Gelände befaßten sie sich mit unbekannten Gewächsen der Vegetation, sie beobachteten Schildkröten und vor allem riesige Adler, die von den Bergen aus die Ebene bewachten. Nach diesem Ausflug fand die erste Besteigung an einem hohen Kalkfelsen statt als Training für den Pamir.

Eines jedoch störte Karlo Wien an diesem Unternehmen: Er konnte sich mit den Russen kaum verständigen. »Ich versuche daher, immer etwas Russisch zu lernen, aber die Russen sind meistens unter sich und woanders, und wir sprechen natürlich deutsch.« Mit der Verständigung blieb es auch mit russischen Sprachkenntnissen etwas schwierig; von den russischen Mitgliedern der Expedition sprachen nur wenige deutsch; aber kirgisisch sprach von ihnen niemand. Die Kirgisen können weder Russisch noch Deutsch, und von den Deutschen sprach niemand kirgisisch. Dennoch gab es unter den Russen zwei Persönlichkeiten, die das Dreisprachenproblem lösten.

Der Aufenthalt in Osch zog sich über ein paar Tage hin. Am 16. Juni veranstaltete die Expedition für die Behördenvertreter und für die Einwohner von Osch einen Empfang und ein Festmahl als Dank für die große Gastfreundschaft; für schlichte Menschen, die alles gaben und keineswegs begütert waren.

»Vorgestern waren wir wieder am Soleiman-Tau; diesmal mit Rickmers und Reinig (Zoologe), die wir, Schneider und ich, mit einem beträchtlichen Aufwand an Zeit und Kraft auf den Hauptgipfel schleppten. Reinig war zu komisch; er ritt hoch auf dem luftigen Grat herum

und hörte zu keinem Zeitpunkt auf, nach seinen Käfern zu fahnden.«
Jeder hatte auf dieser Expedition sein Fach: Prof. Dr. Finsterwalder, genannt »Schwarzwald«, die Topographie, Hans Biersack als Gehilfe, Dr. Lentz Sprachforschung, Dr. Nöth Geologie, W. Reinig Zoologie, dann kamen die Bergsteiger mit Karlo Wien, der außer Bergsteigerei für Finsterwalder Photogrammetrie und für einen russischen Astronomen Funkmeßarbeiten mit dem Eiffelturm in Paris betrieb – und das 1928 mitten im Pamir. Dr. Kohlhaupt aus Sonthofen war als bergerfahrener Arzt zuständig für die medizinische Versorgung, da Dr. Allwein durch sein hochtouristisches Engagement im Bedarfsfall kaum erreichbar war.

Osch – hier liegt die Drehscheibe, genauer die Nabe, um die alles Geschehen in der chinesisch-russischen Hochwelt kreist. Bei Osch erheben sich die Gebirge, die China von Rußland trennen; in der Nähe liegen aber auch die Tore, die die kontinentalen Reiche miteinander verbinden. Hier ist alles sehr empfindlich. Wo jegliches Leben extreme Bergsteigerei ist, liegen die geheimen Pfade zwischen China (Sinkiang) und Rußland. Richard Finsterwalder und Karlo Wien würden sie vermessen. Die einzige Pamir-Karte, die sie von den russischen Expeditionsmitgliedern erhalten hatten, taugte nicht viel, genauer: Sie war teilweise das Ergebnis der Phantasie. »Die muß jemand im Hotel in Taschkent gemacht haben«, meinte Karlo, als er anstelle eines Gletschers eine blühende Wiese fand.

In Osch hatte sich auch General Kaufmann aufgehalten, als er vor über einem halben Jahrhundert den östlichen Teil des Fürstentums Khokand besetzt hatte und ihm die ganze Provinz Namangan am Zufluß des Naryn in den Ferganafluß in die Hände gefallen war. In der Pamirregion haben Stromtäler und Balkonpfade strategische Bedeutung. Dabei ging es immer um die Beherrschung der Pässe. Kaufmann löste die internationale Ili-Krise aus, nachdem er das Flußtal gleichen Namens in Sinkiang mit seinen Kosaken besetzt hatte. Zur Überraschung der Nachbarn bediente sich Kaufmann verborgener Pfade, die er in dieser verkehrsfeindlichen Region aufgespürt hatte. Seine militärischen Operationen waren auch für die sogenannte »Pamir-Konferenz« verantwortlich, für den internationalen Versuch, im »umstrittenen Gebiet« nun unbestreitbare Grenzen zu schaffen.

Die erste Beschreibung des Pamir stammt aus chinesischer Quelle, aus einer Zeit, da die Hochwelt mit dem Ferganatal Rückzugsgebiet für Völker wurde, die aus dem Osten kamen und vor den Hunnen geflohen waren. Bei Osch stand vor über 2000 Jahren der »Steinerne Turm« des Ptolemäus, der Osch zum größten internationalen Handelsplatz Asiens machte: Osch war das große Karawanenserail auf einem Weg, der erst 2000 Jahre später von der forschenden Geographie als »Seidenstraße« bezeichnet wurde. Der Weg kam von Kaschgar im Osten und führte über Samarkand und Baktra nach dem Westen. In Osch begegneten sich die Karawanen aus West und Ost, aber auch aus dem Süden, und, mit den Produkten der Nomadenkulturen, auch aus dem Norden.

Die chinesische Beschreibung des Pamir enthält zugleich den ersten Bericht über die Urbevölkerung, über die Ta Yüe-tschi, über die Großen Goten. Dieser Bericht beschreibt Osch und das benachbarte Ferganatal eindrucksvoll. Er ist eines der wertvollsten Dokumente aus der unbekannten Frühzeit Mittelasiens; Berichterstatter ist der Gesandte Tschang-kiän. Er sah zu, als die »Ta Yüe-tschi«, die Großen Goten, am »Steinernen Turm« »serische Wolle (Seide) mit den Saken« tauschten. Das hohe Land, wo die Berge von allen Seiten immer höher werden, bezeichnete der Gesandte, der einst Lehrer seines Kaisers war, als »Dach der Welt«.

»Ich betrachte es als tausendfaches Glück, daß ich Euch, meinem erhabenen Wohltäter, diesen Gruß schicken darf. Zurückgekehrt zum ›Steinernen Turm‹ am ›Zwiebelpaß‹, herabschauend in das Tal des Vogelfluges, höre ich die ersten Trommeln des Han. O, mein Gebieter, welch eine Freude habt Ihr mir bereitet, daß Ihr Tag und Nacht die Boten nach mir Ausschau halten ließet.

Auf dem eisigen Paß, wo wir einstmals wähnten, daß die Erde sich in das Weltmeer stürzt, fand ich sie, unermüdlich gegen den Tod des Erfrierens ankämpfend, indem sie die Trommeln rührten, die Trommeln des Han. Mit Tränen in den Augen fielen wir uns in die Arme ...

Die ganze Zeit über, seit ich die letzte chinesische Grenzfestung verlassen hatte, mußte ich an die Sage vom Pfirsichblütenquell denken. Auch ich stand vor einem Felsen, der sich plötzlich öffnete. Dahinter wurde es weit und licht; Felder und schöne Häuser zwischen großen Wasserflächen.

Durch die Eichen- und Eschenhaine liefen Menschen hin und her.

Greise in weißem Haar und Kinder mit kleidsamen Zöpfchen. Ich fragte, woher sie stammten, und sie erzählten mit Worten, die mir hochvertraut waren, sie seien vor langer Zeit, als ihr Land in Unruhe stürzte, nach Westen gewandert, von den Hiung-nu (Hunnen) vertrieben. Die Väter und Mütter sind hohe schlanke Gestalten. Sie haben eine helle Haut und blaue Augen und sind von großer Ehrlichkeit. Es sind die Yüe-tschi, von denen noch einige in den Oasen diesseits des Nan-schan leben. Sie würden sich glücklich schätzen, mit ihren Brüdern aus dem Lande Tsin (China) in enge Handelsbeziehungen zu treten.
Schon jetzt durchqueren sie die gefährlichen Schluchten mit ihren Karawanen, besteigen die öden, eisigen Pässe, wo kein Vogel fliegt, wo die blasse Sonne hinter niedrighängenden Wolken verschwindet und der Schneesturm sie von den Felsen zu werfen droht.«
Am »Dach der Welt« hielt der Gesandte vor Jahrtausenden die Nebel zu seinen Füßen für das Nichts und die Wolken und Gipfel über ihm für den Sitz der Ahnen und der Gottheiten.
Und zum Sitz »der Ahnen und Gottheiten« brach die Expedition am 10. Juni auf. Am 26. Juni schlug sie in Suri-Tasch, Seehöhe 3100 Meter, Lager VII auf. Die Alai-Kette war überschritten, »mit ein paar kümmerlichen Viertausendern«, wie Karlo Wien notierte, aber das weiße Hochgebirge des Trans-Alai fand er eindrucksvoll. Im 25 Kilometer breiten Alaital sammelte sich die Karawane mit ihrer militärischen Bewachung. Sie war so groß geworden »wie eine mittlere Kleinstadt«. Durch das militärische Begleitpersonal, durch Diener und Träger wurden die Bewegungen der Expedition schwerfällig. Die Vorräte schwanden; die Expedition mußte ihre Verpflegungsrationen schärfer einteilen. Kirgisen erleichterten im Alaital die Lage, indem sie Kumyß, gegorene Stutenmilch abgaben, von Pferden, die mit ihren Füllen »in entzückender Freiheit um die Jurten herumspringen und mit Yaks spielen«. Durch die Besuche der Nomaden, die nach dem Prinzip des »Do ut des« von der Expedition eine Gegenleistung erwarteten, bekam das Lagerleben Farbe. Zu den lustigsten Stunden gehörten die Sprechzeiten der beiden Ärzte, von Dr. Allwein und Dr. Kohlhaupt. Die Sprechstunden standen im Zeichen der Finger- und Gebärdensprache. Von allen Seiten kamen Kirgisen mit ihren Kindern angeritten und wurden dann aus dem riesigen Apothekenkoffer unter Mitwirkung eines Dolmetschers versorgt, der aber auch Verständigungsprobleme hatte.

»Und dann kommt mit dem kalten Abendwind«, schrieb Karlo, »eine phantastische blaue und rote Beleuchtung auf.« In einem unirdischen Pastellton, der für die Hochwelt des Pamir typisch ist, erschien die unendlich hohe, eisige Nordseite des 6600 Meter hohen Kurundi an der chinesischen Grenze. In der Dämmerung löste sich der Kurundi in den Wolken der beginnenden Nacht auf. »Neben uns lagern die Soldaten. Ihr wundervoller, schwermütiger, vielstimmiger Gesang lullt uns in den Schlaf.«

Am 29. Juni ritten Borchers und Wien vom Lager VIII zu Gardoba (3200 Meter Höhe) in das Alvital, seitlich zum Alaital gelegen. Karlo wunderte sich über die Dimensionen, die hier alles hatte. Dann stießen sie auf den Kizil-su, auf das »rote Wasser«, das zahllose Arme des breiten Flußbettes färbt. Und so »ganz nebenher« ging Karlo hohe Gipfel an, die am Wege lagen und schmückte sie mit einer Steinpyramide. Im Alaital maßen Finsterwalder, Borchers und Wien einen Flugplatz ein, den russische Expeditionsmitglieder eigentlich schon früher hätten einmessen sollen. Karlo beklagte in seinem Tagebuch die Umständlichkeit der Russen. »Bei dieser Gelegenheit haben wir dann erneut festgestellt, daß wir uns nur möglichst rasch von ihnen freimachen müssen, um überhaupt zu etwas kommen zu können.«

Am 30. Juni baute Karlo wieder an einem Steinkegel auf einem Berg. Als er die Augen nach Osten hob, erschien erneut der Kurundi, diesmal im Hermelingewand einer 2500 Meter hohen Eiswand. Karlo war von der »märchenhaften Pracht« fasziniert. Aber er spürte auch die Macht des Pamir, den ständigen Aufenthalt in extremer Höhe, in Gipfelhöhen der Hochalpen, die eisige Kälte und ein Schneetreiben, in dem die Hände, die den Zügel hielten, abstarben. »Aber mir behagt die Sache immer besser«, schrieb er seinen Eltern nach München, »je höher wir kommen.« Das fand auch Finsterwalder, der »Schwarzwald« im Pamir; er meinte, daß sein jugendlicher Mitarbeiter außerordentlich leistungsfähig sei – im Gegensatz zu den russischen Expeditionsmitgliedern, die im Höhenklima langsam abbauten. Jenseits des Kizil-Art-Passes, auf 4200 Meter Seehöhe, taten sie sich immer schwerer.

Am 1. Juli setzten sich die drei Bergsteiger, Schneider, Borchers und Wien, von der Karawane ab und beschlossen, mit Photogrammeter und Theodolith »die Sechstausender des Trans-Alai zu nehmen, die alle in nächster Nähe herumstehen«. Ein Finsterwalder zugeordneter russischer Topograph namens Isakow schloß sich an, »bröckelt aber im Laufe des Tages immer mehr ab, verschwindet schließlich und veranlaßt uns auch noch, auf dem Abstieg einen sorgenvollen Umweg zu machen. Wir erstiegen drei Gipfel. Um drei Uhr erschienen wir wieder im Lager, wo Lentz in seiner Bergkrankheit einsam mit einigen Russen haust.«

Für die Kirgisen war es ein erstaunliches Erlebnis, Menschen auf Brettern durch die Berge fahren zu sehen, wie sie die Skiausrüstung der Bergsteigergruppe nannten. Die Sommerskier bewährten sich selbst in einer Höhe von 5700 Meter. So hoch war der Gipfel des Kok-su-kurbaschi. Anfang Juli ritt Karlo mit Borchers und Allwein zum Karakul-See, während sich Finsterwalder im Markan-Sul-Tal mit topographischen Studien befaßte. »Diese Strecke ist ungeheuer abwechslungsreich«, notierte der skilaufende und reitende Bergsteiger abends in seinem Tagebuch. »Aus einer knallroten Schlucht gerät man plötzlich in eine riesige Sandwüste. Steinböcke queren unseren Weg, ein weiterer Paß mit Blick ins Kara-Dschilga-Tal, dann tiefer Sand auf einer spärlich bewachsenen Hochfläche. Plötzlich sehen wir etwas Blaues vor uns. Das Blaue wird größer, bis der ganze Karakul-See vor uns liegt.«

Im Hochlandblau des Karakul-Sees spiegeln sich die weißen Riesenhäupter der chinesischen Grenzkette und die Kuppelwerke des Peak-Kaufmann-Stocks. Anfang August sollten hier am Karakul-See Nikolai Petrowitsch Gorbunow und Generalstaatsanwalt Krylenko wieder zur Expedition stoßen. In einer Höhe von 3950 Meter wurde in der Nordwest-Ecke in den nächsten Tagen ein Standlager aufgeschlagen; ein kleiner Bachzulauf sorgte für die Trinkwasserversorgung. Karlo richtete gleichzeitig am Karakul, auf dem Dach einer völlig zerfallenen russischen Poststation, eine Hochantenne ein. Aber die Expeditionspferde, die zuvor die verpackten Geräte trugen, hatten sich für die mühsame Transportarbeit offensichtlich revanchiert und die einzelnen Teile der Empfangsstation übel zugerichtet. Finsterwalder notierte: »Wien hat im letzten Augenblick noch den Radio-Empfang des Pariser Zeitzeichens zuwegegebracht, worüber ich sehr froh bin, mit Rücksicht auf Belajew, der als Astronom auf die genaue Zeit bei seinen Längen-Messungen angewiesen ist.«

Am Karakul-See fand unter Rickmers und Gorbunow eine Beratung über die weitere Abwicklung der Expeditionsarbeiten statt. Unter Zustimmung aller Teilnehmer wurde beschlossen, daß die Bergsteiger und Topographen ins Kara-Dschilga-Tal hinaufziehen, dort ein Basislager errichten und von da aus den Angriff auf den Peak Kaufmann vorbereiten sollten. Für die Dauer ihrer Expedition zum Peak Kaufmann, die die Bergsteiger in den neuen Ein-Mann-Zelten durchführten, hatte die Gruppe unter Borchers völlige Handlungsfreiheit.

»Da kein Mensch wußte, wo der Peak Kaufmann wirklich lag«, schrieb Karlo in seinem Tagebuch, »war es auch absolut unklar, wie er zu erreichen sein werde. Die vorhandenen Landkarten erwiesen sich als völlig wertlos. Es wäre besser gewesen, man hätte anstelle eingezeichneter Gletscher, Berge und Ketten nur weiße Flecken eingetragen.« Die russische »Zehn-Werst-Karte«, berichtete später Borchers, »gibt andere Teile des Pamir recht gut wieder. Hier, am Südhang des Trans-Alai jedoch erwies sie sich als blühende Phantasie, die Täler mit Quellen und Bächen verzeichnet, wo tatsächlich das ewige Eis meilenweit das Land bedeckt.«

In der Nachmittagssonne leuchtete im Kara-Dschilga-Tal die gezackte Bergwelt in einem ockerroten Ton auf. Die Schneefelder in den Sätteln oder hoch dahinter im Helmbereich der Gipfel, das gletschergrüne Wasser im Tal und das smaragdfarbene Gras, all das zusammen, die ganze Landschaft, strahlte Reinheit aus, unberührt von des Menschen Fuß.

Karlo schrieb aus dem Kara-Dschilga-Tal: »Landschaftlich ist die Gegend einfach wundervoll. Es gibt uns einen ungeheuren Auftrieb, in diesen unbekannten und unerforschten Tälern herumzureiten und weise Theorien über ihren Zusammenhang mit den verschiedenen Gebirgsketten Asiens anzustellen. Dazu sind wir die ganze Karawane los, sind gut mit Proviant versorgt und werden von dem Usbeken Joldasch aufs trefflichste betreut.« In den nächsten Tagen führte die Bergsteigergruppe verschiedene Expeditionen durch, um die Einstiegsmöglichkeiten zum Peak Kaufmann zu erkunden. Auf Grund der Ergebnisse stand für Karlo Wien fest, daß »weder das westliche noch das nördliche Tal zum Peak Kaufmann führen«. Die ganze Bergsteigergruppe verlegte daher am 11. Juli ihr Basislager auf 4450 Meter Höhe weiter nach Süden.

In diesen Julitagen des Jahres 1928 wurde der Pamir in Mittelasien

»deutsch«. Punkte und Gipfel, die die Bergsteiger unter ihre Stiefel genommen hatten, mußten näher bezeichnet werden. Auf Vorschlag von Borchers wählte man Namen nach der Form der Berge und Namen aus der ihnen bekannten Alpenwelt. So gab es im Laufe des Sommers einen »Akademie-« und einen »Notgemeinschaftsgletscher«, »Die Hohe Wand«, »Aletschhorn« und »Breithorn«, »Dreispitz« und in Erinnerung an das Mont-Blanc-Gebiet auch die »Grandes Jorasses«. Nach Borchers gleicht das Bergmassiv mit seiner 1200 Meter hohen Ostflanke den gewaltigen, felsigen Nordabstürzen der »Grandes Jorasses« und ihren südlichen Eisabbrüchen. Jedoch die Schwierigkeiten sind hier am 6200 Meter hohen Gipfel im Trans-Alai größer.

Am 13. Juli schlug die Bergsteigergruppe auf knapp 5000 Meter Höhe zwei »Welzenbach-Zelte« auf und stand zwei Stunden nach dem nächsten Sonnenaufgang auf einer Steilflanke, die dämonischer als die Lyskamm-Nordwand ist. Am späten Vormittag erreichte Karlo eine mit Wächten balkonisierte Steilwand, die in schier unmeßbarer Tiefe zu einem riesigen Gletscher führte. So viel Wildheit hatte er in den Alpen noch nie gesehen. »Um 11 Uhr«, notierte Karlo abends im Zelt, »standen zum ersten Mal Menschen auf diesem 6200 Meter hohen Gipfel.« Dieser Gipfel nun brachte auch Aufklärung über die Lage des Peak Kaufmann, des königlichen Berges zwischen Kurundi an der chinesischen Grenze und dem Garmo-Massiv im Westen. Um an den Fuß des Peak Kaufmann zu gelangen, mußte die Bergsteigergruppe zunächst einen Umweg machen; er führte über das Tanimas-Massiv über den Fedtschenko-Gletscher und über Altin-Masar ins Saukdara-Tal.

Am 29. Juli trat Karlo Wien seinen Weg ins Tanimas-Tal an. Er führte durch unerforschtes und unbekanntes Gebiet. Hier lag eine der Hauptaufgaben, die sich das Bergsteigerteam gestellt hatte. »Von hier aus wollen wir versuchen«, schrieb Karlo seinen Eltern in München, »über einen riesigen Gletscher nach Norden, nach Altin-Masar, vorzustoßen und von dort aus den Peak Kaufmann anzugehen. Aber niemand weiß, wie der Gletscher heißt, wohin er eigentlich fließt und in welchem Zusammenhang er mit den Nebensystemen in den Bergketten rechts und links steht. Hier ist alles ganz anders als in den Alpen: die Berge, der Schnee, die Gletscher, das Wetter und die Menschen, die Kirgisen.«

Alles war ganz anders. Karlo spürte, daß es den Russen eigentlich nicht um den Pamir, sondern um die Pfade nach Sinkiang und Indien ging und daß es für sie kein wissenschaftliches, sondern ein politisches Unternehmen war. Die Russen wollten das Wissen der Kirgisen über die geheimen Pfade übernehmen, die nach Sarikol, Sinkiang und ins Hunzatal und damit letztlich auch nach Indien führen.

Kaufmann hatte einst die Kirgisen an das Tor Indiens geschickt, ins Hunzatal, und nach Klein-Wakhan, an die Nahtstelle zwischen Karakorum und Pamir. Was militärisch überlegt worden war, entwickelte sich in der Vorstellungswelt der Steppen- und Bergnomaden zum Raubzug. Führer des kirgisischen Reiterheeres war der Häuptling Bozai. Er hatte seine Hochweiden in Sarikol und im Pamir unweit des Trans-Alai. Am Oxusquell, wo auch der Hunzufluß entspringt, kam es zu einem blutigen Kampf zwischen den »Roten Rittern« des ismaelitischen Ordensstaates Hunza und den plündernden Kirgisenhorden. Der Kampf wurde mit dem Schwert ausgetragen. Alle Kirgisen fanden am Oxusquell den Tod. Frauen und Kinder gerieten in Gefangenschaft, sie wurden später auf den Menschenmärkten von Sinkiang verkauft. 450 Kirgisenzelte mit Waffen und Ausrüstungen fielen dem König von Hunza in die Hände, dem ein Teil des Pamir mit Sarikol gehörte; der Kirgisenkhan Bozai wurde erschlagen. Wie in Altin-Masar, dem goldenen Grabhügel unweit des Peak Kaufmann, so entstand auch am Quelltopf des Oxus ein Steppengrab mit dem Gombaz, der Kuppel. Seitdem heißt die Kirgisensiedlung Gombaz Bozai, die »Kuppel des Bozai«.

Der König von Hunza aber ernannte nun für das Kirgisengebiet im südlichen Pamir in Sarikol einen Satrapen und unterwarf die Kirgisenstämme bis zum Trans-Alai. Der Kirgisenkhan aus Khokand im Ferganatal wurde sein Vasall. Der Sieger aus Hunza holte ihn in sein Dreiburgenland nach Baltit und brachte ihm im Karakorum-Exil »Sitte und Anstand« bei, wie es in einer Tagebuchaufzeichnung des Bergkönigs von Hunza heißt. Die Kirgisenstämme erkannten von nun an den Hunza-Herrscher als ihren eigenen Großkhan an. Damit war die Macht des so gefürchteten Nomadenvolkes in Mittelasien gebrochen.

Karlo zog vor seiner Reise über den Fedtschenko-Gletscher das Fazit aus den Erlebnissen seiner bisherigen Forschungsreise. Zum ersten Mal befand er sich in einem außereuropäischen Land, im Herzen eines schwierigen und unzugänglichen Kontinents. Er war das beliebte Mitglied einer gemischten deutsch-russischen Expedition, in der jeder Teil sein eigenes Ziel verfolgte. Am stärksten hatten ihn die Begegnungen mit alten Kulturen und den alten Völkern beeindruckt, die zum Großraum der Steppe und des Hochlandes gehörten. Ihn beeindruckte, daß diese Völker von Glück und Reichtum menschlichen Daseins völlig andere Vorstellungen haben. Sie waren materiell gesehen arm, aber seelisch stark und charakterlich reich. Ihr Stolz erschien ihm als Ergebnis von Traditionen, die bis in die skythische und gotische Zeit Mittelasiens zurückreichen. Die Reise in den Pamir führte Karlo zugleich in die Vergangenheit. Die Berge und die Gletscher hier haben Reiche gekannt, die dem Europäer noch nicht einmal dem Namen nach geläufig sind.

Im kalten Zelt des Hochlagers befaßte er sich bisweilen abends mit dem Leben in Deutschland. Unter dem Himmel des Pamir wurde alles so klein und so unwichtig. »Die Stunden des Glücks«, notierte der junge Physiker in seinem Hochlager-Zelt, »sind abhängig von den Augenblicken, in denen sich die ruhige und stürmische Schönheit der Hochwelt zeigt und irgendein Bergriese, vom Nebel umhüllt, unerreichbar über uns steht.«

Karlo brauchte den Berg, weil er allein ihm das Glück der Entrückung bescherte. Plötzlich war er aller irdischen Begehren enthoben. Übrig blieb die Freundschaft des Bergsteigers mit dem Kosmischen, die Verbindung des Herzens mit der göttlichen Herrlichkeit, die niemand im Tal ahnen, geschweige denn sehen, erleben kann.

In diesen hohen Raum fließen nicht nur Gebirgsketten ein, sondern vor allem die großen Kulturströme aus China, aus Indien und aus den alten Reichen Mittelasiens und Südrußlands. Karlo fühlte, daß hier im Pamir die Russen eigentlich nur Kolonialherren waren. Aus der Höhe sah er alles klarer und ursprünglicher. Der Berg schenkte ihm Abstand; und er brauchte ihn, um sich selbst und die Welt zu seinen Füßen beurteilen zu können. Er erkannte, daß alle Dinge der Zivilisation zwar wertvoll, zugleich aber auch entbehrlich waren. In seiner Brust lebte die vitale Kraft nach Zielen, die in der menschlichen Kultur alle am Gipfel liegen. »Nur wehe dem«, schrieb Karlo am Fedtschenko-Gletscher, »der nichts mehr hat, wonach er strebt.«

Borchers war zwar der Führer der Bergsteigergruppe; aber der Benjamin der ganzen Expedition führte praktisch von Anfang an unauffällig mit. Karlo besaß Imaginationsgabe, eine natürliche Autorität und eine hohe wissenschaftliche Begabung, wie Rickmers bekannte. Für Finsterwalders Forschungsarbeiten war er unentbehrlich geworden. Karlo hatte den Zugang zum Peak Lenin gefunden und den Gletscher gesehen, der nach Norden fließt. Es zeigte sich, daß der Fedtschenko-Gletscher 77 Kilometer lang war. Die Expedition hielt ihn für den längsten Gletscher der Erde außerhalb der Arktis. Während Karlo Wien entscheidend daran mitwirkte, ihn zu vermessen und den Eiskörper mit den Nebenarmen näher zu bestimmen, bestieg er 30 Gipfel – alle in einer Höhe von 5000 bis 7000 Meter. Dreißig Gipfel.

Am 30. Juli erkletterte Finsterwalder in Begleitung von Karlo Wien einen 5640 Meter hohen Berg, den sie nach der Beschaffenheit der Nordflanke »Eiswand« nannten. Karlo erzählte: »Am Grat des Gipfels stellten wir das Instrument an vier verschiedenen Punkten an und photographierten nach allen Richtungen. Wir sahen das ungeheure Firnbecken, das den Gletscher speist und einen riesigen Berg, dessen Höhe Finsterwalder mit 6850 Meter errechnete. Unsere nächste Aufgabe mußte es sein, dieses Firnbecken zu erforschen und den Berg zu besteigen. Nachmittags trafen wir im Eis-Lager auf dem Gletscher Schneider und Nöth; sie waren eineinhalb Tage auf dem Gletscher herumgewandert, um uns zu suchen und hatten die Nacht in einem Eisloch verbracht – alles ohne Nahrung. Wir sind zu der Überzeugung gekommen, daß alle Gletscher unserer Alpen gegen das, was hier zu sehen ist, harmlose weiße Parkett-Böden sind.«

Seit Wochen war die Bergsteigergruppe ununterbrochen einem Höhenlicht ausgesetzt, das Augen und Haut angreift. Mit seinem Sonnenschutz überall bot der Bergsteiger das Bild eines »Beduinen der Berge«. Jeder bewegte sich im ewigen Eis der Pamir-Gletscher in Wahrheit auf einem Spiegel, der vom Himmel das intensive ultraviolette Licht empfing und wieder abstrahlte. Das erste Opfer dieses Lichts war Dr. Kohlhaupt. Am 28. Juli erschien um 2 Uhr der Rotarmist Belajew bei Karlo Wien und meldet, daß Kohlhaupt schneeblind sei.

Der Fedtschenko-Gletscher, der Schwendjew-Gletscher, die vielen Seiten- und Nebengletscher sind mit ihren Kälte- und Lichtspeichern schreckenerregend. In den Spalten ging Gepäck verloren, Tragtiere brachen ein, Träger und russische Teilnehmer waren teilweise von der Höhenkrankheit gezeichnet, sie wurden mit dem Sauerstoffmangel nicht fertig. Dazu Schneetreiben und brennende Kälte – und alles vor den herrlichsten Kulissen der Welt, vor den großen, rotbraunen, über 6000 Meter hohen Felskogeln, die strahlend weiße Mützen tragen. Am 31. Juli »beginnen wir erneut damit, in den Gletschern herumzuirren«, wie Karlo Wien schrieb. Sie unterschätzten die Entfernungen und hatten keine Ahnung, wohin sie flossen. »Gletscher haben hier schon großen Himalaya-Charakter. Als wir im Lager auf die wild zerrissenen Eisgebilde und die gletschergrünen Zähne blicken, nennen wir die ganze Gegend einfach Rombuk-Ost.« Am 31. Juli legten sie sich bei klarem Himmel schlafen und wurden von einem heftigen Schneesturm frühmorgens geweckt.

Zwei Stunden tobte der Orkan; dann lösten sich die hin- und herjagenden, grauen Wände etwas auf; Schneewolken vagabundierten über das Firnplateau. Wien erreichte an diesem Tag mit seinen Freunden den bisher höchsten Punkt, er lag in einer Höhe von 6400 Meter. »Nach mannigfachen Abenteuern«, schrieb er schlicht, »in Schneebrettern, die uns wieder ein Stück den Berg hinabbeförderten«, erreichten sie den Vorgipfel in einer Höhe von 6200 Metern. Im stundenlangen Waten durch Pulverschnee, der oft bis zur Brust reichte, waren die Zehen gefühllos geworden. Zwei Stunden brachten sie auf dem Vorgipfel damit zu, die Füße zu reiben, bis das Gefühl wieder zurückkehrte. Dabei fanden sie Zeit, die herrliche Tanimas-Alai-Kette im Norden zu bewundern und vergaßen für eine Weile ihre Lage, vor allem den Firnhang mit seinen »häßlichen Spalten«.

Hier passierte es. Eine Unruhe befiel den sonst so Stillen und Gelassenen. Karlo horchte plötzlich in den Sturm hinein, der ihm fremde Stimmen des Berges zutrug; diesmal waren die Stimmen voller Drohungen. Bewegte sich nicht heimlich der Berg? Karlo glaubte ein kaltes, röchelndes Atmen zu hören. Dann fühlte er zu seinem Schrecken, daß der Berg sein Kleid sprengte. Der Eisboden wankte. Ein Krachen und Knirschen hob an. Nun wußte er, was da passiert war und wußte auch, daß das das Ende sein konnte, für ihn, für alle. Auf einer langen Strecke brach die Schneeauflage ab; genau dort, wo die Bergsteiger standen und nun noch einmal zum Gipfel blickten, als könnten sie dort oben Halt finden.

Dann setzte sich der ganze Hang in Bewegung und riß alles in die Tiefe, Eis, Fels und Karlo und seine Freunde. Jeder versuchte mit den Armen einen rettenden Widerstand zu fassen. Aber es gab nichts, das diesen Sturz hätte abbremsen können. In dieser grauen, tobenden Masse überschlug sich Karlo unentwegt. Mit der Lawine bildete er ein stürmisches stürzendes Knäuel.

Das Leben lag plötzlich nicht mehr in eigener Hand. Alles kreiste. Der Schneestaub wurde dichter, körperlicher und verschloß dem Stürzenden Augen und Mund. Alle Sinne rangen nach Licht und Luft.

War das das Ende? Der Berg, der Karlo in seinem Zorn zu Tal schleuderte, mobilisierte zugleich seinen Widerstand. Im letzten Augenblick halfen Mächte, die dafür sorgten, daß die Schicksalsfäden noch nicht rissen. Wie der Sturz begann, so endete er auch. Urplötzlich war alles vorbei: die tödliche Gefahr, von der Lawine erschlagen oder erwürgt zu werden. Alle fielen in ein weiches Bett aus Schnee, verletzt von einigen Eistrümmern, die vom Berge nachrollten. Aber was war das schon angesichts des Glücks und des Schreckens, von einer schmalen Terrasse abgefangen worden zu sein und bald über den Rand des Tisches schauen zu können, in eine Höllenschlucht hinein?

Im Tagebuch Karlos hieß es lakonisch: »Wir konnten uns aus dem kalten Gefängnis befreien.« Die Seilschaft Wien hatte Glück, das Glück eines Mannes, der mit der Gunst des Schicksals und in fast traumwandlerischer Sicherheit bisher die größten Teile des Pamir vermessen und erobert hatte. Finsterwalder schrieb dazu: »Ich weiß nun, daß man Wien und Schneider auch für die schwersten Aufgaben einsetzen kann. Aber beide sind mit knapper Not dem Tode entronnen.«

Wien bedauerte, daß die Besteigung des Berges, den die Expedition nach dem Gipfelbild »Dreispitz« nannte, mißlang. Aber er betrachtete das ganze Kapitel der Muskulak-Erforschung (Muskulak = Eisohr) über dem Eisstrom des »Akademie-Gletschers« im Licht künftiger höherer Aufgaben: »Wenn unsere Dreispitz-Besteigung auch mißglückte, wir waren dennoch unter erschwerten Umständen sehr weit und sehr hoch vorgedrungen und konnten daraus entnehmen, daß wir uns schon genügend an die dünne Luft gewöhnt hatten, um auch noch größere Höhen bewältigen zu können.«

Allmählich klärte sich das Bild der Gletschersysteme. Die vielen Gletscher in den Seitentälern waren nur die Arme eines einzigen großen Eiskörpers, der seinen Namen nach dem russischen Naturforscher Fedtschenko empfangen hatte. Aus Skiern, ein paar Brettern und etwas

Knüppelholz bauten die Bergsteigergruppe und Finsterwalder nun einen Schlitten. Darauf verluden sie ihr Gepäck, ihren Proviant und ihre Instrumente und begaben sich auf freie Forschungsreise. Einen 5500 Meter hohen Berg nannten sie »Piz Palu«. Karlo war diesmal nicht dabei; seit dem Lawinensturz plagte ihn ein schwerer Grippeanfall. Aber am 17. August war er wieder auf den Beinen.

Er schilderte die Tagesereignisse in einem längeren Bericht: »Es geht ein kolossaler Wind. Das Photogrammeter, das sowieso schon an exponierter Stelle steht, kippt im Sturm zweimal um, die Visuren verwackeln, der Steinmann fällt um, und erst nach vierstündiger Arbeit können wir eine Standlinie nach Westen aufnehmen. Eine kurze Strecke steil aufwärts geht es nur mit Steigeisen. Aber was wir hier oben sahen, war enorm. Der Gletscher stürzt an die 900 Meter in einen Eisbruch hinunter, in ein enges Tal, ein Nebental zum Wantsch. Lauter steil abfallende Gletscher, wild zerrissene Gebirgsstöcke, schöne Berge und in den Tälern ziemlich viel Vegetation. Zum ersten Mal sehen wir nach Wochen im Tal wieder richtige Bäume, die wir hier oben so sehr vermissen. Wir sahen auch den Berg, den wir nicht erreichten, die Ostseite des ›Dreispitz‹.«

Während die Expedition zwei Rasttage einlegte, erhielten die Bergsteiger russischen Besuch. Sieben Tadschiken kündigten ihn an. »Als nach einer halben Stunde noch nichts zu sehen ist, gehen Schneider und ich mit Laternen zum Gletscher III, von wo wir noch ein großes Stück übersehen können. Doch sehen wir nichts, auch unser Rufen hat keinen Erfolg.« In der Zwischenzeit schickten die russischen Expeditionsmitglieder Tadschiken und zwei Rotarmisten aus, die alle paar Minuten ihre Gewehre abdrückten. Dann erschien eine bunte Gesellschaft, die eigentlich in den Kreml und nicht in den Pamir gehörte: Generalstaatsanwalt Krylenko mit Ehefrau, Volkskommissar Prof. Dr. Schmidt, der Arzt Dr. Rossels, die Filmleute aus Moskau und als Nachzügler der Chef der Kreml-Exekutive Gorbunow.

Über das Abenteuer vom 21. August schrieb Karlo Wien: »Um 1 Uhr waren wir an der Stelle, wo Allwein und Schneider umgekehrt waren. Aus einem großen Seitental links kommt ein großer Fluß heraus, der donnernd eine graugelbe Flüssigkeit und große Steinblöcke an dem Gletscher vorbeiwälzt, ohne unter diesem zu verschwinden. Der Fluß bleibt auf der rechten Talseite.« Wenn sich hier irgendwo Siedlungen befanden, so mußten die Bergsteiger einen Übergang finden. Sie folgten dem Bachlauf am Steilufer entlang und stießen eindeutig auf Bärenspuren. In der Nähe einer zerfallenen Hütte entdeckten sie etwas reife Gerste, die erste Spur von Menschen, von Tadschiken. Karlo Wien machte ein großes Feuer an, um irgendwelchen Hirten in der Nähe Zeichen zu geben. Die Bergsteigergruppe brauchte dringend Lebensmittel. Sie lebte von unreifen Äpfeln. Der weiche Lagerplatz jedoch versöhnte sie mit der Not des Hungers. Das rauschende Wasser, das talabwärts stürzte und glattgeschliffenes Felsgestein mit sich führte, sorgte alsbald für einen tiefen, gesunden Schlaf.

Am frühen Morgen jedoch geschah das Unglück. Karlo Wien: »Ich hatte die beste Stelle für einen Übergang schon am Abend erkundet. Bis auf Stiefel und eine Wolljacke zogen sich alle aus, nahmen lange Stangen in die Hand, und dann ging's los. Ich steige voraus in das kalte Wasser. Als ich in den eigentlichen Flußarm komme, merke ich erst, wie reißend und gefährlich der Fluß ist. Die Steine rollen unter den Füßen davon. In einer Tiefe von über einem Meter trifft mich ein Block. Er hätte mich fast umgerissen. Mit großer Mühe gelingt es mir, in dieser Lage zu wenden und aus der starken Strömung herauszukommen. Als ich mich nun nach Borchers umdrehe, sehe ich ihn gut 50 Meter stromabwärts hilflos im Wasser treiben.«

In der nächsten Kurve wurde Bo, wie Karlo Borchers nannte, an das Ufer gespült: ziemlich schwer verletzt, wie sich herausstellte, nachdem Karlo zu Hilfe geeilt war. Da alle Kleider naß waren und Borchers aus vielen Wunden blutete, machte Karlo erneut ein Feuer und verteilte die letzten grünen Äpfel. »Plötzlich sehen wir auf der anderen Seite einen Hirten mit einer großen Herde. Auch der Hirt bemerkt uns. An einer schmalen Stelle kommt es zur Verständigung. Keiner kann den anderen in dem donnernden Lärm des Flusses verstehen, aber wir gestikulieren erfolgreich miteinander. Der Tadschike bedeutet mir, flußaufwärts zu ziehen und den wilden Strom an einer ruhigen Stelle zu durchschwimmen.«

Der Tag war abenteuerlich. Hunger, Borchers' Unfall und trotz allem über wilde Eiskörper immer weiter hinauf auf der Suche nach dem legendären Kaschalajak, dem Geheimpaß der Tadschiken. Karlo und Borchers fanden ihn, ohne daß sie zunächst wußten, welche Entdeckung ihnen in der Notlage gelungen war. Borchers hatte schlimme

Schmerzen. Schneetreiben setzte ein, und der ewig nagende Hunger zehrte an den Kräften. Um zwei Uhr kam die Rettung. In großer Entfernung erblickten die Umherirrenden eine Karawane. Langsam zog sie über den Gletscher. Als sie aus weiter Ferne Rufe vernahm, machte sie kehrt. Zwei Stunden später »kommt mit der Morgensonne die Erlösung: Allwein und Schneider und dazu die Russen.«

Die Russen fanden einen uralten Kornstampfer im Flußkies. Rickmers meinte: »Hier muß ein Stamm sein Lager gehabt haben; denn für kürzere Zeit belastet sich niemand mit einem 15 bis 20 Kilo schweren Gerät.« Der Kornstampfer wurde mitgenommen und dem Museum von Taschkent übereignet.

Allwein betreute nun Borchers, der mit seinem eiternden Bluterguß trotz aller Schmerzen immer wieder zu gehen versuchte. Die Unglücksserie riß nicht ab. Im Hochlager erfuhr Karlo Wien, daß Dr. Kohlhaupt aus Sonthofen verunglückt sei und auf einer Alm westlich von Oroscher liege. Karlo versuchte nun, sich selbst zu trösten; er schrieb: »Die Nachricht stammt von Lentz und ist noch nicht ganz gesichert, weil sie Lentz von einem Tadschiken erfahren hat. Wenn kein neuer Bote kommt, muß Allwein hin.«

Über die dramatischen Ereignisse Ende August schrieb Rickmers in seinem Tagebuch: »Brief von Finsterwalder, daß Borchers und Wien schon zwei Tage überfällig. Allwein und Schneider sind auf die Suche gegangen. Professor Schmidt hat keinen Augenblick gezaudert, sie zu der Stelle zu begleiten, wo er sich vor fünf Tagen von Wien und Borchers trennte ... Ich bereite aber alles auf Finsterwalders etwaigen Notruf vor. Gleich darauf kommt ein Mann, der einen gespaltenen Zweig mit eingeklemmtem Brief schwingt und daran als Eilbote kenntlich ist. Lentz schickt ihn und meldet, daß Kohlhaupt auf einer Alm von seinem Pferd ins Gesicht geschlagen wurde. Was tun? Rossels und Allwein sind unerreichbar. Da sitze ich nun als Greis, der sich nicht zu helfen weiß. Oben kann es vielleicht brenzlig werden; unten muß einer achtgeben, daß er nicht unversehens die Hälfte seines Oberkiefers verschluckt. ›Arzt, hilf dir selbst!‹ Man muß es rufen, trotzdem man helfen möchte ... Bis ich zu den beiden (Lentz und Kohlhaupt) gelange, ist seit dem Unfall mindestens eine Woche verstrichen. Erst bei Krankheit und Lebensgefahr wird sich der Forschungsreisende so recht seines Ausnahmezustandes bewußt.«

Borchers hatte noch die Kraft, Rickmers durch Boten über die Forschungsergebnisse der letzten Tage zu unterrichten. Sein Brief begann mit den Worten »Hurra, Wien und ich sind vor einer Woche den Fedtschenkogletscher hinuntergegangen. Bei der Biegung stiegen wir den linken Seitengletscher etwa 400 Meter hinauf und gelangten auf einen Paß, etwa 4200 Meter hoch. Es wird schon der Kaschalajak sein.« Borchers schilderte dann seinen Unfall: »Zum Paßlager war es ein Leidensweg, den Wien in jeder Weise zu erleichtern suchte. Ich habe einen Erguß am rechten Knie, zwei große Wunden und starke Schwellungen am rechten Oberschenkel, eine Prellung des linken Hüftgelenks, einen über dem Gelenk eiternden, daher steifen Daumen sowie Dutzende von kleineren, meist eiternden Verletzungen. Alles ziemlich schmerzhaft.«
Rickmers notierte dazu: »Das war ein schöner, wenn auch recht teuer erkaufter Sieg. Borchers und Wien haben eine der reizvollsten Aufgaben gelöst und den sagenhaften Paß Kaschalajak überschritten.« Der Kaschalajak galt als Geheimpfad der Tadschiken; er war Mitte des 19. Jahrhunderts noch mit Eis bedeckt. Rickmers schrieb: »Der Kaschalajak, richtiger: Tanimas und Kaschalajak, ist ein wunderbarer Dreipaß oder Gabelpaß, der die kürzeste Verbindung zwischen Wantsch, Altin-Masar, Bartang und Pamir darstellt ... Den Flanken des Seltaus aufgesattelt, saß das Tadschikenvolk damals zwischen den blutsaugenden Emiren und räuberischen Kirgisen eingeklemmt. Alle leichten Wege führten an Frontfesten und Straßenräubern vorbei. Der Kaschalajak war ein reiner Tadschikenpaß. Einer besonderen Geheimhaltung bedurfte es kaum, weil das Hochgebirge schon eine genügende Warnung an Neugierige bildete. Man stelle sich vor, fünf bokharische Beamte hätten zwei Tadschiken gezwungen, ihnen den Übergang zu zeigen. Nach zwei Tagen wären die Beamten windelweich gewesen vor Angst und Überanstrengung. Innerhalb weiterer zwei Tage hätten hochalpine Unfälle mit unmerklicher Nachhilfe ihre kühne Forscherlaufbahn allzufrüh beendet.«
Über das Schicksal des Expeditionsarztes Dr. Kohlhaupt gab ein Eilbote von Nicolai Petrowitsch Gorbunow und Dr. Lentz am 26. August Auskunft: »Die Knochenbrüche, Oberkiefer durch die Nase bis zur Augenhöhle, verschieben sich stetig und erzeugen immer wieder Blutungen in den Nasen-Rachen-Raum. Oft schwere Atemnot. Er-

wünscht eine Belocqsche Röhre zum Tamponieren des hinteren Nasenraumes und ein Blutgerinnungsmittel.«

Der Expeditionschef überlegte, ob man Kohlhaupt nicht über den Karakul heimsenden sollte. Wie aber konnte man die damit verbundenen Beförderungs- und Geldfragen lösen? »Mittags«, so notierte Rickmers in seinem Tagebuch, »kommt Allwein herunter, um mit mir zu beraten. Schwieriger Fall, weil Borchers auch Hilfe braucht. Bis Allwein zu Kohlhaupt käme, wären bald 14 Tage seit dem Unfall verflossen. Inzwischen mußte die Knochenheilung und Vernarbung begonnen haben. Ich beschränke mich deshalb darauf, Verbandszeug und eine Morphiumspritze zu schicken. Kohlhaupt rate ich, im Zweifel lieber zu bleiben, wo er ist, und die Heilung abzuwarten. Das Weitere wird sich ergeben, Inschallah. Vorläufig habe ich weder Leute noch Träger oder Geld. Der Silbersack wiegt nur noch drei Kilo.«

Ende August erreichte Karlo Gipfel in einer Höhe von 6600 und 6800 Metern. Er näherte sich der magischen 7000-Meter-Marke. Zum ersten Mal wurde auch die Seilschaft deutsch-russisch. Karlo nahm einen sowjetischen Volkskommissar mit ans Seil; auf den steilen Firnfeldern legten beide zuvor Steigeisen an. Seilgefährte war Prof. Dr. Schmidt aus Moskau, der Russe mit dem deutschen Namen. In der Rinne half dem Volkskommissar keine Ideologie; die Szene war klassenkampfwidrig, denn Schmidt war ganz und gar abhängig von einem Manne, der im bürgerlichen Leben sicherlich ein »Konterrevolutionär« war. »Es zeigt sich nun«, schrieb am Abend Karlo Wien, »daß Herr Schmidt, den ich am Seil hatte, zwar ein guter Bergsteiger war, daß ihm aber jegliche Übung in der großen Höhe fehlte. Er bekam bald keine Luft mehr, dafür aber Herzklopfen. Perlin, der von Schneider geführt wurde, litt ebenfalls unter der Höhe und den Anstrengungen; aber bei Perlin kam noch die alpine Unerfahrenheit dazu.« Am Gipfel begriff Karlo dann auch das russische Engagement. In einer Höhe von etwa 5900 Metern zündeten nun die zwei deutsch-russischen Seilschaften Fackeln an. Im Licht und im visionären Rauch der Flammen beobachteten die Filmleute aus Moskau die Szene in der Höhe und drehten das vielleicht abenteuerlichste Ereignis für ihren Expeditionsfilm.

»Danach aber hatten die Russen«, wie Karlo beobachtete, »ihr mangelndes Training erkannt und beschlossen, sich in den nächsten Tagen nur mit Paßerkundungen zu befassen.« Der nächste Morgen war bitterkalt. 15 Grad minus. An diesem Tage machte Karlo mit Schurl, wie er Schneider nannte, einen Berg mit der Gipfelhöhe von 6650 Metern. Der Berg erhielt den Namen, den der Direktor des »Preußischen Meteorologischen Instituts« in Berlin trug. Anschließend vermaß Karlo im Westen den Garmo mit etwa 7000 Metern. Danach stand fest, daß der Peak Kaufmann die höchste Erhebung Rußlands und des Pamir ist. Wäre Karlo der russischen Sprache mächtig gewesen, so hätte er von Nicolai Petrowitsch Gorbunow im Gespräch mit Prof. Schmidt erfahren können, daß die Eroberung des Peak Kaufmann dazu benutzt werden sollte, um den Berg in Peak Lenin umzubenennen; auch wenn die Eroberer keineswegs Leninisten waren.

Anfang September wurde es in der extremen Höhe bereits herbstlich und winterlich. Es war nun an der Zeit, den Peak Kaufmann anzugreifen. Am 11. September 1928 brachen Karlo Wien, Erwin Schneider und Volkskommissar Schmidt als Vortrupp auf. Schmidt wollte die Seilschaft Wien/Schneider bis Altin-Masar begleiten, dort wollten sich die russischen Expeditionsmitglieder von der deutschen Gruppe verabschieden. In der Zwischenzeit waren Gorbunow und Krylenko bis zum Jasgulem im Süden vorgedrungen; sie hatten einen Paß entdeckt, der ins oberste Firnbekken des Fedtschenko-Gletschers führte. Kurz vor Wintereinbruch ging die Expedition ihrem Höhepunkt entgegen, dem Peak Kaufmann.

Vor Altin-Masar überquerten Schneider und Wien wiederum schwimmend kalte Ströme, die alles mitzureißen schienen. Mit tadschikischer Hilfe erreichten beide das andere Ufer. Anderntags ritt Karlo zurück, um die Gefährten zu holen und ihnen zu helfen. War nicht eine Vermessung vorzunehmen, war nicht ein Berg zu bezwingen, so war Karlo unentwegt dabei, sich um die Schwächeren zu bemühen. In Finsterwalders Tagebuch heißt es über diese Stunde: »Gegen 10 Uhr sehen wir Pferde auf uns zukommen. Das ist die Rettung. Es dauert aber noch lange, bis es soweit ist. Wien, der die Kolonne führt, wird samt Pferd in dem tobenden Fluß mehrmals abgetrieben. Endlich weiter oben Übergangsstelle gefunden. Um 12 Uhr setzen wir über, wobei alle naß werden, aber meine Platten kommen gut durch. Nach zweistündigem Ritt Altin-Masar vor uns: Bäume, Wiesen, Menschen, Yaks, Pferde, Häuser, Wärme. Es ist für uns eine Art Paradies. Wir schauen zum größten Teil sehr verwildert und zerfetzt aus, haben eine Menge Schrammen, Risse und dergleichen, denn oben bei der großen Kälte heilte nichts.

Nach über zwei Monaten Schnee und Eis und grimmigem Frost tut uns der neue Aufenthaltsort gut.«

Altin-Masar, »Goldener Grabhügel«, sechs Grabhügel für sechs Kirgisenfürsten, die als Heilige verehrt werden, einige Weiden und Jurten, und aus einem Fürstensitz im Totenreich ragt eine Kultstange, geschmückt mit den alten Symbolen der Lichtreligion, hervor. Das kirgisische Mal aus Urzeiten korrespondiert mit dem Kurgan aus skythischer Epoche. Welche Farbkontraste beleuchten den heiligen Ort, der auf grünem Rasen vor der Nordwand des Mus-Dschilga, vor der 6300 Meter hohen »Weißen Schlange«, steht, ein schlichter Teppich der Natur, auf dem der Beobachter verweilt, um die Farbspiele in den steilen, schwierigen Wänden zu erleben.

»Noch spät abends kamen gestern Rickmers, Judin, Schtscherbakow und ›Hummel‹, unser Zoologe, mit einem geradezu wundervollen blonden Vollbart, vollkommen russisch gekleidet, mit vielen Hummeln, von einer wirklich abenteuerlichen Reise. Einmal waren ihm die Gäule in den Serdj-kul gefallen, einmal blieb er im Gletscher-Sumpf stecken, so daß alle Platten verlorengingen, Flüsse hat er mit einem aufgeblasenen Ziegenbalg überquert und auf Seilbrücken gestanden, über die die Pferde mit einem Strick um den Hals hinübergezerrt werden mußten. Schtscherbakow wollte wissen, was alles getan worden war. Lange Erzählungen hin und her.

Die Russen ziehen bald auf dem kürzesten Weg über Fergana zur Bahn, um nach Moskau zu reisen. Wir gehen das Saukdara-Tal hinauf, Rickmers und Hummel nach Westen, Finsterwalder und Biersack zum Kaindi. Dann großer Trägerappell, Stiefelparade, Auslese und Auszahlung. Wir behalten noch Dario und Bodor, die beiden, die sich auf den Gletschern gut bewährt haben, bei uns, außerdem einen kirgisischen Pfadfinder.«

Dann kam der Abschied. Karlo Wien erzählte über den denkwürdigen Abend in Altin-Masar in der Expeditions-Jurte: »Alle waren zusammen, 17 Mann, allwo man Abschied feierte von den hohen, russischen Herren. Zunächst ging es normal zu, drei Flaschen Kognak wurden mit den allgemeinen Trinksprüchen ausgetrunken und dazu Sakuski, belegte Brote, gereicht.

Dann begann man zu singen, wobei sich allerdings die Russen viel mehr hervortaten. Krylenko und der Doktor sangen zweistimmig, und plötzlich kam Krylenko auf die Idee, reinen Alkohol mit Wasser zu mischen. Hummel hatte noch eine ziemlich große Flasche für die Konservierung seiner Viecher. Ein 96prozentiger. Er wurde herbeigeschleppt. Krylenko selbst besorgte das Einschenken. Jeder bekam zunächst einen Becher mit Alkohol, anschließend trank er Wasser. Das Mischen fand erst im Magen statt.

Die Wirkung war verheerend. Alsbald gerieten fast alle Teilnehmer in den Zustand höchster Fröhlichkeit. Die einen sangen, und andere schliefen ein. Ich hielt mich recht gut bis zum Schluß und führte weise Gespräche mit Schmidt. Am nächsten Morgen jedoch suchte mich ein struppiger, borstiger Kater heim, und ich schwor mir, nie mehr einen 96prozentigen zu trinken ...«

Da die Verletzungen von Borchers noch immer nicht ausgeheilt waren, bestand die Mannschaft zur Eroberung des Peak Kaufmann aus drei Bergsteigern, aus Karlo Wien, Erwin Schneider und Dr. Allwein. Bis zum Fuß des Giganten waren es noch 70 Kilometer, eine unendliche Strecke, denn die Luftlinie verlängerte sich um zahllose Berge, Gletschersümpfe und Abbrüche. Die Anstiegsroute war gänzlich unbekannt. Es konnte klappen, es konnte aber auch schiefgehen. Wer aber sollte die Gruppe nach dem Ausfall Borchers' führen?

»Ich bitte Borchers nur«, schrieb in diesem Augenblick Prof. Finsterwalder, »Wien auszurichten, daß ich ihm vollständig vertraue. Er soll die bergsteigerischen und wissenschaftlichen Aufgaben so lösen, wie er es auf Grund der Sachlage für am besten hält.« Seiner Tagebuchaufzeichnung fügte »Schwarzwald« noch hinzu: »Von den Bergsteigern in weitem Abstand der brauchbarste.«

Bald hielten die Bergsteiger unter krachenden Eistürmen in 5000 Metern Höhe lange Debatten über die Lage des Peak Kaufmann ab. Wo gab es das schon einmal, daß man den Berg, den man besteigen wollte, im Hochgebirge erst suchen mußte? Konnten sie einen Siebentausender überhaupt bezwingen, wenn die vielen Fünf- und Sechstausender sie mit all ihren Strapazen nicht für noch größere Leistungen ertüchtigt hätten? Am 23. September entließ Karlo in einer Höhe von 5200 Metern tief im Saukdara-Tal in der Siedlung Tuskun-tokai (Rabenwald) die zwei Träger, um sie nicht den kommenden Gefahren und den grausamen Zugriffen der Kälte auszusetzen. Karlo versorgte sie mit Lebensmitteln. Als er sich noch einmal umdrehte, schaute er in Augen, die Furcht und Ratlosigkeit verrieten. Ein Aufstieg auf blankem Eise wäre für sie wohl zu schwer gewesen. Karlo wollte es nun mit Allwein und Schneider allein schaffen. Die drei Bergsteiger hatten sich im Pamir so gut kennengelernt, daß es zwischen ihnen nicht mehr vieler Worte bedurfte.

Am 24. September erreichte die Gruppe Wien den Hauptkamm des Trans-Alai. Wo sie ihre Zelte mit Steigeisen verankerte, zeigte der Höhenmesser 5825 Meter an.

»Ein Hochlager«, notierte Karlo mit halberfrorenen Händen, »ist an sich schon etwas Ungemütliches.« Aber das Welzenbachzelt war für die extreme Höhe ungeeignet. Es war vollgepackt mit Instrumenten, mit dem Schlafsack, und es fehlte gar der Platz, um sich Stiefel anzuziehen oder kochen zu können. In der Nacht jagte der Westwind Schnee heran und trieb ihn gar ins Zelt. Frühmorgens sollte die Entscheidung über die Lage des Peak Kaufmann fallen. Welcher war nun der Peak Kaufmann, P I, P II oder P III? Karlo gab nichts auf Augenmaßschätzung. »Wissenschaftlich angehaucht, wie ich nun einmal bin«, berichtete er in seinem Tagebuch, »bezweifle ich Schneiders Ansicht, der wunderschöne P I sei der Kaufmann. Wir, Allwein und ich, überstimmten Schneider; es wurde beschlossen, am nächsten Morgen im Osten des Passes anzusteigen. Zeigt sich auf der Kammhöhe, daß vielleicht der westliche der höhere Gipfel ist, bleibt uns immer noch die Möglichkeit, gleich ins Lager zurückzukehren, zu ruhen und dann am übernächsten Tag den richtigen Peak Kaufmann zu besteigen.«

An diesem Morgen hatte sich das Quecksilber ganz in das Gehäuse des Thermometers zurückgezogen. »Also sicher unter 20 Grad minus. Mit Mühe gelingt es, für jeden ein halbes Täßchen Tee herzustellen, der aber, kaum in die Becher ausgeschenkt, sofort eiskalt wird. Ich versuche die Stiefel aufzuwärmen, aber sie sind hart wie Eisen und verbogen. Ich renne vor dem Zelt auf und ab; der kalte Wind jedoch erlaubt es nicht, daß man sich etwas aufwärmt. Um 7 Uhr sind wir dennoch alle marschbereit.« Auf der Grathöhe aber erwies es sich wenige Stunden später, daß Schneiders P I der richtige Peak Kaufmann war. Also zurück ins Standlager. Dort rieben die drei Männer ihre Füße, bis sie wieder reagierten. Zudem produzierte der Brenner viel zu wenig Flüssigkeit, der Flüssigkeitsmangel zehrte an den Kräften. Es kam hinzu, daß man im Zelt nicht kochen und daß man sich noch nicht einmal die Stie-

Die Geographische Gesellschaft in München

verleiht durch einstimmigen Beschluß von Vorstandschaft und Ausschuß
bei der Feier ihres sechzigjährigen Bestehens

die Prinz Ludwig-Medaille in Silber

Herrn

Karl Wien

für die durch sein bedeutendes alpines Können wesentlich geförderten Forschungen in der Gletscherwelt der Pamire.

Zur Bestätigung dieser Verleihung wurde gegenwärtige Urkunde ausgefertigt. München, den 31. Oktober 1929.

Die Vorstandschaft:

Herrn

cand. phys. Karl Wien, München

wurde als Münchner Teilnehmer

an den Auslandsfahrten des Deutschen

und Österreichischen Alpenvereins

im Jahre 1928

zur ehrenden Anerkennung

hervorragender bergsteigerischer Leistungen

vom Stadtrat München

eine bronzene Plakette zu Eigentum

verliehen

MÜNCHEN AM 13. MAI 1929

BÜRGERMEISTER

fel aus- oder anziehen konnte. Der Tag, der Ruhe bringen sollte, beunruhigte Wien in Wahrheit.
Bei 18 Grad minus verließ die Gruppe am nächsten Morgen sehr früh den Schlafsack, in dem auch die Stiefel lagen. Bei Sonnenaufgang um 8 Uhr waren alle marschbereit. Sie hatten sich Sackleinen um die Schuhe gewickelt, das mit Steigeisen gehalten wurde. In den Taschen Diamaltbonbons, Schokolade und Obst, im Rucksack Karlos der Photoapparat und ein Barometer; Allwein war für den Notfall ausgerüstet.
Um 8.20 Uhr begann der Kampf mit dem 7130 Meter hohen Peak Kaufmann. Nach dem Gipfelsieg trug Karlo den Bericht in sein Tagebuch ein:
»So verlassen wir am 25. September 1928 den Ostsattel und beginnen auf schön verblasenem Schnee den Ostgrat anzusteigen. Der Grat selbst: Dreimal den Grat des Montblanc von der Col de la Brenver bis zum Gipfel, das kann ungefähr hinkommen. Kurze Rasten. Um 12 Uhr kommen wir auf einen Gipfel. Höhenmesser zeigt 6600 m an. Wir halten es nicht für ausgeschlossen, schon auf dem Gipfel zu sein. Aber es stellt sich schnell heraus, daß der Gipfel noch weit, hoch und steil ist und in diesem Fall etwas Schreckliches, daß nämlich zwischen uns und dem Gipfelaufbau eine etwa 50 m tiefe Scharte liegt. Nicht mit einer einfachen Gegensteigung ist es getan. Dreimal müssen wir hinunter, hinauf und dann wieder hinunter.
Unsere Zehen beginnen mehr oder weniger gefühllos zu werden; bei mir geht's ja noch, aber auch Allwein und Schneider denken nicht daran, wegen so lächerlicher Zehen kurz vor dem Gipfel aufzugeben. Bald beginnt der Höhenmesser auch wieder merklich zu klettern; auf 6800 m lassen wir unsere Rucksäcke zurück. Etwas Erleichterung verschafft es doch. Der letzte Anstieg ist sehr steil.«
Kein Wort über die Strapazen und Qualen. Bei Karlo hieß es nur ganz schlicht: »Es ist hier ein erstklassiger Steigeisenhang von 55 Grad Neigung, jetzt ganz zum Schluß doch anstrengend. Darüber das Gipfelplateau. Erwin Schneider und ich begeben uns zum höchsten Punkt, zu einem kleinen Felsspitzel. Um 15.30 Uhr drücken wir uns dort die Hand und lassen uns zur letzten Rast nieder. Der Höhenmesser zeigt 7000 Meter über dem Meere an; weiter kann er nicht ...
Der Abstieg zum Hochlager dauert zweieinhalb Stunden. Zu einem schrecklichen Ereignis wird allerdings die endlose Gegensteigung, nun

im Nebel, wo wir nur ganz mechanisch unseren Aufstiegsspuren folgen. Wie endlos erscheint jetzt dieser Grat. Um 5.45 Uhr treffen wir am Ostsattel ein; Alisi immer mit einem Vorsprung vor uns. Gerade reißen die Nebel auf; zu unseren Füßen erscheint, in ein imaginäres rotes Licht getaucht, das Alaital. In der Dunkelheit kämpfen wir uns zwischen unfreundlichen Eiswänden und über das blanke Eis zum Trägerlager hinab. Irgendwann, der Mond scheint auf die einsamen Wanderer, kommen wir zum Ziel; ich bin zu müd', um auf die Uhr zu schauen. Ein Eissee mittlerer Größe fällt unserem Durst so ziemlich zum Opfer. Die Träger sind fort.

In der Nacht schmerzen die Zehen, und ich träume, all unsere Zehen liefen wie kleine Mäuse umher, und jeder sei eifrig bemüht, die seinen zu fangen. Die Bestandsaufnahme ergibt: Schneider am ärgsten, Allwein etwas ärger als ich, ich am wenigsten. Immerhin schmerzt das Gehen bei allen; unser Marsch den Gletscher hinunter, der um 10 Uhr beginnt und um halb fünf endet, ist ein richtiger Trauermarsch. Die Schmerzen werden nachmittags größer, besonders nach der Rast. Kriegsrat: Man muß Schneider möglichst weit entgegenkommen. Einer muß also am nächsten Tag, am 27. September, ins Standlager und dann mit Kirgisen und Pferden Schneider entgegenreiten ... Es ist klar, daß ich das Amt übernehme.

Es gelingt mir, mich in ziemlich geschlauchtem Zustand mitsamt meinen Füßen und meinem Rucksack gegen 12 Uhr im Depotlager abzuliefern. Dort treffe ich die besten aller je ausgerissenen Pamirträger an. Zu milde für die Schelte gestimmt, schicke ich Bodor den anderen entgegen, nehme Dario mit mir, der meinen Rucksack trägt, und eile weiter über den Gletscher. Am Gletscherrand war ich um 1 Uhr. Von dort rannte ich, wie nur ein Irrer rennen kann, ohne mich noch einmal umzusehen in einem Zuge ins Standlager, wo ich um 6 Uhr eintraf.«

Von hier aus unterrichtete Karlo Expeditionschef Rickmers über die Erstbesteigung:

»Lieber Herr Rickmers,

am 25. September haben Allwein, Schneider und ich den Peak Kaufmann bestiegen, und zwar über den Ostgrat. Ostsattel ab 8.20 Uhr, Gipfel 15.30 Uhr. Abstieg auf demselben Wege, zugleich mit der Verlegung des Lagers auf 5200 Meter. Die Träger waren inzwischen ausgerissen. Die Kälte war so stark – auf dem Ostsattel morgens 18 Grad un-

15 Der Kangchendzönga

16 Im steilen Eis

17 Sporngipfel (rechts)

Kangchendzönga-Expedition 1931

14 (vorhergehende Seite) Aufstieg übe<!-- cut -->
Nord-Ost-Grat

18 Im Hochlager

19 »Hatschi« – Karl Hartmann   20 Schallers Grab

ter Null – daß wir nun alle mehr oder weniger die Füße erfroren haben, am ärgsten Schneider.
Wir kamen daher mit allem Gepäck beladen am 26. September bis 4300 m herunter. Gestern eilte ich allein hierher, bis nach Kulgun-tokai. Borchers ist den beiden anderen von hier aus entgegengeritten. Alle sind wohlbehalten eingetroffen.«

»... Alle sind wohlbehalten eingetroffen.« Alles andere zählte bei Karlo nicht. Sein Lehrer, Prof. Finsterwalder, schrieb dazu: »Wien berichtet uns kurz, sachlich und fast bescheiden über den großen Erfolg.« Karlo ahnte nicht, daß er mit dem sensationellen Gipfelsieg dem Berg zugleich auch zu einem neuen Namen verholfen hatte, der nichts mit der Expedition zu tun hatte. Wladimir Iljitsch Lenin war nicht dabei. Peak Kaufmann: Noch nie war in der Geschichte der Bergsteigerei ein Siebentausender bezwungen worden. Karlo hatte den Gipfel seines jungen Lebens erreicht. Vom Peak Kaufmann schaute er zu den höchsten Gebirgszügen der Erde hinüber, zu Himalaya, Karakorum, Hindukusch, Tien-schan und Kuen-lun. Sie alle verhielten sich zum »Dach der Welt« wie Speichen eines Riesenrades. Karlo spürte unter seinen Füßen die Achse, um die sich in Mittelasien alles dreht. Er teilte mit Allwein und Schneider die Gipfelstunde der internationalen Bergsteigerei. Ringsumher lag weit nach China, Rußland und Indien hinein das »Umstrittene Gebiet«, dem der Himmel in noch nie erschauten Farbtönen ein überirdisches Kleid schenkte. Von hier oben aus war eigentlich nichts umstritten. Wie könnten Erhabenheit, Harmonie und Schönheit umstritten sein? Dennoch hätte es vor 30 Jahren wegen des Machtanspruchs auf die Hochgebirgslandschaft zu seinen Füßen fast einen Weltkrieg gegeben; er wurde vermieden, weil die Großmächte im Pamir-Grenzabkommen ihren Streit beilegen konnten, indem sie einen »Cordon Sanitaire«, ein Pufferstaaten-System, gründeten.
Die Stunde, die Karlo Wien so viel Glück und Erfolg bescherte, war zugleich dramatisch, weil das »Große Spiel« Rudyard Kiplings wieder aufflammte. Während Karlo Wien in unerforschten Tälern umherritt und über die Zusammenhänge der Hochgebirgsketten nachsann, ermordeten in Sinkiang sowjetische Agenten Generalgouverneur Yang. Damit scheiterte zunächst die Mission Sven Hedins. Ein Zeitgeschehen, das 1928 die Welt bewegte, blieb den Deutschen im Pamir jedoch verborgen. Auch die Kirgisen, die sie vom Karakul bis ins Kara-

Dschilga-Lager begleiteten, ahnten wenig von Operationen, die im Grunde genommen auch ihre kulturelle Eigenständigkeit berührten. Die Lage in Sinkiang zwang Nicolai Petrowitsch Gorbunow, Krylenko und Prof. Dr. Schmidt dazu, die Expedition zu verlassen und nach Moskau zurückzukehren.

Am Ende konnte Karlo Wien stolz auf seine Pamir-Bilanz sein. Während der Expeditionsdauer bezwang er 21 Fünftausender, acht Sechstausender und am Ende das Höchste, den Peak Kaufmann, mit 7130 Metern Höhe über dem Meeresspiegel; insgesamt 30 Gipfel, wobei sich die Bergsteigerei die Zeit mit Vermessungsarbeiten teilen mußte.

Über zwei Monate hatte Karlo Wien sein Leben in extremer Höhe verbracht. Im Pamir war die Luft dünn und die Strahlung groß. Durch sein Alpentraining hatte er sich bereits vor Antritt der Reise angepaßt und ertrug nun ohne Störungen, was die Verfassung der russischen Expeditionsmitglieder beeinträchtigte. In Kulgun-tokai, im Rabenwald, verbrachte er glückliche Stunden; der Pamir lag nach der Besteigung des Peak Lenin eigentlich schon hinter ihm. Vor seinen Augen schien der glitzernde Schienenstrang durch Rußland und Polen, Tausende von Kilometern bis München.

Triumph und Tragödie liegen in der Hochwelt dicht beieinander. Am 14. Oktober verließ die deutsche Expedition, die den Sommer im Pamir verbrachte, Altin-Masar und zog über den Trans-Alai ins Alai-Tal. Niemand kann die Hochstimmung beschreiben, in der sich die Männer befanden. Im Pamir war ihnen einfach alles gelungen. Karlo schrieb: »Die schönsten Berge der Derwas-Gruppe sandten uns den letzten Gruß des Pamir noch lange nach, als wir schon talabwärts nach Norden ritten.«

In Daraul-kurgan erwartete ihn Post aus der Heimat, aus München. Was kein Berg, keine Eiswand und kein Gletscherbruch vermocht hatte, das bewirkte eine Nachricht auf Papier; sie erschütterte, lähmte und brach ihn. Er erfuhr, daß am 30. August sein Vater in München nach einer Operation gestorben war. In seiner Trauer spürte er, daß sich von nun an sein ganzes Leben verändern würde. Der Vater tot, die Kraft, die sein ganzes Sein bisher so glücklich bestimmt hatte? Hinter ihm lag ein scharfer Ritt; die Hiobsbotschaft hatte die Müdigkeit vertrieben. Er verbrachte die Nacht schlaflos auf der Satteldecke und versuchte bis zum Morgen Unfaßbares zu fassen. Der Vater war gestorben, als sich der Sohn im fernen Mittelasien zum Angriff auf den Peak Kaufmann vorbereitet hatte.

Sie stürzten ab am Nord-Ost-Sporn

Das Drama am Kangchendzönga 1931. Der Tod Hermann Schallers. Bergkrankheit und Meuterei. Karlo Wien und Hans Hartmann in den »Fünf Schatzkammern des Großen Schnees«.

»Ja, Karlo, wen haben Berge wohl je so zusammengeschmiedet wie uns beide? Wem haben die Berge so viel gemeinsame bittere Stunden bereitet wie uns, wem haben sie so viel Freude und Kraft geschenkt?«

*Hans Hartmann über Karlo Wien
am Kangchendzönga 1931*

Die russische Landschaft, die Karlo Wien auf der Hinreise so sehr gefesselt hatte, erschien ihm bei der Heimfahrt leer, als wäre sie ein Spiegelbild seiner großen, inneren Trauer und seines einsamen Stolzes. Wenn ihn die Trauer zu erdrücken drohte, so griff er zu einem Brief, den ihm sein Freund Giovanni, Hans Kerschbaum, nach Daraulkurgan in den Pamir geschickt hatte. Karlo spürte in seiner schmerzenden Ratlosigkeit, daß da jemand war, der die Last, die er nirgendwo ablegen konnte, in der ganzen Schwere teilte. Das Wort Giovannis lebte und pochte schwer wie das eigene Herz. Mit Giovanni, dem Schüler und Assistenten von Wilhelm Wien, war Karlo auf schicksalhafte Weise durch das Seil verbunden. Der spätere Generaldirektor von Siemens hatte seinen Lehrer verehrt und geliebt und »mit ihm nun sehr viel verloren, was ihm auf dieser Welt teuer war«. Selbst im Tod blieb Wilhelm Wien Vorbild; er starb, weil er sich »keine Schonung gönnte« und weil ihm seine wissenschaftlichen Arbeiten vorgingen.
Giovanni hatte den Verstorbenen noch einmal gesehen. Er hatte nichts vom Ableben gewußt, aber in der Stunde des Todes hatte ihn eine »innere Unruhe nach München« getrieben, wie er schrieb. Wilhelm Wien entbot das Bild wunderbaren Friedens, das das Herz zur Versöhnung und zum Trost öffnete.
»Lieber Karlo, und du mußt so weit fort sein, wie der Vater beim Tode seines Vaters. Ist das Schicksal bei Euch?« Der Vater weilte in Norwegen, als der Großvater starb. Auf dem letzten Gang warf Giovanni mit seinen Händen Erde ins Grab. Er tat es zugleich für den abwesenden Sohn Karlo, »so, als hättest Du ihm selbst die letzte Ehre erwiesen. Wenn Du diese Zeilen erhältst, so bist Du sicher zur Heimkehr gerüstet, ich denke als Sieger, wenn auch trauernd, dennoch mußt Du daran denken, wie stolz Dein Vater auf Deine Leistung war und noch gewesen wäre. Laß' es Dir gutgehen und komme gesund heim zu uns ...«
In Moskau kürzte Karlo seinen Aufenthalt ab; er war Gast von Oskar

Ritter von Niedermayer, den in der russischen Hauptstadt ein Hauch von München und Mittenwald umgab. Lise Meitner zeigte in Berlin Verständnis dafür, daß er sogleich nach München weiterreiste. Hier, in München, betrat er ein von Schmerz und Trauer gezeichnetes Haus. Er brauchte das Erbarmen des Schicksals, um mit dem Problem der Sterblichkeit fertig zu werden.

Für den Familienfreund Gustav Mie, Ordinarius für Physik an der Universität Freiburg, ging hier kein vergängliches Menschenleben »hinüber in die Ewigkeit, denn Wilhelm Wien hat eben schon in diesem Leben dem Reiche der Ewigkeit angehört. Sein Tod ist nicht ein Verschwinden, das uns Überlebende verzweifeln lassen müßte, sondern nur eine neue Verwandlung im Dasein des ewigen Geistes. Es gehört zu seinen geheimnisvollen, paradoxen Gesetzen, daß erst der Tod den Sinn des Lebens erschließt und daß wir zu den letzten Erkenntnissen nur gelangen, wenn uns das Schicksal durch ein tiefes Leid führt.«

Für Max Planck und Max von Laue bildete das Lebenswerk Wilhelm Wiens die letzte Stufe zur Quantentheorie, die die Physik des beginnenden neuen Zeitalters beherrschte. Kurz vor seinem Tode brachte Wilhelm Wien noch das »Handbuch der Experimentalphysik« heraus, in dem er insbesondere die Fortschritte der mathematischen Physik zusammengefaßt hatte. Der Tod des Vaters enthält für den einzigen Sohn den Appell, nun das Leben selbst in die Hand zu nehmen und das zu tun, was ihm der Verstorbene in seinem Geburtstagsbrief zum 10. September 1927 ins Zillertal geschrieben hatte. Für ein Mitglied des »Akademischen Alpenvereins München«, für den AAVM, war es charakteristisch, daß die Bergsteigerei kein Übergewicht besaß; Studium und Fachwissen waren die andere Seite der Persönlichkeitsbildung. Die berufliche Leistung schenkte der bergsteigerischen Leistung überhaupt erst den Rang.

In München kam es zum großen Aufbruch. Ernst von Siemens, Freund und Gefährte Karlo Wiens, folgte dem Ruf seines Vaters nach Berlin. Hans Kerschbaum verließ München und trat bei Siemens in Berlin seine steile Laufbahn an. Bei den freundschaftlichen Bindungen ergab es sich fast von selbst, daß Karlo Wien nach Abschluß seines Studiums auch bei Siemens & Halske eintrat. Nach einem sogenannten »Informandenkurs«, aus dem sich später die höhere Beamtenschaft des Hauses Siemens ergänzen sollte, kam der begabte Praktikant ins Zentrallaboratorium. Hier stieg Karlo zum Assistenten von Prof. Dr. Feldtkeller auf, der die lenkende Kraft auf dem Gebiet der wissenschaftlichen Nachrichtentechnik war.

Zwei Dinge jedoch vermißte Karlo Wien in Berlin: München und das Gebirge. Es war daher keine Überraschung, daß er allwöchentlich einmal in Tirol zu sehen war, um dort zu seinen geliebten Bergen zurückzukehren. Karlo kam vom Berg und war für den Berg bestimmt. Wo er auch immer hinging, Karlo spürte die innere, schicksalhafte Verkettung. In der so unruhigen Weltstadt gingen die Menschen gleichgültig aneinander vorbei. Dieses Aneinandervorbeigehen schuf ein Klima, das einen Mann verletzte, der den Menschen suchte, wie es Romain Rolland getan hat. In den zwei Berliner Jahren wäre ihm die Stadt fremd geblieben, hätte es nicht den Münchener Freundeskreis um Ernst von Siemens und Hans Kerschbaum, um den Historiker Hermann Oncken und den Physiker Max Planck gegeben. Gelegentlich musizierte er mit Margret Boveri oder versuchte sich mit Ernst von Siemens in einer neuen Sportart auf dem Wannsee, im Eissegeln.

Auch wenn ihm die Tätigkeit im Zentrallaboratorium zu wenig produktiv erschien, so entdeckte Karlo im eingebauten Rädchen des Apparates dennoch den Sinn. In einem Gespräch gestand er Hans Kerschbaum, daß eigentlich alles im Leben Bergsteigerei sei, das Streben nach Wissen, das zähe, mühsame Ringen um Leistung, dieses ganze »Nach-oben-Kommen« und daß nur wenige im Leben den Gipfel erreichten. Karlo empfand es als Glück, daß in den Jahren 1930 und 1931 bei Siemens Kurzarbeit herrschte und der Sonnabend daher frei war. So fuhr er denn häufig am Freitag mit dem Nachtzug nach Tirol, um dort mit AAVM-Freunden Bergtouren zu unternehmen und die künftige Expeditionsarbeit zu besprechen. An den Plänen faszinierte ihn der Gedanke, daß das neue Ziel der Himalaya sein sollte. Die Idee erschien ihm wie der Griff nach den Sternen.

Karlo Wien blieb auch im anonymen Stadtleben Berlins und im Siemens-Laboratorium immer »am Seil«. Das Seil bedeutet symbolisch für viele den Pfad, der nach oben führt und auf dem sich Ausdauer und Zähigkeit bewähren. Wie wichtig der Lebenstrieb »nach oben« geworden war, zeigte der Blick auf die allgemeine Lage. In der Republik von Weimar, von Ostpreußen bis ins Rheinland, von Schleswig bis Bayern, ging die Not um. Sie suchte den Menschen in seinem Arbeits- und

Wohnbezirk heim. Die Fragen, die Industrie, Landwirtschaft, Handwerk, Handel und Wissenschaft aufwarfen, konnte der Staat nicht mehr beantworten. Arbeitslosigkeit und Kapitalarmut bedrohten die Gesellschaft. Soziale Fragen schienen politisch nicht mehr lösbar zu sein. Dem wirtschaftlichen Niedergang folgte die politische Misere auf dem Fuße. In der Bedrängnis verrotteten die Tugenden. Wo einst Könige regiert hatten, herrschte nun ratloses Volk.

Ausgerechnet in der Epoche des Zerfalls empfingen nun einzelne Persönlichkeiten den uralten Ruf des Berges, in dieser Welt an die Gipfel zu denken. Es gab nicht mehr viele, die das Ohr für diesen Ruf behalten hatten. In aller Stille, fast unbemerkt von der Öffentlichkeit, setzte nun der »Akademische Alpen Verein München«, der AAVM, den Ruf in einen neuen schöpferischen Impuls um. Paul Bauer fand gleichsam ein Mittel gegen die Depression der Zeit. Es gelang ihm, den AAVM ganz für ethische Werte zu erschließen. Am Anfang stand nur eine Idee; aber Bauer spürte in den Gesprächen mit Freunden, daß man mit Hilfe dieser Idee ein reinigendes Feuer entzünden konnte.

Vor der so unnahbaren Silhouette des Himalaya entwickelte Paul Bauer einen neuen Expeditionsgedanken und ein neues Bergsteigertum, Vorstellungen, dem Keim eines Fanals gleich, das zur Erneuerung des Zeitgeistes führen sollte. Sein bester Zuhörer war Karlo Wien. Er schwieg immer, wenn er spürte, daß eine besondere Idee in ihm Wurzeln schlug und sich mit seinem Dasein verband. Mit seinen AAVM-Freunden fand Paul Bauer den Weg, um ein neues Leitbild für eine Jugend vorzuzeichnen, die er zugleich aus den Engen ihres Daseins und Glaubens herausführen wollte. Paul Bauer und der AAVM hatten sich insgeheim Ziele gesetzt, »so fern, so hoch, daß man sie vorerst kaum ahnen, nicht aber nennen konnte«.

Hatten sich die Berge im Leben der jungen Menschen nicht bewährt? Die Berge hatten in den Notzeiten ihre Gesinnung und ihre Kraft gestärkt, sie hatten die Gesundheit des Geistes gefestigt, und die Berge hatten dafür gesorgt, daß ihre Freunde sauber blieben. Im AAVM hatte man nicht viel Geld, aber man besaß Ideen und Ideale.

Am Lebenslauf Karlo Wiens lassen sich die einzelnen Schritte ablesen. Nach den deutschen, schweizerischen und österreichischen Alpen kam für den AAVM der Sprung in den Kaukasus und in den Pamir. Wohin sie auch gestellt waren, die jungen Männer bewährten sich in ihrer

Doppelrolle als Bergsteiger und Wissenschaftler. Im Jahre 1929 blieb ihnen nur noch der Himalaya, »vielleicht die letzte große Aufgabe, die die Erde dem Menschen noch stellt«, bekannte Paul Bauer und fügte an anderer Stelle hinzu: »Es ist mir klar geworden, daß wir 1929 in den Himalaya müssen.«

Mit seinen Himalaya-Plänen stieß der AAVM in britische Domänen vor. Hier lag zugleich auch ein Ansporn. Die Deutschen wollten mit den geschultesten aller Hochalpinisten ihre Kräfte messen und beweisen, daß Tugenden wie Opfersinn, Kameradschaft und Selbstdisziplin nicht nur britisch, sondern auch deutsch waren und daß ohne solche Eigenschaften keine bürgerliche Ordnung gedeihen könne. Paul Bauer wollte mit seinen AAVM-Männern an die Tradition der Gebrüder Schlagintweit anknüpfen, die sich vor 74 Jahren, im August 1855, vor den Engländern an Himalaya-Gipfeln versucht hatten. Seit 1921 konzentrierte sich die britische Bergsteigerei ganz auf den Mount Everest. Der höchste aller Gipfel hatte jedoch bisher alle Angriffe abgeschlagen. Im Jahre 1924 erreichte eine erlesene Mannschaft mit Sauerstoffgeräten zwar 8605 Meter, dann »verschwand sie jedoch auf ewig in den Wolken, die den Gipfel einhüllten«. Paul Bauer war fest davon überzeugt, die Grenze der Todeszone überschreiten zu können.

Am 23. Juni 1929 verließ Bauer mit acht erfahrenen Bergsteigern München zu seiner ersten Himalaya-Kundfahrt. Der Weg führte ihn zum Kangchendzönga, zu den »Fünf Schatzkammern des Großen Schnees«. Als sich ihm Wochen später der heilige Berg der Tibeter in seiner überirdischen Schönheit vorstellte, entfuhr es Bauer: »Zwischen schwarzen Wolken sieht man voraus eine Wand dunkler Waldberge. Auf einmal lichten sich die Wolken, Sekunden vergehen, bis man es begreift, bis man seine Sprache wiederfindet. In reinem Weiß, in vollendet schönen Linien, hoch über Nebeln und Waldbergen, 8500 Meter höher als wir, leuchtet dort der Kangchendzönga am Firmament.«

Die »Fünf Schatzkammern des Großen Schnees«, der Kangchendzönga, wehrte 1929 den ersten Angriff Bauers ab. Sein Vortrupp erreichte eine Höhe von 7400 Metern, als über die Expedition eine Naturkatastrophe hereinbrach, die alle zu vernichten drohte. Bauer ordnete am 7. Oktober den Rückzug an. Die Expedition stieg ab, entschlossen, eines Tages zurückzukehren und beim neuen Angriff die gewonnenen Erfahrungen einzusetzen. »1929 haben wir nur vorgefühlt«, schrieb

Paul Bauer seinen Gefährten, »aber 1931 müssen wir die Entscheidungsschlacht schlagen.«

Von der alten Mannschaft waren fünf Mitglieder entschlossen, auch an der neuen Expedition teilzunehmen: Dr. med. Eugen Allwein aus München, der mit Karlo Wien im Pamir gewesen war, Peter Aufschnaiter aus Kitzbühel, der Photograph Julius Brenner, Wilhelm Fendt aus München und Joachim Leupold; anstelle der Ausgeschiedenen übernahm Paul Bauer Hans Pircher aus Innsbruck und Hermann Schaller aus München, beide Studenten technischer Wissenschaften.

Aus den letzten Expeditionserfahrungen hatte sich ergeben, daß meteorologische Daten, gletscherkundliche Forschungen, photogrammetrische Arbeiten und physiologische Untersuchungen der Herz- und Lungenfunktionen in extremer Höhe unerläßlich sind. Bis April 1931 prüfte Bauer, auf welche Weise die nächste Expedition zum Kantsch, wie der Kangchendzönga genannt wurde, in den Dienst dieser wissenschaftlichen Aufgaben gestellt werden könnte. Alles war eine Frage der Persönlichkeit oder, wie sich Bauer ausdrückte, »eine Personenfrage, von wissenschaftlich geschulten Leuten«, die auch hinsichtlich der »Bedürfnislosigkeit, Zähigkeit und Verträglichkeit« geeignet sein mußten.

Damit kam Karlo Wien ins Spiel. Paul Bauer bedrängte den Freund nicht, denn er wußte, daß er seine berufliche Laufbahn bei Siemens unterbrechen mußte. Die weitere Entwicklung schilderte Karlo in einem Brief vom 10. April 1931 an seine Mutter: »Bauer hat einen Schrieb wegen Urlaub an die Direktion von Siemens & Halske gerichtet. Nun ist noch in keiner Weise heraus, was die dazu sagen, aber wenn sie mich fortlassen, so würde ich mich sehr freuen. Erstens brauchen mich die Leute am ›Kantsch‹, zweitens halte ich die ganze Sache doch des Einsatzes wert. Es wäre doch ganz pfundig, wenn die Deutschen den ersten und dabei noch einen solchen Achttausender erstiegen. Euch braucht einstweilen die Sache noch kein Kopfzerbrechen zu machen, weil der Leiter der hiesigen Zentralausbildungs-Stelle immer noch sagen kann: Der soll gefälligst hierbleiben.‹«

In der Leitung der Siemenswerke jedoch saßen auch gute Freunde wie Ernst von Siemens und Hans Kerschbaum, die selbst mit Leib und Seele Bergsteiger waren, so sehr, daß sie Bauers Gesuch genehmigten. »Ernst und Giovanni haben mir sehr geholfen«, bekannte Karlo daheim, »daß alles klappte. Sie sind höchstens betrübt, daß sie selbst nicht mitkönnen.«

Am 13. April 1931 kam von der Personalabteilung der offizielle Bescheid, daß die Firma bereit sei, »Herrn Dr. Karlo Wien zwecks Teilnahme an der deutschen Himalaya-Expedition vom 15. Mai an für die Dauer von sechs Monaten ohne Gehalt zu beurlauben«.

»Sie haben mir damit eine Mordsfreude gemacht«, schrieb Karlo seiner Mutter, »ich weiß, daß Du es nicht ganz billigen, aber dennoch verstehen wirst, daß ich da mit muß.« Mit der Teilnahme Karlo Wiens war damit auch das Schicksal seines Freundes Hans Hartmann entschieden, der als Mediziner die höhenphysiologischen Untersuchungen betreuen konnte. Hans Hartmann war der Sohn des Biologen Prof. Dr. Max Hartmann vom Kaiser-Wilhelm-Institut in Berlin.

Karlo Wien und Hans Hartmann, ihr Leben war auf besondere Weise miteinander verkettet. Am 4. April 1929 waren Karlo und Hans Hartmann in Begleitung von zwei Bergsteigern unterwegs zum Bianco-Grat des Piz Bernina (4052 Meter). Bald lagen die Gipfel Graubündens zu ihren Füßen, als sie unerwartet von einem schweren Wettersturz überrascht wurden. Ein Schneeorkan nahm ihnen die Sicht und raubte ihnen den Atem; die Kälte schnitt mit hundert scharfen Klingen ins Fleisch, machte die Glieder gefühllos und bedrohte das Leben. Der Sturm nagelte sie schutzlos an das Eis des Grates. In wenigen Stunden waren die Füße Hartmanns angefroren; er rang um sein Leben.

In solchen Augenblicken wurde Karlo immer ganz still. Er handelte ohne Worte, packte einfach an und behielt die Übersicht. Jeder falsche Schritt mußte hier alle in die Arme des Bergtodes treiben. Wie oft hatte er den Augenblick erlebt, wenn das Leben auf des Messers Schneide stand. Der AAVM hatte ihn immer gerufen, wenn Kameraden in Bergnot geraten waren; nun befand er sich selbst in Bergnot.

Die Lage war unendlich schwierig, und sie erschien wie immer schier unlösbar, wenn ein Bergkranker oder Verletzter ins Spiel kam. Der Schneesturm schüttelte die Freunde mit wilden Fäusten und drohte sie vom Grat zu fegen. Die Nacht wob mit ihren schwarzen und grauen Fäden die Bernina-Mannschaft ein und löschte alle Welt aus. In Notlagen wurde Karlo immer zum »Bergführer«; es entsprach seiner Natur, lebensrichtig zu entscheiden und Ratlosen die Verantwortung abzunehmen.

In der Marco-e-Rosa-Hütte fanden alle Zuflucht, umtobt vom Schneesturm. Hier gab es nur noch eines: Rückzug. Aber wie? Für Hans Hartmann war es bereits zu spät. Seine Füße versagten. Er rang mit einem Schwächeanfall und gab sich dabei so viel Mühe, seine Schwäche nicht zu zeigen. In dieser Lage entschied Karlo Wien, daß die zwei gesunden Gefährten den Abstieg wagen sollten, um Hilfe zu holen. Er selbst blieb bei Hatschi, bei Hans Hartmann, um ihm beizustehen und eine einsame Nacht lang, eine lange, bitterkalte Nacht lang, die bereits leblos gefrorenen Füße Hartmanns unermüdlich zu reiben. Bis zur Erschöpfung. Würde Karlo durchhalten?
Er hielt durch. Mit jedem Atemzug hämmerte er sich ein: Du mußt weitermachen, du darfst nicht aufgeben, du bist für ihn verantwortlich, du kannst keinem Menschen mehr ins Antlitz sehen, wenn du versagst. Es ist die helfende Richtung des Geistes, die ihm Kraft schenkt und eine ganz auf Kameradschaft eingestellte Gesinnung, die ihn leitet.
Als der Orkan etwas nachließ, brach Karlo mit Hatschi auf. Der Retter konnte später den Weg der Rettung kaum schildern. Wo es gefährlich wurde, an den Abbrüchen, Schründen, Klippen und Wächten, trug er den Freund, stützte ihn, und sank oft selbst in die Knie, um Atem zu schöpfen und Kräfte zu sammeln. So ging es Meter um Meter, Stunde um Stunde hinab zu Tal, auf Pontresina zu, bis er dort nach unendlich langer Zeit aus dem Bergdrama erlöst wurde.
In München steckte Karlo die Füße des Freundes in warme Filzpantoffeln und schlug für Hatschi ein Bett auf. Aus einem Brief an seine Mutter geht hervor, daß täglich die Ärzte des AAVM kamen, um Hatschis Füße zu untersuchen, darunter auch Prof. von Zumbusch. Aber es ging nicht mehr ohne Amputation. Beide Vorfüße mußten mit dem Mittelfußknochen operativ entfernt werden. Als er zum ersten Mal aufstand, fiel er vornüber. »Es war erschütternd«, berichtete Karlo seiner Mutter, »Hatschi nachher zu erleben, mit welch einer Energie er zum zweiten Mal das Gehen erlernen mußte und wie er am Ende mit eisernem Willen mit seinen armen Füßen fertig wurde.« Man erkannte ihn von nun an an seinem Gang, nur in den Bergen nicht. Der Unfall am Piz Bernina hatte dem Bergsteiger nichts von seinem alten Mut, von seiner alten Ausdauer und von seiner alten Gewandtheit genommen.
Am 13. Mai 1931 verließ Karlo Berlin, um sich in München auf seine Reise zum Kangchendzönga, zum Kantsch, vorzubereiten. Karlo

kannte den Kantsch; das Bild des Unnahbaren hing im Arbeitszimmer seines Vaters in Mittenwald. Und das Bild begleitete ihn fern am Horizont, während die Räder rhythmisch über die Schienen fuhren und die Wälder und Hügel Thüringens vorüberzogen. Es war eine große Ehre für ihn, zu den zehn Auserwählten der deutsch-österreichischen Kangchendzönga-Expedition zu gehören. Neben dem Mount Everest und dem K-2 zählt der Kantsch zu den höchsten Gipfelwerken der Erde. Und kein menschlicher Fuß hat seit den Urtagen der Schöpfung ihre Schnee- und Eisgärten je berührt.

Karlo fühlte in dieser Stunde, was er immer spürte, wenn er einem neuen Berg zuschritt: den Ruf dieses Berges und die leise Macht, die ihn auf schicksalhafte Weise mit dem Wesen dieses Berges verband, als habe es ihn geboren und lenke ihn nun heim. Der Abschied von Siemens fiel ihm leichter als seinen alten Bergfreunden. Nun sollte die Zeit für ihn heraufkommen, von der Paul Bauer, der Expeditionschef, gesagt hatte, sie sei »so fern, so hoch, daß man sie vorerst kaum ahnen könne«. Kangchendzönga: Weit über 8500 Meter hoch lag in Mittelasien, in dem großen wilden Garten von Sikkim, die letzte und schwerste Aufgabe, die die Erde dem Menschen stellen konnte.

Karlo wollte den Kantsch nicht besteigen, um einen Rekord zu brechen oder Schlagzeilen zu machen. Jegliche Publicity war ihm zuwider. Dort oben, in schier unerreichbarer Höhe, wollte er das Kleid des Bergsteigers ablegen und als Forscher weitermachen. Karlo wollte die hohe Erde in ihrem Urzustand untersuchen und wollte ihre extremen Landschaften vermessen. Er wollte über bislang unbekannte Gebiete Landkarten herstellen. Am Kangchendzönga mit seinem Zemu-Gletscher gab es nicht weniger zu tun als damals im Pamir, als die russischen Berge zur vorläufigen Markierung deutsche Namen erhielten. Karlo wußte im Aufbruch, daß er in wenigen Monaten auch das Gebiet zwischen Siniolchu und Kantsch sowie dem Nepal-Peak für die Welt lesbar machen und die »Fünf Schatzkammern des großen Schnees« für sie erschließen würde. 8579 Meter ist der Kangchendzönga hoch; aber Karlo war zuversichtlich, wie es die ganze Mannschaft war.

»Ich bin sehr froh«, schrieb ihm Richard Finsterwalder, »daß Sie mitgehen und daß nun etwas für die Wissenschaft getan werden kann. Allerdings gibt es auch keine Zweifel darüber, daß an Sie und Ihre Freunde bergsteigerisch die höchsten Ansprüche gestellt werden, denn das

Kantsch-Gebiet ist sehr wild.« Finsterwalder schlug seinem begabten Schüler vor, alle Vermessungsarbeiten auf dieselbe Weise wie im Pamir vorzunehmen.

»Ich war am Bahnhof«, schrieb Karlos Mutter in einem Brief, »und sah sie alle, die zehn jungen Leute, die so viel Selbstvertrauen und Optimismus ausstrahlten.« Würden alle zehn zurückkehren? Pfingstmontag, den 25. Mai 1931, begann die lange Reise der Expedition von München nach Genua und dann über die Meere bis Colombo und Kalkutta. Die zehn jungen Leute sahen wie Olympiakämpfer aus, die irgendwo in der Welt an einem Wettstreit teilnehmen.

Alle waren nach ihren charakterlichen Eigenschaften ausgesucht worden. Sie hatten ihre Zuverlässigkeitsprüfungen am Berg bestanden. Über die Persönlichkeit gab das Seil Auskunft, dem der Gefährte sein Leben anvertraut hatte. Dazu hatten sich alle Bergsteiger nicht nur in den West- und Ostalpen bewährt, sondern auch auf der Universität. Die gebildeten jungen Männer wußten, daß sich jeder auf den anderen verlassen konnte. Mit einer solch elitären Mannschaft, die das Kangchendzönga-Ziel mit starkem Willen verfolgte, ließ sich alles erreichen, auch bislang Unerreichbares.

Die Ausrüstung war – wie die ganze Organisation – vorzüglich. Alles funktionierte, aber, so bekannte Paul Bauer: »Wir hatten nicht viel Geld.« Wer 1931 Geld hatte, ging nicht zum Kangchendzönga. Hatten Wegener oder Scott Geld gehabt? Im Haushalt des Gelehrten hatte es nie sonderlich viel Geld gegeben. Aber Geldknappheit hatte nichts mit Armut zu tun. Die zehn jungen Leute waren im Grunde genommen steinreich – an Geist, Moral, Bildung und Charakter. Für Geld wäre von ihnen keiner zum Kangchendzönga aufgebrochen.

Die zehn jungen Leute brachen auf, um in eine andere, bessere Daseinsordnung einzutreten, weil ihnen die Einordnung in ein bürokratisches Kollektiv daheim wenig gefiel. Sie gehörten zu den wenigen, die sich, wie Karl Jaspers im gleichen Jahr schrieb, »in der Masse zum Atom isoliert hatten«, solidarisch mit Werten, die nicht unter Grenzverschiebungen gelitten hatten.

In der Weite des Indischen Ozeans, als Passagier der »Saarbrücken« des Norddeutschen Lloyd, sammelte Karlo immer planend und etwas meditierend Kräfte für den Kangchendzönga, der ihn weit hinter der indischen Küste erwartete. Der Bergsteiger fühlte sich auf See nicht sonderlich wohl. Das Seil, das ihm im Hochgebirge so viel Freiheit schenkte, engte an der Reling seinen Bewegungsraum ein. Da draußen lagen Gewalten, die ihm nicht vertraut waren. Karlo mochte das Meer nicht; das Meer erschien ihm rätselhaft und dunkel, auch wenn ihn das Unendliche ringsumher mit seinen pulsierenden, stürmischen Kräften an Grundformen höherer Freiheiten erinnerte.

Am 18. Juni 1931 ging es mit der »Stolzenfels«, die sich in Colombo etwas verspätet hatte, über Madras weiter nach Kalkutta. Nach 40stündiger Bahnfahrt erreichten Paul Bauer, Karlo Wien und Julius Brenner mit dem Schnellzug Darjeeling, die Stadt der wilden Kamelie. Aus deren jungen Blatttrieben wird der weltberühmte Darjeeling-Tee gemacht. Der Tee gedeiht auf den Sonnenhängen der Terrassen vorzüglich. Aber Darjeeling ist mehr als Tee-Metropole. Mit seinem Tudor-Stil und seiner viktorianischen Architektur hier und dort ähnelt es einem Landstädtchen in England – lägen da nicht in Sichtweite der Kangchendzönga, der Siniolchu, der Makalu, der Lhotse und gar der Mount Everest. Darjeeling ist das Tor der östlichen Himalaya-Kette, zugleich auch Sommerresidenz des Gouverneurs von Bengalen; und dieses Tor durchschritten nun die deutschen Bergsteiger. Karlo war beeindruckt von der Gastfreundschaft der Engländer, bald waren die Deutschen im »Himalaya-Club« heimisch. Damit empfingen sie den Schlüssel zum Kangchendzönga.

Der »Himalaya-Club« war die wohl bedeutendste wissenschaftliche Institution Großbritanniens, aber auch eine Einrichtung, die in ihrer politischen Bedeutung typisch für das britische Weltreich war. Der Club gewährte europäischen Forschern und Bergsteigern Unterstützung; er kontrollierte auf höchst unauffällige Art jedoch auch politische Rivalen, die Bergvölker und den tibetischen Nachbarn. Der »Mountain Club of India« in Kalkutta unter der Präsidentschaft von General Bruce trat am 14. Dezember 1928 geschlossen über und ging im »Himalaya Club« auf, der erst am 17. Februar desselben Jahres im Hauptquartier der britischen Indien-Armee in Delhi gegründet worden war. Die Vereinigung unterstrich die gemeinsame Zielsetzung.

Die Club-Idee war auf einer kleinen Kundfahrt auf dem Pfad hinter Jakke entstanden, auf einem Berg oberhalb von Simla am 6. Oktober 1927. Die Anregung kam von Prof. Kenneth Mason, von dem Karlo Wien im März 1935 in Oxford neue und eindrucksvolle Gesichtspunkte über den historischen und geographischen Hintergrund der Himalaya-Kette empfangen sollte.

Die wissenschaftlichen Ressorts des Clubs wurden mit Fachleuten besetzt. Mason war für geographische Fragen zuständig und Aurel Stein für die Archäologie, Oberstleutnant Stockley für die Zoologie und Hugh Whistler für die Ornithologie. Zu den Bergsteigern zählten Freshfield, Collie, Hugh Ruttledge, Eric Shipton, Longstaff und Trevor Braham. Geologe war Edwin Pascoe und Präsident der »Commander-in-Chief of India«, Lord Birdwood. Zu den Gründungsmitgliedern zählten Lord Irwin, Vizekönig von Indien, und die wohl bedeutendste Persönlichkeit im wissenschaftlichen wie im militärpolitischen Sinne, Francis Younghusband.

Der Club hatte die Aufgabe, Expeditionen aus Europa, die die britische Regierung genehmigt hatte, zu unterstützen, ihre Transporte zu organisieren und Träger zur Verfügung zu stellen, die vorher auf ihre Eignung hin untersucht und mit Ausweisen versehen worden waren. Der Club gab bis 1940 auch eine eigene Zeitschrift heraus: »Himalayan Journal«. Auf unauffällige und geräuschlose Weise betrieb der Club für Großbritannien in ganz Zentral- und Mittelasien Aufklärungsarbeit und vermittelte der Politik rechtzeitig Informationen. Für europäische Expeditionen war der Club von Darjeeling mit seinen tätig mitwirkenden Kräften unentbehrlich. Alle Unternehmen wurden protokollarisch erfaßt. In den Berichten kamen Paul Bauer und Karlo Wien hervorragend weg. Trevor Braham schrieb, daß ihre Bergsteigerei im Himalaya neue Maßstäbe gesetzt habe. Herbe Kritik hingegen widerfuhr G. O. Dyhrenfurth für seine Kantsch-Expedition 1930.

Der Präsident des Himalaya-Clubs, Oberstleutnant Tobin, suchte nun die besten Träger aus. Der Chef des Forstwesens von Bengalen, E. O. Stebbeare, opferte nach einer Beschreibung Bauers seinen Jahresurlaub und führte die erste Trägerstaffel in einem 14tägigen Marsch hinauf zum Zemu-Gletscher. Er ließ an den schmalen Flußpassagen und im undurchdringlichen Dickicht des Urwaldes mit der Machete Pfade für die deutsche Expedition schlagen. Wie im Jahre 1929, so erschien auch diesmal der buddhistische Polizeipräsident von Darjeeling beim Abmarsch der Expedition »hoch zu Roß«. Er segnete die Expedition und wünschte ihr Glück, indem er jeden Teilnehmer mit einer weißen Schärpe schmückte. Sardar Bahadur Laden-La, amtierender Polizeipräsident und buddhistischer Priester zugleich, sowie General in der tibetanischen Armee, bat während der Ansprache die Europäer, mit dem Berg, dem Kangchendzönga, respektvoll umzugehen, ihn nie zu provozieren und allen Trägern, den Scherpas, Bhutias und Leptschas in der Zeit des Vollmondes Gelegenheit zu geben, den Berg im Gebet zu verehren.

Zum ersten Mal erfuhr Karlo Wien, daß die Gottheit, die hier verehrt wird, die Gestalt des Berges hat und daß der Gipfel Thron ist. Der Berg als Körper für einen Lichtraum, in dem der Geist des Schöpfers seine Wohnstatt hat? Karlo spürte etwas von der Glaubensmacht des Berges, als er später angesichts des Kangchendzöngas, von Eis, Schnee und Fels, die Andacht der Träger beim Gebet beobachtete. Wenn frühmorgens die Sonne aufging und die Gipfel erleuchtete, so sanken sie auf dem Gletscher nieder, um das Urgebet der Menschheit zu verrichten, das Gebet an die Sonne, an den Ordnungsträger der Welt: »... Herr erbarme dich unser.«

Zwischen den Terrassenkulturen von Darjeeling mit den leuchtenden Hängen der Kamelie und dem Bergort Kalimpong, wo der alte Karawanenweg nach Lhasa mündet, stürmt der Tista-Fluß in die bengalische Tiefebene hinaus. Der Marsch zum Kangchendzönga führte entlang der Tista nach Norden. In der langen Schlucht blühte und dampfte der Dschungel. Die Talwände erreichen eine Höhe von etwa 5000 Metern, im Dickicht verborgen ist bisweilen die Oase eines Reisfeldes oder ein kleines Bauernhaus. Jede Siedlung und jeder Bungalow liegt im Sturm schriller Tierstimmen. »Der tropische Wald im Hochgebirge«, schrieb Karlo am 1. Juli 1931 seiner Mutter in München, »ist ein völlig neues Erlebnis.« Und am Ende der Talschaft, wenn sich die Kronen bisweilen lichten, erscheinen die wunderbaren Gipfelwerke des Siniolchu und des Kantsch. Karlo begegnete dem Kantsch zum ersten Mal nur wenige Kilometer vor dem Zemu-Gletscher in einer Höhe von 4750 Metern; der Anblick verzauberte ihn, daß er das Atmen vergaß. Diese Ruhe, diese Erhabenheit und dieses Leuchten. Bevor Nebel einbrach, entdeckte Karlo senkrecht unter sich einen versteckten grünen See, »den vielleicht vor uns noch kein Mensch gesehen hat«. Abends sangen die Träger draußen vor ihren Zelten. »Und alle«, notierte Karlo, »sind zutiefst von dem Zauber eines Lagerlebens in den Bergen Asiens eingefangen.«

Hatschi, Hans Hartmann, schrieb in seinem Tagebuch: »Diese Tage gehören zu den erlebnisreichsten meines Lebens. Lange lag ich noch wach. Vor zwei Tagen um dieselbe Zeit noch im Smoking beim Dinner in Kalkutta, gestern abend im englisch eingerichteten Bungalow in Gangtok, der Hauptstadt von Sikkim, und nun die Basthütte im Urwald, umgeben von primitiven Menschen mit ihrer einfachen und herzlichen Gastfreundschaft. Warum bin ich hier lieber als im Smoking beim Dinner im Bristol-Kalkutta?«

Am 8. Juli brachen Karlo und Hatschi nach Lager III auf. Karlo nannte das erste Unternehmen »Photogrammetrie-Ausflug«. Aber es kam anders. Am dritten Tag blieb Hans Hartmann mit Brechreiz, Unterleibschmerzen und Atemnot liegen. Er sagte erst etwas über seinen Zustand, nachdem ihn die Schmerzen zu überwältigen drohten. Auf zwei Pickel gestützt schleppte er sich nach Lager II in 4000 Meter Höhe. Der Mediziner Hartmann wußte, was das war: Blinddarmentzündung. Der Kranke lag mit Karlo Wien und Paul Bauer unter einem regentriefenden Felsen und gab den Freunden Anweisung, was getan werden sollte. Hatschi hatte hohes Fieber, das nächste Krankenhaus war fünf Tagesreisen von hier entfernt, es lag in Gangtok. »Aber«, so notierte Hatschi in seinem Tagebuch, »wir haben alles dabei, was wir brauchen, vor allem einen ordentlichen Arzt.« Mittlerweile traf Dr. Allwein ein. Hatschi schrieb über sich selbst: »Opium eingenommen, einen zu unserer Sauerstoffausrüstung gehörigen Gummiballon mit heißem Wasser gefüllt auf dem Bauch. Hoffentlich bleibt das sein erster und einziger Verwendungszweck. So liege ich im Zelt. Die Nacht ist lang.«

Aber nach dieser langen Nacht, die Karlo mit seinem Freund teilte und dafür sorgte, daß er nichts aß und Ruhe hatte, ging es Hatschi besser. Am 10. Juli schrieb er: »Ich fühle mich gesund.« Paul Bauer ernannte ihn am gleichen Tag zum »Lagerhalter« von Lager III, um ihn zunächst noch zu schonen. Hier trennten sich für die nächsten drei Wochen Karlo Wien und Hans Hartmann. Anstelle von Hatschi ging nun Hermann Schaller mit Karlo zum Zemu-Gletscher, um ihn zu vermessen und Aufnahmen zu machen. Abends saß Hatschi mit Julius Brenner am Lagerfeuer bei den Kulis und blies Trompete.

Karlos wissenschaftliche Arbeit, die er nun mit Hermann Schaller durchführte, mußte sich in das Programm der Gesamtexpedition einfügen, in die Zeit vor und in die Zeit nach dem Angriff. Die Bezwingung des Kangchendzönga war Hauptziel der Expedition. Über Schaller schrieb Karlo: »Er war in den wechselhaften Situationen eine wertvolle Hilfe. Man kann ganz ausgezeichnet mit ihm zusammenarbeiten, weil er alles mit einer erstaunlichen Ruhe und Zuverlässigkeit angeht.« Die Standorte der einzelnen Vermessungen lagen zwischen 4250 und 6090 Meter. Sie befanden sich auf dem Weg zum Gipfel über die Nordostseite, den Paul Bauer ein Jahr zuvor erkundet hatte.

»Die Methode, mit der die Karte aufgenommen wurde«, schrieb Karlo Wien, »war die Stereophotogrammetrie, die, in den Alpen erprobt, gerade bei den Expeditionen in den letzten Jahren erfolgreich angewendet werden konnte.« Wiens Pamir-Karte war so entstanden. Im Himalaya jedoch wurde die Methode zum ersten Mal am Kantsch angewendet. Karlo begann seine Tätigkeit am Zemu-Gletscher. Der Zemu hat im Nordosten der Kangchendzönga-Gruppe unter den gewaltigen Ostabstürzen seinen Anfang und nimmt im Laufe seines bogenförmigen Stromes alle Gletscher der Siniolchu-Simvu-Kangchendzönga-Tentpeak-Kette auf. Das Ende der Zunge liegt in einer Höhe von 4070 Metern, 20 Kilometer »oberhalb der Ortschaft Laschén (2700 m)«, wie es in der Beschreibung bei Karlo heißt. »Unmittelbar darunter beginnt das engeingeschnittene Zemu-Tal, zu beiden Seiten mit einem schier undurchdringlichen Dickicht von Rhododendren bewachsen, in dessen Grund, nur selten zwischen dem dichten Grün sichtbar, der Zemuchu mit großem Getöse seine gewaltigen gelbgrauen Wassermassen hinauswälzt.«

Karlo nahm insgesamt elf Standliniengruppen auf, die letzte in einer Höhe von über 6000 Metern auf einem Grat, der zum Nordostsporn hinüberführt. Hier haben die Steilwände eine Höhe von 3000 Metern. »Ihre Eislast laden sie in Form ungeheurer Lawinen auf dem großen Gletscher ab, der den Gletschern im Pamir oder dem Batura im Karakorum ähnelt und sich mit einer mittleren Oberflächengeschwindigkeit von 65 m pro Jahr bewegt.« Karlo errechnete, »daß der Gletscher jährlich von 37 000 000 Kubikmeter Eis aus dem Berghaushalt ernährt wird«.

»Während wir am Grat arbeiteten«, schrieb Karlo, »lösten sich dort, oftmals von einstürzenden Eistürmen mitgerissen, riesige Felsmassen ab, die während ihres Sturzes das Massiv erbeben ließen. In ununterbrochener Folge donnern Wächten vom Gipfelkranz des Kangchend-

zönga in die Tiefe, wobei sich Eis und Schnee in Feinstaub auflösen und sich als dichte Wolken langsam über den Zemu-Gletscher ausbreiten.«
Eine rundgeschliffene Felsinsel spaltet im unteren Firnbecken den Gletscher. Hier stürzt der Eisstrom 200 Meter tief in einer gewaltigen Kaskade ab. Hermann Schaller half seinem erfahrenen Bergfreund, die Felsinsel einzumessen. Beide staunten, »welch üppige Vegetation sich zwischen den glatten Steinen entwickelt hat«. Als Geschenk des Berges zaubert selbst das Eis kleine blühende Sterne von blaurotem Licht hervor. Hermann Schaller ahnte nicht, daß er mit der Felsinsel zugleich seine eigene Grabstätte vermaß, daß er auf dem Zemu-Gletscher und vor der Kulisse des Kantsch in wenigen Tagen bestattet sein würde und daß dann dieselben Blumen sein Grab schmücken würden.
Die Flüsse am Kantsch sind abgrundtief und wilder als im Pamir. Einer von ihnen forderte seinen Tribut. Beim Versuch, ihn zu überqueren, schmetterte der kleine Strom Karlo mit der großen Macht seines Gefälles gegen einen Felsblock. Karlo verletzte sich nicht unerheblich beide Beine und war nun behindert. Den Unfall trug er erst am nächsten Tag in seine Kladde ein, als er vermerken konnte, daß es ihm wieder besser ging, und er fügte lakonisch hinzu: »Sonst Lagerleben wie in alter Zeit.«
Aber Paul Bauer entging der Zwischenfall nicht. War vorher Hans Hartmann Lagerhalter, so würde es nun Karlo Wien für Lager III. »Das hier unten«, meinte Hatschi in seinem Tagebuch, »ist zwar Matterhornhöhe (4500 Meter), aber was ist das, wenn vor einem ein Berg steht, der fast doppelt so hoch ist. Ein Stück begleitet uns der Karlo noch, dann verläßt er uns mit den Worten: ›Gelt Bäuerle (Paul Bauer), du weißt, daß hier unten nicht der rechte Platz für meinen Auftrieb ist und daß ich eigentlich zum Hatschi gehöre‹« – der nun zum vierten Lager der Expedition am Blauen See aufbrach und den Freund zunächst zurücklassen mußte.
»Es fällt mir nicht leicht, hinten zu sein«, grollte Karlo in seinem Tagebuch am 20. Juli 1931, an dem Tage, da alle Träger entlassen wurden, bis auf 30 Mann, die mit der Gipfelmannschaft nun den Kern der Expedition bildeten. »Heute«, fuhr Karlo fort, »habe ich zum ersten Mal keinen Appetit, liege den ganzen Tag im Schlafsack, habe meine eitrigen Füße verbunden, und zum Überfluß regnet es auch noch.« Seine Gedanken waren immer »vorn«, bei jenen, die um den Berg rangen.

Der Zwischenfall beleuchtete die Persönlichkeit Bauers, der Leben und Gesundheit seiner Freunde schonte und umsichtig verfuhr.

Bauer war der ideale Expeditionschef, auch in dem Augenblick, da ihm ein Scherpa den Brief brachte, in dem Karlo bat, ihn als Lagerhalter abzulösen und mit seinen Trägern nachkommen zu lassen. Am 27. Juli kam von Bauer die Nachricht, die seiner »Untätigkeit« in Lager III ein Ende bereitete. Karlo durfte hinauf zum Berg. Er war erlöst. Ein Glücksgefühl begleitete Aufbruch und Weg. Er freute sich über das wunderbare, große Edelweiß, über »den Teppich von Alpenrosen, wie ich ihn überhaupt noch nicht gesehen habe«. Karlo fand es herrlich, mit zwei Trägern »im Himalaya herumzuziehen, durch Nebel und Schnee, aber ich denke, droben wird die Sonne sein«. Dann erblickte er den Gipfel des Kantsch, das weiße Leuchten in phantastischer Höhe. Am 2. August erreichte Karlo in 6000 Meter Höhe den »Sturmtrupp« mit Paul Bauer und Hans Hartmann. Er hatte das Gefühl: Nun kann dir nichts mehr passieren. Hier ist die Mannschaft und dort der Gipfel.

Karlo verfiel dem Zauber, der das »Gratlager« umgab. Hatschi und er verbrachten Tage und Nächte auf einer kühnen Zinne. »Vom Zelt weg«, schrieb Karlo, »geht die Wand im Norden glatt wie ein Kirchturm in die Tiefe. Nach Süden führen mit der abenteuerlichen Neigung von 60 Grad Eisrinnen und Rippen zum Zemu-Gletscher hinab, nach beiden Seiten mehrere hundert Meter breit. Hier schwebt man leibhaftig frei im Äther. Am Abend hören wir noch lange das Singen der Träger und ihre Gebete an den göttlichen Kangchendzönga. Sie singen monoton, jedoch klingt der Gesang harmonisch; im Mondlicht leuchtet durch den Nebel der ferne Zemu-Gletscher zum Grat herauf. Die Stimmung hebt uns noch höher über die Erde hinaus.«

Im Gratlager auf der Kangchendzönga-Zinne befaßten sich Karlo und Hatschi sechs Tage lang mit den Aufstiegsmöglichkeiten zum Nord-Ost-Sporn. Nach dem Erkundungsergebnis von Paul Bauer vor Jahresfrist soll von dort der Grat zum Gipfel führen. Karlo und Pircher hatten ein Kaukasuszelt mitgebracht und sich neben dem Lager einen Platz aus dem Eis gehackt. Beim gemeinsamen »Abendessen« zwischen Himmel und Erde spürten alle, daß sie bereits auf dem Weg zum Gipfel waren. Hatschi schrieb: »Danach gehen die Gäste am Seil mit Laterne in die Nacht hinaus zu ihrem Zelt, 20 Meter neben dem Grat.« Hier spielte jeder Meter Schicksal und jeder Schritt hatte etwas Unwiderrufliches.

In den nächsten Stunden erarbeiteten sich Karlo, Hatschi, Schaller und Pircher den abenteuerlichen Weg zu einer neuen Terrasse, durch Eisrinnen und über steile, blanke Eiswände Stufe um Stufe hinauf, dorthin, wo das Lager VIII vorbereitet und eingerichtet werden sollte. In den Rucksäcken von Karlo und Schaller befand sich der Lagerbedarf wie Primus-Kocher, etwas Benzin, ein Diktschi, ein Kochtopf, und ein Säckchen Tsamba, geröstetes Gerstenmehl. Die irdische Welt lag tief unter ihnen im Nebel, in Wolken, die täglich Neuschnee brachten. Der Kampf um den Kangchendzönga hatte begonnen.

Am 9. August 1931 bezogen Karlo und Hatschi, der Sturmtrupp der Expedition, endgültig Lager VIII, um von hier aus weiter zum Nord-Ost-Sporn in fast 8000 Meter Höhe vorzustoßen. In der Nacht fiel Neuschnee. Karlo und Hatschi zogen am Morgen los, »um den Weg hinauf neu zu machen«. Schaller und Pircher blieben mit ihren Kulis zurück: Sie warteten im Gratlager auf Bauer, der an diesem Morgen vom »Adlerhorst« heraufkommen sollte. Als sie die Gratschulter hinter sich gelassen hatten, beobachteten Karlo und Hatschi zehn Männer, die wie eine Bergschlange über die Rippe hinaufkrochen. Karlo und Hatschi hockten, wie sie schrieben, über eine Stunde am »Little Camp« herum, bis Schaller mit Pasang und Tsin Norbu langsam nachkam. »Alle tragen schwer, wie auch wir heute, denn es gilt ja, möglichst viel mit einem Mal zum Lager VIII hinaufzuschaffen.« Sie schleppten und ackerten für den Gipfel, den sie ständig vor Augen hatten.

Am 9. August kam es zum tragischen Zwischenfall. Niemand ahnte Unheil, als Hatschi und Karlo viereinhalb Stunden lang den Eisquergang in der Steilrinne ausbesserten, um den nachfolgenden Kameraden den Weg zu erleichtern. Über die Ereignisse des 9. August heißt es in Hatschis Tagebuch:

»Die anderen erscheinen schon hinter uns am Little Camp, als ich beginne, den Quergang neu zu hacken. Eine lange Seillänge geht's so unter guter Blocksicherung im Eis nach links. Hier ist wieder ein guter Sicherungsblock, der mit scharfer Spitze aus dem Eis der Rinne schaut, in der ich jetzt stehe. Der Karlo geht jetzt voraus, leider enthält auch die Rinne blankes Eis, und der Karlo hackt Stufen. 30 Meter geht's in der Rinne aufwärts, mit Steigeisen geht das ganz gut, dann einige Schritte nach links auf eine Rippe. Hier läßt mich der Karlo nachkommen. Dann etwa zwei Seillängen tiefes Gespure über die Rippe hinauf und ein kurzer Quergang nach rechts unter dem obersten Abbruch der Lager-Terrasse – und wir stehen endlich auf der weiten Schneefläche des horizontalen Gratstücks.«

Welch eine Erholung, eine herrliche Schneefläche, nachdem sie neun Tage lang auf jeden Schritt achten mußten. »Das tat wohl. Wir setzen uns einfach in den Schnee, der Karlo und ich, und kochen. Wir haben heut noch nichts gegessen außer etwas Zwieback, und vor allem noch nichts getrunken. Bald schmilzt der Schnee in der Tasse, unter der einige Stücke Meta brennen. Wir werfen einige Bonbons hinein, sonst haben wir nichts, es schmeckt glänzend. Noch zweimal füllen wir die Tasse mit Schnee.

Inzwischen ist es 3 Uhr geworden. Um 2 Uhr hatten wir die Terrasse betreten. Dichter Nebel nimmt uns nun die Sicht. Wir beginnen damit, die Terrasse weiter hinauf zu spuren. Es ist tiefer, schwerer Schnee, so daß man bei jedem Schritt bis zum Knie einsinkt und tiefblaue Löcher hinterläßt. Ein großer Querspalt, der die ganze Breite der Terrasse spaltet, läßt uns umkehren, denn dieser Spalt wird heute doch nicht mehr überschritten, sondern die Zelte unterhalb von ihm aufgeschlagen, so überlegen wir. Ein Stück gehen wir zurück, dann beginnen wir, einen Platz zusammenzustampfen, wo die Zelte aufgestellt werden sollen. Das ist recht anstrengend. Oft müssen wir verschnaufen.

Es ist 3 Uhr 30. Warum nur die anderen nicht nachkommen? Der Schaller mit seinen zwei Trägern, mit Zelt und Schlafsack ist doch bald nach uns am Little Camp fort. Sein Weg ist zudem gemacht, und die Stufen sind alle geschlagen. Warum kommt er nicht, oder ist der Weg für die Träger zu schwer?«

Nun begann es wieder zu schneien, und der Schnee nahm Karlo die Sicht auf die Nachschubroute. Er kroch mit seinem Bergfreund in den Zeltsack, denn es war auch etwas kälter geworden. Dort sprachen sie über den »Eisstufenweg«, den sie in den letzten Tagen geschlagen hatten, und über den Nord-Ost-Sporn, über die vorletzte Station zum Gipfel.

Aber still! Waren da nicht Rufe, die der Sturm herübertrug? Beide hielten den Atem an, um schärfer in das Schneetreiben hinaushorchen zu können. Nichts. Aber dann war da wieder ein Ruf. Karlo erkannte Bauers Stimme und sprang aus seinem Zeltsack, gefolgt von Hatschi. Dann sah er Bauer; der Expeditionschef stand am Rande der Terrasse, neben ihm Pircher. Sie kamen nicht herauf, sondern schauten seltsamerweise zurück; dann winkten sie Karlo zu, deuteten nach unten und übertönten den Sturm mit dem Ruf, den Hatschi und Karlo als Signal begriffen: »Die ganze Expedition nach unten und zurück. Alle Lager räumen.«

Was sollte das? Hatschi ging auf Bauer zu, um ihn zu bitten, daß er mit Karlo auf der Terrasse bleiben könne, »denn wir haben ja einen Zeltsack und können uns eine Eishöhle graben«. Paul Bauer war ganz ruhig. »Ich erklär's euch unten.« Was mochte passiert sein? Da war plötzlich ein Schatten, kälter als die Eiswand am Kangchendzönga, ein Schatten, der irgend etwas mit einem Unheil zu tun hatte, Paul Bauer war wie immer im Ernstfall gelassen und voller Fürsorge und Güte. In solchen Augenblicken spürte man plötzlich die Persönlichkeit des Expeditionschefs, der ohne Befehle auskommt. Bauer sagte leise, was getan werden muß, und dann wurde es einfach getan. Er hatte, was wenige besitzen: natürliche Autorität, ohne daß er autoritär war.

Während des Abstiegs erlosch die Unterhaltung. In schwierigen Situationen übernahm die Zeichensprache die Verständigung.

Aber jeder war beschäftigt mit dem, was Bauer zum Rückzug vom Kantsch bewog. Hatschi schilderte die Ereignisse des Tages:

»Es ist 4 Uhr 30 als wir, die Eisen an den Füßen, den Abstieg antreten. Schon lange ist mir klar, daß wir das Gratlager heute nimmermehr erreichen. Warum bleiben wir nicht oben auf der Terrasse, wenn wir doch nicht mehr hinunterkommen und am Grat biwakieren müssen? So geht's mir ständig durch den Kopf. Ganz langsam und vorsichtig geht's abwärts. Der Pircher schlägt riesige Stufen in die Eisrinne, in denen wir absteigen, ja, abwärts muß man hier schon aufpassen. Als wir kurz nach 6 Uhr am Little Camp stehen, wissen wir, daß wir hier biwakieren müssen. Bald entdecke ich dort auch Tsin Norbu und Bagde, eng an die vorspringenden Felsen gedrückt, und als ich frage, ob der Schaller mit dem Pasang noch rechtzeitig zum Gratlager hinab ist, sagt Bauer: ›Wißt, wir stehen nicht umsonst jetzt hier. Es ist ein Unglück passiert. Schaller und Pasang sind in der steilen Rinne beim Aufstieg abgestürzt. Tsin Norbu, der als letzter am Anfang der Rinne das Seil über einen Stein gesichert hielt, wurde nicht mitgerissen, da das Seil am Block riß. Wir haben dann den Tsin Norbu zurückholen müssen; denn Bagde, der völlig zusammengebrochen war, mußten wir derweil mit einem Seil festbinden. Dann haben wir versucht, euch oben auf der Terrasse durch Lichtsignale und Rufe zu verständigen, was aber nicht gelang. Daraufhin bin ich mit dem Pircher durch die Rinne zu euch hinauf. Alles andere wißt ihr.‹«

Karlo und Hatschi waren einige Minuten gelähmt. Sie wurden nur schwer mit der grausamen Tatsache fertig, daß der Berg soeben zwei Opfer gefordert und sie in einen schaurigen Abgrund befördert hatte. Aber Xaverl, so nannten die Freunde Schaller, mußte geborgen und würdig bestattet werden. Trauer um den Tod des Freundes; sein Tod hatte alle gestreift und das Bewußtsein dafür geschärft, daß am Berg menschliches Leben überall und immer bedroht ist. Bauer ordnete für die Expedition fünf Ruhetage an, Ruhetage als Tage der Besinnung und des Gebetes. Karlo mußte an den General von Darjeeling denken, alle Segenswünsche hatten wenig genutzt. Der Urzorn des Berges war stärker gewesen.

Schaller, so ergab die Nachprüfung, war mit zwei Trägern aneinandergeseilt in einen Quergang eingestiegen, den Karlo und Hatschi vorbereitet hatten; dabei geriet Schaller mit einem Kuli für den zweiten Träger außer Sicht. »Auf einmal«, so berichtete dieser, »glitt lautlos ein schwarzer Körper heraus, Schallers große, kräftige Gestalt folgte mit dem weit abschwingenden Rucksack unmittelbar und flog kopfüber über den abstürzenden Träger hinweg.« Kein Ruf, kein Laut. Beide schlugen am Fuß der Eisrinne auf und schnellten hinaus in den Abgrund. Unaufhaltsam ging's nun über die Eisrinne hinweg weiter, immer weiter. Steine und Eis stürzten nach. Dann war es in der Hölle ganz still. Im nächsten Augenblick sah man etwas Dunkles in einer direkten Tiefe von 600 Meter auf den Lawinenkegel zurollen. Währenddessen hing der zweite Träger regungslos, kaum seiner Sinne mächtig, zusammengekauert am Seil und klammerte sich an den Block, als könne er den tödlichen Aufschlag der Verunglückten rückgängig machen.

Hatschi schaute sich die Auslaufbahn an und schrieb: »Ja, Xaverl, da hast Du hinab müssen. Niemand weiß genau, wie es geschah. Wahrscheinlich rutschte der Pasang in der Rinne aus und riß Dich mit, weil Du in dem steilen Eis nicht fest genug standest. Du hattest auch einen zu schweren Rucksack, alles, was Du erwischen konntest, hattest Du Dir aufgeladen, vom Schlafsack zum Primus, vom Bündner Fleisch bis zum Zwieback, um es für uns zum Lager VIII zu schaffen.« Dieser Ge-

danke bedrückte Karlo, daß sich Schaller zu viel zugemutet hatte, für ihn und für Hans Hartmann.
Am 11. August bezog die Expedition das sogenannte Notlager, Lager VII auf dem Zemu-Gletscher. Allwein und Aufschnaiter hatten in der Zwischenzeit die Toten gefunden, für die noch am gleichen Tag auf der Felsinsel die Gräber zubereitet wurden. »Hermann Schaller«, schrieb Paul Bauer, »bekam ein Grab, um das ihn Kaiser und Könige beneiden könnten.« Schaller, der beim Sturz seine Jacke verloren hatte, wurde in einen großen Schlafsack gebettet. In der Jacke befand sich das Tagebuch; Hatschi fand es später während des Aufstiegs durch die Rinne. Die letzte Eintragung stammte vom 8. August: »Wir hoffen, daß es morgen besser wird.« Am 12. August begann der Totenzug über den zerschrundeten Gletscher, über Spalten und abenteuerliche Brücken hinweg. Am 14. August brachen Karlo Wien und Peter Aufschnaiter mit ihren Kulis auf, um Pasang zu holen. Um 14 Uhr 30 fand die Bestattung statt. Niemand sprach, als die Freunde Hermann Schaller in die Gruft legten. Von den Bergen donnerten Stein- und Eislawinen herab; sie spielten auf geisterhafte Weise zum Klagelied auf.
Nach buddhistischem Ritual entzündeten die Scherpas zu Häupten ihres Pasang drei Kerzen und verbrannten neben ihm heilige Kräuter. Unter Tenchedars Anleitung sangen alle Träger längere Gebete. Paul Bauer würdigte in schlichten Worten die Persönlichkeit des toten Freundes. Nach dem Vaterunser nahm er den Pickel des Verunglückten und befestigte daran ein Kreuz aus Blumen, die die buddhistischen Träger gesucht hatten; Blumen als Zeichen für die stete Wiederkehr des Lebens. Niemand stirbt, alle verwandeln sich in ein neues Dasein, wenn sich Geist und Körper trennen. Vielleicht ist dieser Glaube Ursache für die große Ruhe und stete Freundlichkeit der Scherpas. Hatschi schrieb: »Das Blumenkreuz liegt auf der Granitplatte. 3000 Meter über uns leuchtet der Gipfel des Kantsch in der Sonne. Drei Adler ziehen über unseren Köpfen ihre Kreise.«
So grüßte denn der Himmel den jüngsten menschlichen Gast, der auf einer Sternbahn heimkehrte und Gebrechen und Sterblichkeit auf der Erde ließ. Paul Bauer hatte während der Ruhepause alle Hände voll zu tun. Er schrieb den Eltern Hermann Schallers; es war ein schwerer Brief. Seine Blicke wanderten hin und wieder zum Nord-Ost-Sporn in die Eisrinne. Telegramme gingen in die Heimat, die aufhorchte, nach-

dem die Unglücksnachricht veröffentlicht worden war. Der Expeditionschef bestellte in Kalkutta für das Gletschergrab eine Bronzeplatte. Paul Bauer nutzte die fünf Trauer- und Ruhetage, um Bilanz zu ziehen. Die Expedition war in eine schwierige Lage geraten, seine Mannschaft war ziemlich mitgenommen, es gab schlimme Ausfälle. Auch ihm selbst ging es nicht gut, er spürte in der Höhe sein Herz. Julius Brenner konnte an der Beerdigung Schallers nicht teilnehmen, weil er im Lager III Fendt pflegen mußte, der mit hochfiebriger Blinddarmentzündung im Zelt lag und wahrscheinlich noch obendrein Parathyphus hatte. Leupold quälten Malariaanfälle, Allwein litt unter Ischias, und Peter Aufschnaiter, Hans Hartmann und Pircher waren erkältet und vom Höhenhusten geplagt. Der Berg hatte bislang eigentlich nur Karlo Wien verschont. Am Tage der Beerdigung schrieb er seiner Mutter: »Mir geht es gesundheitlich besser denn je, eigentlich am besten von allen, was mich selbst verwundert.«

In den Abendstunden erhob sich im Trägerzelt der Totengesang der Scherpas und Leptschas. Karlo beschäftigte sich bei Kerzenlicht mit dem abgestürzten Gefährten. Er schrieb: »Er wird bei der Mannschaft schwer zu ersetzen sein. Seine ruhige und oft etwas verschlossene Art war das Zeichen dafür, daß er all die Eigenschaften besaß, die ihn für eine solche Expedition geeignet und unentbehrlich machten. Seine Selbstlosigkeit und Selbstbeherrschung trugen ihm viele Sympathien ein. Am Berg hatte er eine sichere Art zu gehen. Sie war so erstaunlich, daß man einen solchen Unfall eigentlich zu allerletzt bei ihm annehmen konnte. Die Devise Bauers, jeder Teilnehmer müsse jedem helfen, der Hilfe brauche, scheiterte an der scharfen Kante eines Felsens.«

Was weder Karlo noch Hatschi ahnen konnten: Die Expedition war in eine moralische Krise geraten. Der Unfall bedrückte die Kranken und nährte plötzlich Zweifel, ob sie nach dem Tode des Gefährten überhaupt noch weitermachen könnten. Hatschi und Karlo waren viel zu sehr mit dem Bau eines Steinmannes auf dem Doppelgrab und mit ihrer Route zum Sporngipfel befaßt, um das leise Knistern zu hören. Nachdem die fünf Ruhetage vorüber waren, brachen sie als erste zum »Adlerhorst« auf. Sie erreichten ihn am Abend. Karlo und Hatschi waren sozusagen das Signal zur Fortsetzung der Expedition.

Am nächsten Tage trafen durch Träger im »Adlerhorst« Briefe von Freunden ein, die im Lager III zum Rückzug blasen wollten. Karlo zeigte sich betroffen; er schwieg, aber er schwieg voller Zorn. Hatschi schwieg nicht. Was er antwortete vertraute er zugleich seinem Tagebuch an:

»Schlimm ist es, wenn die Männer dahinten alle zum Rückzug blasen. Ein langer Brief von Jul Brenner über die schlechte Lage in Deutschland und über das Unglück unseres Xaverl endet mit dem Wort Umkehr.« Hartmanns Grollen aber riß die ganze Expedition mit:

»Sind wir hier denn auf einer Vergnügungsreise, oder sind wir hier, um unsere Pflicht bis zum letzten zu tun, gerade wegen der schlechten Lage daheim. Haben wir denn nicht alle gewußt, daß etwas passieren kann; schauen wir hier nicht bewußt dem Tode ins Angesicht, wie bei jeder schweren Tour daheim auch? Und haben uns diese ernsten Gedanken nicht beschäftigt, bevor wir uns zu dieser Fahrt entschlossen? Ich bin davon überzeugt, daß jeder von uns, der mit Überzeugung am Weg zum Kantsch arbeitet, sollte sich sein Schicksal erfüllen, mit dem letzten Wunsch sterben wird, die anderen möchten den Gipfel erreichen. So auch gewiß unser lieber Xaverl! Oder sollte sein Opfer umsonst und für uns nur ein Vorwand sein, unserer Pflicht auszuweichen? Ja, ihr Männer hinten, ihr habt es schwerer, euch diese Auffassung zu bewahren als wir, die wir am Berg ganz vorn stehen. Aber wir werden unseren Weg dennoch gehen, so weit wir können, denn das ist unsere erste Pflicht, gerade jetzt, wo unser Xaverl abgestürzt ist und wo es um unser Ansehen in der Welt geht. Gewiß, wir müssen am Berg noch vorsichtiger sein, schon um unserer sorgenden Mütter willen.

Aber wenn ihr auch von Umkehr und dergleichen sprecht, wenn ihr meint, kein Träger werde uns mehr in das schwierige Gelände am Sporn folgen, so wird uns das nicht hindern, unser Möglichstes zu versuchen.

Sei es, daß uns kein Träger mehr folgt und daß auch wir später umkehren müssen, aber der Versuch wird gemacht, und der, der unser Schicksal in Händen hält, wird mit uns sein.«

Damit war das verhängnisvolle Wort »Umkehr« vom Tisch, selbst bei jenen, die es bisher vertreten hatten. Die Krise war gemeistert. Am frühen Morgen des 16. August brach Karlo mit Pircher zum Angriff auf den Nord-Ost-Sporn des Kantsch auf. Karlo, dem Gerede nicht lag, war wieder an der Front, wie er abends notierte. Nach sechsstündigem Aufstieg erreichte die vordere Seilschaft Wien das Gratlager. Bei klarem Wetter schloß er seine photogrammetrischen Arbeiten am Kangchendzönga ab. Nun brauchte er den schweren Apparat nicht mehr mit sich herumzuschleppen.

Am 20. August trafen Paul Bauer und Hatschi ein. Es bedurfte jedoch noch einer viertägigen schwierigen Arbeit am Berg, um in 6270 Meter Höhe das erste Lager unterhalb des Nord-Ost-Sporns einrichten zu können. »Damit«, stellte Hatschi lakonisch fest, »haben wir das gefährlichste Stück des Weges zum Kantsch hinter uns gebracht.« Das Wort sollte sich nicht ganz erfüllen. Die Schwierigkeiten während der vier Tage enthielten zugleich Hinweise für die Beschaffenheit der weiteren Route zum Gipfel. In seinem Tagebuch erzählte Karlo von einem riesigen Eisturm, der von vorn nicht zu packen war. Dann hackten die Freunde an der rechten Seite so viel weg, daß sie vorbeikonnten. Karlo versuchte es zuerst. Das Eis jedoch war schwer und unheimlich die Tiefe, der man ungesichert entgegentreten mußte. Aber beide schafften das Hindernis, das ihnen turmhoch und drohend den messerscharfen Grat verstellte.

Dann kam der Wächten-Durchstieg hinter dem Turm. Rechts und links ein höllisches Nichts, von dem Gletscher abgesehen, der wie auf tiefem Meeresgrund zu liegen schien. Wochenlang mußten die Expeditionsmitglieder und die wenigen Träger, die ihnen nach dem Unfall noch verblieben waren, hier die Seilprobe bestehen, ohne Netz. Es ging darum, das Lager des Nord-Ost-Sporns mit Proviant und Bedarf für den letzten, entscheidenden Angriff auf den Gipfel zu versehen.

An der kritischen Stelle passierte es dann. In einer steilen Firnrinne geschah Karlo um ein Haar, was Hermann Schaller zuvor widerfahren war: Karlo stürzte, »aber«, so notierte er noch etwas blaß und benommen, »als alles unter meinen Füßen abbrach, fing mich Pircher geschickt am Seil auf. Der Sturz hat mir weder Hut noch Pickel noch die Begeisterung zu rauben vermocht.« Es tröstete ihn, daß wenigstens der Eisturm verschwunden war. Er krachte plötzlich zusammen und fuhr laut donnernd zum Zemu-Gletscher herab. Hatschi schrieb über Karlos Unfall: »Übrigens ist der Karlo heute bei einem Versuch, einen Turm auf der Zemu-Seite zu umgehen, einige zehn Meter geflogen, aber der Pircher hat das Seil gut gehalten.« Wenn er es nun nicht gut gehalten hätte? »Xaverl«, entfuhr es ihm, als er ins Leere fiel. »Furcht?« fragte Hatschi. »Natürlich«, antwortete Karlo, »man kann sie nur durch Tapferkeit bekämpfen. Tapferkeit? Die hat man, wenn man eine Gefahr kennt und ihr dennoch entgegengeht und das Gefährliche meistert.« Es gab immer Augenblicke auf dem Grat zum Nord-Ost-Sporn, in denen Karlo wußte, daß sein Leben einige Sekunden lang in fremden Händen lag. Da war der »lange Ritt« über einen Grat, der nicht breiter als 20 oder 30 Zentimeter war und auf dem man nicht wußte, nach welcher Seite man herunterfallen konnte. Es gab Wächten und Eistürme, hoch über den Abgründen der Hölle, die in 7000 Metern Höhe »das unangenehme Gefühl auslösen, auf etwas zu stehen, das nicht fest ist«.

Hier oben am Nord-Ost-Sporn des Kangchendzönga hing alles Leben am Seil, an dem Faden, der nicht weit vom Kantsch aus Seide gesponnen wurde und in der Hand eines jungen Gefährten lag, den der Berg täglich Kameradschaft lehrte, den Grundsatz, daß andere stets vorgehen.

In den nächsten 14 Tagen wurde das Lager VIII mit Proviant versorgt. Das Gewicht der Lasten stieg dabei bis auf 60 Pfund. Nachdem viele Träger die Expedition verlassen hatten oder heimgeschickt worden waren, weil sie dem letzten Gang zum Nord-Ost-Sporn nicht gewachsen waren, sprangen die europäischen Expeditionsmitglieder ein, an der Spitze Karlo Wien. Und die Europäer waren nicht schlechter als die Einheimischen. Wie der Alltag in diesen Stunden am Kantsch aussah, läßt sich einer Eintragung von Hans Hartmann entnehmen:

»Um 10 Uhr stampfen Karlo und ich im tiefen Pulverschnee gegen das Lager X hinauf. Zwei Gratürme, Eisaufschwünge, liegen auf dem Weg. Bald liegen sie hinter uns. Karlo spurt wie eine Maschine. Dann kommt eine 50 Meter hohe Eisbarriere. An ihrem linken Saum läßt sie sich über ein Grätchen überlisten. Es ist halb drei, bei fünf Grad minus. Wir kehren um. Der Pircher, der mit dem Ketar die letzte Last vom Depot am Schwammerlturm geholt hat (Eisturm, wegen seiner Pilzform so genannt), ist schon lange wieder im Zelt. Heut' sind wir unbändig lustig. Das Wetter ist etwas besser, wenn es auch noch einen viertel Meter heut' geschneit hat. Wir singen und erzählen bis spät in die Nacht.«

Vielleicht war es draußen so still, weil nun die weiße Gottheit aus dem Eispalast des Gipfels zuhörte, während deutsche Fahrten- und Studentenlieder in die Nacht hinausgingen und in 7000 Meter Höhe die Ge-

danken zweier Bergsteiger in die Münchener Heimat wanderten, um an der Isar Pläne zu schmieden. »Es ist schon September. Zucker und Zünder gehen uns aus, ebenso der Zwieback. Daheim reifen jetzt Äpfel und Birnen«, schrieb Hatschi in seinem Tagebuch, »der Hund liegt in der Herbstsonne vor der Haustür, die Mutter kocht ein, und der Vater schafft in der frühen Abendstunde in seinem Garten.«
An Karlos Geburtstag, am 10. September, »wohnen die Freunde in der Sonne«. Sie erreichten den Platz für Lager X. Der Aneroid, der Höhenmesser, zeigte etwas mehr als 7200 Meter an. Sie standen so hoch wie die Twins; auch der Tent-Peak schaute nicht mehr hochmütig über die Spitzenmannschaft hinweg. Am 11. September rief Bauer die noch einsatzfähigen Männer herauf, um den Gipfelsturm vorzubereiten. Peter Aufschnaiter und Dr. Allwein trafen mit drei Trägern ein. Die anderen Träger waren bergkrank, schneeblind oder befanden sich im Zustand panischer Furcht vor dieser Höhe. Karlo sagte: »Sie können doch nichts dazu. Sie müßten sich erst langsam an solche Höhen gewöhnen.« Auch das war es nicht allein. Den Tod von Schaller und Pasang hielten sie für einen Konflikt zwischen Mensch und Gottheit. Je höher sie stiegen, um so größer wurde die Furcht vor der unbekannten Macht am Gipfel. »Sie haben vor Angst geweint.«
Lager X: Hier waren die Männer weit über die Erde hinausgehoben. Zur Erde hinab führten unheimliche Abstürze, während der Weg nach oben über sanfte Schneehänge zu führen schien. »Im Lager VII ist jetzt kein Sahib mehr«, schrieb Hatschi, der Protokollführer der Expedition, »was jetzt nicht in Lager VIII oder höher ist, ist für uns nicht vorhanden, da kein Nachschub von unten mehr zu erwarten ist.« Die Spitzenmannschaft um Karlo Wien und Hans Hartmann war hier oben mit Proviant bis Ende September versorgt. »Morgen kommt wahrscheinlich auch Bauer herauf.«
Hartmann war der Ansicht, man müsse nun alles auf eine Karte setzen. Niemand hätte mehr in dieser Höhe Kraft und Energie für unbegrenzte Zeit. Bei 7000 Metern beginnt die Todeszone. »Der Bergsteiger zehrt von dem, was er hat«, schrieb Hatschi, »außerdem lebe ich mit Karlo nun schon 40 Tage in einer Höhe, die über 6000 Meter liegt.« Der 15. September war für Karlo und Hatschi Rasttag. Sie bauten sich eine Eishöhle, in der sie sicherer und etwas geschützter wohnen konnten als im Zelt. Hatschi entwickelte Kunstsinn und stellte einen »schönen go-

tischen Eingang« her. Ihn leiteten alle Dinge, die nach oben streben und sich an einem Gipfel treffen. Ohne daß es ihm bewußt wurde, lehrte ihn der Berg etwas, das vor vielen Jahrhunderten Baumeister gefunden hatten, um die Ideen des Berges in Sakralarchitektur auszudrücken und Lichträume zu schaffen. Die Eishöhle hatte jedoch einen großen Nachteil: Man konnte sie nicht von Lager zu Lager mitnehmen, und es kostete unendlich viel Mühe und Kraft, sie im ewigen Eis und Schnee stets neu zu bauen.

Für Bauer war Lager X die letzte Station am Kangchendzönga. Er litt unter Herzschwäche und schien den Strapazen nicht mehr gewachsen zu sein. In seinem Werk bekannte er: »Im Verzeichnis der Lager-Apotheke fand ich ein Mittel gegen Herzschwäche, Kardiazol, und an diesen dreien, Primus-Brenner, Trockenmilch und Kardiazol, hing wohl mein Leben in jener Nacht.« Während Dr. Allwein den Herzkranken behandelte, bereiteten sich Karlo und Hatschi zum Sturm auf den Sporngipfel vor, der eine Höhe von knapp 8000 Metern hat. »Es war für uns die schönste Anerkennung des Expeditionschefs«, schrieb Karlo, nachdem Paul Bauer die zwei zur Lösung der schwierigsten Aufgabe am Kantsch bestimmt hatte. Gegen 10 Uhr 30 verließen die Freunde Lager X. »Ein fester Händedruck mit unsrem Bäuerle, und wir stapfen langsam hinauf«, gefolgt von den Wünschen der Männer, die nun zurückblieben.

Bald überschritten Karlo und Hatschi die Höhe von 7600 Metern. »Ich bin vollständig kaputt«, schrieb Hans Hartmann, der sonst so muntere Hatschi. Der Rucksack wog 30 Pfund. Sie hatten zu allem Überfluß nun den Punkt erreicht, da der Geist noch will, aber der Körper eigene Wege einschlägt. Mit letzter Kraft schaufelten die Freunde eine Eishöhle, aber in der Nacht wurde es kälter. Als Hatschi in seinen Schlafsack kroch und die Eiswände der »Schlafkammer« betrachtete, spürte er seine Füße nicht mehr. Bei minus 15 Grad rieb Karlo ununterbrochen die angefrorenen Füße, um die Blutzirkulation wieder anzuregen. Hatschi erinnerte sich: Es war dasselbe Bild wie damals in der Marco-e-Rosa-Hütte am Piz Bernina: Karlo kniete vor ihm und rieb, selbst erschöpft, die abgestorbenen Füße, um ihnen Leben zurückzugeben. Und er schaffte es, wie er es damals bei Pontresina geschafft hatte. Allerdings lag Lager XI am Kangchendzönga 4000 Meter höher als damals der Bianco-Grat in der Schweiz.

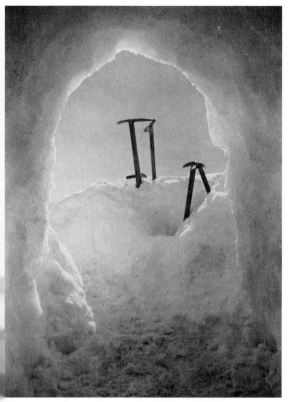

21 Eishöhle am Kangchendzönga

22 Im Eisbruch

23 »Hatschi« kocht im Eislager

24 Zelt im Hochlager

25 Kangchendzönga im ersten Morgenlicht (vorhergehende Doppelseite)

26 Willo Welzenbach

27 Mitglieder des AAVM: Ernst v. Siemens, Walter Hofmeier, NN., Hans Kerschbaum, Karlo Wien

Nachdem alles überstanden war und die Freunde gemeinsam zum Nord-Ost-Sporn aufbrechen konnten, bekannte Hatschi in Erinnerung an den Piz Bernina und an die letzte Kantsch-Nacht: »Ja, Karlo, wen haben Berge wohl je so zusammengeschmiedet wie uns beide? Wem haben die Berge so viel gemeinsame bittere Stunden bereitet wie uns, wem haben sie so viel Freude und Kraft geschenkt? Wen hat der Sturm so umbraust, wem ist die Kälte so bis ins Mark gedrungen, wem hat die reine Sonne geschienen wie uns beiden! Sind Dankbarkeit und Freundschaft Worte für das, was wir erleben durften? Oder gibt es keine Worte dafür? Ich weiß es nicht.«
Damals ging es hinab, jetzt hinauf.
Als am 17. September das Tageslicht durch die Wände der Eishöhle drang, begann unter Karlos Händen der Metakocher zu summen. Um 6 Uhr wurden Hatschis Stiefel in die Sonne gelegt, und gegen 9 Uhr 30 ging es über eine verblasene und verharschte Schneeschicht bei leichtem Wind dem Sporn-Gipfel zu. Über einen Eishügel »ritten« sie einen sanften Grat hinauf zu einem steilen Firngipfel. Karlo spurte. War das der Nord-Ost-Sporn des Kangchendzönga? Nebel wechselte mit herrlicher Sicht. Dann glitzerte in der Sonne die Spur auf, als trage der Berg hier eine Kette aus den edlen Steinen Sikkims.
Um 14 Uhr, nach vierstündigem Aufstieg von Lager XI, hatten sie den Sporngipfel erreicht. Das Aneroid zeigte fast 8000 Meter an. Bei schwerer Spurarbeit legten Karlo und Hatschi 100 Meter in einer Stunde zurück. »Es ist vielleicht der schönste Tag in unserem Leben«, schrieb Karlo, »als der Hatschi und ich da oben auf dem Gipfel stehen und uns umschauen.« Das Ziel lag zum Greifen nah, unter ihnen die »Münchener Scharte«, zu ihren Füßen die Wälder Sikkims, die grünen Gärten Nepals und im Norden die wilde Hochwelt Tibets. Welch ein Ort, welch ein Augenblick.
Aber immer wieder wanderte der Blick hinüber zum Kantschgipfel, der so einfach zu erreichen wäre, läge nicht unmittelbar hinter dem Nord-Ost-Sporn eine tiefe Scharte, vielleicht 100 Meter tief, und auf der anderen Seite ein steiler, sehr steiler Schneehang mit einer Höhe von etwa 200 Metern. Von dort war die Route zum Gipfel klar zu überblicken, niemand aber kannte die Scharte mit der unüberwindlichen Lawinenfalle. Könnte man doch einfach hinüberfliegen, es war nur noch ein kleiner Sprung. Der Schritt aber, der zu tun übrigblieb, führte

wahrscheinlich in den Tod. »Der Hang«, schrieb Hatschi enttäuscht. »sieht gemein aus. Rechts sind schon einige Lawinen abgegangen. Links und geradeaus ist der Schnee eingerissen. Alles abrutschbereit. Es sieht bitter aus.«

Was Karlo am Sporngipfel durchströmte, hatte etwas mit einer wundervollen Symphonie zu tun oder mit den Farben großer Gemälde über ein Gottesthema der Religion. Hier herrschte nicht Widerspruch, sondern Vereinigung mit Göttlichem – eine allumfassende Harmonie. Nachmittags stiegen Schneewolken über den Grat und löschten bald das Licht der Sonne aus, damit auch den einzigen Wärmequell, den Karlo und Hatschi hier oben hatten. Sie stiegen ab.

Der Wind blies den Schnee über den Grat, auf dem sich ihre Schatten bewegten. Von 8000 Meter ging es hinab auf 7600 zum Lager XI. Dort stand ein neues Zelt; Allwein, Pircher und Aufschnaiter waren mit drei Trägern nachgerückt. Aber Paul Bauer fehlte. Seine Herzschwäche löste Besorgnis aus. Er brauchte bis zum »Bianco-Grat« drei Stunden statt 40 Minuten. Paul Bauer mußte sich von der Spitze seiner Expedition lösen und nach Lager X zurückkehren. Aber er blieb auch für die nächsten Unternehmen Dirigent, der das Zusammenspiel der Kräfte lenkte.

In der kommenden Nacht konnte Hatschi vor Schmerzen nicht schlafen. Die Füße waren unförmig geschwollen, die Operationsnarben drohten zu platzen. »Und während ich schlaflos die Nacht im Schlafsack verbringe und sich mir ab und zu ein leiser Schmerzenslaut durch die zusammengebissenen Zähne stahl, zermarterte ich mein Hirn mit trüben Gedanken. Würde ich überhaupt von hier hinunterkommen? Würde ich, wenn ich noch einmal etwas von den Füßen hergeben müßte, es wagen, vor Euch zu treten, Eltern?« Am nächsten Morgen konnte Hatschi die Schuhe nicht mehr anziehen. Aber auch Pircher und Bauer hatten Schwierigkeiten. Hatschi mußte »unten« bleiben. Das war bitter für ihn, der mit Karlo Wien eigentlich immer die »Lanzenspitze« der Expedition gebildet hatte.

Was sollte er tun, da Karlo noch einmal mit Pircher und Allwein zum Sporngipfel hinauf gestiegen war? Wie ein sterbender Leopard kroch Hatschi aus seiner Eishöhle durch den Schnee, Meter um Meter hinüber zum Zelt von Aufschnaiter, der apathisch in seinem Schlafsack lag, gebrochen vom Kraftverlust im Kampf um diesen höllischen Berg. Beide konnten nicht mehr.

Zur selben Zeit überschritten Karlo und Allwein den Sporngipfel und befaßten sich eine Stunde lang mit dem verhängnisvollen »Zuckerhut«, der mit seinen Lawinenrinnen und Rissen jeden Bergsteiger zur Umkehr zwang. Als Paul Bauer davon erfuhr, schickte er Karlo einen bemerkenswerten Brief hinauf: »Allwein brachte mir die sehr bittere Nachricht von dem unüberwindlichen Hindernis. Es ist scheußlich, aber man kann niemand in den fast sicheren Tod schicken. Auch wäre es nicht möglich, daß man es zuließe, daß sich einer hier opfere. So müssen wir den Kantsch aufgeben.« Der Brief rief Karlo vom Sporngipfel zurück. Die große Schaufel, mit der Karlo und Allwein ihre Eishöhle gegraben hatten, schlugen sie als Siegeszeichen in das Eis des Sporngipfels ein. Der Berg triumphierte, als seine »Widersacher« abzogen; er zeigte in der Sonne lachend seine volle Pracht. Triumphierte der Berg wirklich?
Nur dem so sehr verwundeten Hatschi wollte es nicht in den Sinn, daß es etwas am Berg geben sollte, »dessen man nicht Herr werden kann«.
Gegen 15 Uhr hörte er Schritte. Karlo tauchte vom Sporngipfel auf und schaute seinen Freund lange nachdenklich an. Dann sagte er: »Vielleicht war es ganz gut, daß deine Füße kaputt sind, Hatschi, du wärst sonst heute in den Hang gestiert«, in den tödlichen Lawinenhang hineingegangen. Karlo kannte den Freund so gut, vor allem in seinem augenblicklichen Zustand, daß es ihm nicht schwerfiel, seine Gedanken zu lesen.
Aber war das hier am Kantsch überhaupt eine Niederlage, wenn der Mensch vor dem letzten, großen Hindernis kapitulieren muß, während er wähnt, den Gipfel mit Händen greifen zu können? Keiner hatte bisher den Nord-Ost-Sporn erreicht, und niemand hatte so schwer und erfolgreich mit dem Berg gerungen, wie es Wien und Hartmann getan hatten. Dem Bergsteiger Karlo Wien war es sicherlich nicht gelungen, den letzten Schritt zum Gipfel zu tun; dennoch aber eroberte Wien den Kangchendzönga – als Geograph. In wochenlanger Arbeit stellte er Grund- und Aufrisse her und erfaßte nach dem Prinzip der Photogrammetrie das Massiv und das Gebiet des Zemu-Gletschers bis hinüber zum Siniolchu. Der Kangchendzönga war auf den Himalayakarten kein weißer Fleck mehr. Von nun an gab es eine Landkarte. Alle, die nach Karlo Wien kamen, hatten es leichter, und es brauchte nicht

erst Tote und Verletzte zu geben, bis man wußte, daß zwischen Sporn- und Hauptgipfel keine begehbare Verbindung besteht.

Der große Rückzug begann am 19. September. Um 10 Uhr verließen Aufschnaiter, Allwein und Pircher mit ihren Trägern Kami und Ketar Lager IX. Hatschi mußte zurückbleiben. Die angefrorenen Füße konnten die Bergschuhe noch nicht vertragen. Karlo allein blieb bei dem so schwer Fußversehrten. Vier Tage und vier Nächte. Mittags »stieg« die Temperatur auf minus zwölf Grad. Die Eishöhle lag 7600 Meter über dem Meeresspiegel. Aber sie hatten genug Brennstoff, sie konnten Vorräte angreifen, die für den Gipfel bestimmt gewesen waren. »Wir sitzen den ganzen Vormittag vor unserer Eishöhle in der Sonne«, schrieb am 19. September Karlo in seinem Kantsch-Tagebuch. »Es ist ein herrlicher Tag. Nun haben wir Muße, uns all die Länder, die wir aus einer Höhe von 7600 m überblicken können, in Ruhe anzuschauen, ebenso die phantastische Bergwelt mit dem Siniolchu und dem Wolkenspiel am Himmel.« In fünf Jahren würde der Siniolchu, den die einen den schönsten Berg der Welt und andere »Schwert der Erde« nennen, ihm gehören; er würde dann noch einmal den »Zuckerhut« hinter dem Nord-Ost-Sporn des Kangchendzönga betrachten, vom Siniolchu aus, als Zeichen dafür, daß der Berg stärker als der Mensch blieb. Während Karlo mühsam den Weg zu den Menschen zurückfand und das Herz seines Freundes oben blieb, war ihm manchmal, als schritt er über Wolken, die ihn behutsam zu Tal trugen. Karlo nutzte beim Abstieg von Lager zu Lager jede Stunde, um mit dem Berg allein reden zu können.

Er blieb im Massiv, bis er sein geodätisches Netz vollendet hatte. Mit einem Träger und seinem Koch Bagde, der den Absturz Schallers überlebt hatte, beging er Gipfel um Gipfel und Gletscher um Gletscher. Die Tagebucheintragung vom 3. Oktober verzeichnet 20 Aufnahmen, drei Standlinien und ein Panorama. Bei den Arbeiten am Gerät spürte er noch immer die Strapazen vom Nord-Ost-Sporn, und kam Karlo »schrecklich verhungert« zurück, dann hatte der Scherpa Bagde immer eine ordentliche Stärkung zubereitet. In diesen Tagen erwischte er den Kantsch einmal ohne ein einziges Wölkchen. Seine letzte Platte verschoß Karlo am 11. Oktober gegen den Siniolchu, nachdem er tags zuvor ein Panorama aufgenommen hatte, das vom Siniolchu über den Kantsch bis zum Nepal- und Tent-Peak reicht. Vormittags baute Karlo

mit seinen zwei Scherpas das Lager ab. »In der Nähe nimmt ein großer Lämmer-Geier auf einem Stein Platz, der bald von dem Besitz ergreifen wird, was wir zurückgelassen haben.«
Karlo verabschiedete sich von Hermann Schaller und seinem Träger Pasang allein. Ihre Namen stehen seit kurzem auf einer großen Granitplatte in Lettern aus Bronze. Dazu das Wort: »Sie stürzten ab am Nord-Ost-Sporn des Kangchendzönga am 9. August 1931. R. I. P.« Von hier aus wanderte der Blick noch einmal hinauf zum Sporngipfel, der ihn etwas an den Steinmann auf dem Grabe Schallers erinnerte.
Der Tod Hermann Schallers und Pasangs hatte Karlo verändert. Beide wurden von seiner Seite gerissen auf einer kritischen Route, die er mit Hatschi gemacht hatte. Niemand kennt das Prinzip, der Berg entscheidet allein über Leben und Tod seiner Besucher. Es hätte am Nord-Ost-Sporn jeden treffen können, wie es Schaller und Pasang getroffen hatte. Unter dem 13. Oktober ist im Tagebuch zu lesen: »Die letzten zehn Tage haben mich in der Einsamkeit ganz erfüllt und glücklich gemacht.« Dieses neue Weltgefühl verdankte er der Spiritualität und Macht dieses Berges, wenn man respektvoll den Abstand einhielt. Dann konnte man sogar nachts von ihm träumen, da er eigentlich in die Landschaft der Märchen gehört. Zum ersten Mal spürte Karlo auf den Nebengipfeln, daß er den Berg suchte, um von seiner Harmonie und Kraft zu zehren und sich von ihm Flügel zu einem Flug in die außerirdische Welt zu leihen.
Zwischen Siniolchu und Kangchendzönga kam er mit sich ins Reine. Brauchte nicht die ganze Erde Photogrammetrie, eine Neuerfassung, einen neuen Aufriß, ein neues Bild? Auf dem Zemu-Gletscher fiel der Entschluß, sein Dasein künftig nach einer anderen Kompaßzahl auszurichten. Es ist der Entschluß, von nun an für immer die Hand am Puls der Erde zu halten und dabei die Welt, auf der wir stehen und leben, zu erschließen, wo sie unerschlossen ist. Karlo wollte Geograph, Geophysiker werden.
Mit seinen zwei Scherpas begab sich Karlo allein auf den Weg nach Darjeeling. Die Laubbäume hatten »ganz wie daheim« die Kleider des Herbstes angelegt. Vom Paß des Yumtso-La (4800 Meter) kam ihm der Kantsch wie ein Trabant des »außerordentlich wilden Siniolchu« vor. Nun ging es immer weiter abwärts. Die Schritte wurden leichter wie alle Dinge, die er in die Hände nahm. Alles verlor seine Schwere. Im Ur-

wald von Sikkim gab die bunte Tierwelt ihr schrilles Konzert, von Sonnenaufgang bis Sonnenuntergang. Im Dickicht fand er, was er suchte, das Kloster Tulung. Ein junger Lama bewirtete ihn mit gepreßtem Reis, Obst und Tee. Karlo übernachtete »auf der Schwelle zu den heiligen Räumen«. Von nun an brauchte er nicht mehr im »Schneebett« oder in der Eishöhle zu schlafen, bedroht von betonschweren Lawinenschlägen und von Eisgeschossen der Orkane.

In Tulung überdachte er noch einmal die Dinge. Er machte es sich nicht leicht, er stellte sich immer wieder Fragen. Karlo war Suchender, der keine Herzensträgheit kannte und der am Berg die »Blaue Blume« fand, nach der seine ganze Generation vergeblich suchte. Am Kangchendzönga erkannte er, daß Europa für den Wissenschaftler zu klein ist. Der Kantsch sprengte in ihm alte Grenzen. Gab es etwas Wichtigeres, als eben unsere Erde zu erkunden, an ihren hohen Gipfeln die Ereignisse der Schöpfung abzulesen, mit Kepler und Galilei zu reisen und den Stern unter Sternen zu erforschen? Karlo hielt es mit Cocteau: Er wollte die Faust eines Erzengels aufbrechen.

Physik und Geographie gingen bei Karlo eine glückliche Verbindung ein, um die bewegenden Kräfte der neuen Zeit auszuloten und zu einer anderen Dimension vorstoßen zu können. Karlo spürte seine Zukunft als Wissenschaftler, der mehr weiß, weil er vom Berge kommt.

Wie oft saß er am Feuer, mit Hans Hartmann, Hermann Schaller oder auch allein, und spürte, daß um Feuer eben alles Leben kreist. Am Feuer erfuhr er, daß ihn Ahnungen mit der Urwelt verbanden, die in den Höhlen von Altamira so gut wie in der Schachty-Höhle unweit des Karakul-Sees ihren Ausgang nahmen. In Karlo wirkte eine Beziehung nach Rückverbindung, zur Entschlüsselung verschütteten Wissens, unsagbarer Dinge, die ihn bedrängten, sein ganzes Leben auf einer Entdeckungsreise zu verbringen. Er liebte Zelt und Feuer, Zelt, diese transportable »Höhle« aus der Urzeit, und Feuer, den Quell aller Licht- und Energiekeime, aus denen in Mittelasien die ersten Tempel und die erste monotheistische Weltreligion gemacht wurden. Seine Natur drängte Karlo in eine wissenschaftliche Laufbahn, in der sich Physik und Geographie auf fruchtbare Weise ergänzen. Über die spezifische Sachkunde beider Gebiete wollte er Universalwissen aufbauen, um es eines Tages vom Lehrstuhl aus mit den Ergebnissen seiner eigenen Forschungsarbeit weitergeben zu können.

In dem Bewußtsein, sich in der Stille geprüft und richtig entschieden zu haben, verließ er Kloster Tulung, wo ihm die Meditation über sich selbst nicht schwergefallen war. Wie aber wollte er aus der großen Freiheit am Kangchendzönga auf den engen Stuhl bei Siemens zurückkehren, ohne sich selbst in Schwierigkeiten zu bringen? Die Heimkehr hätte zum Problem werden können, hätte es da nicht eben die Geographie gegeben und den großen Mann der Geographie Professor Dr. Karl Troll. Am Ende des Urwaldes von Sikkim erwartete ihn wieder die Zivilisation und in Gestalt der britischen Kolonie eine europäische Oase.
In Darjeeling traf Karlo seine Gefährten vom Kantsch wieder. Aufschnaiter kehrte soeben von der tibetanischen Grenze aus Nord-Sikkim zurück, Allwein hatte das Passanramtal erkundet, und Karlo war froh, nach seiner Gletscher- und Gipfelfahrt in der Stadt der wilden Kamelie zur Ruhe kommen zu können. Später würde Richard Finsterwalder über Karlo Wien sagen, daß es zum ersten Mal gelang, im großen Maßstab einen Himalaya-Gletscher und einen geschlossenen Abschnitt einer formenreichen Hochgebirgslandschaft, nämlich des Kantsch-Massivs, aufzunehmen. Die geographische Eroberung des Kangchendzönga versöhnte Karlo mit der leichten Enttäuschung des Bergsteigers in ihm. Den »Schatz« in der »Kammer der fünf Eisberge« hat er dennoch geborgen.
Darjeeling, hier hatte im Sommer die Expedition so hoffnungsfroh die guten Träger begrüßt; nun schlug die Stunde der Trennung, nicht ohne Wehmut. Alle verdankten den Trägern viel. Jeder kehrte nun in seine Heimat zurück. »In Darjeeling«, schrieb Karlo, »verbringen wir noch fünf wundervolle Tage. Jeden Morgen sehen wir den Kantsch in seiner ganzen Pracht.« Und allabendlich waren Karlo, Hatschi und Paul Bauer Gäste im weltberühmten, britischen »Himalaya-Club«. Dann kam der letzte Tag: Karlo trennte sich schwer von seinem großen Freund, dem gewaltigen Berg, der ihn in der Morgenstunde des Abschieds noch einmal mit seinem fernen, weißen Licht grüßte.
Um Indien Lebewohl zu sagen, standen wenige Tage später Karlo und Hatschi in Agra vor dem »Tadsch Mahal«. In dem quadratischen Kuppelraum von vollkommener Harmonie fand eine Herrscherin aus der Mogulzeit ihre letzte Ruhe. Warum besuchten Karlo und Hatschi Tadsch Mahal, das Wunder aus Marmor? Tadsch Mahal, nach dem Bekenntnis eines Meisters, »beginnt seine Schönheit dort, wo die Archi-

tektur aufhört«. Der Grabpalast erinnert an die Moschee des Sheik Lutfallah auf dem Meidan, dem Königsplatz zu Isphahan, an die makellose Symmetrie. Das Kosmische fand seine Architektur. Alles ist zusammengefaßt: der Himmel über uns, die Kuppel; die Erde unter uns, das Quadrat, verbunden durch stufenlosen Übergang, und der Mensch, der sich hier geborgen weiß. Tadsch Mahal erinnert an das persische Tschahar Taq, an die Urform des zarathustrischen Feuertempels. Alle haben gemeinsam die Harmonie. Karlo und Hatschi spürten in Agra, daß ihnen das Bauwerk mehr sagte, als sie im Augenblick des Besuchs sagen konnten.

Sie ahnten nicht, daß dieses Tadsch Mahal sehr viel mit dem Rakaposchi und dem Nanga Parbat zu tun hat. Ohne den Vizekönig von Indien Lord Curzon, ohne seine Erlebnisse im Karakorum hätten Karlo und Hatschi das Tadsch Mahal nicht mehr besuchen können. Es ist eine phantastische Geschichte; sie begann am Berg, auf der Terrasse der Königsburg von Baltit im Karakorum. Bevor Curzon mit den »Roten Rittern« von Hunza in den Pamir aufbrach, erlag er dem Zauber der königlichen Bergwelt in ihrem weißen Hermelin. Vor der Kulisse des Karakorum erfaßte ihn ein neues Weltgefühl, wie es ihn erfaßt hatte, als er zum ersten Mal vor Tadsch Mahal stand. In dieser Stunde beschloß er, Tadsch Mahal im fernen Agra vor dem Zerfall zu bewahren und den Zeugen der Stunde, Mohammad Nazim Tham, den Berg-König von Baltit, zum Besuch des Grabpalastes einzuladen.

»Wenn ich sonst nichts getan hätte in Indien«, bekannte Lord Curzon später, »hier habe ich meinen Namen niedergeschrieben, und die Buchstaben sind eine lebendige Freude.« Von dieser lebendigen Freude teilte sich etwas den Betrachtern mit, die gerade vom Kangchendzönga kamen. Sie spürten, was Curzon hier und am Rakaposchi empfunden hatte. Beide Dinge haben etwas mit dem »Elfenbeintor« Rudyard Kiplings zu tun, »aus dem alle guten Träume kommen«. Den Traum Kiplings träumten Karlo und Hatschi noch mit, als sie sechs Jahre später heiter und gelöst dem Rakaposchi und dem Nanga Parbat entgegenzogen, dem Mysterium des Berges erlagen und dort ihre Namen verewigten.

Der Karakorum-König aber nannte zur Erinnerung an die Stunde mit Curzon in Baltit und in Agra den Gästeflügel seines Bergschlosses

Tadsch Mahal. Der Sohn des Königs, Prinz Ayesh Khan, eine legendäre Persönlichkeit im Leben Mittelasiens, lud Anfang der siebziger Jahre den Autor ins Tadsch Mahal zu Baltit ein. Hier befaßte er sich einen Sommer lang mit dem Mensch-Berg-Konflikt aus einheimischer Sicht und mit der letzten Fahrt Karlo Wiens und Hans Hartmanns zum Weltenberg.

So groß die Anerkennung daheim für Männer auch war, die zum ersten Mal in der Geschichte die 8000-Meter-Marke erreicht und bislang unbekannte Gebiete kartographisch behandelt hatten, die Mittel zur Finanzierung der Auswertungsarbeiten waren karg und gut behütet. Über die Lage im Jahre 1932 gibt der Brief von Richard Finsterwalder aus Hannover Auskunft, der am 12. Januar an den wissenschaftlichen Unterausschuß des Deutschen und Österreichischen Alpenvereins gerichtet ist. In dem Brief heißt es:

»Die deutsche Himalaya-Expedition 1931 (Führung Paul Bauer) hat mir das bei dieser Expedition gewonnene photogrammetrische Material zur Begutachtung übersandt und mich gebeten, beim wissenschaftlichen Unterausschuß wegen einer Beihilfe zur Auswertung dieses Materials vorstellig zu werden.

Im ganzen wurden durch eine von Dr. Karl Wien geleitete Arbeitsgruppe in sechswöchiger Arbeit 13 Standliniengruppen aufgenommen, die den Zemu-Gletscher und seine Umrahmung (ein Gebiet von 400 Quadratkilometern) mit einiger Vollständigkeit umfassen. Am besten ist die Aufnahme im Gebiet des mittleren Zemu, wo nach dem Besteigungsversuch des Kangchendzönga bei guten Witterungsverhältnissen gearbeitet wurde ... Zu betonen ist, daß die Geländeverhältnisse im hinteren Zemu überaus schwierig sind und die dort ausgeführten Aufnahmearbeiten eine sehr hoch zu schätzende bergsteigerische Leistung im Dienst der Wissenschaft darstellen ...

Das ganze Material wurde von Wien in sauberer, übersichtlicher Weise zusammengestellt, so daß die obigen Angaben mit einiger Sicherheit gemacht werden können.« Zu den Angaben zählen auch die Eisgeschwindigkeitsmessungen des Zemu-Gletschers. Finsterwalder befaßte sich in seinem Schreiben dann mit dem »Arbeitsplan für die Auswertung«. Der Arbeitsplan hing dabei von der Finanzierung ab. Finsterwalder schloß seine Begründung mit den Worten:

»Ich bitte den wissenschaftlichen Unterausschuß im Namen der deutschen Himalaya-Expedition 1931 für die Auswertung der Triangulation 600 Mk. möglichst bald zu bewilligen und für die stereophotogrammetrische Bearbeitung einen Betrag von 800 Mk. in Aussicht zu nehmen.«

Auf Elefantenpfaden zum Mount Kenia

Forschungsreise mit Prof. Dr. Karl Troll durch die ostafrikanische Bergwelt. Konflikt zwischen Rom und Addis Abeba. Auf den Spuren Eric Shiptons am tropischen Lewis-Gletscher. Begegnung mit Erika Burghardt.

*»Von allen, die auf Erden ich gekannt,
ich nur zwei Arten Menschen glücklich fand:
den, der der Welt Geheimnis tief erforscht,
und den, der nicht ein Wort davon verstand.«*

Omar Chajjam (der Zeltmacher)

Nach der Heimkehr steuerte Karlo Wien sein neues Ziel an, die Geographie, genauer: die physikalische Geographie. Seit der deutsch-russischen Pamir-Alai-Expedition hatte er sich als Assistent Richard Finsterwalders bewährt, selbständig Forschungsarbeiten übernommen und Arbeiten veröffentlicht, die internationale Anerkennung ausgelöst hatten. Freunde und Vorgesetzte bei Siemens hielten seine wissenschaftlichen Vorstellungen ebenfalls für produktiver als eine Fortsetzung seiner Tätigkeit an der Seite von Professor Dr. Feldtkeller, des führenden Nachrichtentechnikers in Deutschland. Selbst seine Mutter, die der Bergsteigerei mit zwiespältigen Gefühlen begegnete, bekannte in einem Brief, daß »sich der Vater darüber freuen würde, daß Karlo nun wieder zur reinen Wissenschaft zurückgekehrt ist«. Sie fügte hinzu, Berlin sei wohl kaum das Richtige gewesen. Er habe keine Lust, seine Jahre auf dem Büroschemel zu verbringen, schrieb Karlo seinem Schwager, dem Schriftsteller Edwin Erich Dwinger: »Man muß sich die weite Welt zum Tummelplatz aussuchen. Auf nach Afrika. Aber ich brauche ein anständiges Schießeisen. Wie wäre es, wenn Du mir aus Deinem Jagdschrank das Gewehr meines Vaters leihen würdest? Irgendein Schießeisen muß der Mensch in Afrika wohl haben.«
Karlo Wien wollte in den nächsten zwei Jahren eine Arbeit über ein glaziologisches Thema schreiben, um sich habilitieren zu können. Für seine Pläne fand er die volle Unterstützung von Staatsminister Dr. Schmidt-Ott, Präsident der Notgemeinschaft der Deutschen Wissenschaft, von Professor Dr. Richard Finsterwalder, dem Direktor des Preußischen Meteorologischen Instituts, von Professor Dr. von Ficker und von seinem väterlichen Freund Geheimrat Professor Dr. Erich von Drygalski, Ordinarius für Geographie an der Universität München. Mit dem »Afrika-Projekt«, das von Drygalski empfahl und förderte, kam für Karlo Wien zugleich eine neue Persönlichkeit ins Spiel: der Geograph Professor Dr. Karl Troll von der Universität Berlin. Troll

würde Karlo Wien auch wenige Jahre später auf seiner letzten Fahrt zum Nanga Parbat begleiten. Bald steckte Karlo »tief in den Vorbereitungen für Afrika. Die letzten Wochen sind vom Schein des baldigen Endes verklärt. Abschiedsfeste, Streit mit dem Zeltfabrikanten, Auswärtiges Amt, Devisenbeschaffung und Besuch bei Oberstleutnant Schaal im Reichswehrministerium, der mich freundlich zur Marineführung bringt. Es geht um die neueste Seekarte zwischen Dschebel Tair und Perim; dort sollen Äquivalenttemperaturen gemessen werden. Aber es geht auch um die Erfahrungen, die in Massaua der Kreuzer ›Karlsruhe‹ mit den Behörden gemacht hat.«
Karlo wurde beauftragt, die klimatischen Probleme am Roten Meer, in Eritrea und Tanganjika zu erforschen und die verwirrenden Druck- und Strömungsverhältnisse unter Berücksichtigung der Niederschläge zu untersuchen sowie die gegensätzlichen Zusammenhänge zwischen dem abessinischen Hochland und dem Südwesten der arabischen Halbinsel zu klären. Die Forschungsreise sollte Karlo mit Professor Dr. Karl Troll in die ostafrikanische Bergwelt und zum Lewis-Gletscher am Mount Kenia führen. Fast ein Jahr dauerte die Afrika-Expedition, von September 1933 bis Juli 1934. Für das weitere Leben Karlo Wiens war die Expedition bedeutsam: Karl Troll weckte das Interesse Karlos für den Westpfeiler des Himalaya, für den Nanga Parbat, der morphologisch wie auch wetter- und pflanzenkundlich von großem wissenschaftlichem Interesse sei. Die ersten Gespräche über den Nanga Parbat lockerten im Laufe des Dreivierteljahres die so engen Beziehungen Karlos zum Kangchendzönga.
Bis zur Abfahrt riefen ihn immer wieder die Gipfel. Sie riefen ihn auch, um Verunglückte zu bergen. In einem Brief seiner Mutter aus Mittenwald heißt es: »Da wurde in der Nacht Karlo plötzlich geholt, um sich an einer Hilfsexpedition zu beteiligen. Freunde von ihm hatten ein Lawinenunglück im Engadin. Anstatt einige schöne Touren zu machen, muß er nun seinen so kurzen Urlaub mit einigen traurigen Eindrücken verbringen. Der dauernd fallende Schnee wird die Aufgabe wohl sehr schwer machen. Wir hoffen, ihn bald wieder hier zu haben.«
In den letzten Monaten zog es ihn immer mehr in das Berchtesgadener Land und in den Engadin. Beide Hochgebirgslandschaften schärften von Mal zu Mal den Schönheitssinn für entrückte Höhen und Größen. »Die Fahrt ins Engadin war bei dem Wetter für mich wieder ganz wun-

dervoll«, schrieb er am 27. August 1932 seiner Mutter. »Man lernt das Gebirg' jetzt noch mehr auskosten, wo man es so selten bekommt. Wir waren zu dritt auf der Ago di Sciora, nachdem die Tour, die Hatschi und ich machen wollten, wegen Schwierigkeiten, wegen Blödheit, aber auch aus Vernunft nicht gegangen war. Aber als wir am Samstagabend von der Ago herunterkamen, hatten wir uns in einem Schneecouloir zu lange aufgehalten, so daß es Nacht war, als wir aus den Felsen ausstiegen. Wir fanden daher bei leichtem Nebel und absoluter Dunkelheit die Hütte nicht und biwakierten im Freien. Hatschi und ich schliefen fest. Als um ein Uhr der Mond kam, wurden wir wach. Die Hütte, die wir gesucht hatten, stand 50 Meter neben uns. Das war gut, denn ich mußte um sieben Uhr schon im Tal sein, weil mein Postauto abfuhr.« Hatschi hatte mittlerweile das Angebot erhalten »bei Meyerhoff am Kaiser-Wilhelm-Institut in Heidelberg Assistent zu werden. Die deutschen wissenschaftlichen Kreise beginnen, sich für Hatschi sehr zu interessieren. Der Rein in Göttingen (Professor Dr. Hermann Rein, Physiologe) will ihn fortlassen. Die beiden alten Hatschis fahren unentwegt zwischen Berlin und Göttingen hin und her, um teils ihm zuzureden, teils sich mit Rein zu unterhalten. Es ist doch was Schönes, wenn man noch so einen Vater hat.« Eine Zeitlang wohnte Karlo bei den »alten Hatschis« in Berlin-Dahlem.
Karlo blieb bis zum letzten Augenblick in den Bergen. Am 24. September 1933 schrieb er seiner Mutter: »Die Tage in Vaduz verstrichen mit ununterbrochenen Sitzungen. Sie waren sehr interessant. Die Reichsdeutschen legten eine große Sachlichkeit und Selbstdisziplin an den Tag, während die Österreicher wie immer so dahergeredet haben. Nach der letzten Sitzung fuhren wir ab, über Davos, Flüelenpaß und Engadin ins Hotel ›Il Fuoru‹ am Ofenpaß. Morgen geht es über das Stilfserjoch weiter nach Italien.« Es war für Karlo herrlich, mit einem Personenkraftwagen die Alpen zu durchqueren. 24 Stunden später legte das Schiff mit Karl Troll und Karlo Wien an Bord in Genua ab. »Bald«, so berichtete Karlo, »fing das Bordleben mit seinen demoralisierenden Einflüssen an.« Die zweiköpfige Afrika-Expedition erwehrte sich ihrer, indem sie sich mit Arbeitsplänen befaßte. »Doch waren auch viele Leute an Bord, die in ganz Afrika verteilt leben und die wir im Laufe der kommenden Monate alle besuchen werden. Pflanzer aus allen Gegenden, viele Engländer. Im Mittelmeer war das Wetter blen-

dend, und auf wohlbekannten Routen näherten wir uns Port Said. Im Suez-Kanal war es Nacht, im Roten Meer ging ein Nordpassat, der etwas die Hitze zurückdämmte. Ich weiß nun nicht, wie wir von Port Sudan nach Massaua kommen werden. Es gibt wenig Schiffe. Im Notfall nehmen wir uns einen kleinen Segelkutter. Jedenfalls wollen wir so schnell wie möglich von Port Sudan, von diesem scheußlichen Platz, fort, um in Eritrea mit unseren Arbeiten beginnen zu können. Troll ist ein ganz großartiger Fellow.«

Im afrikanischen Tafelland gibt es keinen Kangchendzönga, aber es gibt einen Sechstausender, den Kilimandscharo, den 5200 Metern hohen Mount Kenia und den Ruwenzori mit einer Höhe von 5100 Metern. An der Westküste erhebt sich der Kamerunberg über 4000 Meter hinaus. »Das ostafrikanische Gebirgsland«, schrieb Karlo in einer Untersuchung, »setzt sich weiter nach Süden fort, drängt sich in den Drakensbergen zwischen Natal und der Kapkolonie nochmals zu einem steilen und wilden Felsgebirge zusammen, um dann allmählich in den Bergen des Kaplandes ein Ende zu finden.« Karlo befaßte sich mit der Erdgeschichte Afrikas, »das im Gegensatz zu Europa und mit Ausnahme des Atlas keine Faltung mehr erlebt hat«.

In der zweiten Adventswoche 1933 berichtete Karlo aus Asmara: »Wir leben hier seit fast zwei Monaten dauernd über 2000 Meter Höhe. Es ist eher kalt als warm, aber immer schönes Wetter.« Er kam an der Seite Trolls kaum zur Besinnung; ihr Zelt stand nie länger als zwei Tage auf derselben Stelle. Von Sonnenaufgang bis Sonnenuntergang: Klettern, Messungen, Beobachtungen, Photographieren und Protokollieren. Es gab bei Karlo immer etwas zu »wergeln«, wie er sagte. Einmal blieb ihr Wagen im Sand und dann wieder im Fluß stecken oder streikte, weil der Wüstenstaub Funktionen des Motors stillegte. Aber das gehörte zum Alltag.

An der Grenze zwischen Eritrea und Abessinien wurden sie von den bewaffneten Spannungen erfaßt, die zwischen Rom und Addis Abeba herrschten. Die Italiener hatten die Grenze mit Forts für Eingeborenen-Bataillone befestigt, niemand kam nach Abessinien hinein. »Das wäre ja eigentlich nicht schlimm«, meinte Karlo in seinem Brief an seine Schwester Waltraut, »aber bei den unkontrollierbaren Zuständen ist es nicht nur ein Problem hineinzukommen, sondern auch wieder herauszukommen. Das allein hängt von dem Tribut ab, den die kleinen

Lokal-Könige hier erheben.« So wich denn die deutsche Zwei-Mann-Expedition zum Jahresende 1933 in den nördlichen Sudan aus.
»Am Heiligen Abend waren wir in einem winzigen Dorf. Es lag in der Ebene zwischen Bergen und der Grenze. Es gibt dort einen pfundigen Berg, der noch nicht erstiegen ist; alles glatte Granitwände, 800 Meter über der Ebene mit ihren Baumwollfeldern. Bis Kassala begleitete uns ein junger Italiener, von Beruf Meteorologe. Er ist auch Alpinist, im übrigen aber ein ziemlicher Hirsch.«
Im Februar erreichte ihn die Nachricht, daß die Akademie für Karlos Forschungsarbeiten 1500,– Reichsmark bewilligt hatte. Er bedankte sich sogleich bei von Drygalski. Abends entwarf Karlo mit Troll Zukunftspläne. Dazu gehörten einige Semester bei Finsterwalder an der Technischen Hochschule Hannover. Die Bilder der Vergangenheit erhielten vor den leeren Horizonten Leben. Sie erinnerten ihn an den Kantsch, an den Siniolchu und neuerdings auch an den Nanga Parbat. Die alpine Zone in Eritrea ist weder europäisch noch asiatisch; sie ist afrikanisch, ihr fehlt Erhabenheit. Karlo hatte den 3100 Meter hohen Monte Soira erstiegen und im Süden, in Semien, den Winterschnee auf Viertausendern erblickt.
Eindrucksvoll waren für ihn koptische Klöster. In seinem Bericht schrieb Karlo: »Die einzelnen allseitig von steilen Wänden begrenzten Tafelberge bieten auf ihren flachen, weit ausgedehnten Gipfelflächen Dörfern mit ihren Häusern und Äckern hinreichend Raum. In den steilen Wänden finden sich auf schmalem Band, an den Felsen geklebt, Klöster der koptischen Mönche. Wir haben auf schmalem Kletterpfad den Gipfel der Amba Libanos erklommen und wurden unter einer großen Sykomore von dem Dorfältesten und der männlichen Bevölkerung mit großen Ehren empfangen und bewirtet. Eine steile Kletterei führte uns dann von oben her über den einzigen Zugang zu dem Kloster, in dem wir die alte Bibel mit ihrer wunderbaren Schrift und den eigenartigen Illustrationen bewunderten. Wir bekamen hier so recht einen Begriff davon, wie staunenswert es ist, daß die Bewohner dieses Berglandes sich durch all die Zeitläufte hindurch nicht nur ihre Freiheit und Selbständigkeit gegenüber europäischen Eroberungsansprüchen bewahren konnten, sondern auch ihren uralten christlichen Glauben gegen die Wellen des Islam zu verteidigen vermochten. Aber die gebirgige Natur des Landes, die Kirchen und Dörfer zu natürlichen Festungen

macht, verbunden mit dem kühnen Geist eins Bergvolkes, hat hierfür die nötigen Voraussetzungen geschaffen.«

Auch in Afrika beobachtete Karlo den Mentalitätsunterschied zwischen den Völkern der Ebene und den Stämmen der Berge. Er bekam eine eindrucksvolle Vorstellung von der Bergnatur eines Landes, in dem sich »die ersten Kämpfe an der abessinischen Nordfront gegen die italienischen Eindringlinge abgespielt haben. Jeder Schlupfwinkel war den Einwohnern wohlbekannt; Unwegsamkeit und Wildheit des Landes waren ihre Bundesgenossen, so daß sie bei Ungleichheit der Bewaffnung den italienischen Eroberern einen langen und heftigen Widerstand entgegensetzen konnten.«

Karlo besuchte unweit von Cheren den 2140 Meter hohen Berg Zadamba und fand auf seinem Gipfel ein nahezu unzugängliches koptisches Kloster, einen einsamen Vorposten des Christentums. Mitte Januar traf Karlo in Daressalam, in der Hauptstadt der früheren deutschen Kolonie Deutsch-Ostafrika ein. Nachdem seit 1925 Deutsche wieder die Einreiseerlaubnis erhielten, begegnete er hier zahlreichen Landsleuten, die als Siedler und Pflanzer ihre Pionierarbeit fortsetzten. Die Aufmerksamkeit der deutschen Zwei-Mann-Expedition galt zunächst dem im Norden liegenden 4600 Meter hohen Vulkan Meru, 60 Kilometer westlich des Kilimandscharo. Karlo erlebte den Vulkan auf seinem Kraterrand, während ihm heiße Dämpfe aus der dunklen Tiefe entgegenschlugen. Seit dem großen Ausbruch waren 32 Jahre vergangen. Der Abstieg gestaltete sich schwierig, es begann zu regnen, die Lava-Asche verwandelte sich in Schlick. Wenn es zwischendurch aufklarte, blickte Karlo in die weite Massai-Steppe hinab, aus der die Kegel zahlreicher Vulkane hervorragten; vom 4600 Meter hohen Gipfel führten die Kegel den Blick des Beobachters hinüber in das Riesenkraterhochland. Beim Abstieg begann in 3300 Metern Höhe der Kampf gegen die dichten Erikasträucher, der erst mühelos gewonnen wurde, als Karlo einen Nashornpfad erreichte. Am Kilimandscharo befaßt er sich mit dem Schwund des Kratereises und mit dem Rückgang der Vergletscherung.

Dann kam der Aufbruch zum Mount Kenia. »Er gehört«, schrieb Karlo, »wie der Kilimandscharo und Meru zu den ostafrikanischen Vulkanen.« Karlo folgte der Spur des englischen Bergsteigers und Forschers Eric Shipton, der sein höchstes Erlebnis in der Bergwelt des Karako-

rum und von Hunza fand. Karlo fand auf dem Weg zum Mount Kenia und dem Lewis-Gletscher Shiptons Pfad, des »ungemein fähigen englischen Bergsteigers«, der sich nur wenige Monate vor ihm mit dem äußerst schwierigen Gipfelaufbau befaßt hatte. Der deutsche Missionar Krapf hatte zum ersten Mal den Berg beschrieben. Karlo war nun der vierte Bergsteiger, der dem Gipfel des Mount Kenia zustrebte. Was er erlebte, beschrieb er in einem Brief vom 25. April 1934 an seine Mutter: »Wir kamen mit der einsetzenden Regenzeit in ein ganz schauerliches Wetter, mit sehr viel Neuschnee. In den Felsen herrschten strenge, winterliche Verhältnisse. Zunehmende Vereisung verhinderte in den folgenden Tagen die letzten Schritte zum Gipfel.« Karlo beschrieb den Sturm auf den Gipfel mit Worten, die an sich für eine Wand gelten, die die Natur im Zorn senkrecht gegen den Menschen gezogen hat.
»Wir nahmen unseren Weg von der Ostseite, von der schottischen Mission Chegoria. Dort nahmen wir 21 Träger und stiegen dann mit all unserem Geraffel durch den prächtigen Wald auf.« Am ersten Tag erreichte Karlo die Höhe von 2500 Metern. Am nächsten Tag überwand die Expedition weitere 500 Höhenmeter, aber nur deswegen, weil Elefanten den unüberwindlichen Urwald begehbar gemacht hatten. Ab 3000 Metern wurde das Wetter nun so schlecht, daß die Träger streikten; die gestaffelte Höhenzulage konnte ihre Leistungsfähigkeit nicht beeinflussen. Auf diese Kriterien hatte in der Missionsstation bereits Dr. Irvine aufmerksam gemacht; der Vetter des am Mount Everest umgekommenen Bergsteigers gleichen Namens war den zwei Deutschen eine wertvolle Hilfe gewesen.
»Am fünften Tag kamen wir nach einem herrlichen Aufstieg bis 4200 m; am letzten Tag dann zu einem winzigen Hüttchen; es stand in einer Höhe von 4800 m am Gletscher.« Karlo atmete auf: Die Elefanten, die im Bambusdickicht seinen Pfad gekreuzt hatten, lagen nun hinter ihm.
»Wir steigen auf undeutlichem Pfad weiter auf, entlang an den Moränen eiszeitlicher Gletscher, die etwa bei 3100 m beginnen. Bald sind wir so hoch, daß wir den Michaelson-See tief unter uns liegen sehen. Hier finden wir die ersten Lobelien und Senecionen, jene seltsamen Riesenpflanzen, die hinauf bis zur Schneegrenze das ganze Landschaftsbild beherrschen.
Am Rande des Gletschers bekommen wir diesmal Respekt vor unseren Trägern, die sich hier barfuß und mit den schweren Lasten in den tief-

verschneiten Blockfeldern bei dichtem Nebel und bei großer Kälte bewegen und sich schweigend und ohne Murren vorwärtsarbeiten. Kaum aber sind wir bei der Hütte, da werfen sie ihre Lasten weg und laufen davon. Nur drei Mann bleiben bei uns.«

Am Abend riß die Wolkendecke auf. Karlo genoß nun »einen phantastischen Blick« auf den Lewis-Gletscher und auf die Doppelgipfel des Mount Kenia dahinter. Nun begann die Arbeit des Geographen an einem »tropischen Hochgebirgsgletscher, der wenig südlich des Äquators liegt. Der Doppelgipfel des Mount Kenia, Point Nelion und Point Batian, entsendet gegen den Gletscher einen scharfen Gratrücken. Eric Shipton stieg weiter südlich in die Felsen ein, erreichte durch ein System von Rinnen und Rissen den steilen Grat oberhalb einer schier unüberwindlichen Scharte. Er konnte sich dann in schwerer, exponierter Kletterei emporarbeiten.«

Karlo wollte es Eric Shipton nachtun, aber am nächsten Morgen stürmte und schneite es. »Alle Felsen sind mit einer dicken, glasigen Eisschicht überzogen. An einen Angriff ist nicht zu denken.« Karlo hat das Pech, in den Ausbruch der Regenzeit hineingeraten zu sein. Die Regenzeit brachte ihm in der extremen Höhe Schnee und einen Temperatursturz, der den Grat zum Gipfel durch Eiswuchs unpassierbar machte. »Für uns ist weiteres Warten ausgeschlossen, denn am anderen Morgen erscheinen unsere Träger von unten, ergreifen wortlos die Lasten und stapfen durch Nebel und Schnee in ihrer Spur hinunter; uns bleibt nichts anderes übrig, als ihnen zu folgen.«

Karlo war froh, daß er bei dem »Sauwetter« wenigstens seine Gletschervermessungen unter Dach und Fach bringen konnte; während des Abstiegs waren Eiszeitmoränen Gegenstand seiner Forschungsarbeiten. Bis Chegoria brauchte Karlo nur zwei Tage. Auf der Straße nach Nairobi regnete es in Strömen. Karl Troll war in der Zwischenzeit mit dem deutschen Konsul nach Norden abgereist, in Dodona wollten sich beide treffen. Sein Tagebuch enthält die Eintragung: »Unterwegs will ich noch eine Karte vom Meru-Krater machen.« Aus Arusha schrieb er der Mutter in München: »Die Reise nach Süden war ungemein interessant und sehr schön. Unten entzückende Abenteuer mit Büffeln und Elefanten und oben schneidige Felswände und feine Grate.«

In Nairobi lernte Karlo eine junge Deutsche kennen: Erika Burghardt. Plötzlich bekamen seine Briefe einen anderen Glanz und einen neuen

Klang. Unter dem Einfluß der heimlichen Zuneigung schwingt eine verborgene Saite mit. Karlo öffnete sich und vertraute der jungen Frau Gedanken an, die er bislang tief in seinem Innern verschloß. Hatte diese Erika Burghardt in ihrem ganzen Wesen nicht Ähnlichkeit mit seiner Mutter oder seinen Schwestern, die er so sehr verehrte? Nach der ersten Begegnung wußte er, daß hier ein Mensch war, der zu ihm paßte und dem er vertrauen konnte. Vor seiner Rückkehr nach Deutschland schrieb Karlo am 3. Juni 1934 der Freundin: »Und daß ich Ihnen freimütig die Hand zu einem Freundschaftsbunde reiche, den wir hegen und pflegen sollten, beglückt mich. Vielleicht ist das Wort Freundschaftsbund noch viel zu schwach gewählt.«

Erika Burghardt verlieh Karlo neue Impulse. Ihr Herz hatte den Pulsschlag des weiten afrikanischen Landes. Sie war so wenig Kleinbürger wie auch der Forschungsreisende aus Deutschland. Beide zehrten bald von den feinen Flammen eines Feuers, das zwischen ihnen langsam Glut entfachte. Karlo spürte abends in seinem Zelt, wenn draußen knisternd das letzte Holz verglühte, daß sich das Klima verändert hatte, in dem er bisher atmete. Karlos Wesen schloß Leichtfertigkeit aus; als aus der Bekanntschaft allmählich Freundschaft wurde, nahm er den Wandel ernst, der ihn selbst so sehr verwandelte. Wenn er frühmorgens in der Steppe das Lagerfeuer entfachte, lächelte er in die Flammen hinein. Er lächelte, weil er entdeckt hatte, daß die Sprache der menschlichen Zuneigung eigentlich eine Feuersprache ist. Man »fängt Feuer«, man »entflammt«, der »Funke springt über«, und man »erglüht«. Heimlich spann er den Faden der Expressivität weiter, wenn er mit seinen Gedanken ganz allein war.

Im Gespräch mit Erika Burghardt entdeckte sich Karlo eigentlich selbst; er erlebte den Zauber der Spannung und die wunderbare Befangenheit vor den Geheimnissen des privaten Heiligtums. Karlo spürte die herrliche Ehrfurcht vor der Frau, die ihm ganz als Verkörperung der weiblichen Natur erschien. Sie leuchtete; wie leer und langweilig waren doch die Geschöpfe der sogenannten Gleichberechtigung. Sie haben das Anziehende und die Verführung zur Sittlichkeit verloren. Nach Karlos Meinung ließ sich Ethik nicht erlernen. Ethik wohnt wie ein Herz im Menschen und pocht unbeeinflußbar nach eigenen Gesetzen. Ethik wird gelebt, wie es sein Vater tat, wie es seine Freunde tun, die Männer, die vom Berge kommen. Frieden und Glück einer ganzen

Gesellschaft hängen davon ab, wie der Mann mit der Frau umgeht und wie Erwachsene mit ihren Kindern sprechen. Die Blüten an einem afrikanischen Baum erschienen Karlo als stumme, weiße Schreie einer von Liebe erfüllten Natur. Er brach einen Zweig und schenkte ihn der Freundin.

Mit ihrer Anmut, mit ihrer Herzensbildung und ihrer charakterlichen Beständigkeit gehörte die junge Frau aus Nairobi ganz einfach zu ihm. Karlo sah sie häufig; jede Begegnung schien sich in einem Garten abzuspielen. Die Welt hatte dort einen neuen Duft, der die Sinne umfing. Ihn überkam eine große Ruhe; seine Zukunft verlor im afrikanischen Garten ihr Dämmerlicht.

»Die Freude darüber«, schrieb ihr Karlo, »daß ich Sie auf dieser Safari durch Afrika kennengelernt habe, ist groß, größer als alles, was mir je widerfahren ist. Ich gehöre zu den fröhlichsten Menschen der Welt.«

Durch die afrikanischen Briefe Karlos zieht sich ein Faden, der feinen Sinnes die Gefühlswelt zweier junger Menschen verbindet. In der Sprache der Zuneigung wurden Worte zum Geschenk. Beide spürten, daß ihre Gedanken so stark und innig waren, daß sie alle Entfernungen überwanden. Beiden war von nun an die Einsamkeit genommen.

»Bisher«, so sagte Karlo, »kannte ich jene am besten, mit denen ich lange in den Bergen zusammen war. Um einen Mann charakterlich richtig beurteilen zu können, muß man ihn in einer außergewöhnlichen Lage beobachtet haben.«

Für Karlo wurde der Charakter eines Mannes erst im Feuer schwerer Zeiten geschmiedet. Willo Welzenbach, Peter Aufschnaiter, Dr. Allwein, Ernst von Siemens, Giovanni Kerschbaum, Georg von Kraus, Hans Hartmann, Hermann Schaller und die anderen vom Kantsch und aus dem Pamir – mit ihnen hatte er in den Flammen gestanden. Die Frau sah nicht nur den Mann, sie spürte auch den Kreis, dem der Mann angehörte. Bedrohte die Zuneigung nicht Karlos Liebe für den Berg? Sein Herz schlug nun anders. Jeder Schlag enthielt die Mahnung, von nun an sein Leben besser zu schützen.

In den Briefen, die nun hin und her gingen, philosophierten die beiden ein wenig; dabei zeigte sich, daß sie denselben »Violinschlüssel« hatten. »Man darf sich nicht vom Leben treiben lassen«, schrieb Karlo an Erika Burghardt und fügte hinzu: »Wie traurig ist doch ein Leben, wenn es in rein bürokratischen Bahnen abläuft und das einzige Problem darin besteht, ob man den Urlaub in Heringsdorf oder im Harz verbringen soll. Mag sein, daß es mir in den nächsten Jahren nicht immer gutgeht. Ich hoffe aber, daß das Interesse für die Wissenschaft in Deutschland immer so groß bleiben wird, daß man die Versprechungen, die man mir im letzten Sommer machte, auch einhält; auch wenn es in unserem armen Deutschland wahrscheinlich noch zu weit schlechteren Zeiten kommen kann.« Irgendwo zitierte Karlo einmal den Sinnspruch: »Nur wer gegen den Strom schwimmt, kommt zur Quelle. Tote Fische treiben ins Meer.«

Vom ersten Jahr des Dritten Reiches hatte Karlo in Ostafrika wenig bemerkt. Für ihn galt nur das kartographische Netz, das er über unbekannte Gebiete zog. Für ihn galt die Safari, die ihren ganzen Zauber entfaltete, wenn man die reiche Natur in der Stille in sich aufnehmen konnte, wie er es jetzt am Mount Kenia und zuvor in Sikkim und am Zemu, am Kangchendzönga, im Pamir und in den West- und Ostalpen getan hatte. Gefährten waren immer diejenigen gewesen, die dieselbe Stille brauchten, um die leisen Laute der köstlichen Natur erhorchen zu können.

Karlo bekannte: »Ohne Zweifel sind diese Reisezeiten das eigentliche Leben. Jeder Tag wiegt mehr als ein Jahr im geregelten Haushalt einer Stadt.« War man in der Stadt unter Millionen nicht einsamer als in der Einsamkeit der unbevölkerten Natur?

Erika Burghardt hatte das mit Karlo gemeinsam. Aber sie heirateten nicht, wie auch Willo Welzenbach die Freundin aus dem Wilden Kaiser nicht geheiratet hatte. Erst wollte man fertig sein mit der Universität und vor allem mit dem Berg.

Karlo schrieb zum Abschied Worte des Trostes und Worte der Hoffnung: »Ich bin nicht ganz und gar fort, Erika, und werde das niemals sein; zuweilen aber kann es sein, daß mich die Arbeit mit ihren Problemen ganz gefangennimmt. Und je mehr ich hinter all die schönen Seiten meines Berufes komme, desto öfter wird das wohl der Fall sein. Laß es Dir recht gut gehen im Sommer, und schau', daß Du möglichst viel herumkommen kannst. Je öfter man reist und je länger man wandert, desto größer wird die Sehnsucht, immer neue Länder, immer neue Berge, Wüsten und Meere kennenzulernen.«

Karlo traf in München zu einer Zeit ein, in der seine Freunde mit ihren Darjeeling-Trägern am Nanga Parbat, unterhalb des Silbersattels, um ihr Leben kämpften. In bitterkalten Nächten, in einem Sturm, der alle Lebenskerzen ausblies, starben nacheinander Alfred Drexel, Uli Wieland, Willo Welzenbach, Willy Merkl sowie ihre Träger, die Scherpa Gay Lay, Daksch, Nima Dorje, Nima Tashi, Nima Norbu sowie Pintso Norbu.

Karakorum-Highway
Porzellan- und Seidenstraße

Wo der Reisende seinen Esel tragen muß. Marco-Polo-Route: Schamanen- und Pilgerpfad. Asiatische Begegnung an der Brücke Alexanders. Chinas Rollbahn von Kaschgar (Sinkiang) ins Indus- und Kabultal.

»Das Wegenetz ist der Blutkreislauf der Nation, der sie zusammenhält und den Strom eines Geistes in ihrem ganzen Körper zirkulieren läßt. Das rauhe Antlitz der kahlen Felsen erscheint so unvermittelt und plötzlich, daß sein Gegensatz zu dem üppigen Gold des Korns die Seele verstimmt. Man weiß nicht, sind diese Felsbrocken von der Erde ausgespien oder vom Himmel herabgefallen wie steinerne Flüche.«

José Ortega y Gasset

Bis zum Zweiten Weltkrieg gab es keine Passagiermaschine, die eine Nanga-Parbat-Expedition in wenigen Stunden von Europa nach Rawalpindi am Fuße Kaschmirs befördern konnte. Die Reise begann einst zu Schiff. Die Expeditionsteilnehmer hatten Zeit, sich vorzubereiten und sich den neuen Verhältnissen anzupassen. In Bombay bestiegen sie die indische Eisenbahn. Von Srinagar aus ging es über den Tragbal-Paß (3640 Meter) und den Burzil-Paß (4200 Meter) weiter nach Astor. Es gab noch eine andere traditionsreiche Route: durchs Kagantal. Die Strecke führte von Rawalpindi über Murree, Abottabad und Balakot über den 4170 Meter hohen Babusar-Paß ins Industal östlich von Chilas.

Wenn die Expedition die Märchenwiese am Nanga Parbat glücklich erreicht hatte, so konnte sie auf ein Marschtraining zurückblicken, das den Anpassungsprozeß des europäischen Bergsteigers gefördert hatte. Der alte, konventionelle Weg per Schiff, per Bahn und am Ende im Sattel und zu Fuß schenkte Vorteile, die das moderne Flugzeug kaum gewähren kann. Heute genügen wenige Wochen, eine solche Expedition auszustatten und vorzubereiten, einst benötigte man viele Monate, wenn nicht Jahre. So groß der Unterschied zwischen dem Verkehrsmittel von einst und jetzt ist, so groß erscheint auch der Unterschied zwischen den Bergsteigerpersönlichkeiten von damals und heute. In der Pionierzeit ging es in erster Linie um wissenschaftliche Forschungsarbeiten in der bisher unbetretenen Grenzzone unseres Planeten. Rekordsucht und krankhafte Selbstbestätigung hatten auf der Expeditionsliste keinen Platz.

Nach der Teilung Indiens im Jahre 1946 verlor der Nanga Parbat seine »indische Nationalität«. Er wurde »pakistanisch«. Von nun an versperrte eine Demarkationslinie in Kaschmir den Weg von Srinagar nach Astor. Es blieb das Kagantal oder jener Pfad durchs Industal, ein schwindelerregender Balkonpfad, oft nur so breit wie eine Leiste, für

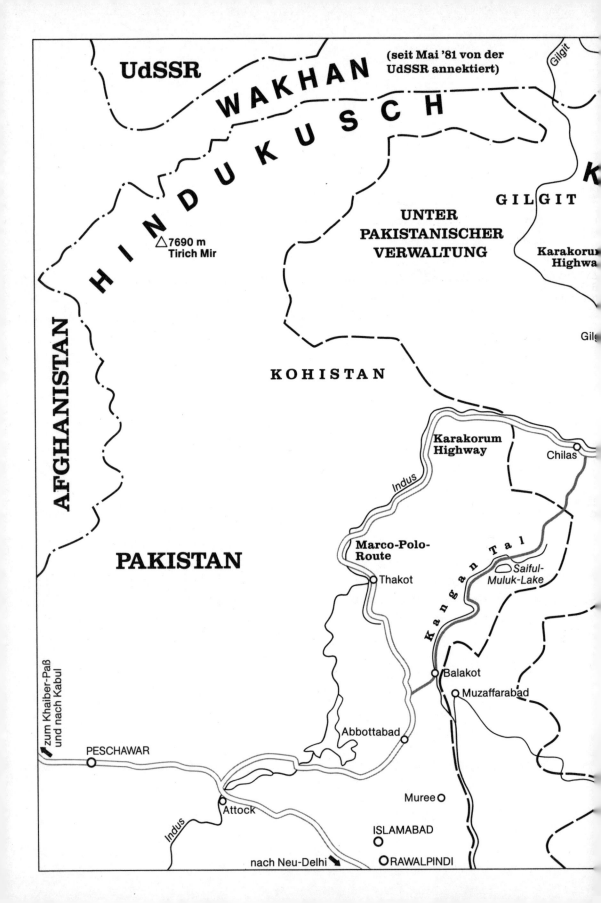

den Huf des Pferdes und den Fuß eines Reisenden gemacht, den schaurige Abgründe nicht schreckten.

Aber die Lage änderte sich bald. Zwei Kriege mit Indien zwangen die junge islamische Republik Pakistan plötzlich, den Pfad durchs Industal für Motorfahrzeuge zu erweitern. »Wenn der Mensch will«, hatte einst der Vater Pakistans, Mohammad Eqbal aus Lahore, gesagt, »so kann er Berge versetzen.« Pioniere der pakistanischen Armee, Gilgit- und Hunza-Scouts, machten sich daran, das Wunder zu vollbringen. Geld und Maschinen waren Mangelware. Dennoch baute in den fünfziger Jahren Feldmarschall Ayub Khan den uralten Karawanenweg durch das untere Swattal über den Schangla-Paß, am Indus entlang nach Gilgit. Bis hierher waren auch die Griechen Alexanders gekommen. Die transasiatische Straße nach China und in den Pamir wurde vor 35 Jahren in Angriff genommen und im Hindukusch und im Karakorum für Motorfahrzeuge leidlich ausgebaut.

Zum ersten Mal erhielt ein Weg, der vor Jahrtausenden für Ideenträger von Hochkulturen, für Pilger, Missionare, Priester und Händler aus dem Fels geschlagen worden war, eine militärische Bedeutung. Zur Verwirrung von Geographen und Historikern trug der Karawanenweg, der Mittelasien mit dem Indus- und Kabultal verband, viele Namen. Sein Dreh- und Angelpunkt lag in der Indus-Schlinge, am Nanga Parbat; nicht weit vom »König der Berge« waren die indischen Truppen auf ihrem Vormarsch nach Gilgit von den Söhnen der Bergstämme geschlagen worden. Nur wenige Kilometer südöstlich des Nanga Parbat liegt die Demarkationslinie zwischen Indien und Pakistan, zwischen Hindus und Moslems; sie stehen sich mit derselben Unerbittlichkeit gegenüber, die auch den persisch-arabischen Konflikt und den Haß zwischen Sunniten und Schiiten auszeichnet. Unweit des Nanga Parbat vereinigen sich die Paßstraßen aus dem Süden und der abenteuerliche Weg von Chitral und Punyal entlang des Gilgit mit der Karakorum-Hochstraße. Knotenpunkt ist die alte Karawanserei Gilgit.

Auch der Karakorum-Highway ist nur eine von mehreren Bezeichnungen für ein und denselben Völkerpfad. Der östliche Abschnitt der transasiatischen Route heißt Mao-Tse-tung-Pfad. Er ist teilweise mit »Eis gepflastert.« Die Hunza-Leute nennen die Strecke von Gilgit bis zur Grenze nach Sinkiang Marco-Polo-Route. Sie führt durch das Revier des Marco-Polo-Schafes, eines riesigen Argali mit einer Schulterhöhe von fast zwei Metern. Der Venezianer hat den Argali von Karakorum und Pamir zum ersten Mal beschrieben, auch das Gebirge, das nach seiner Meinung Kranke gesund mache und den Bewohnern ein langes Leben beschere.

Im Altertum lag hier die kleine Seiden- und Porzellanstraße, während die große weiter im Norden über Samarkand und Baktra führte. Beide waren Schlagadern des Ost-West-Handels zwischen China und den östlichen Mittelmeerkulturen. Der Höhepunkt fiel in die Gandharazeit, als die Beziehung zu Rom das kulturelle Leben zwischen Indus, Kabul und Oxus prägte. Die Bezeichnung Seidenstraße, die heute die Chinesen in englischer Sprache – »Silk Road« – benutzen, ist nicht alt. Der deutsche Geograph von Richthofen nannte Ende des vorigen Jahrhunderts den eurasischen Handelsweg nach dem wahrscheinlich wichtigsten Transportgut »Seidenstraße«. Die »Kleine Seidenstraße« durch Hunza war sicherer als die große im Norden, die den Zufällen der Steppe ausgesetzt war. Die Gebirgszüge im Karakorum vereinigten sich entlang der Marco-Polo-Route zu einem uneinnehmbaren Werk von Gletschern und Weltenbergen. Das hohe Alter bezeugen die Steinritzzeichnungen von Altit, Passu, Sost, Misgar und aus dem Schimschal-Tal. Die Sprache der Jäger- und Priesterkulturen und die Zeichen für neolithische Wirtschaftsformen zeigen nach West- und Ost-Turkestan. Es gibt Kultnischen mit Strahlengewölbe, die zum Pantheon der ersten Feuertempel gehörten, und sogdische Magier, die den Geist des Markhors, des Totemtieres, beschwören.

In dieser Gebirgskammer fand der reisende Händler Schutz; gegen Überfälle hatte die Natur alle Flanken geschlossen. In tibetischen Chroniken ist von einem »Schamanenpfad« die Rede. Buddhisten, Zarathustrier und Manichäer sprachen von einer »Straße des Glaubens«. Nestorianische Missionare waren der Überzeugung, daß der von Berggottheiten behütete Pfad ins Reich des Priesterkönigs Johannes führe. Alle Reisenden, die zwischen Gandhara und Sogdien, zwischen Taxila, Peschawar und Samarkand unterwegs waren, genossen einen Schutz, den die Steppe nördlich von Oxus und am Yaxartes kaum gewähren konnte.

In den sechziger und siebziger Jahren nun schloß Pakistan alle Wege, die zum Nanga Parbat führen. Der Korridor erhielt unter dem Einfluß politischer Ereignisse wie des indischen Drucks auf Kaschmir und der russischen Unterwanderung Afghanistans nun für ganz Asien eine strategische Bedeutung. Zulfikar Ali Bhutto, 1963 noch pakistanischer Außenminister, sah Rußlands Weg nach Kabul, zum Khaiber-Paß und nach Wakhan voraus. Der gewandte Krisenmanager Pakistans beschloß 1963 mit Peking in geheime Verhandlungen einzutreten. Konnte die »Kleine Seidenstraße« nicht Achse und Verkehrsader eines Bündnisses werden, das Pakistan und China zu einer Interessengemeinschaft verband? Rußlands Anwesenheit im Pamir und in Wakhan, am »östlichen Zeigefinger« Afghanistans, war für China eine ständige Bedrohung, die seiner Westprovinz Sinkiang galt. In Rawalpindi wie auch in Peking wußte man, daß die UdSSR gerade dabei war, quer durch Afghanistan eine Rollbahn zu bauen, die dem Verkehrssystem von Taschkent angeschlossen werden und in Höhe von Quetta bis an die pakistanische Grenze reichen sollte. Und man wußte auch, daß die Brücken der Rollbahn schwere Fahrzeuge und Panzer tragen konnten und demzufolge nicht für den afghanischen Zivilverkehr bestimmt waren.

In Peking und Rawalpindi-Islamabad ahnte man bereits 1963, daß sich die UdSSR auf ihren Marsch an den Indischen Ozean vorbereitete und daß die Besetzung von Kabul eines Tages der erste Schritt sein würde, wie 1873 die Eroberung von Khiwa unweit des Aral-Sees Auftakt zur operativen »Warm-Water-Strategy« des Zarenreiches gewesen war. Eine Karakorumstraße für das Motorfahrzeug von Kaschgar in Sinkiang, die sich bei Attock am Indus mit der breiten Hochstraße von New Delhi bis Kabul vereinigte, mußte in ganz Asien unweigerlich die Gewichte verändern. Aber auf chinesische Weise, leise und insgeheim, nicht aber auf russische Art durch Gewaltanwendung und Okkupation. Nach wenigen Wochen konnten in Peking die Voraussetzungen für ein Projekt von kontinentaler Größe geschaffen werden, nämlich für den Bau einer Straße, die aus dem Karakorum- und Pamir-Fels gemeißelt werden mußte und die in etwa 15 Jahren Peking mit dem Industal und mit Rawalpindi verbinden sollte.

Nach zweijährigen Verhandlungen unterzeichneten 1965 der chinesische Feldmarschall Chen-Yi und Zulfikar Ali Bhutto den Karakorumvertrag mit seinen territorialen Veränderungen. Der Vertrag unterlag einer strengen Geheimhaltung. Der Reiseverkehr nach dem Norden wurde auf allen Paß-Straßen unterbunden. Nanga-Parbat-Expeditio-

28 Schwertertanz im Karakorum (vorhergehende Farbseite)

29 Schamane beim Tanz kurz vor der ekstatischen Ohnmacht

30 Polo

31 Brücke am Karakorum Highway (rechts)

32 Straßenbau am Karakorum Highway

33 Terrassenkultur im Hunzatal

34 Goldwäscher im Karakorum

nen wurden so geführt, daß niemand mit dem Projekt in Berührung kommen konnte. Chinesische Baubrigaden erreichten im Hunza- und Industal teilweise eine Stärke von 40000 Mann. Die blau gekleideten Roboter lebten in isolierten Camps. Sie übernahmen den Streckenabschnitt zwischen der Nanga-Parbat-Höhe und der Grenze von Sinkiang, insgesamt über 90 Meilen. Am Khundjerab-Paß lag ihr Arbeitsplatz knapp unter der Gipfelhöhe des Montblanc.

Pakistanische Pioniere bauten mit privaten Unternehmungen die Straße durch das Industal aus. Brückenbau jedoch war Sache der Chinesen. Die Ingenieure beider Völker machten sich mit großer Ahnungslosigkeit ans Werk. Bei Thakot führte die Trasse am Westufer entlang nach Gilgit. Niemand war mit der Natur eines extremen Hochgebirges vertraut. Beide Seiten arbeiteten sich langsam mit Dynamit und Meißel entgegen. Überall war die Landkarte voll »weißer Flecken«; unentdeckte Gebiete, die nun mit Schaufel und Meißel erschlossen werden sollten. Die Ingenieure wußten von Kohistan, von der Bergwelt, nur das, was sie gelegentlich aus einem Flugzeug zu sehen bekamen. Und das war nicht sonderlich viel.

Der Berg hielt nicht still; er schlug zurück. Die Steilwand von Torkamar erschlug 13 Pioniere. In Yaghestan, im Lande der Freien und Gesetzlosen, lebten Ureinwohner, die noch nie ein Motorfahrzeug gesehen hatten. Sie waren im Grunde ihres Herzens Plünderer; aber sie plünderten nur Güter, die für sie rätselhaft waren.

Die Kohistani fürchteten weder Polizei noch Armee. Sie waren so selbstbewußt, daß eine Reiterhorde gar ein größeres chinesisches Baulager überfiel. Sie zogen erst ab, als sie kleine schwarze Kästchen mitnehmen durften, in denen unsichtbare Menschen lebten, die singen und sprechen konnten – Kofferradios. Dazu runde Büchsen, die die Götter verzaubert haben mußten; wenn man sie mit dem Messer aufstach, kamen Milch oder Fleisch heraus. Der Zauber regte die Kohistanis an, in ihrer wilden Fellbekleidung nachts die Lager der Pioniere zu beschleichen und Waffen zu stehlen, mit denen man ununterbrochen schießen konnte. Nachdem sie das erste Auto erblickt hatten, wollten sie unbedingt wissen, wann der Fahrer eigentlich sein Pferd unter dem Blechdach füttere.

Die Chinesen konnten bereits Ende der sechziger Jahre den Streckenabschnitt zwischen Sinkiang und Hunza übergeben. Das Industal erwies sich als besonders schwierig, so daß Rawalpindi 1973 Peking um Unterstützung bitten mußte. Tausende von Chinesen strömten ins Industal und machten sich mit beispiellosem Fleiß ans Werk. Als Transportmittel dienten in den Steilwänden handgezogene Wägelchen von der Größe eines Kinderwagens. Straßenbau war hier gleichzeitig auch Bergsteigerei. Die Camps hatten Ähnlichkeit mit den Lagern von Expeditionen, die lawinensicher angelegt wurden. Was aber war hier schon »lawinensicher«? Im Sommer stiegen die Temperaturen auf 50 Grad Celsius, im Winter fiel das Thermometer oft auf minus 25 Grad. Es gab Augenblicke, in denen sich Ingenieure und Arbeiter festseilen mußten, um den Tornados zu widerstehen, die mit hoher Geschwindigkeit alles in die Tiefe rissen, was nicht mit dem Fels fest verbunden war. Es gab Erdstöße und Orkane, die bisweilen das Werk vieler Jahre in wenigen Stunden zerstörten. Und es gab Sprengungen, die die Oberflächenstruktur des Berges zerstörten. Bei der geringsten Erschütterung brach der Fels aus und stürzte zu Tal, wobei oft kilometerlange Steinschlagfronten ausgelöst wurden, die alles Leben in den Siedlungen oder Camps erschlugen.

Bis 1977 kursierten in Indien und Pakistan lediglich Gerüchte, daß eine chinesische Armee im Norden, im Karakorum, militärische Anlagen errichte. Daher erhalte auch kein Ausländer die Erlaubnis, das Indus- und das Hunzatal aufzusuchen und zum Nanga Parbat zu reisen. Nun ist zwar der ganze Karakorum für die südlich gelegenen Länder eine einzige »militärische Anlage«, da der Hochgebirgswall für fremde Heere unübersteigbar ist; wäre da eben nicht die transasiatische Straße, die die weißen und die roten Zaren seit 100 Jahren in einen »Kosakenweg« verwandeln wollten.

Das Geheimnis lüftete sich noch im Frühjahr desselben Jahres. Premierminister Zulfikar Ali Bhutto sprach der Regierung in Peking sein Beileid aus, nachdem ein größeres chinesisches Baukommando von einer Lawine erschlagen worden war. Jeder konnte die Nachricht in der Zeitung lesen. Wie viele Chinesen im Laufe der 15jährigen Bauzeit den Karakorumtod gefunden hatten, konnte niemand sagen. Auch zahlreiche Pakistani hatten für die transasiatische Straße ihr Leben lassen müssen. Gemessen an der chinesischen Totengedenkstätte bei Gilgit geht die Zahl wohl hoch in die Tausende. Pakistan ehrte seine Opfer mit einem drei Meter hohen Gesteinsbohrer und wählte als Inschrift das

Wort Mohammad Eqbals aus Lahore: »Wenn der Mensch nur will, so kann er Berge in Staub verwandeln.«

Kann er das wirklich? Im Karakorum und im Pamir ist wie auch südlich des Indus, im Himalaya, die Natur des Berges immer noch stärker als die Macht des Menschen. An vielen Stellen zerbrach die wilde Kraft Werke aus Menschenhand, zerbrach den Stolz Chinas, die »Freundschaftsbrücke« Maos nördlich von Passu, und staute Flüsse mit Felsmassen, die der Berg abgeschüttelt hatte. Es entstanden künstliche Seen, die eines Tages, als der Strom seine Freiheit zurückgewonnen hatte, die Uferkulturen heimsuchten. Dramatischer war es im Winter. Mit zunehmender Vereisung bauten die Flüsse am Oberlauf des Gilgit, des Astor und des Hunza in Höhe der Schimschal-Wand Barrieren auf, die nicht selten von den Luftwaffen Chinas und Pakistans bombardiert werden mußten, um eine Katastrophe im Industal zu vermeiden.

Auf einem Boden, der ständig in Bewegung und verkehrsfeindlich bleibt, bauten die Brigaden Pekings 70 Brücken über den Indus und über den Hunza-Fluß. Sie bewältigten dabei 30 Millionen Kubik-Yards Felsgestein. Dabei zündeten sie über 8000 Tonnen Dynamit und verbauten 85000 Tonnen Zement; 80000 Tonnen Brennstoff und 35000 Tonnen Kohle setzten die Brigaden auf einer Strecke von 782 Kilometern ein. Die Höhe der Karakorumstraße über dem Meeresspiegel schwankt zwischen 766 Meter in Kaschmir und der Gipfelhöhe des Matterhorns auf dem Khundjerab-Plateau an der Grenze Sinkiangs. Hier, am Solarplexus Mittelasiens, fällt der Blick des Reisenden auf drei souveräne Staaten, auf China, auf die Sowjetunion und Hunza-Pakistan. Bis Mai 1981 waren es mit Afghanistan noch vier Länder gewesen. Seitdem die UdSSR jedoch Wakhan annektierte, verloren China und Afghanistan ihre gemeinsame Grenze.

Im Jahre 1978 wurde in Thakot, am Fuß des Aornos, die letzte chinesische Brücke über den Indus eingeweiht. Zugleich wurde der Karakorum-Highway, den Peking noch immer »Silk Road«, Seidenstraße, nennt, in kontrollierter Form der Öffentlichkeit übergeben. In kontrollierter Form, weil bis auf den heutigen Tag der Militärtransport aus China Vorrang besitzt und Lawinenschläge den Zivilverkehr periodisch unterbinden. Für China jedoch war es ein großer Augenblick. Peking erhielt in dieser Stunde auf dem Landweg Anschluß an das Verkehrssystem Westasiens bis hinunter nach Karatschi an die Küste des

Indischen Ozeans. Den 5600 Kilometer langen Seeweg von Schanghai nach Karatschi konnte die Karakorum-Hochstraße um gut 2000 Kilometer verkürzen.

China und Pakistan hätten den Ort der Einweihung nicht besser wählen können: Thakot, im Schatten des Felsens, des Aornos, auf dem Boden des antiken Ecbolima, der Stadt der Goten am Indus, heute überbaut von der Ortschaft Amb. Nur ein paar Quader erinnern den Besucher daran, daß hier einst das »Ravenna des Ostens« lag. Wo chinesische Baubrigaden die letzte Brücke über den Indus schlugen, baute einst Alexander der Große einen Übergang für sein Heer. Heute wie vor 2200 Jahren vereinigt ein Brückenwerk über dem »Strom des Ostens« zwei Nationen zu einem Bund.

Hier in Thakot trete ich meinen langen Weg zum Nanga Parbat an. Aber General Schahi Hamid und Oberst Batt, Chef des neuen chinesisch-pakistanischen »Grenzbefestigungsdienstes«, belehren mich, daß Pioniere gerade dabei sind, die Hochstraße vom Lawinenschutt zu räumen und zahlreiche Abbrüche auszubessern.

»Wenn die Berge tief durchatmen, sprengen sie ihr Felsenkleid«, meint Batt und fügt hinzu, »dann zeigt uns das breite Straßenband die Nachteile. Den alten, schmalen Karawanenweg konnte keine Lawine nachhaltig beschädigen.«

Bei Havelian rissen Flutwellen eine Brücke fort. Ein paar Reisende, die vorgestern Thakot auf dem Weg nach Gilgit verließen, kamen nicht an. Die Pioniere kennen ihr Schicksal, und dieses Schicksal wird sich auf der Karakorumstraße immer wiederholen. Niemand kann die Verschollenen in den Abgründen suchen. Über Abbottabad und Murree kehre ich nach Rawalpindi zurück. Da der Landweg ausgefallen ist, bleibt nur noch die Luftstraße.

Frühmorgens besuche ich den Minister. In seinem Ministerium geht es menschlich und unkompliziert zu. Menschlich, weil nichts klappt und versöhnlich, weil sich niemand etwas daraus macht. Auf den Korridoren haben die Beamten ihre Fahrräder geparkt. Ununterbrochen summen Ventilatoren, um die heiße Luft zu vertreiben, die die Sonne bereits frühmorgens in die Häuser schickt. Beim Minister gibt es zunächst einmal Tee. In Pakistan gibt es immer Tee, wenn etwas klappt; es gibt die doppelte Portion, wenn etwas nicht klappt.

Nach zwei Tagen übernimmt ein Staatssekretär die Abwicklung meines Falles. Es geht um ein »Special Permit«. Die Ausnahmegenehmigung müssen einige Minister und Generäle unterschreiben, damit ich den Nanga Parbat und die verbotenen Bezirke an der Grenze Sinkiangs besuchen kann. Der Staatssekretär raucht K-2. Auf der blauen Schachtel das Bild des Gipfels, Symbol auch für das Höchste, das die Tabakindustrie Pakistans hervorgebracht hat. Seine Aufgabe besteht nun darin, alle Unterschriften für das »Special Permit« zu sammeln; aber alle, die unterschreiben müssen, befinden sich zur Zeit in Karatschi, Lahore und Peschawar. Kein Problem, denn alle kommen morgen wieder zurück, sagt der Staatssekretär. In der Zwischenzeit besorge ich mir einen Zivilflugschein für den Flug über Kaschmir nach Gilgit.
Aber auch das Fliegen geht hier nicht so schnell. »Wissen Sie«, meint der Staatssekretär, »der Tornado«. Am nächsten und am übernächsten Tag sind es neue Tornados. »Der Pilot startet nicht, wenn am Nanga Parbat auch nur ein Wölkchen am Himmel ist.« Ich weiß, ich weiß, es ist nicht mein erster Flug.
Dann belehrt mich der Staatssekretär, daß niemand in Europa wisse, daß Pakistan oben im Norden zwei Karakorumstraßen habe. Die eine befinde sich auf der Erde und die andere am Himmel. Eine Woche lang gehe ich nun jeden Tag zum Flugplatz von Schaklala und lasse mich täglich nach Gilgit abfertigen; zusammen mit Offizieren, darunter auch jeden Morgen derselbe General, um in letzter Minute vom Piloten zu erfahren: »Sorry, clouds« – Tut mir leid, Wolken. Niemand zeigt Ungeduld. Man trinkt Tee und sagt: »Auf Wiedersehen, bis morgen.«
Am achten Tag lacht der Pilot: »No clouds«, keine Wolken. Hätten doch ehedem die Nanga-Parbat-Expeditionen einen solchen Wetterdienst gehabt. Kein Wölkchen scheint den Gipfel zu trüben. Über Kaschmir, am Nanga Parbat und im Karakorum ist das Fliegen Bergsteigerei im Cockpit. Nach dem Start fällt das Gebäude des Flughafens schnell zurück; daneben das Gefängnis, in dem der heutige Staatschef seinen begabten Vorgänger, Zulfikar Ali Bhutto, in den Tod schickte. Wenige Minuten später jagen wir über die Schakaparianhügel den Kreuzkämmen Kaschmirs entgegen. Unter der rechten Tragfläche der Rawalsee, das Minarett der großen Moschee, die noch Faisal von Saudi-Arabien stiftete, und, in die grüne Dschungellandschaft eingestreut, Regierungsgebäude, die wie kleine Betonspiegel das Licht abstrahlen.

Ganz anders die »Königin Kaschmirs«, Murree. Sie empfing ihre leuchtende Krone in britischer Zeit, als Murree mit seinen Berghotels, mit seinen Colleges und anglikanischen Kirchen noch das »St. Moritz« Indiens war. Murree weckt Erinnerungen an die Abende mit Zulfikar Ali Bhutto. Er war die Hoffnung Asiens, ideenreich und mit einem Blick für Dinge, die heraufzogen. Im Spiel um Kabul, Wakhan und den Khaiber-Paß setzte er die chinesischen Türme in Bewegung. Muzaffarabad, wo Alexander seine letzte Schlacht gegen Porus schlug, ist heute das »Helmstedt« Pakistano-Indiens. Der Ort am Jhelum erinnert an zwei blutige Kriege, in denen sich der Haß zweier feindlicher Religionen entlud. Unvergessen die Rede Bhuttos vor der UNO, als er die Heuchelei und Gleichgültigkeit der zwei Großmächte anklagte und nach seinem »J'accuse« die Tür ins Schloß schlug, ins Schloß einer Welt, mit der er fortan nichts mehr zu tun haben wollte.

Ich habe neben Hossein im Cockpit Platz genommen. Um nicht mit der Demarkationslinie in Konflikt zu geraten, wendet er sich dem Kagantal zu. An den Berghängen Deodars königliche Himalayazedern. Aus den Steinhäusern, die einer kleinen Festung gleichen, steigen feine, blaue Rauchsäulen senkrecht in den Himmel; sie sagen das Leben des Tages an. Das Tal liegt in der Höhe alpiner Gipfel. Der Saiful-Muluk-See leuchtet wie ein blauer Saphir herauf. Beim Anblick der Pässe wird mir klar, daß wir uns hier oben am Himmel im Grunde genommen auch auf einem »Karawanenpfad« bewegen. Wir können mit der kleinen Maschine nicht viel höher hinauf als jene, die unter uns im Sattel sitzen und den gleichen Weg nehmen.

Der mörderische Wettlauf beginnt auf der Naht zwischen Grün und Weiß, zwischen Kaschmir und der Hochwelt, die der Indus in Himalaya und Karakorum teilt. Die Fokker steigt, aber die Erde steigt mit. Wir sind fast 5000 Meter hoch, aber so hoch ist mit seinen Felstürmen und Eisfeldern auch das Gebirge. Die Situation ist absurd: Je höher es geht, um so näher kommen wir der Erde. Bald huschen wir knapp über Sättel und Kämme hinweg. Vor uns, rechts und links, wachsen plötzlich Giganten ins Bild. Sie kommen immer näher auf uns zu und sind höher, als die Propellermaschine steigen kann. Um dem Giganten zu entkommen, sucht der Pilot sein Heil im Flug durch Gebirgskammern. Zu einer Umkehr hat der Himmel nun keinen Platz mehr. Wir sind am Himmel Gefangene der Berge. Der Pilot kann weder Wetter noch Gip-

fel bezwingen. Ein Jet könnte es tun. Aber der einzige Landeplatz am »Pamir-Knoten«, in Gilgit, liegt in einem Obstgarten und ist nicht viel größer als ein Fußballplatz; kein Ort für Jets.
Der Horizont erstreckt sich bald von Sinkiang und Tibet im Osten bis zum Tirisch Mir im Nordwesten. Das weiße Haupt des Tirisch Mir hat Ähnlichkeit mit der Mütze des Skythen. Das Massiv beherrscht Kafiristan, Chitral und Russisch-Turkestan. Im Osten, im Kranz von mehreren Achttausendern, der K-2. Er reicht mit einer Höhe von 8611 Metern dem Mount Everest bis zur Stirn. »Die Einheimischen«, sagt Hossein, »nennen den K-2 Schahgori, König der Berge.« Nicht weit davon entfernt Gascherbrum I und II, der majestätische Rakaposchi, der mythische Berg Hunzas, und der Haramosch. Hunderte von Gipfeln, die keinen Namen tragen, weil nur die Großen zählen. Dazwischen die größten Gletscher, die es außerhalb der Arktis gibt.
Tragen einige Berge nicht weiße Priestergewänder mit eisgrünen Bordüren? Sie stehen unbeweglich in den Eiskörpern der Gletscher, alle über 8000, 7000 oder 6000 Meter hoch. Gemeinsam bilden sie die Landschaft von einer unbekannten Erde. Alles ist unendlich, drohend und unwirklich wie ein Alptraum, der von Pulsschlag zu Pulsschlag schwerer wird. Was der Schöpfungsorkan einst an den Himmel schleuderte, erstarrte zu Stein, zu Eis; sie bewahrten die Energie- und Lebenskeime, die der Himmel aus unerreichbarer Tiefe schickte und zum Schutze gegen den Zugriff menschlicher Wesen mit tödlichen Stürmen und verführerischer Schönheit umgab. Alle Kegel und Nadeln, alle Grate, Sättel und Brücken gleichen in ihrer Unberührtheit Geisterburgen auf einem anderen Stern. Nichts hat mehr Ähnlichkeit mit der von uns bewohnten Erde.
»Ich zeige Ihnen jetzt den Nanga Parbat«, sagt Hossein, der hier zwischen den Gipfeln zu Hause ist. Hossein deutet nach rechts. Dort erscheint der Rücken eines Riesendrachens: der Diamir oder Nanga Parbat. Bald befinden wir uns auf der halben Höhe des Massivs. Wenn Hossein eine Schleife zieht, so scheint der dämonische Berg höher in den Himmel hineinzuwachsen. Die Beschreibung aus dem Cockpit fällt schwer. Mit 4500 Metern besitzt der nackte Berg die höchste Steilwand, die es auf Erden gibt, die Rupalflanke, Traum und Grab vieler Bergsteiger; ein steiler Fels, ein Aornos von kosmischem Ausmaß, vom Schöpfer selbst wie ein breites Kleinod geglättet, als er den Zau-

berberg schuf. Hossein fliegt näher heran, bis uns die Stellen aus dem Gesamtbild entgegenkommen, die die Namen bekannter Bergsteiger tragen.

Wo aber ist der Rakiot Peak?

In seiner Erhabenheit und seinem Schrecken, in seiner Hoheit und in seiner Unnahbarkeit gleicht der Diamir einer Naturkathedrale, an die alle Weltenberge von Griechenland bis Mittelasien erinnern. Es gibt Augenblicke, die alles entscheiden. Hossein ringt eine Minute mit dem Rücken eines Nebengipfels, der das Aussehen eines lauernden Drachen hat. Unwillkürlich ziehe ich die Beine vor dem Ungeheuer an, der seine Höhe mit unserer Maschine nur knapp teilt. Alles ist hier zum Greifen nah. Mit ausgebreiteten Armen streicht die Fokker über die so tödliche Einöde hinweg. Für die Wildheit der Umgebung hat sie einen stabilen Flug. Dann ist plötzlich nichts mehr da, als nur noch eine Höllenschlucht, ein Abgrund, tief in den Leib der Erde geschnitten.

Im Gedröhn des Propellers spüre ich etwas von der Rufnähe imaginärer Eispaläste, vom Horst großer, unsichtbarer Naturkräfte, die, einmal entfesselt, tödliche Schläge gegen alles irdische Leben talwärts führen. Die Kalotte in Höhe von 8125 Metern liegt im Zugriff eines schweren Orkans. Der Gipfel hat weiße Fahnen gehißt; ihre Schleierbahnen verraten die Kraft des Sturms. Der Nanga Parbat hatte immer weiße Fahnen gehißt, wenn er seine Dramen aufführte und seine Besucher überfiel. Ich brauche kein Glas, um unterhalb des Rakiot Peak den Ort zu finden, an dem Karlo Wien 1937 sein letztes Lager, Lager IV, aufsuchte.

Wo die Opfer in den kalten Armen des Nanga Parbat ruhen, entfaltet die Hochwelt ihr großes Schauspiel. Die Sonne entzündet im Eis ihre Tagesfeuer. Im glitzernden Schneestaub scheinen sich noch einmal jene zu erheben, die der Berg heimholte. Helme und Eispickel blitzen wie blanke Schwerter auf, die in Geisterhänden an das Schicksal erinnern, das die »Expedition der Freunde« vor 50 Jahren hier heimsuchte. Ein Strahl erinnert an den Dolch des Turkmenen, der den Entdecker des Nanga Parbat, Adolf von Schlagintweit, tötete. Der nächste erinnert an Alfred Mummery, an den Meister. Auf ihn folgten 1934 Dr. Willo Welzenbach, Uli Wieland, Willy Merkl und Alfred Drexel und 1937 Dr. Karlo Wien, Dr. Hans Hartmann, Dr. Günther Hepp, Martin Pfeffer, Adi Göttner, Pert Fankhauser und Peter Müllritter.

Vor dem inneren Auge scheint der Berg aufzubrechen. Ich spüre die Nähe der Krypta, tief aus Eis und Fels geschlagen, in der Karlo Wien mit den Freunden das Herz ließ.

Im Licht der Morgensonne brennen überall weiße Feuer. Vor uns taucht in einer Schlucht die große Wasserschlange Pakistans auf, der Indus, der einst dem östlichen Nachbarn Indien den Namen gegeben hat. Seine Wellen glitzern wie Silberschuppen. Unweit von Bondji zwingt ihn das Nanga-Parbat-Massiv, seinen Lauf zu ändern. Aus dem »Fluß des Ostens«, der vom heiligen Berge Kailas kommt, wird hier der »Fluß des Südens«. Wie der Brahmaputra, so fließt auch der Indus etwa 1000 Kilometer parallel zum Himalaya; der eine nach Osten, der andere nach Westen, und beide sind mit je 3000 Kilometern etwa gleich lang.

Plötzlich möchte man ganz einfach an diesem Himmel verweilen. Aber der Flug nähert sich dem Ende. Hossein zieht den braven Vogel über einen Kreuzkamm hinweg. Die rechte Tragfläche zeigt zur Sonne. Zwei Felsnadeln tauchen so nah vor dem Cockpit auf, daß man einen Atemzug lang glaubt, sie könnten den Leib des Flugzeuges aufschlitzen. Wo der Indus seinen Diener, den Gilgitfluß, empfängt, liegt ein schmales Felsentor. Bei meinem letzten Flug beflatterte hier, während der kritischen Operation, ein Adler zornig einen Propeller. Diesmal ist kein Adler zu sehen. Dahinter ändert sich mit einem Schlage das Bild. Die wüstenhaften Uferlandschaften des Indus verwandeln sich in Terrassenkulturen. Die Berge treten zurück. Im Sinkflug geht es über die Steinhütten der Bergbauern hinweg, aber auch über den chinesischen Friedhof mit einem Ehrenmal für die vielen Opfer auf dem Karakorum-Highway.

Der strategische KKH, Karakorum-Highway, ist aus der Vogelschau nicht größer als eine normale Landstraße. Aber dieser Weg, die Marco-Polo-Route, verbindet die Nanga-Parbat-Region mit dem »Dach der Welt«, dem Pamir. Er verbindet zugleich die zwei Expeditionen des Karlo Wien miteinander; 1928 nahm er an der deutsch-russischen Pamir-Expedition teil, wobei er den höchsten Berg Rußlands, den Peak Kaufmann, 7130 Meter, gemeinsam mit Dr. Allwein aus München und Erwin Schneider aus Tirol bestieg. Zum ersten Mal bezwang der Mensch den höchsten Berg auf dem »Dach der Welt«; zum ersten Mal gelang die Eroberung eines Siebentausenders.

Der Weg unter der rechten Tragfläche führt nach Hunza, nach Sarikol und weiter ins Alai-Gebiet des Pamir. Daneben vereinigt sich eine schäumende Wasserstraße mit dem Gilgit – der Hunzafluß. Auch er ist ein Kind des Pamir. Er entspringt in Wakhan, wo auch der Quell des Oxus liegt.
In Gilgitta, dem Giligitta des Altertums oder dem »Sargin Gilgit«, dem »Glücklichen Gilgit«, liegt die Landepiste zwischen freundlichen Obstgärten. Die Pfade aus dem Hindukusch, aus dem Pamir und dem Karakorum vereinigen sich in Gilgit zu einem Knotenpunkt und damit zu einem Ort der politischen Macht. Ich verlasse die Maschine und habe dabei das Gefühl, mit ihr einen anderen Stern besucht zu haben. Eine Weile noch betrachte ich das Schweigen der Propeller; dann drücke ich Hossein die Hand. Er lächelt. In der Hand des Piloten lag zwei Stunden das Leben seines Gastes, während der Tod überall wie ein Leopard auf der Lauer lag. Das Triebwerk ist noch heiß von den Kämpfen am Himmel.
Langsam wende ich mich ab und stehe nun vor meinen Freunden aus Baltit. In ihrem Antlitz spiegelt sich die innere Landschaft Hunzas wider: Ruhe. Abends sitzen wir im Garten; über uns der Berg des Urkönigs von Gilgit. Gegenüber der Rakaposchi, Bergbilder, umweht vom Duft der Rosen aus dem Hunzatal. Unter Freunden gibt es hier drei Themen: den Karakorum-Highway, der von zahllosen Lawinen zur Zeit wieder »blocked« ist, die Russen im benachbarten Wakhan und Afghanistan und die Pakistani im eigenen Lande. Weder die Lawinen noch die Russen sind beliebt; über die Pakistani pflegen die Menschen zu schweigen. Sie sind teils Feind, teils Freund, aber eine Bereicherung des Berglandes sind die indischen Sunniten aus dem Süden nicht.
Wer könnte es deutlicher sagen als der Kalif, der Bauernpriester: »Der Karakorum-Highway, mein Freund, zerstört unsere Kultur. Früher schützten uns die Berge. Heute rollen chinesische und pakistanische Transporte über die Karakorum-Hochstraße; jede Kolonne ist gegen unsere kulturelle Identität gerichtet. Die Leute sind ohne Königtum, sie haben keinen Berg und ziehen uns in fremde Konflikte hinein. Am schlimmsten jedoch sind die Europäer.« Der Kalif lächelt: »Europäer, gebildete Barbaren«, sagt er leise, »die in unserem Tal davon reden, daß seit dem Karakorum-Highway unsere Versorgungslage doch viel besser geworden sei – als wäre Kultur ein Transportproblem.«

An diesem Abend treffe ich in Begleitung von Prinz Riaz den weisen, alten Mann Hunzas, Qudrat Ullah Baig. Er half vor 40 Jahren schon David Lorimer, das verbindende Glied zwischen seinem Hunzavolk und den Ta Yüe-tschi, den Großen Goten der Chinesen, zu finden. Lorimer gab später ein umfangreiches Werk über die Ursprache des Hunzukutz, Buruschäski, und über das kultische Königtum der unvergleichlichen Stromtalkultur heraus. Er war vor dem Zweiten Weltkrieg als britischer Diplomat in arabischen Ländern, in Persien und am Khaiber-Paß tätig, bevor er in Gilgit sein Amt als »Political Agent« antrat. 1946 ging er mit seiner Frau als Forschungsreisender nach Hunza. Der Lieblingsplatz Lorimers in Baltit war das Haus des Qudrat Ullah Baig; es lag zwischen der 1000jährigen Königsburg und dem Bergschloß von Kerimabad.
Der Historiker aus Hunza heißt mich willkommen, wie es über dem Tor des Karakorumschlosses steht: »Welcome.« Die Pakistani in Islamabad stellen zwar das »Special Permit« für Hunza aus, für das Land; für das Volk gilt allein die Einladung des Königs oder einer anderen Persönlichkeit. Das Gespräch kreist um die Berge und Pfade. »Die einen suchen nur den äußeren Gipfel«; dabei zeigt Qudrat Ullah Baig hinauf zum Dumani, zur »Mutter der Wolken«, auch Rakaposchi genannt. »Nur wenige suchen innere Gipfel. Dabei ist die Landschaft unserer Kultur unendlich groß. Die inneren Berge überragen die äußeren ins Unendliche, denn sie werden nach Jahrtausenden gemessen. Wer sie näher betrachtet, erkennt die Wiege der europäischen Völker, ohne unsere Dämonen können Sie den Sakralschmuck an Ihren christlichen Kultbauten nicht verstehen. Wir haben nie den europäischen Bergsteiger verstanden, der einfach zum Batura oder zum Nanga Parbat ging, ohne uns zuvor zu besuchen. Wäre er zuerst zu uns gekommen, so hätte er auch den Berg mit seinen Unberechenbarkeiten besser verstanden. Wir hätten dem Europäer sagen können, wie groß die Macht der Dämonen, der Naturkräfte, ist. Wir hätten ihm auch sagen können, wie man am besten mit ihnen fertig wird. Aber unsere Leute waren für den Europäer immer nur Träger, selten aber Berater.«

»In der Halle des Bergkönigs«

Gründung der »Himalaya-Stiftung« in München. Erstbesteigung des Siniolchu im Sikkim-Himalaya. Im Passanramtal verschollen. Der Expeditionshund »Wastl« lernt das Bergsteigen.

»Großes erkennt man erst dann, wenn es vorübergeschritten ist.«
Lessing

Der Tod Willo Welzenbachs traf Karlo so hart, daß er einfach nicht anders konnte, als das Erbe anzutreten. Er konnte dem Sterben am Nanga Parbat nur dadurch begegnen, daß er sich selbst mit der besten Mannschaft, die es in Deutschland und Österreich gab, dem Achttausender in der Indusschlinge stellte. Ist nicht die Bereitschaft zum Opfer das Grundgesetz allen sittlichen Lebens? Gewiß, keine Hand lüftet den Vorhang, der das eisgrüne Tor des Bergtodes verschließt. Aber Karlo Wien glaubte, daß der Mensch aus vergänglichen und unsterblichen Stoffen gemacht ist, auch wenn niemand die Formen seines Daseins nach dem Tode kennt. Karlo dachte in dieser Stunde nicht mehr an Afrika. Ihm war oft, wenn er ganz mit sich selbst allein war, als höre er einen fernen Ruf und erkenne an der Stimme die Namen seiner Nanga-Parbat-Freunde. In der Stunde der Trauer fand er ein Wort, das man eigentlich in einem geglätteten Fels des Nanga Parbat einmeißeln sollte, dort, wo in wenigen Jahren sein Name stehen würde:

»Das Vermächtnis der Toten macht es erforderlich, die Arbeit am Nanga Parbat fortzusetzen. Eine andere Antwort gibt es auf das Unglück nicht. Wenn Männer ihre Leben nicht mehr wagen, um Dinge zu versuchen, die vorher noch nie getan wurden, wird die Menschheit auf dem absteigenden Ast sein.«

An der Nanga-Parbat-Expedition 1934 nahmen auch Prof. Dr. Finsterwalder und der Münchener Geograph Walter Raechl teil. Ihre Arbeiten waren eingeflochten in den Kampf um die Bezwingung eines unbezwungenen Berges. Finsterwalder ging es nicht so sehr darum, auf einem Gipfel zu stehen, sondern darum, das ungewöhnliche Bauwerk der Natur zu studieren. »Wohl wenige Stellen der Erde gibt es«, schrieb der Ordinarius für Topographie, allgemeine Kartographie und Photogrammetrie 1934 über den Nanga Parbat, »wo sich die Natur dem Menschen so großartig und vielseitig zeigt und ihm so viel von

ihren Geheimnissen und Wundern aufschließt.« Der Nanga Parbat ist ein Stück Erd- und Kulturgeschichte. Wer erkennt heute von jenen, die sich nur auf Rekordjagd befinden, solche Wunder?
Karlo war nahezu gefesselt von der Idee, hier die Natur auszuspähen. Wer weiß denn eigentlich, daß der Berg großartige Ideen freisetzt, die überall auf dem Erdball die Intelligenz anregen, um Völker in Hochkulturen hineinzuführen? Am Nanga Parbat sind Fels und Eis nicht tot. Es kommt nur darauf an, die geheimen Schriften des Berges aufzuschlüsseln.
Hinsichtlich des Bauwerkes Nanga Parbat befand sich Richard Finsterwalder in einer Front mit Karl Troll; es bedurfte keiner besonderen Denkanstöße, daß sich auch sehr bald Karlo Wien in die Spitzengruppe forschender Geographen einreihte. Nach dem Tode der Freunde am Silbersattel und am Mohrenkopf war der Ruf des Berges immer lauter geworden. Riefen ihn da nicht auch heimlich seine Freunde, damit er sie am Gipfel erlöste und ihren Geist vom Tode, vom Schweigen befreite?
Es war ein Schicksalsjahr. Neben den Freunden, die am Nanga Parbat ruhen, verlor Karlo innerhalb kurzer Zeit seinen Schul- und Studienfreund Dr. Heinz Broili; Leo Maduschka erlitt an der Civetta-Nordwand den Bergtod, und Georg von Kraus starb, als Karlo sich gerade auf den Gang zum Siniolchu vorbereitete.
Karlo belegte zunächst bei Finsterwalder in Hannover das Wintersemester 1934/35. Er hielt es mit dem Grundsatz seines Vaters, »die Welt in den Tiefen zu suchen und die Oberfläche zu meiden«. Der Nanga Parbat verdrängte allmählich den Kangchendzönga. Der Nanga Parbat hatte ihm Willo Welzenbach, den Freund und Lehrer am Berg, genommen. Wie aber, so grübelte Karlo oft gemeinsam mit Richard Finsterwalder, konnte so etwas überhaupt passieren? Waren Unwetter, Schnee- und Eisstürme nicht berechenbar? Hatte sich Willy Merkl nicht auf den Überfall der zornigen Natur vorbereiten können? Eines Tages entstand nahezu von selbst die Überlegung, Karlo möge doch einmal die meteorologischen Bedingungen untersuchen, die zur Zeit der Katastrophe am Nanga Parbat geherrscht hatten. Dabei ging es nicht nur um die Vergangenheit, sondern auch um die Ermittlung von Daten, die für künftige Expeditionen wichtig sein könnten, lebenswichtig sogar.

Karlo benutzte für seine Untersuchung die Beobachtungen der indischen Stationen. Er folgerte: »Am 5., 6. und 7. Juli 1934 ändert plötzlich der Wind, gemessen in Peshawar, seine Richtung und dreht in einer Höhe von 1500 m von Süd auf Nord. An einigen Kaschmir-Stationen wie Gilgit, Srinagar und Skardu kann man ablesen, daß eine Depression in diesen Tagen von Westen nach Osten durch die North Western Frontier Province und durch Kaschmir hindurchgegangen ist und am Nanga Parbat das Unwetter auslöste.« Aber Karlo hielt für die Katastrophe die Zirkulation des Monsun nicht für allein verantwortlich. In solchen, auch für monsunoide Unwetterfronten unerreichbaren Höhen muß noch eine andere Luftströmung eine Rolle gespielt haben. Diese Rolle untersuchte nun Martin Rodewald aus Hamburg. Rodewald benutzte die Angaben russischer Beobachtungsstationen und kam zu dem Ergebnis, daß eine Kältewelle vom Sibirischen Eismeer aus in großer Höhe nach Süden wanderte und am 6. Juli 1934 auf der Naht zwischen Karakorum und Ost-Turkestan auf die vorderasiatischen Störungen stieß und in der Folge den tödlichen Wettersturz auslöste. Die verhängnisvolle Kaltluftfront wurde von allen Piloten bestätigt, die in den kritischen Tagen von Taschkent, Samarkand und Termes am Oxus aufgestiegen waren und Routen über der Kirgisensteppe und Sibirien beflogen hatten.

Bis dahin hatten sich alle Expeditionen geirrt, die die Wetterverhältnisse am Westpfeiler des Himalaya, am Nanga Parbat, nach indischen Werten allein, insbesondere vom Monsunwetter, berechneten.

Da ihm die »Notgemeinschaft der Deutschen Wissenschaft« ein Stipendium bewilligt hatte, war Karlo wirtschaftlicher Sorgen enthoben. In den Jahren 1934 und 1935 entstanden zahlreiche Veröffentlichungen, die in der Fachwelt Aufsehen erregten. Karlo war ungemein fleißig. Neben den wissenschaftlichen Auswertungen seiner Expeditionen, die vom Pamir über den Kangchendzönga bis zum Mount Kenia in Ostafrika reichten, hielt er viele Vorträge in Jena, Augsburg, Leipzig und Berlin. Zwei Wochen war er in der Reichshauptstadt mit Karl Troll zusammen. Über sein Programm, das täglich die Arbeitszeit von vierzehn Stunden sprengte, schrieb Karlo lakonisch: »Es war ein regelmäßiges Leben mit viel Arbeit und abendlichen Vorträgen.« Nur eines erschreckte ihn in dieser Zeit, die Mitteilung nämlich, daß seine künftige Habilitation, die amtliche Beurteilung seiner wissenschaftlichen Fä-

higkeiten von einer »politischen Schulung« in einem Dozentenlager abhängig gemacht werden sollte.
Dank des Einflusses seiner großen Freunde blieb ihm am Ende dann auch der Weg ins Dozentenlager erspart. Am 18. Mai 1935 unterzog sich Karlo dem Habilitations-Kolloquium. Danach teilte er seinem Freund und Lehrer Richard Finsterwalder mit: »Alles ist ganz gut verlaufen.« Kurz vor seiner Abreise zum Siniolchu in Sikkim überreichte der Dekan der Philosophischen Fakultät der Universität München Karlo die Bestallungsurkunde. Unter dem Datum vom 18. Juni 1936, Nr. V 28645, heißt es, »daß das Bayerische Staatsministerium für Unterricht und Kultur die Fakultät ermächtigt hat, Ihre Habilitation auszusprechen«. Gleichzeitig promovierte der Dekan den jungen Dozenten Karlo Wien zum »Dr. phil. habil.« und verband damit seinen »herzlichen Glückwunsch und seine guten Wünsche für den weiteren Aufstieg in der Wissenschaft«. Mit Erlaß vom 20. August schloß das Reichsministerium für Wissenschaft, Erziehung und Volksbildung in Berlin den Kreis der Formalitäten ab. Als der Erlaß in der Wohnung von Karlo Wien in München eintraf, befand sich der frischgebackene Dozent auf einem Gletscher des Kangchendzönga-Massivs.
Karlos Reaktion auf die Nachricht in Sikkim: »Mein Blick wanderte ganz langsam durch die Bergwelt, von Stufe zu Stufe, die ich bislang begangen hatte. Der Weg war mühsam. Nun aber stehe ich auf dem Gipfel. Ich muß an meinen Vater denken, für den der Umgang mit jungen Studenten immer großartig war und der nie zu den Professoren-Spießern zählte, wie auch ich nie zu ihnen gehören werde.«
Im März 1935 erreichte ihn die Einladung, gemeinsam mit Richard Finsterwalder an einer Tagung der »Royal Geographical Society« in London teilzunehmen. Karlo atmete auf. Er sprach mit Finsterwalder. Beiden war so, als ob sie gemeinsam ins Hochgebirge zögen, heraus aus der Enge, in der die Menschen so laut geworden waren. Zunächst »lüftete« Karlo den Laboratoriumsdunst von Hannover beim Skilauf in Graubünden aus. Am 22. März 1935 gingen Finsterwalder und Karlo an Bord der »Bremen« und erreichten zwei Tage später die britische Hauptstadt. Finsterwalders Vortrag fand im Kreise des Alpine Clubs und der Geographischen Gesellschaft Beachtung. Für Karlo war die so gastliche und freie Atmosphäre das eigentliche Erlebnis. Hier konnte man diskutieren und reden, ohne das Wort auf eine Waage legen zu

müssen. Am 1. April schrieb er aus Oxford einer guten Bekannten: »Was mich hier so packt, ist einfach die Lust mitzuschaffen, an den Arbeiten mitzuwirken, die uns in den weiten Gebieten auf unserer Erde noch geblieben sind. Den Briten ist die weite Erde Heimat, uns steht die Erde auch offen, wenn wir nur Vernünftiges tun und leisten. Vielleicht kann unsere Arbeit ein kleiner Beitrag werden, die so schwere Tür zu öffnen, die uns heute von vielen Teilen der Welt ausschließt.«
Das eigentliche Erlebnis in London aber war Karlos Begegnung mit General Charles Granville Bruce. Bruce hatte einst Alfred Mummery zum Nanga Parbat begleitet und war später Chef zahlreicher Mount-Everest-Expeditionen. Niemand kannte den Himalaya so gut wie dieser Offizier und Bergsteiger. Bruce erzählte von den Wochen mit Alfred Mummery. Da wurden die Kreuzkämme Kaschmirs sichtbar und die Schluchten des Kagantales lebendig. Da stand der große Mann des englischen Alpinismus wieder auf. Alles wurde plötzlich lebendig, was mit dem Nanga Parbat zusammenhing. In London spürte Karlo »das volle Leben, das überall dort ist, wo der Mensch nicht um Äußerlichkeiten ringt«, wie er seiner Bekannten schrieb, die die Vorbereitungen für Karlos Nanga-Parbat-Expedition mit Interesse und Sorge verfolgte. Wieviel Anregung ging doch von diesem Englandbesuch aus. Was konnte konservativer sein als dieses Oxford, was britischer als die Gartenanlagen mit den Instituten, die in ihrem mittelalterlichen Stil so viel Beständigkeit im Menschen wecken? Aus der Begegnung mit dem bekannten Geographen Kenneth Mason entstand eine dauerhafte Verbindung. Das britische Element, das Karlo so sehr liebte, festigte seine Beziehungen zur Himalaya-Geographie; hier war er Mason, Bruce und Younghusband näher als in Europa.
Was Karlo Wien, Paul Bauer und Richard Finsterwalder stets vermieden hatten, daß alpine Gesichtspunkte politisiert werden, schien nun unvermeidlich, nachdem sich die politischen Spannungen zwischen Berlin und Wien auf die Arbeit der beiden Alpenvereine auswirkten. Auf der Hauptausschußsitzung in Innsbruck kam es zum Zusammenstoß. Plötzlich schlichen sich für Himalaya-Unternehmen Persönlichkeiten ein, die sich weniger am Berg als vielmehr im politischen Ränkespiel bewährt hatten. Karlo sah den Grundgedanken Paul Bauers gefährdet: »In Himalaya-Sachen muß alles rein, klar und sauber sein.«

Da es Paul Bauer, Richard Finsterwalder und Karlo Wien nicht gelang, in Innsbruck mit den leitenden Persönlichkeiten des Deutschen und Österreichischen Alpenvereins zu einer Verständigung zu gelangen, kam es im Gegenzug in München zur Gründung der »Deutschen Himalaya-Stiftung«. »Gott sei Dank«, bekannte Karlo Wien, »hören jetzt die politischen Interessenkämpfe und die nichtsnutzigen Rangeleien auf. Mit der Deutschen Himalaya-Stiftung wurde praktisch eine Stelle geschaffen, die dem britischen ›Mount-Everest-Komitee‹ entspricht.«
Aus dem Ringen um den Nanga Parbat wurde zunächst ein Kampf um die Vorbereitungen. In einer Aufzeichnung Karlos hieß es: »Der Hatschi ist jedenfalls auch dabei. In Berlin ist alles gut in die Wege geleitet.« In München trafen zahlreiche Briefe aus Indien ein, die »zu schnellen Anweisungen und Berechnungen zwingen«. Am 4. August traf er sich in Landshut mit Paul Bauer und einigen Expeditionsfreunden, um die Lage zu durchdenken. »Alle für die Nanga-Parbat-Expedition vorgesehenen Teilnehmer finden es erfreulich, daß sich auch die englischen Himalaya-Leute des deutschen Unternehmens hilfreich annehmen werden.« Mitte August 1935 saßen Karlo, Paul Bauer und Fritz Bechtold »wieder einmal eine Nacht lang beisammen, um Aufmarschpläne, Verpflegungslisten und Trägersorgen zu erörtern. Einen Teil unseres Gepäcks haben wir schon nach dem Industal vorausgesandt, vor allem Träger-Proviant, damit wir im nächsten Frühjahr mit einer kleinen und beweglichen Truppe über die verschneiten Pässe kommen. Es ist ja doch ein riesiges Unternehmen; jedes Steinchen muß genau durchdacht und erprobt werden, damit alles zusammenpaßt, so wie die Leute, die wir uns ausgesucht haben.«
Der Chef der britischen Mount-Everest-Expedition Hugh Ruttledge teilte Karlo mit, daß er mit ihm zusammenarbeiten wollte; Hugh Ruttledge bot ihm jede erdenkliche Hilfe für das Nanga-Parbat-Unternehmen an. »Es beginnt nun ein herrliches Schaffen«, schrieb Karlo nach Empfang der britischen Offerte, »und ich bin froher als je seit langer Zeit.« Der britische Alpine Club, dem Karlo als Mitglied angehörte, und die Königlich-Geographische Gesellschaft waren kooperativer als etwa der Deutsche und Österreichische Alpenverein. Anfang September reiste Karlo nach London, um mit Hugh Ruttledge und Charles Granville Bruce Einzelheiten zu besprechen.

Bereits zwei Wochen vorher, am 16. August 1935, hatte Karlo in Berlin den Arbeitsplan für das wissenschaftliche Programm der Nanga-Parbat-Expedition 1936 eingereicht. Im Grunde genommen enthielt der Plan den Vorschlag, die Arbeiten fortzusetzen, die die Geographen Walter Raechl und Peter Misch 1934 begonnen hatten. »Damit die geographischen Arbeiten eine breitere Basis erhalten, schlage ich vor, sie über das engere Nanga-Parbat-Massiv hinaus auf einen bestimmten Abschnitt im Karakorum, nämlich auf den Hispar und den Hispargletscher, auszudehnen. Es scheint mir dringend erwünscht, dabei die Klima- und Vegetationsabstufungen in dreidimensionaler Form zu ermitteln, da wir darüber nur dürftig unterrichtet sind. Für die entsprechenden Untersuchungen ist gerade das Gebiet des Indus-Knies und des Indus-Durchbruches in der weiteren Umgebung des Nanga Parbat die günstigste und auch interessanteste Stelle im ganzen Gebirgsverlauf. Daß darüber hinaus ständige meteorologische Beobachtungen und Messungen gemacht werden, ist selbstverständlich.«

Die Geodäsie, die Landvermessung, wollte Karlo Hand in Hand mit der Kartographie betreiben und dabei südlich des Nanga Parbat, am Hari Parbat, beginnen, den Hauptkamm hinauf zum Nanga Parbat erfassen und dann weiter im Nord-Osten den Hispar und den Hispargletscher erforschen. »Als Gegenstück zum Fedtschenko-Gletscher im Pamir, der für die deutsche Forschung in absehbarer Zeit unzugänglich ist, wäre der Hispargletscher im Süden von Baltit (Hunza) ein dankbares Forschungsobjekt. Zur Ausführung kartographischer Arbeiten sind Triangulationen (Dreiecksvermessungen) am Hispargletscher, die an das Netz von 1934 und an die indisch-russische Grenzkette anzuschließen sind, auszuführen. Es gilt, durch genaue Höhenwinkelmessungen und Polhöhenbestimmungen Anhaltspunkte für den Verlauf des Geoids (der tatsächlichen Form des Hochgebirges, die in allen Punkten senkrecht zur Richtung der Schwerkraft steht) zu gewinnen.«

Es ging Karlo Wien nicht um die Expedition zum Nanga Parbat allein. Er wollte, »daß möglichst viele Expeditionsteilnehmer, die wissenschaftlich und bergsteigerisch den vorgesehenen Aufgaben gewachsen sind, über ein großes Gebiet verteilt werden, über den westlichen Karakorum und Himalaya, um möglichst viele Vergleichswerte zu erhalten.«

Das Hispar-Gebiet war einst das Terrain von Francis Younghusband gewesen, der als Präsident die »Royal Geographic Society« leitete. Als Großbritannien noch mit Rußland rivalisierte, galten das Hispar-Gebiet und Hunza als jene Stelle, an der die Britisch-Indische Kronkolonie verwundbar war. Younghusband hatte nie etwas dem Zufall überlassen, an Hispar und Batura kannte er jeden Gletscherbruch, jeden Geheimpfad und dazu alle Oberhäupter der führenden Familien und Bergstämme. Großbritannien hatte es allein der Entschlossenheit Younghusbands zu verdanken, daß kein Kosak je das Industal gesehen hatte. Charles Granville Bruce, der Gesprächspartner Karlo Wiens, war aus demselben Holz geschnitzt. Die Aufgabe, die Karlo Wien an seine Expedition stellte, war in der Geschichte beispiellos. Younghusband empfahl daher dem »Everest Komitee«, Karlo Wien in jeder Weise zu unterstützen.

Im Sommer 1935 stand fest, daß er die so unendlich schwierige Nanga-Parbat-Expedition leiten würde. Als die Entscheidung gefallen war, schrieb ihm Prof. Dr. Richard Finsterwalder: »Ich freue mich herzlich, daß Du die Führung übernommen hast. Ich wüßte keinen gleich geeigneten Leiter. Deine Aufgabe ist sehr schwierig und verantwortungsvoll, gleichgültig, ob Dir nun der Gipfelerfolg beschieden sein wird oder nicht. Du bist von der bergsteigerischen Seite her der richtige Mann, die Zusammenarbeit mit den entsprechenden Wissenschaftlern durchzuführen. Ich werde Dir mit allen Kräften helfen, damit Du Deine Aufgabe lösen kannst.«

Die Teilnehmer hatte Karlo Wien, um mit Paul Bauer zu sprechen, »mit Scharfblick und Treffsicherheit« ausgewählt. Zur wissenschaftlichen Gruppe zählten Professor Dr. Richard Finsterwalder und Professor Dr. Karl Troll. Die höhenphysiologischen Untersuchungen sollte Dr. Hans Hartmann übernehmen. Gemeinsam mit Professor Dr. Wagner von der Universität Innsbruck wollte Karlo selbst die Himalaya-Meteorologie betreiben. Aber es ging nicht nur um die Organisation, sondern auch um die erforderlichen Devisen, damit die Expedition ausreichend finanziert werden konnte. Das Reichskultusministerium hatte zunächst 15.000,– Reichsmark zugesagt.

In die Diskussion um die Devisenbeschaffung platzte Anfang November die Nachricht des Auswärtigen Amtes, daß Karlo seine Nanga-Parbat-Expedition von 1936 auf 1937 verschieben müsse. Seine Enttäuschung drückte er in einem kurzen Brief vom 20. November 1935 aus:

»Berlin brachte mir das traurige Ergebnis, daß aus dem Nanga-Parbat-Projekt im nächsten Jahr nichts werden kann. Politik, französische Expedition und andere Gründe. Ewig schade um die gute Mannschaft, die sich so mit dem Herzen darauf eingestellt hatte. Ob man sie für 1937 so noch einmal zusammenbringen kann?«
Verantwortlich für die Absage war eine Vereinbarung zwischen der britischen Regierung und dem Maharadscha von Kaschmir, alljährlich nur eine Expedition zu genehmigen. Da London und New Delhi bereits einer französischen Expedition die Genehmigung erteilt hatten, mußten die Deutschen ihren Plan ändern, vor allem auch deswegen, weil in Mittelasien Unruhen ausgebrochen waren.
Die Deutschen änderten ihren Plan sinnvoll. Paul Bauer sprang ein. Er wollte nun einen kleinen, aber schlagkräftigen Expeditionstyp an einem Berg im östlichen Himalaya erproben. Der Berg lag in der Umgebung des Kangchendzönga und trug den Namen Siniolchu. Die Kundfahrt der Deutschen Himalaya-Stiftung nach Sikkim sollte vor allem der Vorbereitung des großen Nanga-Parbat-Unternehmens dienen, das ein Jahr später von Karlo Wien geführt werden sollte. Die Sikkim-Mannschaft bestand aus vier Mann: Paul Bauer, Dr. Karlo Wien, Dr. Günther Hepp und Adolf Göttner, genannt Adi. Mit Günther Hepp tauchte ein neuer Name auf. Bereits am 12. Juni 1935 schrieb Karlos Schwester Hildegard:
»Samstag brachte Karlo zum Tee und Abendessen zwei Vereinsfreunde mit, den H. W. und einen sympathischen Neuling, Günther Hepp; er ist Mediziner. Wir schwätzten bis zehn, dann zogen die drei in den ›Simpl‹, um dort den ganzen Verein zu treffen. Es muß eine ausgelassene Gesellschaft gewesen sein, die es bis halb vier aushielt. Gestern haben wir noch viel musiziert. Abends mußte Karlo fahren.«
Wer war Günther Hepp, der auf der letzten Fahrt neben Karlo ein Jahr später eine besondere Rolle spielte? Wie Günther Hepps Sohn 50 Jahre später schrieb, stammte sein Vater aus einem alten oberschwäbischen Bauerngeschlecht. In ihm lebte das Erbe der Wandervogelbewegung, aber auch die Erinnerung an Tiroler und Tessiner Vorfahren. In Freiburg wurde Günther Hepp Mitglied des Akademischen Ski-Clubs. Während der klinischen Semester in München schloß er sich dem »Akademischen Alpenverein« an und traf hier Paul Bauer und Karlo Wien. »Dort«, so schrieb 1985 der Sohn über den Vater, »hat sich die Creme der damaligen Bergsteiger zusammengefunden. Noch war das

Bergsteigen und Skilaufen ein Sport für Gentlemen, und gerade den extremen Alpinismus kennzeichnet vielfach seine Exklusivität.«
Der exklusive AAVM, der im Frühjahr 1936 von Karlo Wien geführt wurde, verabschiedete am 8. Juli 1936 die Sikkim-Expedition. Am Hauptbahnhof in München herrschte bereits das gewohnte Bild. Die vier Forschungsreisenden waren fröhlichen und heiteren Sinnes. Dennoch, so sagte später Karlo Wien, war für ihn diesmal alles anders: Die Expedition war das Vorkommando für den Nanga Parbat. Sie bestand aus Gleichgesinnten, vom Expeditionschef Paul Bauer bis zum Neuling Günther Hepp. »Wenn ich mich ausnehme«, schrieb Karlo an Bord der »Ehrenfels«, »so ist die Mannschaft einfach stattlich: Günther Hepp und Adi Göttner, der schwarze und der blonde Hüne, verkörpern alle Elemente, um einen verwegenen Berg bezwingen zu können.« Für das Unternehmen in Sikkim las sich Karlo an Bord ein. Wie immer, so begleitete ihn auch diesmal eine Menge Fachliteratur. Daneben schrieb er eine Arbeit für Professor Karl Haushofer und den Generalsekretär der Akademie der Wissenschaften in München, Gustav Fochler-Hauke. Die Arbeit erschien unter dem Titel »Die Welt in Gärung« bei Karl Haushofer Ende des Jahres 1936. An Bord der 154 Meter langen »Ehrenfels« ließ sich gut arbeiten.
»Wir haben auf diesem großen Motorfrachtschiff bequeme Kabinen«, schrieb Karlo seiner Mutter, »und das ganze Schiff steht uns bis zum Mast hinauf, an dem wir täglich trainieren, zur Verfügung.« Im Indischen Ozean wurde die »Ehrenfels« von einem heftigen Süd-West-Monsun durchgeschüttelt, »aber am dritten Tag klettern wir wieder am Mast herum«. Nachdem die »Ehrenfels« am 28. Juli Colombo erreicht hatte, trainierten sie nun an einem ziemlich unzugänglichen Felsen im Norden Ceylons, während vor einer alten Festungsruine mit grell aufgeputzten Elefanten, Tanzgruppen, Trommlern und »allerlei buntem Volk« eine buddhistische Prozession ablief. Paul Bauer hatte sich unterdessen von der Mannschaft getrennt, um im »Himalaya-Club« in Kalkutta einen Vortrag zu halten. Am 9. August zog die Expedition geschlossen dem Kangchendzönga-Massiv entgegen; alle Lasten wurden auf 26 Maultiere verteilt. In Singhik erblickte Karlo nach fünf Jahren zum ersten Mal wieder den Kantsch, »hoch über den Wolken, 7000 Meter über uns, ein Bild von unbeschreiblicher Schönheit«.
Über den Weg nach Laschén schrieb Karlo: »Von der Hochzeitswiese,

genannt Tsuntang, am Zusammenfluß das Laschén und des Lachung, führt der Weg durch ein düsteres Tal. Schon lange wandern wir zwischen den Gneisbergen des nördlichen Sikkim, die sich durch ihre steileren und wilderen Formen von denen Südsikkims unterscheiden und die mit unglaublicher Steilheit zum kerbförmig eingeschnittenen Flußbett abstürzen. Über mehrere Erdrutsche hinweg führt dann der Weg hinauf, bis hinter einer Biegung plötzlich das Dorf Laschén auftaucht, ein größerer Ort der Buthias.«

In Laschén warb Paul Bauer 48 Träger an. Danach arbeitete sich die Karawane durch Rhododendrongestrüpp, Sümpfe und Bambusdickicht hindurch, Kilometer um Kilometer, bis sie am 10. August in Höhe von 4600 Metern ihr vorläufiges Ziel, das Standlager, erreichte. »Hier verzaubern wilde Alpenrosen- und Edelweißkulturen unseren Platz. Hier ist auch die Stelle, an der 1931 das Hauptlager stand und wo ich einige Zeit Lagerverwalter war«, schrieb Karlo seiner Mutter. Den »Lagerverwalter« hatte er selbst nach fünf Jahren noch nicht verwunden. Alle Steinmauern standen noch, die vier Männer brauchten nur ihre Zeltplanen darüberzuziehen, und schon war die »Wohnung« fertig.

Um die Schlagkraft der Expedition zu stärken, wurden zunächst fast alle Träger nach Laschén zurückgeschickt. »Bei uns bleiben nur ein Koch, ein Sirdar und vier ausgewählte Hochträger, zwei Scherpas und zwei Bhutias«, teilte Karlo seiner Mutter mit und fügte hinzu: »Es ist seltsam, wenn man hier herumläuft, nach fünf Jahren, wo man noch sozusagen jeden Stein kennt und mit jedem Berg und mit jedem Blick sich besondere Erinnerungen einstellen. Die Zusammenarbeit unserer Mannschaft ist perfekt. Alles klappt. Ich bin sicher, daß wir einiges ausrichten werden, wenn wir nur etwas Glück haben.«

Für die ganze Dauer der Expedition sollte hier das Standlager auch bleiben. Von hier aus würden die Teilnehmer zu den einzelnen Unternehmen aufbrechen und danach wieder hierher zurückkehren. Nach den Plänen wollte die Expedition einige Nebengipfel am Kangchendzönga erobern, die alle in einer Höhe von rund 7000 Metern liegen, darunter den Nepal- und den Tent-Peak; vor allem aber ging es ihnen um das »schlanke, lange Schwert« am Himmel östlich des Kantsch, um den Siniolchu. Der erste Angriff scheiterte im Unwetter eines Monsunsturmes. Wie war das Bauwerk des Siniolchu beschaffen?

Nach der Aussage von Douglas Freshfield, einem erfolgreichen britischen Himalaya-Forscher, galt der Siniolchu als »schönster Berg der Erde«, aber auch als »unbesteigbar für meine Generation«. Karlo hatte ihn vor fünf Jahren vom Kantsch aus wochenlang beobachtet. Paul Bauer hielt ihn für ein »Ungeheuer«. »Damals« schrieb Karlo, »glitt jeder Gedanke an eine Besteigung ganz einfach an den steilen, rinnendurchfurchten Firnwänden ab, die mit schwerem Eis bewachsen waren.«
Am 23. August beruhigte sich vorübergehend der Sturm, er hatte vergeblich versucht, die Mannschaft in die Knie zu zwingen. Die Expedition brach »zu einem Erkundungsvorstoß in die südöstlichen Täler des Siniolchu auf, in die noch nie ein Europäer gekommen war«. Karlo überschritt einen 5300 Meter hohen Paß und erblickte zu seinen Füßen einen riesigen Gletscherkessel. »Alle Gletscher vereinigen sich mit dem großen Zemu.« Als stolzer Wächter beherrschte das 6000 Meter hohe »Schwert« des Siniolchu die wilde Landschaft, auf seinem Blatt steile Vergletscherungen. In ihren Spiegeln grüßte ihn strahlendes Sonnenlicht. »Am Abend des 27. August hatten wir ein wundervolles Lager aufgeschlagen, hoch über dem Eisstrom des Zemu. Uns gegenüber erhob sich in einer Flucht von mehr als 2000 m die Wand, die zu dem gezackten Kamm des Siniolchu hinaufführt.« Der Dorn dort droben erinnerte ihn ein wenig an die Nadeln von Chamonix.
Karlo nutzte die Zeit, um wissenschaftliche Arbeiten durchzuführen, wenn auch unter schwierigen Bedingungen. Bei der Rückkehr ins Hauptlager fand er die Nachricht vor, daß ihm die britische Regierung die Genehmigung erteilt habe, im kommenden Jahr, 1937, seine Nanga-Parbat-Expedition anzutreten. »Ich mußte nun zwei Rasttage darauf verwenden, in dieser Sache Briefe zu schreiben, damit alles in Schwung kommt«, schrieb Karlo in sein Tagebuch. Die Nanga-Parbat-Nachricht beflügelte ihn. Am 4. September brach Karlo auf, um den ersten Twins-Gipfel (7005 Meter) zu besteigen. Heftige Hochgewitter und Schneestürme warfen Karlo über die Felstürme wieder zurück. »Auf einer Kanzel errichten wir ein Freilager, eng aneinandergekauert, den Zeltsack über die Ohren gezogen, verbrachten wir die Nacht bei bitterer Kälte.«
Nach einer solchen Biwaknacht stand Karlo bei Sonnenaufgang dem Giganten, dem Kantsch, gegenüber. In seiner Erhabenheit war es für

ihn keine Überraschung, daß »nach dem Glauben der Bewohner Sikkims auf dem höchsten seiner fünf Gipfel eine Gottheit wohnen soll«, berichtete Karlo in seinem Tagebuch und fuhr fort: »Die einzelnen Gipfel enthalten nach einheimischer Auffassung Kammern, gefüllt mit Gold, Edelsteinen, Korn und heiligen Büchern. Die Gottheit fordert vom Menschen Opfer. Früher opferte man Rinder in ihrem Tempel zu Gangtok, der 1650 Meter hoch liegt, aber die strenge Gottheit forderte auch das Leben des Menschen. Daher verfolgen die Eingeborenen unsere Versuche, die Gipfel zu erreichen mit Furcht und Mißtrauen. Man schrieb es dem Einfluß dieser Gottheit zu, daß wir den Gipfel bisher nicht betraten. Und nun schauen wir von unserer hohen Felskanzel voll ehrfürchtigen Staunens zu, wie zuerst der Hauptgipfel, der Göttersitz, in rötlichem Licht erscheint. Und langsam steigt das Licht der Morgensonne an den Flanken herab und erleuchtet alle Plätze, zu denen wir 1931 aufgeblickt hatten.« Nun verstand Karlo auch, warum der Kangchendzönga die »Fünf Schatzkammern des großen Schnees« bedeutet!

Der Zustand des Nord-Ost-Sporns hatte sich in den fünf Jahren etwas verändert, an zahlreichen Stellen waren die steilen Gratttürme verschwunden. Vor allem schien der Lawinenhang hinter dem Nord-Ost-Sporn, »der uns 1931 zur Umkehr gezwungen hatte«, in einer wesentlich besseren Verfassung zu sein. »Wir vermuten, daß das große Erdbeben aus dem Jahr 1934 den Berg so sehr durchgeschüttelt hat, daß all die bizarren Eisformationen, die auf den Gratschneiden unser Vordringen erschwerten, vom Kantsch abfielen. Und während wir noch da stehen und uns das Schauspiel am Kantsch beeindruckt, fährt von den Hängen der Twins eine Lawine herab; sie stürzt mit dunklem Grollen zu Tal, wächst nach ihrem Sturz wieder in die Höhe und Breite und pflanzt sich als weiße Staubwolke über den halben Gletscher fort.«

Das Wetter verschlechterte sich wieder; dennoch brach die Expedition am 9. September in den frühen Morgenstunden zum Tent-Peak und zum Nepal-Peak auf. Über hartgefrorenen Firn rückte sie gegen den Südwest-Grat des Tent-Peak vor. Gegen ein Uhr mittags erreichten Karlo Wien, Paul Bauer, Adi Göttner und Günther Hepp einen Platz in Höhe von 6700 m. An dieser Stelle bekam Paul Bauer Schwierigkeiten. Ein trockener Husten quälte ihn so sehr, daß der Expeditionsarzt

Dr. Günther Hepp seine Umkehr anordnete. Karlo und Günther Hepp wollten nun das Los entscheiden lassen, wer weitergehen und wer Paul Bauer beim Abstieg begleiten sollte. Der Expeditionschef fällte ein salomonisches Urteil: »Der Arzt muß mit mir zurück.« So gingen dann Adi Göttner und Karlo Wien weiter dem Gipfel entgegen. Nachmittags gelang mit aufkommendem Nebel und Schneetreiben die Orientierung immer schwerer. 200 Meter unter ihrem Ziel entdeckte Karlo eine Eisgrotte. Aus Firnplatten bauten sie sich ein Lager und verbrachten die Nacht in der »Halle des Bergkönigs« bei minus zehn Grad. In Karlos Tagebuch heißt es: »Gegen Morgen schlafen wir vor Müdigkeit ein. Doch müssen wir um vier Uhr wieder hoch, um noch vor Sonnenaufgang den Gipfel hinter uns zu bringen. Wir müssen so früh am Steilaufschwung des Tent-Peak sein, damit wir die schwierigsten Stellen noch bei guter Sicht anpacken können.« Der Schnee blieb während der Nacht locker, so daß die Spurarbeit nun alle Kräfte in Anspruch nahm.

»Obwohl wir uns alle zehn Meter ablösen«, schrieb Karlo, »ermüdet uns die Spurarbeit bis zur Erschöpfung. Nach Sonnenaufgang muß eine Rast eingeschaltet werden, um etwas zu frühstücken und um Adis rechten Fuß, der kalt und gefühllos ist, wieder zum Leben zu erwekken. Um neun Uhr sind wir erst in der Scharte östlich des Mittelgipfels. Wir haben für diese 200 Meter vier Stunden gebraucht.« In einem Brief schrieb Karlo später: »Am 10. September haben Göttner und ich, bei einem Versuch, den 7363 m hohen Tent-Peak zu ersteigen, den 7160 m hohen Nepal-Peak erreicht, hatten aber bei tiefem Schnee umkehren müssen, weil der Schneebelag des Grates, dessen Schneide wir gerade begingen, als Lawine in die Tiefe ging.«

Vom Gipfel aus beobachteten Karlo und Adi Göttner im Südosten eine Nebeldecke, aus der im Sonnenlicht der Siniolchu herausschaute. Der steile und scharfe Nordgrat des Kangchendzönga war im oberen Teil mit äußerst kritischen Wächten besetzt. In weiter Ferne erblickte Karlo den »Tschomolungma«, den Mount Everest; dort setzte, wie am Kantsch ebenfalls, vier Wochen früher als erwartet der Monsun ein, so daß britische Expeditionen 1936 nicht einmal so weit kamen wie in den Jahren 1924 und 1933.

In diese Gipfelstunde am 10. September 1936 fiel Karlos 30. Geburtstag. »Günther und ich«, schrieb Karlo nach Hause, »eilten gestern den

weiten Weg ins Standlager voraus, wo wir heute hundemüde und bärenhungrig eintrafen. Wir konnten bei eben eingetroffener Post und einem frisch geschlachteten Hammel eine kleine Geburtstagsfeier abhalten. In der Nacht begann es zu schneien. Ein Teil unserer Zelte wurde eingedrückt. In unserem Hauptlager ist es Winter geworden.
Aus der Perspektive der Welt, die sich aus diesen gewaltigsten und einsamsten Bergen der Erde auftut, ist der Weg des Lebens mit Zweck, Ziel und Art klar vorgezeichnet.«
Im Standlager befaßte sich Karlo während des Unwetters mit Tagebuchaufzeichnungen und Protokollen. »Wenns jetzt nicht bald besser Wetter wird, geh' i hoam«, lautet die letzte Eintragung voll grimmigen Humors. Und dann wurde es in der Tat besser »mit dem da oben, der alle Berge vereist und einschneit«.
Am ersten schneefreien Tag, am 18. September, zogen Karlo und Adi Göttner mit dem Scherpa Mingma und dem Leptscha Girti über den Gletscher langsam dem Siniolchu entgegen. »Der hohe Schnee macht aus unserer Route einen Passionsweg, aber es ist wunderbar, wie wir nun dem ›schönsten Berg der Erde‹ immer näher kommen.« Nachdem Karlo mit Mingma immer wieder einbrach, bezogen sie in 5100 Metern Höhe zunächst ein Biwak. Am 21. September überwanden beide in mühsamer Hackarbeit den unteren und oberen Bruch des Siniolchu-Gletschers. Am Fuße der steil abstürzenden Felswand richteten sie das zweite Lager ein. Nun folgten Nächte und Tage, die niemand vergißt. Luis Trenker hat die Erlebnisse Karlos in seinem Buch »Die höchsten Berge der Welt« verarbeitet.
Als Karlo durch die hohe Eisgasse zum Siniolchu schaute, beschlich ihn ein unheimliches Gefühl. Kurz vor Einbruch der Dunkelheit unternahm er einen Erkundungsgang. Dabei wurde ihm klar, daß ihm der Träger mit schwerem Gepäck beim Versuch, die gut 300 Meter hohe enge Eisgasse zu nehmen, kaum würde folgen können. Alles Entbehrliche mußte nun auch Karlo bei seinem Träger im Zwischenlager zurücklassen. »Also brachen wir mit leichtem Biwakgepäck am frühen Morgen des 22. September nach oben auf. Bald müssen wir die Eisen anlegen. Wir, Adi und ich, steigen in den steilsten Teil der Eisgasse ein. Sie führt durch zahlreiche zerklüftete Eisblöcke und Gletscherbrüche hindurch. Stellenweise queren wir Mulden, in denen das Spuren schwerfällt. Um 5 Uhr 45 sind wir aufgebrochen, um 9 Uhr 30 errei-

chen wir das Ende einer Terrasse, ungefähr 100 Meter unter einer Scharte, die in wilden Rillenfirnwänden abbricht.

Von hier aus sehen wir den unteren Teil des Gipfelgrates und sehen auch, wie man ihn erreichen kann. Adi und ich spuren nun unentwegt weiter. Nach langer, gleichmäßiger Arbeit, bei der uns nichts geschenkt wird, erreichen wir um 14 Uhr den Grat. Der Grat ist erstaunlich scharf und stürzt steil nach der Passaramseite ab. Er besteht aus einzelnen Türmen, die stellenweise überwächtet sind. Hie und da bricht bei unserem Sondieren ein mehrere Meter breites Stück ab und löst bei dem Sturz zum Zemu hinab riesige Lawinen aus. Als es auf 17 Uhr zugeht, läuft nichts mehr.

Paul Bauer und Günther Hepp, die nachgerückt waren, entdecken unterhalb einer vier Meter hohen Wächte eine halb zugeschüttete Spalte, in der wir biwakieren können. Wir bauen auf einem frei überhängenden Balkon vier Sitze nebeneinander. Der Nebel zieht fort, der Kantsch steht in seiner ganzen Größe vor der untergehenden Sonne. Bald wird es Nacht und sehr kalt. Wir haben alles Wärmende am Leibe, und die beschuhten Füße stecken in einem Rucksack. Es war zu aufregend, um in unserem luftigen Quartier den schlimmen Frost zu spüren. Aber geschlafen haben wir auch nicht. Paul Bauer muß es jedoch erbärmlich kalt gehabt haben, weil er sich als Windfang den Platz ganz links ausgesucht hatte. Was ist das für ein Expeditionschef.«

In seinem Tagebuch schrieb Paul Bauer »von der unbeschreiblichen Größe dieser Nacht«, in der er mit seinen Freunden in 6400 Meter Höhe auf einem Felsvorsprung saß, »von dem es auf beiden Seiten Tausende von Metern hinab ging«.

In dieser Nacht fielen nicht viele Worte. Jeder horchte für sich in das Dunkel hinaus, das den Abgrund gnädig verhängt hatte, und schickte seine Gedanken über Gebirge und Ozeane hinweg in die Heimat. In der magischen Stunde trug der Sturm Stimmen und Melodien herbei, und bald horchte Karlo schärfer hin. Aus weiter Ferne vernahm er, auf Böen getragen, etwas, was er so sehr liebte und das immer sein Leben aufgerichtet hatte, wenn ihn Nöte plagten, ganz leise, die »Siebente Symphonie« von Anton Bruckner. Niemand spielte sie am Siniolchu, und dennoch war ein Orchester irgendwo am Werk, das sich den Sinnen mit Melodien mitteilte, die sein inneres Leben trugen. Und es verging dabei die Zeit, in der Minuten so lang sein können. Und nichts paßte vielleicht besser zu dieser Stunde, zu dieser Lage und zu diesem Berg als Anton Bruckner.

Ohne »Wastl« jedoch wäre die Szene unvollkommen beschrieben. Wastl war der Name des Expeditionshundes, eines Lhasa-Hundes, der Karlo auf dem Anmarsch zum Zemu-Gletscher zugelaufen war und nun mit großer Treue die Tage, die Nächte und alle Ereignisse mitmachte, die der Mannschaft widerfuhren. Wastl war im Laufe der Wochen fünftes Mitglied der Expedition geworden. Er teilte mit seinen vier menschlichen Freunden auch den luftigen Balkon. »Als Wastl den Aufstieg nicht derpackt«, schrieb Karlo in seinem Tagebuch, »wird er von Bauer kurzerhand in einen leeren Sack gesteckt und mit aufgeseilt. An der steilsten Stelle des Grates, die mit mindestens 70 Grad Neigung ansetzt, hoffen wir, daß er zu den Zelten zurückgeht.« Aber Karlo kannte seinen Wastl noch immer nicht, denn mit seinen Vorderpfoten krallte er sich in das Eis der geschlagenen Stufen und kletterte bellend und schnaufend mit zum Balkon unterhalb des Gipfels. So etwas hatte es noch nicht gegeben.

Am 23. September machten sich die Expeditionsmitglieder nach kärglichem Frühstück auf dem Siniolchu-Balkon zum Sturm auf den Gipfel fertig. Karlo legte mit Adi Göttner über einen Wächtengrat des Vorgipfels die Spur zum Hauptgipfel. In einer Scharte unterhalb ihres Zieles warteten sie zunächst die Ankunft der Gefährten ab. In der Scharte kam es zur »Gipfel-Konferenz« mit Paul Bauer. Eine Bereitschaft sollte zurückbleiben, um im Notfall eingreifen zu können, falls der Gipfeltrupp nicht rechtzeitig zurückkommen konnte. »Da Paul Bauer sich wegen seines kranken Herzens etwas schwer tut«, schrieb Karlo, »bestimmt er Adi Göttner und mich zum Angriff auf den Gipfel des Siniolchu.« Karlo schlug nun vor, an seiner Stelle möge Günther Hepp gehen, damit er zu einem Gipfelerlebnis komme. Aber Hepp lehnte ab; er wollte bei seinem Patienten Paul Bauer bleiben.

»Es ist 8 Uhr geworden«, heißt es im Tagebuch Karlos, »und bis zum Hauptgipfel des Siniolchu sind es noch gut 450 Meter Steigung bei einer horizontalen Entfernung von 1000 Metern. Dazu etwa 60 Meter Abbruch und ein ungemein gefährlicher Grat.« Dort stand in den nächsten Stunden alles auf des Messers Schneide. Zu allem Überfluß sperrte auch noch ein Eisturm den Grat, am Abbruch wurde Karlo 50 Minuten aufgehalten, die Arbeit am Turm dauerte länger. Dann war der Durch-

stieg geschafft. Aber Karlo fand auf dem schmalen Grat nicht einmal Platz, um an Adi Göttner vorbeizukommen. Die Abstürze rechts und links waren das Wildeste, das Karlo je gesehen hatte. Der Gang wurde zu einem Kampf um Leben oder Tod.
Bald hatte die Seilschaft ein überwächtetes Gratstück erreicht, das zum Gipfelmassiv führte. Als sie das Gratstück betrat, mußte Karlo feststellen, daß der Gipfel noch weiter und höher war als er ursprünglich angenommen hatte. Er beklagte, daß seine Augen für das Gipfelbauwerk einfach keinen Maßstab hätten und daß alles viel steiler sei, als er nach den letzten Beobachtungen annehmen konnte. »Es befällt uns ein wenig Kleinmut«, bekannte er in seinem Tagebuch, »und dagegen hilft nur mechanisches Weitermachen. Jeder spurt eine Seillänge, bis das Ende des Grates erreicht ist.« Nun stellte sich das Gegenteil aller bisherigen Befürchtungen heraus: Der Grathang war einfacher, als er gedacht hatte. »Den hama, Adi«, rief Karlo. Um 12 Uhr stiegen sie in den verfirnten Hang ein, nach fünf Seillängen stand Karlo mit seinem Gefährten unter der Gipfelwächte. Es war genau 13.45 Uhr, als sie den harten Firn betraten, der auf dem Gipfel des Siniolchu lag.
Eine Gipfelrast auf dem Siniolchu war nicht möglich. Karlo erlebte, daß ein Siebentausender kritischer und schlimmer sein konnte als ein Achttausender. Es ging nicht um die Höhe, sondern um die Frage der Beschaffenheit. »Was uns umgibt«, heißt es in Karlos Tagebuch, »ist das Wildeste von all den wilden Teilen im Himalaya: Der rillendurchfurchte Südgrat, die unglaublichen Abstürze im Norden, schweres Eis auf den Felsen und nun dazu der exponierte Ort, auf dem wir stehen und auf dem auch nur zwei Paar Füße Platz haben«. Die Eindrücke über die wilde Tiefe und den einsamen Balkon in der Höhe schnürten Brust und Sinne zusammen. Wolken fuhren heran und griffen mit ihren Böen an.
»Mit den Freunden tief unter uns in der Scharte tauschen wir ein jubelndes ›He-ju-ahe‹ aus. Dazu schwenken wir unsere Wimpel, die wir am Eispickel befestigen. Ein langer Händedruck mit Adi ... Uns beide durchströmt tiefes Glück, die Freude, daß wir bislang Unbezwingbares bezwingen konnten. Ich denke an die Worte von Douglas Freshfield, daß dieser ›Berg in seiner ungewöhnlichen Formation für diese Generation unbesteigbar‹ sei. Wir haben es für unsere Generation dennoch getan.

35 Lama-Mönche begrüßen die Expedition in Sikkim

37 Karlo Wien, Günther Hepp, Paul Bauer und Adi Göttner im Hauptlager mit Wastl

36 Simvu-Massiv (vorhergehende Doppelseite)

Aber horch, bellt da unten in der Scharte unser fünftes Expeditionsmitglied, der Wastl, nicht vor Freude mit? Wo hat es das schon einmal gegeben, daß ein Hund Bergsteiger wird und gleich einen fast Siebentausender erobert, ohne höhenkrank zu werden oder Furcht zu zeigen? Für den Abstieg ist es höchste Zeit. Die Sonne kehrt sich vom Berg ab und brennt mit ihren letzten Strahlen in den steilen Gipfelhang hinein. Wir gehen fast schulmäßig am Seil vor, um jeden falschen Griff und jeden falschen Tritt zu vermeiden. Als Bauer und Hepp uns am Anfang des Gipfelgrates sehen, ziehen sie sich zum Biwakplatz zurück. In beispielloser Fürsorge haben sie für uns eine Feldflasche mit Wasser zurückgelassen. Dazu breiteten sie einen Kleppermantel aus, um darauf Schnee zu schmelzen. Auf der Abstiegsroute des Vorgipfels schlugen sie Stufen ein, um uns nach all den Strapazen den Weg zu erleichtern. Als die Nacht hereinbricht, gegen 19.00 Uhr, erreichen wir den Biwakplatz. Niemand schläft in der Nacht vor Übermüdung und vor der Unruhe des Glücks. Der einzige, der laut bezeugt, daß er außer sich vor Freude ist, ist unser Wastl.«

Und gerade dieser treue Bursche machte allen Sorge, als es um 5 Uhr 30 endgültig abwärts ging. »Er hat im Biwaklager ausgehalten«, schrieb Karlo, sein »Herrchen«, »nun aber erscheint es zweifelhaft, ob er überhaupt hinunterkommt. Der Abstieg ist wahrscheinlich zu schwierig für ihn, und niemand von uns hat noch die Kraft, den Hund zu tragen.« Karlo kannte den Lhasa noch immer nicht, auch nicht seine Fähigkeit zu Treue und Improvisation. Wastl wandte für den Abstieg eine neue Bergsteigertechnik an:

»Als wir gerade im ersten, schweren Stück stehen, rutscht Wastl oben ganz einfach los. Dann landet er auf meinen Schultern und hält sich dort fest. Aber das machte er so geschickt, daß ich nicht das Gleichgewicht verlor. Danach drehte er nach links ab, erledigte das nächste Stück auf dieselbe Weise und landete auf dem Rücken von Günther Hepp. Uns erfaßte in dieser kritischen Phase eine unglaubliche Heiterkeit über den trickreichen Abstieg von Wastl. Alle lachten und lachten auch plötzlich der Wildheit dieses Bergungeheuers ins Gesicht. In der Folgezeit erledigte Wastl alle Schwierigkeiten auf dieselbe Weise, indem er nacheinander alle Sahibs als Prellbock benutzte.« Im Zeltlager begrüßten Mingma und Nima die erschöpfte Expedition mit warmem Essen und heißem Tee. Dann fielen alle in einen tiefen Schlaf.

Karlos letzte Erkundung galt dem fast unbekannten Passanramtal. In einer Höhe von 5200 Metern errichtete er sein Zeltlager und verlebte hier wohl die kälteste Nacht auf dieser Fahrt. Am 29. September erreichte er die Paßhöhe. In dem Nebel sahen die Abstürze zum Passanram-Gletscher steiler aus, als sie sind. Alles wirkte bodenlos. Karlo verband sich mit den Trägern Girti und Mingma am Seil. Nima und Darji folgten. »Stundenlang geht auch alles gut«, heißt es in Karlos Tagebuch, »aber plötzlich stürzt Mingma unter mir ins Seil. Senkrecht unter ihm der Simvu-Sattel. Ich überstehe den Schlag und halte ihn sicher. Dann lasse ich ihn langsam auf einen Standplatz hinab. Den Rufen von Girti entnehme ich, daß sich die Last verklemmt hat, während Mingma am Seil pendelte. Stirnband und die beiden Schulterbänder reißen. Während Girti noch versucht, die Last zu retten, stürzt sie in die Tiefe, bis der Nebel sie verschluckt. Es ist ausgerechnet mein Photogrammeter, der da im Abgrund verschwunden ist.« Ob er den Sturz überstanden hatte? Nach 110 Metern Abstieg entdeckte Karlo die Trümmer. Der Verlust war für ihn ein herber Schlag, an die Fortsetzung der photogrammetrischen Arbeiten war nun nicht mehr zu denken. Karlo schickte das zerstörte Gerät mit den Trägern Nima und Dorje über den Simvu-Sattel ins Standlager zurück.

»Wir tasten uns im Nebel noch über die Felsen und über den folgenden Teil des wild zerrissenen Gletschers hinunter. Meine wissenschaftliche Aufgabe muß nun unerfüllt bleiben. Ich bin traurig und wütend; mein einziger Trost ist die Tatsache, daß ich den Apparat vielleicht gar nicht so sehr vermissen werde, wenn das neblige Schneewetter weiter anhält.«

In ununterbrochenen Kreuz- und Querfahrten erkundete Karlo nun die genaue Lage und den Verlauf des Passanram-Gletschers, nahm Vermessungen vor und ernährte sich dabei aus den Rinnen des Siniolchu – hier und auf den Moränen fand er eine Urvegetation sowie drei eßbare Beerensorten für ein vegetarisches, aber »köstliches Mahl«. In einer Höhe von 3500 Metern entdeckte er gar in seinem Bergstiefel einen Blutegel. Unterhalb der Gletscherzunge stieß er in hohes Grasland vor. In diesen Stunden geriet Karlo mit seinen Trägern in ernste Schwierigkeiten. Wegen der Unwetter gab es keinen Weg zurück. »Nach den starken Schneefällen konnte ich es nicht mehr wagen, über die steilen Abbrüche des Simvu-Sattels ins Zemutal zurückzukehren. Deshalb

muß ich mich entschließen, mit sehr spärlichem Proviant die Fahrt weiter ins Passanramtal vollständig ins Ungewisse hinein anzutreten.«
Am 6. Oktober begann Karlos Kampf mit dem Dickicht, mit dem Hunger, mit dem Busch und mit dem reißenden Passanram-Fluß. Dieser tobte in einer scharf eingeschnittenen Klamm dahin, nachdem er seinen riesigen Eisquell, den Gletscher, verlassen hatte. Über die Tage der Not berichtete Karlo in seinem Tagebuch:
»Gleich der 6. Oktober bringt einen ungemein anstrengenden Tag. Anstelle des Waldes tritt ein Dickicht, teilweise auch dichtes Schilf, durch das hindurchzuwaten sehr schwer ist. Die Bodenneigung ist sehr stark. Plötzlich kugelt man mitten im Dickicht in ein tiefes Loch. Dazu Felsabbrüche und Platten. Einer nach dem anderen rutscht von uns aus. Es ist gänzlich gleich, denn wir sind ohnehin vollständig durchnäßt. Eine Mittagsrast fällt aus. Wir teilen uns die letzte Tafel Schokolade und essen sie stehend.
Nachmittags erreichen wir den Eingang zu einem Seitental, aus dem der einzige größere Nebenfluß des Passanram herabkommt.« Kam er aus den Bergen östlich der Siniolchu-Nadel? Überall steiler Fels, nach oben und nach unten, 250 Meter tief bis zum Fluß. Ob er wollte oder nicht: Karlo mußte sein Herz über die Hürde werfen und da hinab. Er schrieb:
»Ich lasse Mingma zuerst hinunter. Er rutscht so lange, bis er wieder Stand hat. Dann folgt Girti, der mich völlig entgeistert anstarrt. Dann lasse ich mich am doppelten Seil hinunter, in zweimaligem Abseilen, weil den Trägern die volle Seillänge ausgegangen ist. Unsere Gesichter sind über und über beschmiert. Wir schauen aus wie die Affen. Dreimal wiederholt sich das Abseilmanöver. Um 17 Uhr haben wir endlich Boden unter den Füßen. Wir schlagen unser Lager mitten im Wald auf. Es gelingt Mingma, ein kleines Feuer zustande zu bringen und etwas Tee und Suppe zuzubereiten. Der Großkampftag hat uns völlig erschöpft. In dem von Brennesseln verstärkten Grasbewuchs hat Mingma einige Pilze aufgetrieben und steckt sie lächelnd in seinen Dickchi, in seinen Topf. Dann wird geschlafen, geschlafen, während Regen auf das Zeltdach trommelt. Wir haben in den letzten Stunden etwa zwei Kilometer zurückgelegt.«
Am nächsten Tag ging es aufs Geratewohl weiter. Es gab keine Karte; mit der Orientierung haperte es. Auch die Träger kannten sich hier

nicht aus. An diesem 7. Oktober mußte Karlo den Fluß überschreiten, der mit großer Macht durch die Schlucht dahintoste. Dabei zeigte er seine weißen, wilden Zähne. »Um ihn zu überschreiten, muß ich eine Brücke bauen«, notierte Karlo. »Mingma ist gleich bei der Hand, doch Girti steht wieder einmal völlig entgeistert da und sagt zu allem bloß immer ›No‹. Aber das gute Beispiel spornt ihn bald an. Mit einem Eispickel hat er innerhalb kurzer Zeit einen 25 bis 30 cm dicken Stamm gefällt, wie es auch Mingma und ich getan hatten. Schwieriger ist es schon, die Bäume über die Steilufer des Baches zu legen. Um 15 Uhr ist die Brücke fertig. Ich habe starke Schmerzen in der Brust, wohl von den gestrigen Stürzen her.«

Daher fiel Karlo auf der anderen Seite des Flusses das Hochseilen ziemlich schwer. »Wir steigen den ganzen Tag an, um die Kammhöhe zu erreichen. Nachmittags stelle ich fest, daß wir nur 300 Meter gepackt haben. Um 16 Uhr schlagen wir im Dickicht unser Lager auf. Ein hohler Baum gibt uns trotz anhaltenden Regens die Möglichkeit, ein Feuer zu entzünden. Schwer und naß hängen uns die Kleider am Leibe. Blutegel quälen uns. Die schmierige Hose wird am Abend naß ausgezogen und morgens wieder naß angezogen. Es gelingt auch nicht mehr, in dem völlig durchnäßten Schlafsack nachts die Unterkleider trocken zu bekommen. Wir müssen dringend das Talungtal erreichen; denn ich habe in den letzten Tagen nur noch zwei Tassen Tsamba (Mehl aus gerösteter Gerste) ausgegeben. Ich selbst traue mich schon gar nichts mehr zu essen, weil ich weiß, daß die Träger schlappmachen, wenn sie nichts mehr bekommen.«

Am Abend des 9. Oktober erreichte Karlo mit seinen zwei Trägern das Talungtal, der Anblick gab ihnen ihren Lebensgeist zurück. Der Regen löste mittlerweile die restlichen Lebensmittelvorräte auf. Die Steilflanke zum Fluß hatte vielleicht eine Höhe von 500 Metern. Karlo erzählte: »Hier rutschen wir alle gemeinsam auf dem Hosenboden hinunter. An den Dornen reiße ich mir die Hände blutig. Doch gegen Abend haben wir den Fluß erreicht. Zwei Kilometer beträgt die Entfernung zur nächsten Siedlung.«

Was soll nun noch schiefgehen? Die Drei-Mann-Expedition verzehrte die mageren, verkrusteten Reste des gerösteten Gerstenmehls. »Ich bin an diesem Abend wie zerschlagen«, schrieb Karlo, »überall Schmerzen, besonders in der Brust, doch schlafe ich gut. Aber wir haben jetzt nicht mehr den kleinsten Bissen Proviant.«

Der 10. Oktober bescherte Karlo eine herbe Enttäuschung. Die rettende Siedlung befand sich am anderen Ufer, und der Fluß war unüberquerbar. Karlo ging nun weiter in der Hoffnung, auf dem diesseitigen Ufer auf Menschen zu stoßen. »Dabei gerieten wir in ein unglaublich geschlossenes Dickicht. Wir kamen in den nächsten zwei Stunden überhaupt nicht vorwärts. Der ganze Tag vergeht in ständigem Bemühen, irgendeinen Ausweg zu finden. Erdrutsche versperren uns zusätzlich den Durchbruch. Der Tag vergeht ohne Nahrung. Abends befinden sich die Träger im Zustand tiefer Apathie. Wir lagern auf einem kleinen Fleck, ohne Wasser und ohne Feuer. Aber Schlaf allein stärkt auch.«
Für die nächsten drei Kilometer brauchte die kleine Expedition drei Tage. Dann stieß sie auf eine verlassene und zerfallene Hütte inmitten einer Rodung. »Wir finden ein paar Maiskolben, rösten uns die Körner und stillen damit den ärgsten Hunger. Vor allem aber haben wir die Hoffnung, morgen einen Weg zu den Menschen zu finden.«
14 Tage waren verstrichen, seitdem Karlo den Simvu-Sattel mit seinen Trägern verlassen hatte und zur einsamsten Erkundungsfahrt seines Lebens angetreten war. Die Menschen, die er in der Einsamkeit suchte, entdeckte Karlo am Nachmittag des 12. Oktober. Gänzlich unerwartet stieß er auf die Hütte eines alten Leptscha, »der mit seinen langen Haaren wie ein Indianer aussieht«. Bald fanden sich zwei weitere Männer und eine Frau in dem Raum ein, der zudem mehreren Schweinen als Stall diente. Karlo wurde überaus gastfreundlich mit seinen Trägern aufgenommen. Die Leptschas bewirteten ihn mit Reis und Hirsebier, sie schlachteten einen Hahn und begingen die erste Begegnung mit einem Europäer auf festliche Weise. »An der Wand«, berichtete Karlo in seinem Tagebuch, »wird mir ein Ehrenplatz eingeräumt, und bald haben wir eine Schüssel mit Reis vor uns, die besonders Girti schnell zu neuem Leben erweckt. Girti schildert nun den staunenden Zuhörern unsere Abenteuer. Er verbindet seine Schilderungen mit der Vorführung von allerlei Dingen wie Primus-Brenner, benagelte Bergschuhe und Photoapparat, die hier oben gänzlich unbekannt sind. Die Hütte der armen Leptscha-Bauern ist herrlicher als das ›Bristol‹ in Kalkutta. Das Talungtal, das im Süden des Kangchendzönga seinen Ursprung hat und in west-östliche Richtung gegen das Tistatal führt, ist eine der Hauptzufluchtstätten der Leptschas.«

Die Leptschas zählen zu den Ureinwohnern Sikkims. Als die Tibeter von Norden und die Nepalesen von Westen her eindrangen, bezogen die Leptschas Rückzugsgebiete, die nur schwer zugänglich waren. Karlo bezeichnete sie in einer Studie als charakterlich wertvolle und dazu als intelligente Bergbauern, die »in engen Beziehungen zu der Natur stehen, in deren Mitte sie leben«. Auf seinem weiteren Weg entlang des Talung-Flusses bis Man-Gen hatte Karlo Gelegenheit, die Wesenszüge des einfachen Volkes ausführlich zu beobachten. Er wurde überall freundlich aufgenommen. »Aber«, so notierte er in seinem Tagebuch, »die Schmerzen in der Brust nehmen zu, wenn ich nachts auf hartem Boden liege. Ich glaube, daß ich eine Rippe gebrochen habe.« In Man-Gen ließ er sich ein Hemd und eine Hose machen, seine Kleidung war völlig ramponiert.

Am Zusammenfluß des Talung-Chu und des Tista-Flusses liegt der herrlich gelegene Bungalow von Singhik. Hier ruhte sich Karlo aus und hoffte, auch Paul Bauer, Günther Hepp und Adi Göttner zu treffen, die in der Zwischenzeit Hermann Schallers Gletschergrab besucht und vier Nebengipfel zwischen 5400 und 6500 Metern bezwungen hatten. Als bis zum 15. Oktober von Karlo keine Nachricht bei Bauer eintraf, entschloß sich der Expeditionschef zu einer Rettungsaktion. Denn, so hielt er in seinem Tagebuch fest, Wien war überfällig; Karlo war am 29. September mit einem Proviantvorrat von sechs Tagen aufgebrochen, Bauer vermutete nun, daß der Vermißte ins Talungtal abgedrängt worden war. Noch in der Nacht brach Paul Bauer nach Laschén auf, besorgte sich dort ein Pferd und ritt auf Singhik zu. Unterwegs traf er Girti, Karlos zweiten Träger. Girti schilderte Bauer die Abenteuer Karlos in den schönsten Farben seiner Phantasie. Karlo hatte Girti ausgesandt, um Paul Bauer von seinem Aufenthaltsort und seinem Zustand zu verständigen.

Am 21. Oktober waren alle wieder in Darjeeling vereint. Karlo hatte ein Abenteuer bestanden, das sich in der Geschichte aller Himalaya-Kundfahrten einen besonderen Platz eroberte. Es hatte sich erfüllt, was Karlo vor der Sikkim-Reise in einem Brief geschrieben hatte, nämlich daß seine wissenschaftliche Arbeit im Dienst der Kultur stehen müsse und daß das Bergsteigerische erforderlich, aber auch nebensächlich sei. Für Paul Bauer hatte die Kundfahrt in den Sikkim-Himalaya »den festen Grund für die kommende Fahrt zum Nanga Parbat gelegt«.

Karlo Wiens letzte Fahrt

Die »Expedition der Freunde«. Marsch und Ritt zum Nanga Parbat. Europäisch-asiatische Abende am Feuer. Leutnant Smart wird Expeditionsmitglied. Karlo Wiens »Bamberger Reiter«: Die Ta Yüe-tschi, die Großen Goten. Kampf gegen Unwetter und Lawinen. Mitternachtsstunde am Rakiot Peak. Letzte Worte an die Nachwelt.

»Alle diese ersten Bergsteiger litten an ihrer Zeit. Und sie brauchten, um den Ausgleich in sich selbst zu finden, die Berge, brauchten sie viel mehr, viel wesentlicher, als wir heute leichthin glauben ...«

Luis Trenker

Ende 1936 ging Karlo ganz in den Vorbereitungen seiner Nanga-Parbat-Expedition auf. Die britische Regierung hatte ihm für 1936 die Genehmigung versagt, nicht allein wegen einer französischen Expedition, sondern auch weil sich nordöstlich vom Nanga Parbat die politische Lage plötzlich verschärft hatte. Der Generalstab der Roten Armee in Taschkent hatte Truppen nach Sinkiang entsandt und einen chinesischen Kollaborateur, den berüchtigten General Sheng Shih-tsai, zum Alleinherrscher gemacht. Die Situation entlang der Karakorum-Grenze von Hunza war bedrohlich, nachdem Invasionstruppen im Raum von Ili 50 000 griechisch-orthodoxe Christen und in Ili-Stadt jeden Mann und jeden männlichen Jugendlichen umgebracht hatten. 30 000 Moslems teilten dasselbe Schicksal. Flüchtende Kirgisen und Turkmenen bedrängten die Grenze von Hunza und Kaschmir. In einer Zeit, in der solche Pogrome Mittelasien beunruhigten und zudem das »Indische Tor« an Nanga Parbat und Hispar gefährdeten, konnte Großbritannien im Grenzraum keine Expeditionen gebrauchen.

Karlo wußte nicht, wie explosiv die Lage hinter den Gebirgsketten war, mit denen er sich beschäftigte. Es war auch gut so; er blieb auf solche Weise unvoreingenommen und fand in den Weihnachtstagen Zeit, sich mit sich selbst zu befassen und Bilanz zu ziehen. Es war das letzte Weihnachtsfest in seinem Leben. »Ich muß mit mir und in mir im Gleichgewicht sein, wenn ich an die Aufgabe des nächsten Jahres, an die schwerste und verantwortungsvollste meines ganzen Lebens, herantreten will.« Mit diesen Worten schlug er am 20. Dezember 1936 die Einladung einer Bekannten aus.

Der Nanga Parbat war in diesen Tagen Magnet; der Berg zog die Persönlichkeit mit allen Sinnen zu sich hinauf. Wenn Karlo abends zur Ruhe kam, dann verließ er auf dem Bogen seiner Gedanken München und eilte zum Berg voraus. »In solchen Stunden«, so bekannte die Freundin in Nairobi, »konnte er sehr glücklich sein, wenn er jemanden hatte, dem er als ›Gleichschauenden‹ vertrauen konnte.« Wie reich konnte das Leben sein, wenn er an die Monate im Pamir, an die afrikanischen Nächte im Zelt, an den Kantsch, an die Orchideen, Rhododendren und Schmetterlinge dachte, die die Landschaft Sikkims bis auf 4000 Meter hinauf in ein blühendes, summendes Paradies verwandelten. Zu den großen Erinnerungen gehörte auch die qualvolle Fahrt durch das unerforschte Passanramtal, die Stunde, in der zwei Träger von oben und unten zurückkehrten und sagten: »Sahib, no path«, und er nun halb verhungert und zerschunden selbst aufbrach, um zu den Lebenden zurückzufinden. Was hatten ihm die Alpengipfel vom Montblanc bis zum Wilden Kaiser und zum Großglockner nicht alles geschenkt, oder gar der Siniolchu?

Weihnachten 1936. Es waren Tage der Besinnung, des Rückblicks und der großen Hoffnung. Das Licht am grünen Baum verband ihn mit der Kindheit und Jugend in Würzburg und Mittenwald. Licht hatte ihn immer begleitet, innerlich erhellt und ihn so reich gemacht, daß er von diesem Licht andere beschenken konnte. In seinem Weihnachtsbrief an die Freundin zeichnete er Gedanken mit wenigen feinen und zarten Strichen nach, als wolle er mit dem Wort das Bild von einem suchenden Menschenpaar festhalten.

Die junge Frau, die in Karlos Leben als neue Kraft eingeschaltet war, schenkte ihm Weihnachten 1936 das für die Gebildeten der Zeit so beliebte Werk Hans Carossas: »Geheimnisse des reifen Lebens.« Sie traf damit den Kern seines Wesens. Karlo unterhielt zu Hans Carossa eine enge geistige Beziehung. In den Dichtungen Carossas gab es Geschöpfe, die ihm glichen und Dramen, die das Psychische mit ihm teilten. Vor allem aber fand Karlo bei Hans Carossa Frauengestalten, die einfach sauber waren, die ihre Natur bewahrt hatten und in ihrer weiblichen Liebes- und Leidenskraft der Ikone, dem griechischen »Eikon«, dem Ebenbild, glichen, von der Gotik zur Besitzerin königlich-mystischer Mächte verzaubert. Karlo begriff in den besinnlichen Stunden die eigene Situation, in der nach Carossa »das Leben in zwei Leben auseinanderbricht«, wenn der eine im anderen eingeschaltet ist und wenn die Freundschaft ihre höchste Reinheit empfängt.

Bei Hans Carossa entdeckte Karlo Antworten auf die Frage nach sich selbst, »nach den vielen Zeiten, die den Menschen tragen« und nach »der Rose, die sich dem Geist von Jahr zu Jahr erneuert«.

Zwischen Weihnachten und Neujahr wohnte er im Residenztheater der Aufführung von »Richard II.« bei. Zwei lange Abende hindurch spielte er danach mit Isolde Hepp vierhändig Brahms. Brahms und Bruckner zeigen die Gefühlsrichtung Karlos an; er ging den Dingen immer auf den Grund. Während der Abende, die bis frühmorgens währten, dachte er an die endlos lange Nacht auf dem Balkon des Siniolchu, an die Geisterstunde mit Anton Bruckner.

Auf der Schwelle des Neuen Jahres enthielt das Tagebuch die Frage: »Was wird es uns bringen?« Alle Menschen stellten die Frage; in jenen so sehr bewegten Zeiten vielleicht etwas sorgfältiger als früher. »Wir wollen weiter nach dem streben, was uns das Leben so wertvoll macht, nach Arbeit, nach Leistung und nach innerer Kraft«, bekannte Karlo als Antwort auf »Die Geheimnisse des reifen Lebens«.

Was würde das Jahr 1937 bringen? Das Jahr der Olympiade in Berlin war vorüber. Das Neue Jahr, das Jahr 1937, zog mit all seinen Hoffnungen herauf; es war das Jahr der Weltausstellung in Paris. Alle Völker fanden sich auf dem Marsfeld ein, um in den Pavillons den Gedanken des Friedens zu pflegen. Unterhalb des »Trocadero« versammelten sich die Nationen zu einer gemeinsamen Demonstration, auch jene, die draußen politisch auseinanderstrebten. 1937 an der Seine beging Europa sein letztes glückliches Jahr. Niemand dachte an Krieg und Zerstörung.

In den ersten Januartagen begab sich Karlo nach Berlin, um für seine Expedition die notwendigen Devisen zu beschaffen. Am 9. Januar schrieb er in einem Brief: »Mehr tot als lebendig kam ich heute morgen aus Berlin zurück, nach vier Großkampftagen, in denen ich um den Nanga Parbat gerauft habe.«

Hinter dem Wort »Großkampftag« verbarg sich der Konflikt der werteschaffenden Einzelpersönlichkeit mit dem autoritären Staat. Auf politischem Terrain war Karlo Laie, und er wollte es auch bleiben. Das Dritte Reich wollte Propaganda, Karlo Wien suchte die stille Leistung. Propaganda war etwas, das ihm widerstrebte; sie war für ihn »schwarze Kunst« zur Verführung von Massen. Karlo wehrte sich gegen Kräfte, die seine Expedition in der Öffentlichkeit als »Partei-Unternehmen« abstempeln wollten. »Die Zeitungen machen mir Sorge«, bekannte Karlo in einem Brief. Dann schrieb er sich den Unmut von der Seele: »Der Völkische Beobachter hat sich meiner Sache bemächtigt, und hier mißfällt mir manches. Ich bremse, wo ich kann, bis zur Unhöflichkeit.«

Auf Veranlassung des »Reichssportführers« von Tschammer und Osten genehmigte die Devisenstelle der Deutschen Reichsbank einen Betrag, der das Nanga-Parbat- und das Hispar-Programm nicht mehr deckte. Karlo begriff Berlin nicht; die freien Beziehungen zur Welt verdünnten sich immer mehr. Er aber öffnete im übertragenen Sinn das indische Tor, das zugleich britisch war, und wollte durch wissenschaftliche und bergsteigerische Leistungen nun die Achtung vor dem Deutschtum im Ausland neu beleben. Er verteidigte seine ursprüngliche Forderung, um zu vermeiden, daß er den Hispar in seinem Forschungsprogramm streichen und sich gar am Nanga Parbat beeilen mußte, damit er nicht die Deckung für die Kosten verlor. So etwas hatte es früher nicht gegeben. In Berlin kämpfte er mit allen Argumenten gegen die Devisenkürzung. Vergeblich. Damit schied Richard Finsterwalder aus dem Teilnehmerkreis aus. Ihm ging es gerade um photogrammetrische Aufnahmen auf dem Riesengletscher des Hispar südlich der Eisschlucht von Hunza und Nagär. Für Karlo war der Rücktritt seines Lehrers und Freundes ein schwerer Schlag und ein schlechtes Omen.

Karlo ließ sich jedoch nicht entmutigen. Er warb weiter öffentlich für seine Nanga-Parbat-Sache. Am 26. Januar 1937 redete er in Würzburg, am 27. in Frankfurt, am 28. vor der Münchener Geographischen Gesellschaft und am 29. Januar im Auditorium Maximum der Berliner Universität vor dem Orient-Verein. Anschließend sprach er im Funkhaus des Reichssenders Berlin Vorträge auf Wachsplatten in deutscher und englischer Sprache. Nach einem Vortrag handelte er sich von Finsterwalder eine Rüge ein: »Warum habt ihr das Hundsvieh auf den Siniolchu mitgenommen, das euch im Abstieg in Lebensgefahr brachte?« Ja, warum hatte das der Karlo wohl getan? Er wußte selbst nicht, warum der »Wastl« mitgenommen worden war, vielleicht aus Unfähigkeit, Treue mit Treulosigkeit zu vergelten.

Am 30. Januar schrieb Karlo aus Berlin seiner Mutter: »Vier bewegte Tage. Es macht großen Spaß, die Leute mitzureißen und zu begeistern. Sie waren ganz narrisch. Beifall auf offener Szene. Schön ist, daß man mit seinen eigenen Worten und dem Bericht über unsere Expeditionsleistungen den Leuten diese Freude machen kann, indem man sie kurz hinaufführt zu den schönsten Bergen der Welt.«

Max Planck hatte sich in Berlin für seinen jungen Freund eine besondere Ehrung ausgedacht. Planck, Präsident der Kaiser-Wilhelm-Gesellschaft, hatte alle, die wissenschaftlich Namen und Rang besaßen, in den großen Saal des Harnack-Hauses zu einem Empfang geladen. Nach dem Souper überraschte Max Planck seine Gäste mit einem Himalaya-Vortrag von Karlo Wien. In einem Brief vom 19. Februar schrieb Karlo: »In Berlin habe ich noch einen Vortrag gehalten, der sehr, sehr ordentlich war. Man spürt so etwas an der Reaktion. Es war nach einem großen Essen, das der Präsident der ›Kaiser-Wilhelm-Gesellschaft‹, Max Planck, im Harnackhaus gab, vor 150 Köpfen voll konzentrierter Gescheitheit. Am 11. April fahre ich nach Genua weiter.«
Genua – dort begann der Weg zum Nanga Parbat.
Zunächst rief Karlo alle Teilnehmer zur Expeditionsbesprechung nach München. Hans Hartmann hatte zugesagt, nachdem er erfahren hatte, daß Karlo Expeditionschef war. Aber Hans Hartmann erkrankte im Spätwinter 1936/37; bis zur Abreise war seine Teilnahme ungewiß. Die Ungewißheit bedrückte Karlo, der neben der menschlichen Bedeutung nun auch noch die rein wissenschaftliche Seite gefährdet sah. Die 1931 am Kangchendzönga von Hans Hartmann angestellten »Untersuchungen über das Verhalten des menschlichen Organismus in großen Höhen« waren in der Zwischenzeit von der internationalen Fachwelt gewürdigt worden. Sie sollten nun am Nanga Parbat weitergeführt werden. Hartmann hatte seinen Assistenten Ulrich Luft als Expeditionsmitglied empfohlen: »Er ist Bergsteiger und ein guter Freund von mir. In unseren Kreis wird er ganz vorzüglich hineinpassen.« Mit dieser Empfehlung trug ihn Karlo Wien in die Expeditionsliste ein.
Hans Hartmann war seit 1934 verheiratet und mußte, wenn er dem Himalaya-Ruf Karlo Wiens folgte, seine Frau und zwei kleine Kinder zurücklassen. Der tapfere Mann mit den »kleinen Füßen« war ein glänzender Wissenschaftler. Soeben war seine Habilitationsschrift angenommen worden. Das Reichsluftfahrtministerium in Berlin hatte ein »Luftfahrtmedizinisches Forschungsinstitut« – LMFI – ins Leben gerufen und Hans Hartmann die Leitung der »Höhenphysiologischen Abteilung« anvertraut. Vor der aufrechten und so beständigen Persönlichkeit lag eine große Zukunft. Seine Teilnahme enthielt viel Verzicht. Es gab daher nicht viele, die, wie Hatschi bekannte, seinen eventuellen

Himalaya-Entschluß billigten. »Du mußt noch etwas Geduld haben«, schrieb er Karlo, »aber je länger ich mir alles durch den Kopf gehen lasse, desto lebendiger erscheint der Himalaya-Berg vor meinem Auge. Desto stärker und größer wird auch das Gefühl unserer Freundschaft, die mehr füreinander einsetzt und mehr voneinander verlangt, als andere verstehen können.

Und weil diese Freundschaft in Not und Gefahr gewachsen ist, kann sie uns auch jetzt weiterbringen.

Und am Ende kann nie ein Tod, sondern nur ein Sieg stehen, ein Sieg am Berg, im Leben über uns selbst.«

Karlo antwortete zum Jahreswechsel: »Wie immer Du entscheiden magst, Du kannst sicher sein, daß ich es verstehen werde. Aber ich glaube doch, daß es eben mehr wäre als ein pfundiges, bergsteigerisches Unternehmen, wenn wir beide noch einmal zusammen in den Himalaya gingen. Ich glaube, daß es bei der Geschichte unserer Freundschaft ein Ding an sich wäre, welches das Schicksal haben will.«

»... welches das Schicksal haben will.«

Anfang Januar sahen sich die Freunde in Berlin. Am 8. Januar antwortete Hans Hartmann, der mittlerweile ein bekannter Physiologe, Flieger und Ballonfahrer geworden war: »Wenn mein Ja weniger begeistert und nicht so laut ausfällt, wie das Deiner übrigen Begleiter, so ist das nur ein Zeichen dafür, daß ich den Weg mit voller Überlegung und ganzem Willen bis zum Ziel zu gehen bereit bin ... Ich habe mich entschlossen, obwohl mir alle Männer, die ich im tiefsten verehre, abgeraten haben, entgegen allen familiären Bindungen – ganz einfach, weil ich an den Berg und an den Willo, an Dich und an den Sieg glaube. Und dafür will ich alles hergeben. Du weißt, daß ich nie zum Nanga gegangen wäre, wenn nicht Du gerufen hättest. Nun gehe ich sicher und gerne, trotz manchen Tropfen Herzblutes, weil ich weiß:

Es gibt einen einzigen Weg in der Welt, welchen niemand gehen kann, außer Dir. Frage nicht, wohin er führt, gehe ihn.«

Er trat diesen Weg nun an und blieb am Ende für alle Ewigkeit an Karlos Seite.

Für Pert Fankhauser, den Lodenfabrikanten aus Telfs in Nordtirol, der mit Karlo Wien auf schwierigen Felsfahrten im Kaisergebirge Freundschaft geschlossen hatte, gab es für die Zusage »keinerlei Zweifel«. Für den Assistenzarzt an der Chirurgischen Klinik München Dr. Günther

Hepp, seit 1936 verheiratet und Vater eines Sohnes, gab es auch keine Zweifel, so wenig wie für Adolf Göttner und den Photographen und Kameramann Peter Müllritter, den Seilgefährten Willy Merkls aus dem Jahre 1934 am Nanga Parbat. Auch für den Münchener Architekten Martin Pfeffer, dem am Nanga Parbat die Berichterstattung obliegen sollte, gab es kein Zögern. Pfeffer sagte »jetzt und endgültig« zu. In seinen Armen war der Schriftsteller und Bergsteiger Leo Maduschka an der Civetta-Nordwest-Wand gestorben, nachdem ihn eine Felslawine schwer verletzt hatte. Bevor er gestorben war, hatten beide noch einmal das Bergsteigerlied gesungen. Nach dem Ausfall von Richard Finsterwalder rückte nun Professor Dr. Karl Troll, der Afrika-Gefährte Karlo Wiens, in die wissenschaftliche Gruppe auf, um geographische und pflanzenkundliche Forschungen zu betreiben. Das verbindende Glied zwischen »Wissenschaft« und »Bergsteigerei« war der Expeditionschef selbst.
Die Mannschaft Karlo Wiens war eine Expedition der Freunde. Sie hatten alle etwas gemeinsam: Erfahrung und Wagemut am Berg, Erfolg, Fleiß und Tüchtigkeit an der Universität, in der Wand unerbittlich gegen sich selbst und vorbildlich in der praktizierenden Kameradschaft bis zur Selbstaufgabe. Es waren Männer mit Zukunft. Das Deutsche Reich hatte eine solche Expedition noch nie gekannt; auch später gab es in Deutschland keine Gruppe mehr, die mit ihrer Bildung, Gesinnung und mit ihrem Charakter den Rang der Expeditionsfreunde um Karlo Wien erreichte.
Wenige Tage vor der Abreise wurde Karlo als Dozent für das Fach Geographie mit »besonderer Berücksichtigung der Geophysik, der Kartographie und der geographischen Klimatologie« der naturwissenschaftlichen Sektion der Universität München zugeteilt. Er rüstete sich so leichten Herzens für den Abschied; schwer fiel ihm der Abschied von Finsterwalder. Sein Lehrer und Freund ging 1937 nach Norwegen, um auf dem größten Plateaugletscher Europas, auf dem Jostedalsbreen, zwischen dem Sogne- und Nordfjord Forschungsarbeiten durchzuführen. Zusammen mit seiner Mutter besuchte Karlo nacheinander seine drei Schwestern. Der Abschied hatte fast etwas Feierlich-Zeremonielles. Professor Kenneth Mason aus Oxford bestellte bei ihm eine Arbeit über die bevorstehende Nanga-Parbat-Expedition; der britische Geograph wünschte ihm Glück und Erfolg. Karlo bedankte sich vor der

Abreise für private finanzielle Zuwendungen, besuchte noch einmal die Mutter seines Freundes Uli Wieland, der 1934 am Nanga Parbat umgekommen war. »Laß alles so, wie es ist«, war ihre einzige Bitte, als sie über das Grab ihres Sohnes sprachen. Der Geologieprofessor Peter Misch aus Kanton, der 1934 mit Finsterwalder am Nanga Parbat gewesen war, bat um Gesteinsproben vom Gipfel, da er »das Material für wissenschaftlich äußerst wertvoll hielt«.

»Am Abend des 10. April reisen wir ab«, schrieb Karlo im Tagebuch, das ihn zum Nanga Parbat begleitete: »Und wenn ich so sehe, wie sich das Werk nach und nach verwirklicht, erfüllt mich eine große und tiefe Freude, die mir Kraft schenkt. Wenn ich daran denke, wie noch im Januar alles unsicher war, wie Achselzucken auf den Ämtern und Intrigen Übelwollender unsere Sache in nebelhafte Ferne zu verweisen schienen, so freue ich mich doppelt, daß wir nun doch starten können. Wir tun es mit den richtigen Leuten und mit Plänen, die das Unternehmen vielseitig gestalten, ohne es zu belasten oder unbeweglicher zu machen. Wenn wir jetzt hinausfahren, so darf ich denken, daß es keine schwache Stelle in unserer Organisation gibt. Ob wir wohl unser Ziel, wie es alle so sehnlich erhoffen, erreichen werden? Unser Weg wird voller Schwung und Hoffnung sein. Wir werden ihn mit aller Ruhe und Vorsicht gehen, aber auch mit aller Entschlossenheit.«

Den letzten Abend verbrachte Karlo mit Feunden, vor allem mit Paul Bauer, bei seiner Mutter in München. Der Ordinarius für Geographie an der Berliner Universität, Professor Karl Troll, verabschiedete sich in Berlin von seinen Studenten mit einem Vortrag über den Nanga Parbat »als Ziel der deutschen Forschung«. Pert Fankhauser feierte im Klub seiner »Karwendler« Abschied: »So richtig schön war es«, heißt es in seinem Tagebuch am 8. April, »wie alle Kameraden Anteil nahmen an der Sache und mir den Abschied so leicht machten und mich zuversichtlich stimmten.« Es war ein großer Aufbruch, ein Aufbruch der Kapazitäten. Es waren nicht nur die neun Teilnehmer, die um 18.40 Uhr am 10. April den Zug nach Genua in München bestiegen; München, der Akademische Alpenverein, alle Bergsteiger und viele Menschen im Reich nahmen Anteil und identifizierten sich mit der Expedition. »Unerbittlich«, schrieb Martin Pfeffer, »setzte sich der Zug langsam in Bewegung, den Trubel des Abschiednehmens jäh beendend. Von jetzt an ist die Mannschaft mit sich selbst allein.«

Paß von Karlo Wien

In diesem Augenblick, da die Räder rollten und der Zug München verließ, warfen alle ihr Herz über die Hürde. Sie ließen die Heimat hinter sich, ihr bisheriges Leben, ihre Gewohnheiten, vor ihnen nur der Berg mit der höchsten Steilwand der Erde, den in der Monsunzeit wilde Schneestürme peitschen. Ihr Haus sollte zukünftig ein Zelt im Eis sein. Für Karlo war in Genua der Abschied vom europäischen Kontinent zugleich auch der Abschied von Erika Burghardt. Es war viel Wehmut und viel Hoffnung im Spiel. Die Freundin dachte beim letzten Händedruck an die Worte, die Karlos Vater in München gefunden hatte, als der Sohn 1928 zur Pamir-Expedition aufgebrochen war: »Wenn wir ihn nur erst wieder heil da hätten.« War der Abschied nicht immer schwer gewesen, hatte nicht bei jedem Abschied eine bange Sorge mitgeschwungen, wenn es in den Pamir, zum Kangchendzönga oder zum Siniolchu gegangen war? Der Faden, der Trennung und Heimkehr verband, hatte jedoch immer gut gehalten.

Drei Tage mußte die Expedition in Genua warten, weil sich ihr Handelsschiff, die »Treuenfels«, verspätet hatte. »Noch immer regnet's«, schrieb Pert Fankhauser am 14. April. »Kruzitürken. Um 9 Uhr feierliche Besprechung. Jeder kriegt seine Aufgabe zugewiesen: Magazinieren, Listen einteilen, Filmbesprechungen. Die meisten hocken herum und sind in den neuen Lesestoff vertieft. Der Kapitän wird immer wieder gefragt: Wann fahren wir ab? Na ja, so um 11 Uhr rum. Wir sitzen im Salon und singen unsere Kaiserlieder – Hatschi stopft dem Troll die Pfeife voll Knallplättchen. Doch vergeblich warten wir auf die Explosion. Die Pfeife war zu voll und zu fest gestopft. Da seh' ich schwarz für Troll. Übrigens ein fabelhafter Kerl.«

Nach dem Tagebuch Martin Pfeffers ging es am 15. April an Korsika, Elba und Monte Christo vorbei. »Die Sonne nähert sich dem Horizont und schüttet einen gleißenden Haufen schweren Goldes in das Meer.«

Am Abend des 17. April ging Pert Fankhauser mit Adi Göttner eine Wette ein, daß er in einer Stunde 120 Wörter Nepali auswendig lernen könne. »Nach einer Stunde«, so berichtete er, »werde ich feierlich vorgeführt. Ein hohes Gericht tagt. Günther (Hepp) ist Herold, Adi (Göttner) Staatsanwalt, Karlo Richter und Peter (Müllritter, der ›Flimmerfritze‹) als Radja Vertreter des Empire. Mir gelingt's vorbei. Sieben Wörter habe ich nicht gekonnt.«

Die Mannschaft ging mit schäumendem Übermut an ihre Sache heran.

In Port Said erwehrte sie sich der Zudringlichkeit der Händler und Geldwechsler. Am 20. April wurden um zwei Uhr morgens in Port Said die Anker gelichtet »und unter ziemlicher Aufregung der Besatzung die Einfahrt in den Suez-Kanal betätigt. Einen Tag lang zieht die Wüste an uns vorüber. Sand und ab und zu eine Oase. Am Abend liegen wir vor Port Suez und laden wieder. Eine kleine Feierstunde vereinigt Besatzung und Passagiere. Nachts kommen Böen auf. Ich liege allein auf dem Oberdeck und schaue in die Wellen, in die ferne, erleuchtete Stadt und in den Mond. Es ist etwas Herrliches um unsere Mannschaft, die sich in Schiffsmasten, im Rangeln und in rauhen Gesängen austobt.«

Am 24. April hielt Karlo frühmorgens Appell ab. »Karlo skizziert von neuem Aufmarschplan und Lastenverteilung. Die voraussichtliche Lagereinteilung wird vereinbart, und siehe da«, schrieb Pert Fankhauser in seinem Tagebuch, »auf einmal sind wir auf dem Gipfel – auf dem Papier nämlich. Überhaupt, unser Karlo ist ein ganzer Kerl. Er denkt und überlegt, ich bin überzeugt, daß er es schaffen wird. Heut' ist's schon arg heiß. Fliegende Fische schwärmen südwärts davon. Heut' nacht werden wir die ›Zwölf Apostel‹ passieren. Lange stand ich vorn an der Back und starrte in das mondbeschienene Meer. Kurs 32 Süd-Ost. Dann weiter unten die große Wendung, direkt nach Indien. Uns juckt's schon arg: Himalaya.«

Am 30. April schrieb Karlo an seine Mutter: »Wir sind die einzigen Passagiere auf dem riesigen Schiff. Es gehört uns von der Spitze des Mastes bis zur Kommandobrücke. Ich hoffe, daß wir morgen in Bombay ankommen, und wenn dann alles klappt, sollten wir am 4. Mai in Srinagar sein.«

Karlos Tagebuch begann mit der Einteilung der Lager. Er hatte die Etappen der Expedition in acht Lager eingeteilt, vom Hauptlager auf 3967 Metern über Lager IV in einer Höhe von 6185 Metern bis Lager VIII auf 7480 Metern, die letzte Station vor dem Sturm auf den 8125 Meter hohen Gipfel.

Am 1. Mai erreichte das Schiff Bombay. Karlo: »Nach 17tägiger Seefahrt endlich in Bombay. Wir werden vom deutschen Konsul und von Mitgliedern der deutschen Kolonie von Bord geholt und tagsüber sehr nett betreut. Es tut uns leid, daß wir den 1. Mai mit unseren Landsleuten nicht begehen können, aber wir sind ohnehin fünf Tage zu spät und müssen eilen, weiterzukommen. Abends um 21.30 Uhr geht's mit dem Frontier Mail von der Zentral Station ab ... Die Träger sind schon unterwegs von Darjeeling.« Karl Troll hatte beim indischen Zoll Ärger wegen seines Revolvers; aber da das kleine Schießeisen unmöglich die Sicherheit des Empire gefährden konnte, durfte er es behalten. Am 2. Mai erreichte die Expedition nach langer Nachtfahrt durch eine trostlose Steppengegend Delhi.

Aber alles änderte sich zwei Tage später, als Uli Luft, Karl Troll und Martin Pfeffer mit drei Fahrzeugen in »eine Voralpenlandschaft fahren, die im frischen Morgenlicht und mit dem saftigen Grün die Stimmung eines Caspar David Friedrich hat. Dann breitet sich ein Land aus, von einer Schönheit, wie ich sie noch nie sah, das Land, von dem es heißt, hier sei das Paradies gewesen: Kaschmir.« Die drei warfen den ersten Blick auf den Nanga Parbat. Martin Pfeffer beschrieb den Augenblick:

»Ein weites Hochland, auf allen Seiten von schneebedeckten, formenschönen Bergen umgeben, die teilweise noch im Abendlicht leuchten, teils von Nebel und Dunst umzogen; in der Sonne gleißende Schneefelder – und das Land selbst – Reisfelder, Getreidefelder, Wiesen und wieder viel Wasser und Bäche, herrliche Pappelalleen, Tulpen und Lilien überall. Wohin das Auge blickt: lauter Bilder, die sich tief einprägen. Hinter grünen Kämmen eine weiße Wolke mit etwas Unbestimmbarem, es soll der Nanga Parbat sein. Die Sonne ist schon untergegangen, als wir in die fremde Wunderstadt Srinagar einfahren.«

Karlo beschrieb das neue Quartier in Srinagar: Zwei Hausboote auf den romantischen Gewässern des Jhelum. Auf ihren Dächern hielt er am 4. Mai Appelle der Träger ab, die aus Darjeeling eingetroffen waren. Drei Männer waren schon 1934 am Nanga Parbat dabei, zwei kannte Karlo aus Sikkim, Nursang und Mambahadur. Tags darauf stattete er Oberst Long, dem Residenten von Kaschmir, einen Besuch ab. Abends wurden noch einmal Briefe geschrieben. Dann sanken alle todmüde auf ihre Lager. »Nur weiter«, schrieb Karlo, »erst einmal aus der Stadt heraus.«

Am nächsten Tag ging es im Wagen des Majors Hadow vom »Himalaya-Club« weiter nach Bandipur nördlich des Wular-Sees, wo bereits am Vortag die Träger auf einem Boot über den Jhelum angekommen waren. Nur Adi Göttner und Martin Pfeffer blieben zurück, um die

Ankunft der Benzinkanister aus Rawalpindi abzuwarten. »Um 13.30 beginnt in Bandipur der Marsch«, schrieb Karlo in seinem Tagebuch. Mit 170 Trägern brach er zum 2900 Meter hoch gelegenen Tragbal-Bungalow auf. Pert Fankhauser bezeichnete den Pfad als halsbrecherisch. Er hatte Mühe, die Trägerkolonne zusammenzuhalten. »Viel wert sind sie nicht«, meinte er, »aber mit ›Jaldi‹-Rufen geht's dann schon vorwärts.«

Am 7. Mai wurden die Träger um 5 Uhr geweckt. Karlo schrieb: »Als es hell wird, stehen sie alle neben ihren Lasten. Um 6 Uhr geht's los. Bald finden wir den ersten Schnee zwischen den Nadelbäumen. Jenseits der Waldgrenze flache Firnfelder. Der Schnee ist hart und gut. Um 10 Uhr stehen wir schon auf der Paßhöhe, 3640 m hoch. Im Abstieg zum Kishengenga folgen wir nicht dem Karawanenpfad, sondern sausen steil ins enge Tal hinunter, dem wir unten teils in und teils neben großen Lawinenbahnen folgen. Um 14 Uhr erreichen wir bei heftigem Gewitter mit Graupel Karagbal. Das Bungalow ist jedoch unbenutzbar; es wurde vor kurzem von einer Lawine zerstört. So gehen wir noch weiter bis Kazalwan. Spät in der Nacht kommen Pfeffer und Göttner, unsere Benzinmänner, nach einem Gewaltmarsch an.«

Martin Pfeffer schilderte ausführlich den Weg der Nachhut mit den Benzinkanistern aus Rawalpindi: »Um 1 Uhr war Aufbruch (am Tragbal-Bungalow), wozu wir die Kulis nur durch Bakschisch bewegen konnten. Auf einer Bergwiese hatte sich ein großer Reitertrupp Kirgisen oder ähnlicher Nachkommen des Großen Dschingis-Khan malerisch gelagert. Ein alter Träger Merkls, Ramona, leistete mir beim Aufstieg Gesellschaft. Kurz vor der Paßhöhe war ein mäßig steiler Hang zu queren. Einige der Kulis wurden bergkrank, sie traten plötzlich aus der Reihe und rannten sturen Blicks mit ihrer Last den Steilhang hinunter. Der Kulihäuptling sprang ihnen nach, riß sie in den Schnee, wo sie wie leblos liegenblieben. Sie mußten gewaltsam zur Vernunft gebracht werden. Um halb fünf erreichten wir die Paßhöhe. Es schneite und stürmte. Es gelang nur mit Bakschisch, die Kulis zum Weitermarsch zu bewegen. In der Talsole angekommen, ging ich allein voraus, um Ersatz für die schlappgewordenen Kulis zu holen.«

Den 8. Mai verbrachte die Expedition in Gurais. »Pert steht da wie ein Sklavenhändler und zählt die Kulis und ihre Lasten«, schrieb Günther Hepp. »Nursang, unser Sirdar, ein schneidiger Tibeter, der Bauer zum

Kantsch und Hugh Ruttledge zum Mount Everest begleitet hatte, schafft Ordnung.« »Der freie Samstagnachmittag«, beobachtete Martin Pfeffer, »vergeht mit Essen, Schlafen, Briefe schreiben und Flöhe suchen.«

Mit dem 9. Mai befaßte sich Karlo ausführlich. Wenn der Burzil-Paß mit einer Höhe von 4200 Meter erst passiert wäre, würde er den Astor-Bezirk am Nanga Parbat betreten. Karlo schickte daher einen Boten mit einigen Telegrammen los, darunter eines an Leutnant Smart von den »Gilgit-Scouts« in Gilgit, damit der britische Offizier ihm nach Möglichkeit bis Astor entgegenkomme. Der Marsch nach Peshwari am Fuße des Burzil-Passes erinnerte Karlo an Graubünden, »an die Gegend zwischen Lenzerheide und dem Engadin«, bekannte er in seinem Tagebuch. »Etwas trockener mag es hier sein, etwas lichter stehen die Bäume. Die verschneiten Berge glänzen in der Sonne. Alle sind wir bester Laune, als wir nach einem Marsch von 14 Meilen Peshwari erreichen. Nur ein Resthouse, aber wundervoll gelegen.«

Günther Hepp erzählt: »4000 Meter hohe Berge umstehen das Tal, hoch hinauf wachsen Fichten, auf den Wiesenhängen weidet Vieh. Nur wenn man einen Schwall Träger einholt, merkt man mit allen Sinnen, daß man in Asien ist. Am Bungalow Peshwari steht Ramona, der aussieht wie ein Kinderschreck, aber so gutmütig ist wie ein Lamm und so geschäftig wie eine Biene. Wir fragen nach Tee. ›Pansch minutes, Sahib‹, sagt Ramona. Es ist gleich, ob Essen oder Tee in einer oder in vier Stunden fertig sind, immer dauert es nur Pansch minutes, fünf Minuten. Abends nach dem Essen gibt es noch ein Fest. Ein großes Feuer wird angefacht. Wir spielen zuerst Ziehharmonika, da kommen sie alle, Kaschmiris und Darjeelings. Sie bauen sich im Halbkreis um uns auf. Dann fangen die Kaschmiris an zu singen. Einer singt vor, tanzt dabei einen eintönigen Rhythmus, die anderen singen nach. Oben über dem Bungalow lagern Kirgisen. Es sind stämmige Leute mit Bärten. Sie besitzen schöne Pferde. Wir versuchen uns mit ihnen zu unterhalten. Nursang ist Dolmetscher. Sie sind zwei Jahre unterwegs auf Pilgerfahrt. Sie kommen aus Mekka. Es sind fromme Menschen.

Bald kommen unsere Darjeelings an die Reihe. Sie tanzen und singen. Plötzlich löst sich Nimtsering aus der Reihe und tanzt allein, während die anderen die Begleitung singen. Langsam wird es dunkel. Das Feuer wirft einen hellen Schein auf die braunen Mongolengesichter. Als das

Feuer niederbrennt, singen wir noch unsere Heimatlieder. Dann gehen wir schlafen.«

Für Pert Fankhauser spiegelte sich in den Tänzen der Männer aus Chilas der Konflikt zwischen Gut und Böse. Die Nepal- und Tibettänze beeindruckten Martin Pfeffer tief. Er schrieb: »Aneinandergehakt stampfen sie im Takt und singen wunderbar mit ihren leisen Stimmen fremdartige, weiche Weisen.« »Es war einfach pfundig« erzählte Hans Hartmann in seinem Tagebuch. »Ein Abend voller Lachen und Freude, ein Landsknechtslager, zusammengewürfelt aus Deutschen, Kirgisen, Tibetern und Indern, ein gleicher Grundton in allen Herzen. Ich glaube, so etwas ist selten! Es ist ein Märchen.«

Die Hochgebirgserfahrungen bewogen Karlo, das letzte Bollwerk auf dem Weg zum Nanga Parbat, den 4200 Meter hohen Burzil-Paß, bei Nacht anzugehen. »Morgen erwartet uns ein hartes Stück Arbeit«, schrieb Hans Hartmann. »Der Burzil-Paß liegt im Hauptkamm des Himalaya. Über ihn geht der Weg ins Industal nach Gilgit. Wir gehen um 7 Uhr schlafen. Ich krieche mit Karlo zusammen in unseren alten, guten Schlafsack, den wir auf dem Nordost-Sporn des Kantsch viele Wochen hindurch geteilt haben.«

»Um 1 Uhr nachts stehen wir auf«, berichtete Karlo. »Um 2 Uhr sind alle Träger und Sahibs auf dem Marsch und steigen in dunkler Nacht über die Firnhänge zum Burzil-Paß an. Obwohl der Himmel bedeckt ist und plus 3 Grad sind, ist die Firnoberfläche hart gefroren. In mehreren Gruppen von 20 bis 30 Mann steigen die Träger auf, je von einem Darjeeling-Mann mit Laterne begleitet. Nursang geht am Ende; Ramonas laute Stimme, die die Träger zur Eile antreibt, ist weithin vernehmbar. Um 6 Uhr sind die meisten Träger schon auf der Paßhöhe, der Himmel bleibt bedeckt, wodurch der Marsch weiter erleichtert wird. Um halb 8 Uhr morgens haben wir als erste das Bungalow Sadarkoti erreicht. Gegen 15 Uhr kommen die letzten Träger ins Bungalow. Das Wetter ist wieder klar geworden. Die Männer aus Yarkand, die mit uns den Paß in Höhe von 4200 m überschritten haben, kamen nicht mehr herunter. Ihre Pferde sind tief eingebrochen.«

Günther Hepp erlebte den Weg zum Burzil-Paß anders: »Ich stapfe mit einer Sturmlaterne über den Schnee, hinter mir geht Pasang. Er murmelt ununterbrochen: ›Om mani ...‹, der Rest ist nur ein leises Brummen. Ein unangenehmer Wind fegt über die Scharte des Passes.

Uli und ich steigen ab, um den Kulis Augenschutz einzuträufeln. Eineinhalb Stunden stehen wir frierend da, bis alle 150 Mann behandelt sind ... Um 12 Uhr erreichen wir nach mühseliger Schneestapferei das Bungalow Chillam, das hübsch gelegen ist. Wir ruhen aus und trinken Kaffee. Pasang hat einen Karbunkel am Gesäß. Mit Ulis und Hatschis Hilfe wird er geöffnet. Pasang ist sehr tapfer. Dann kommen die Kulis: Wunden, Kopfweh, entzündete Augen sind ihre Hauptleiden. Alle bekommen etwas. Es sieht hier aus wie bei uns in den Alpen. Der Bach rauscht, die weiten, weißen Hänge locken zum Skifahren.« Unterwegs sah Pert Fankhauser einen ungeheuren Berg, wie er schreibt, im Norden. Er erkannte den zweithöchsten Berg der Erde, den 8620 Meter hohen K-2. Fankhauser erblickte ihn von einem Wachturm aus. »Lange stand ich droben und schaute auf die Eisriesen des Karakorum. Drunter krabbelten die Menschen winzig klein zur Paßhöhe hinan.«

Am 12. Mai stieß Karlo auf den Vertreter von Abdullah Brothers aus Gilgit, der für die Expedition Reitpferde mitführte. Es gab ein großes Hallo, als es nun im Kavallerietrab zur Rakiotbrücke gehen kann. Karlo war mit dem Ablauf sehr zufrieden. Er schrieb an Isolde Hepp: »Wir werden am 17. Mai an der Rakiotbrücke sein, zwei Tage später auf der Märchenwiese. Hauptsache ist, daß die ganze Mannschaft, einschließlich Darjeelings, wohlauf und voller Begeisterung ist.« Nichts hielt diese Mannschaft mehr auf. An diesem 12. Mai jagten Uli Luft und Günther Hepp »im Galopp durch den herrlichen Morgen. Mein Gott, ist das schön«, schrieb Günther Hepp. »Alles Üble und Drückende fällt ab, und ich möchte am allerliebsten hell hineinsingen in das weite Tal. Ich sitze auf meinem schnellen Pferd, die Sonne scheint, und nichts kann die Herrlichkeit trüben. Drunten schäumt der Astorfluß dem Indus entgegen, über dem Talabschluß leuchtet der Chongra Peak des Nanga Parbat in den Himmel, es ist eine Lust zu leben. So möchte ich durch die Steppen Asiens reiten, nichts über mir als nur den Himmel, nichts unter mir als ein herrliches Pferd und die weiten Steppen. Karlo kommt daher und Pert, ein richtiges Rennen entsteht. Bald sind wir an unserem heutigen Ziel, dem Bungalow Godai, angelangt. Der Müllpeter filmt, Kranke kommen. Ich ziehe faule Zähne, einer armen dreißigjährigen Frau mit einem Oberkiefersarkom gebe ich Dicodidtabletten, alle wollten irgend etwas gegen ihre großen und kleinen Leiden.«

Am 13. Mai, nach einer langen Schiffsreise und Eisenbahnfahrt, nach

tagelangen Märschen und Ritten über den Paß des Himalayakammes erblickte Karlo vor Gurikot zum ersten Mal sein Ziel, den Nanga Parbat. Der leuchtende Silbersattel wurde mit einem Teleobjektiv gefilmt.
»Wir reiten durch das wunderschöne Astortal«, schrieb Günther Hepp. »Und hoch über den Bergen des Astortales schwingt sich der Nanga Parbat auf, im klaren Himmel leuchtet das reine Weiß des Gipfels. Wir rasten, betrachten immer wieder unseren Berg und dann geht's im Galopp weiter. Ich singe vor mich hin, eine Melodie nach der anderen. Ich versuche die Nepalgesänge zu singen. Das Pferd spitzt die Ohren. Die letzten hundert Meter vor Astor werden im Galopp genommen, ein kleines Paradies tut sich auf. Grün, herrlich grün, wohin man immer auch sieht.«
Karlo über seine Ankunft in Astor: »Die kleinen Weizenfelder sind von Pappeln umsäumt, alles mit Bewässerungen angelegt. Auf dem Gegenhang führt ein langer Kanal (Dala genannt) am Berg entlang auf die Felder von Gurikot. Eine Linie von Sträuchern bezeichnet seinen Lauf. In Dak Bungalow erhalte ich die Nachricht, daß Oberst Kirkbride, der Political Agent von Gilgit, mit Leutnant Smart nach Hunza geritten ist, weil dort Trubel mit den Russen sei. Der Postmaster überreicht mir ein Telegramm von Kirkbride, dem ich entnehme, daß Smart am Nachmittag doch noch kommen wird. Wenig später kommt denn Smart direkt aus dem Pamir, wo er 6 Wochen gejagt und erkundet hat. Er sieht dem Alisi, dem Eugen Allwein, nicht unähnlich und ist sehr nett. Wir sprechen alles gleich durch, und ich glaube, daß alles klappen wird.
Am Abend sitzen wir auf der Wiese vor dem Haus mit der Ziehharmonika, was Smart sichtlich Spaß macht.« Martin Pfeffer bemerkte dazu: »Smart paßt gut in unseren Kreis. Zwar kommt er in Flanellhosen zum Dinner, aber dafür sind sie zerrissen.«
»Zünftig ist der Mann«, sagt Pert Fankhauser über ihn, »er kennt kein Bett mehr und verbringt einen Teil seines Urlaubs nun mit uns. Ich sehe mir den Mann an und fühle fast Sehnsucht nach dem Leben, so frei und wild.«
»Ja, da sehen wir nun endlich den Berg«, schrieb Hans Hartmann, »unser Ziel, auf das sich all unsere Sehnsucht, all unsere Kraft in den nächsten Wochen konzentrieren wird. Das Ziel, um das wir kämpfen wollen und das wir, so Gott will, erreichen werden. Ich sehe den Schnee

am Silbersattel im Abendlicht glänzen und darunter kurz vor dem Rakiot-Peak den Willo und den Merkl ihre letzten Schritte tun. Dann einen Blick von einer Eishöhle in der Bazin-Scharte, zwei Männer arbeiten sich langsam am scharfen Gipfelgrat gegen den Nanga vor. So geht's mir den ganzen Tag bis zum Abend. Ich bin besessen von dem Gedanken an den Berg.«

Karlo wurde in diesen Stunden von dem Gefühl beherrscht, daß er hier an der strategisch bedeutsamsten Stelle Asiens steht. »Where three Empires meet«, hatte der Forschungsreisende Knight die Stelle bezeichnet, die die Expedition nun erreicht hatte, »wo sich drei Weltreiche treffen«, Rußland, China, Großbritannien mit Indien, dazu die machtpolitisch Kleineren wie Tibet, Afghanistan und die Nabe der Drehscheibe, Hunza, das letzte kultische Königreich auf dieser Erde. Karlo hatte sich vorzüglich auf die Auseinandersetzung mit den Stromtalkulturen vorbereitet, die sich vom Nanga Parbat aus in Seitentälern entfalten.

Am 14. Mai befaßte sich Karlo mit der mythischen Bedeutung des Nanga Parbat und seines Nachbarn in Hunza, des Rakaposchi. Nach der Legende gibt es zwischen den Gipfeln eine Beziehung, einen goldenen Faden, der beide Giganten mit dem Königspalast von Baltit in Hunza verbindet. Und beide Berge stehen für den Himalaya und den Karakorum, für das Hochgebirge südlich des Indus und nördlich des Indus. In der Region von Indus-Kohistan, dem Indus-Bergland, wurden Kriege geführt, die nur Kalkutta, New Delhi, Peshawar und Kaschgar bekannt wurden, ohne daß sie in der internationalen Berichterstattung ihren Niederschlag fanden. Fremde Reisende waren jahrhundertelang vom Tode bedroht. Dennoch war hier ein Altertum lebendig, das wie ein erratischer Block aus dem Dunkel der prähistorischen Zeit herausragte; sichtbar durch Volkstum, Vegetationsriten und vor allem durch Shina, eine dardische Sprache, und durch Buruschäski, eine Ursprachenvariation, mit keiner anderen Sprache auf der Welt verwandt als mit dem Baskischen in den Pyrenäen.

Karlo war gut vorbereitet, als er mit Leutnant Smart sprach, der den bedeutendsten Buruschäski-Forscher, nämlich David Lockhart Robertson Lorimer, gut kannte, vor allem aber die Forschungsergebnisse. Lorimer hatte 1920 nach seinem Dienst bei den Khaiber-Rifles und in verschiedenen politischen und diplomatischen Ämtern in Persien, am

Persischen Golf, in Arabistan und Chitral im benachbarten Gilgit seine Stellung als Political Agent angetreten. Der Political Agent von Gilgit war das bedeutendste Amt Anglo-Indiens. Von der Stabilität in dieser Zone hing die Sicherheit Indiens und das Verhältnis Großbritanniens zu China und Rußland ab.

Aber nicht als Political Agent hatte sich der Oberstleutnant einen Namen erworben, sondern als Kultur- und Sprachforscher. Lorimer ergänzte die Forschungsarbeit von Oberst John Biddulph, der die Agency einst gegründet hatte. Lorimer kam wie andere englische Forscher aus dem Bereich des »Himalaya-Clubs« zu der Feststellung, daß das Buruschäski eine Ursprache sei, die zugleich eine Urkultur speichere. Sie gehört einer Epoche an, die ihre Zeichen entlang der Karawanenwege in die Felsen eintrug. Das außerordentlich ausdrucksfähige Buruschäski stammt unzweifelhaft aus vor-indogermanischer Zeit. Es gab eine eurasische Ursprache, eine boreische Ursprache, die zum Ural-Altaischen gehörte, zum Urkaukasischen und zum Urmesopotamischen. Zu ihnen zählt das lebendige Buruschäski.

Buruschäski besitzt eine hohe Differenzierungsfähigkeit. Es ist noch nicht von der Vereinfachungsmechanik eines alphabetischen Systems erfaßt, das im Grunde genommen jede Sprache in die Welt des Buchstabens einordnet und neu verfaßt. Hier, im Raum Astor, Gilgit und Baltit war die Zeit stehengeblieben, als die Felsritzzeichnungen entstanden. In ihren Bildern über die kultische Rolle des Urpriesters, über den Markhor mit dem Flammengehörn und ihren verschlüsselten Signalen erscheint die Umwelt als Laut- und Sprachprovinz einer Megalithkultur.

Karlo hatte das tiefe Bedürfnis, sein Wissen zu erweitern, das den Menschen im Tal mit dem Gipfel verbindet. Er spürte, daß es da kultische Beziehungen gibt. In allen indo-europäischen Sprachen gibt es doch Reste von nicht-indoeuropäischen Idiomen, von einer Ursprache. Hier hatten vor 2000 Jahren die Goten, die Ta Yüe-tschi, das Erbe gehütet, und da das Volk in diesem unzugänglichen Rückzugsgebiet nicht unterging, hatte sich auch das Sprach- und Kulturgut erhalten. Hunza, das letzte Königreich der Goten? Gibt es in Europa nicht ähnliche Situationen? Karlo erinnerte sich im Gespräch mit Smart der Alpentäler, wo sich in den Mundarten nicht-indoeuropäische Wörter häufen.

Am 14. Mai erreichte die Expedition das zauberhaft gelegene Bungalow Dojan. »Kühn führt der Weg oft an den Abgründen entlang«, schrieb Martin Pfeffer. »Unglaublich schön ist der Blick über das Industal hinüber zum 7790 m hohen Rakaposchi, den die Einwohner Dumani (Mutter der Wolken) nennen. Wir schauen hinüber, bis der letzte Strahl der Sonne verleuchtet und sich dunkelviolette Schatten in das öde Steintal des Indus senken. Der erste Blick auf ein Land, wo vier Großreiche zusammenstoßen, machte auf mich einen seltsamen Eindruck.« Leutnant Smart hatte sich, wie er gegenüber Fankhauser bekannte, am Rakaposchi schon einmal versucht. »Vielleicht versuchen wir es später einmal zusammen.«
Gleichzeitig war Eric Shipton im Karakorum nach Hunza unterwegs. Karlo hatte ihn in Srinagar getroffen, und ihn traf es nun, wie es Shipton beim Anblick der Hochgebirgslandschaft getroffen hatte, daß er seinen Schritt anhielt und daß seine Sprache versagte, die Harmonie zwischen Berg- und Stromtalkultur zu beschreiben. Während Karlo durch das Tal von Astor ritt, saß Eric Shipton auf der Terrasse des Königspalastes von Baltit und betrachtete von der anderen Seite die Welt, die alle Sinne entfachte und zugleich fesselte. Am 15. Mai stand Karlo mit seiner Expedition dort, wo einst Schlagintweit stand, als er zum ersten Mal aus der Indus-Schlinge den Nanga Parbat sah. »Makellos weiß glänzt sein Schnee«, schrieb Hans Hartmann, »und der Gipfel trägt eine feine Wolkenfahne. Der Grat vom Rakiot Peak zum Silbersattel erscheint lang.«
Als die Expedition den Indus erreichte, war der Strom so reißend, daß sich der Fährmann weigerte, ihn zu überqueren. Auch Proteste von Smart fruchteten nichts. »Die Pferde stehen am anderen Ufer«, schrieb Karlo in seinem Tagebuch, »und warten auf uns. Nun müssen wir noch 6 Meilen bis zur Brücke laufen. Dann aber geht's in wundervollem Galopp indusabwärts, dem Nanga Parbat entgegen. Um 15 Uhr kommen wir nach Talichi. Viele Baltis erwarten uns hier. Wir werden feierlich mit Musik begrüßt. Zwei britische Offiziere empfangen uns, die gerade ihre Plätze in Chilas wechseln. Wir finden hier auch das im Herbst vorausgeschickte Gepäck wohlbehalten vor. Dann gibt's eine nette Feier mit viel Whisky, Liedern und Tänzen.«
»Mit Einbruch der Dunkelheit«, erzählte Martin Pfeffer, »beginnt ein phantastisches Treiben, das an eine Walpurgisnacht erinnert. Ein Rie-

senholzstoß flammt auf; die aus zwei Holzbläsern und Trommlern bestehende Kapelle spielt mit aufreizenden Rhythmen zum Tanz auf. Vor dem Feuer tanzen vermummte Gestalten, unter ihnen unser Leutnant Smart, dazu heult der Sturm sein Lied über die Berge. ›Da rührt si' was‹, sagt Hatschi. Immer toller wird der Lärm der Musik, und die Musiker tanzen im Sitzen mit, ein nackter Mann umspringt das Feuer, und weiter geht das tolle Treiben. Auch unsere Darjeelings treten auf, und als das Feuer verlöscht, klingt unsere Ziehharmonika wieder auf, bis, wie immer, ein zackiges Lied unserer Mannschaft den Abend beschließt.«

Pfingsten verabschiedete sich die Expedition von Karl Troll. Der Geograph blieb in Talichi, um von hier aus den Nanga Parbat in den Grenzen von Finsterwalders Karte zu umrunden. Pfingstmontag überschritt die Expedition die Rakiotbrücke, die an einem engen Felsentor über den Indus führt. »Erst beim Gehen merkt man«, schrieb Pert Fankhauser, »wie groß die Landschaft ist. Bald geht ein fröhliches Packfest los. Die Lasten von 1936 werden geprüft, gezählt und wasserdicht gemacht, dann wird der Trägerproviant aus Gilgit umgepackt. Insgesamt gibt es 231 Lasten, 150 Kulis sind bereits hier, 105 kommen heute abend. Nach kurzer Brotzeit verdrücke ich mich zum Fluß und sitze nun 5 m oberhalb in einer Felsnische, mühsam genug erklettert, da quillt der Indus durch und zerrt und reißt an den Felsen. Ganz klein wenig denke ich heim, doch der Nanga Parbat steht heut' den ganzen Anmarsch vor Augen und bleibt im Sinn. Eben erfahre ich, daß ich zum ersten Trupp eingeteilt werde und mit Günther, Hatschi und Müllpeter zum Lager V vorstoßen soll. Nun entscheidet es sich, ob ich was wert bin oder nicht.«

Alle waren froh, dem wüsten Industal entronnen zu sein und sich mit jedem Schritt nun ihrem Berg nähern zu können. »Er thront«, berichtete Martin Pfeffer, »hoch über dem Rakiottal, von Wolkenfetzen umspielt.« Auf dem Weg nach Tato stürzte an einer Steilstrecke ein Esel ab und war auf der Stelle tot, die Lasten jedoch konnten unversehrt geborgen werden. »Interessant ist die heiße Schwefelquelle«, berichtete Karlo, »die kochend aus dem Boden herauskommt. Oberhalb der Felder von Tato, das etwa 300 Einwohner hat, finden wir einen herrlichen Lagerplatz auf 2700 m. Am Abend ein mächtiges Feuer. Wir alle leben auf. Der Dorfälteste bringt uns ein Schaf mit vier Hörnern, etwas sehr

Seltenes, zum Geschenk, das wir in seiner Bedeutung wohl zu würdigen wissen und mit einer Armbanduhr erwidern.«

Pert Fankhauser hatte ständig Ärger mit seinen Trägern. Am 18. Mai hieß es in seinem Tagebuch: »Während der Nacht 120 Mann verschwunden. Nursang merkt es aber noch rechtzeitig, läuft nach und handelt, indem er mit neuem Bakschisch winkt. Drollig, wie er das erzählt: Nursang alles gesehen, nachgelaufen, gesagt Bara-Sahib gibt auch gut Chitti und viel Bakschisch. Ah, Bakschisch acha – und kamen zurück. Aber Sahib war Hauptlager. Ich, Chitti linker Fußtritt und Bakschisch rechter Fußtritt. Nun Träger gut.«

Der Weg führt über den Rakiotbach zu einem Grataufschwung. »Der Indus und die Rakiotbrücke werden immer kleiner«, berichtete Hans Hartmann. »Es ist ein Wunder. Je höher man kommt, desto mehr Pflanzen treten auf, und die Wüste aus dem Indusbecken verschwindet.«

Niemand ahnt, daß die Rakiotbrücke für die Expedition zur »Tschinvatbrücke« geworden ist, zur Schicksalsbrücke ohne Wiederkehr. Sie erwartet den Menschen am Ende seiner Zeit, entrückt ihn an den Ort, wo sein Leben zunächst auf die Schale zum Wiegen gelegt wird. Die Mannschaft, die Mann für Mann über die Brücke zog, wußte nicht, daß sie zur letzten Wanderung aufgebrochen war. Hans Carossa, den Karlo so sehr verehrte, hat diese Stunde in seinem »Lebenslied« beschrieben:

> »Laß alles hier, Du näherst Dich dem Strom, wo hoch
> auf Orgelpfeifen von weißem Feuer die Brücke steht,
> die glühende, die sich nur einmal dem Geist erbaut –
> Betritt sie kühn. Es treibt eine Harfe aus hellem Eis
> auf dunkler Flut, von Sternkristallen dicht gefügt,
> die tönt. Und wenn sie an den feurigen Pfeilern streift,
> oh, schrecklich-selig dröhnt die ganze Brücke dann.
> Du aber, in ewigem Klingen, schwingst Dich feuerfest,
> was an Dir mühsam ist, als Asche fällt es ab.
> Geh' weiter! Weiter! Du bist auf dem rechten Weg.«

Vom fernen Berg geführt, von seinem magischen Glanz hingerissen, eilte die Mannschaft der Brücke zu. Weiter, immer weiter. Als die Männer den Nanga Parbat zum ersten Mal sahen, brach Jubel aus. Dort lag nun der Gipfel eines Berges, der zugleich Gipfel ihres Lebens war. Mit ihnen der Geist guter Wünsche von daheim. Und je näher die Expedition dem Berg kam, um so fröhlicher wurde der Ritt, um so heiterer wurden Tanz und Gesang, während das Licht des Mondes und die roten Flammen des Feuers das weite, hohe Land und das Lager erhellten.

Karlo, der als Expeditionschef immer die Spitze anführte – auch die Spitze der Strapazen –, schrieb am 19. Mai: »Ganz wundervoll ist der Aufstieg zur Märchenwiese, wo wir schon um 8 Uhr 30 ankommen. Hatschi, Pert und ich gehen voraus, um einen guten Lagerplatz zu finden, in 3350 m Höhe, gerade an der Schneegrenze. Alle Lasten sind da. Wir entlassen 195 Träger, 39 bleiben bei uns, lauter Baltis. Sie werden gesiebt und aus ihnen dann die gewünschten 16 Baltileute ausgesucht. Es macht Spaß, mit den Leuten umzugehen. Einer sieht genauso aus wie der Reiter am Bamberger Dom, nur ist die Hautfarbe dunkler.« Der »Bamberger Reiter« war allerdings kein Mann aus Baltistan, sondern aus Hunza.

An der Märchenwiese ist alles ein Märchen. Hier entfaltet der Nanga Parbat seinen großen Zauber. Das Bild verzaubert auch den nüchternen Verstand. Der Nanga Parbat ließ sein Sternenlicht spielen. Karlo dachte in dieser Stunde an Friedrich Rückert: »Du kannst nicht zweifeln, Geist, Licht sei ein großer Geist. Die Frag' ist, was zu ihm du im Verhältnis seist.« Dieser Berg erleuchtet alle, wie einst Berge die großen Propheten der Weltreligionen verklärt haben. Der Nanga Parbat erinnert an den »Mons Gothorum«, Urberg der Goten, der chinesischen Ta Yüe-tschi, die noch immer mit ihren Riten die benachbarten Stromtalkulturen beleben. Die Macht, die im Angesicht des Nanga Parbat alle verwandelt, zählt nach Goethe zu den Dingen, die die Welt in ihrem Innersten zusammenhält. Karlo spürte, daß sich hier Geographisches mit Eschatologischem mischt. Bleibt der Berg aber auch Zauberberg, Faszinosum, wenn man ganz zu ihm aufrückt?

Zu dieser Zeit war Pert Fankhauser mit Leutnant Smart unterwegs, um einen Steinbock zu schießen. Er entdeckte drei am nördlichen Jiliper-Peak. »Kurz vorher«, so hieß es im Tagebuch, »sahen Smart und ich von ganz oben am Nordgipfel des Nanga Parbat eine Eislawine losbrechen und die ganze 5000 m hohe Wand herunterstürzen. Einfach großartig war das. Nackt und kahl schaut danach der Wandstreifen aus, eineinhalb bis zwei Meilen breit. Die Schneelawine hüllte noch den Moränenhügel ein ...

Ganz still und ruhig stieg ich den Berg hinan, immer wieder vor mir die riesige Wand des Berges. Nebelfetzen hüllten die Spitze ein, und nur schwach drang das Heulen des Sturmes in die Tiefe. Eisig und kalt war's da oben, mich fröstelte in der Sonne. Man merkt immer mehr, wie es aufs Ganze geht. Niemand in der Tiefe kann sich das vorstellen, wie ungeheuer und beklemmend so ein Riese wirkt. Ein eisernes Muß aber steckt drin, und wie ein Magnet das Eisen anzieht, so zieht mich der Berg an. Ob ich aber Eisen bin?«

Am folgenden Tag ging erneut eine Eislawine nieder. Der Berg demonstrierte seine Macht. Karlo wickelte an diesem Tag die letzten Vorbereitungen ab. Pert Fankhauser war mit 40 Trägern aus Baltistan zum Hauptlager aufgebrochen. Baltis, die für die Lager I bis IV in Frage kamen, schrieb Hepp, wurden eingekleidet. Jeder Mann erhielt eine kleine Apotheke. »Für Hatschi und für mich eine Hochapotheke.« »Der Postläufer muß nachmittags abgefertigt werden«, berichtete Karlo, »dann macht das Packen der Proviantbeutel viel Mühe. Wilder Betrieb im Lager. Hatschi und Uli beginnen sofort mit ihren physiologischen Messungen, Martl schreibt für ein Münchener Blatt einen Artikel; ich ein Telegramm, und Müllpeter filmt.«

Am 21. Mai erreichte der Vortrupp unter Günther Hepp und Peter Müllritter, genannt Müllpeter, das Hauptlager der Merkl-Expedition aus dem Jahre 1934. »Es liegt unter einer zusammenhängenden Schneedecke«, schrieb Hepp. »Das Grab Drexels ist schneefrei. Wir finden noch den Querbalken des kleinen Holzkreuzes, den Peter für Drexels Eltern mitnimmt. Verschiedene Eislawinen stäuben über die Ostwand herunter.« Karlo beschloß, das Hauptlager nach hier zu verlegen und am nächsten Tag mit dem Angriff zu beginnen. Gleichzeitig sollten Müllritter, Fankhauser, Hepp und Smart mit 18 Baltis und den Darjeeling-Trägern Pasang, Kami, Jigmay und Gjalsen Lager I beziehen. »Mein Rucksack«, schrieb Fankhauser, »wiegt 18 kg. Alles Entbehrliche bleibt da. Nur das Tagebuch, ein Notizbuch und Marias Bild gehen mit.«

An Drexels Grab richtete Karlo ein Depot ein. Er traf das Grab unversehrt an. »Wenn wir zurückkommen«, heißt es im Tagebuch unter dem 23. Mai, »werden Tafel und Kreuz angebracht.« Am 23. Mai erreichten

38 Auf dem Weg zum Nanga Parbat (v. l. n. r.): Göttner, Luft, Wien, Hartmann, Fankhauser, Hepp, Pfeffer, Müllritter und Troll

39 Trägerappell

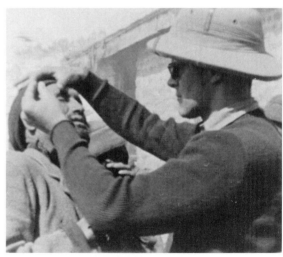

40 Träger erhalten ihre Augentropfen

42 Die Mannschaft im Hauptlager. Oben: Pfeffer neben Hartmann, Wien, Göttner, Müllritter, Smart; vor Göttner: Hepp; links hinter Hartmann: Fankhauser

43 Im Hauptlager: Wien, Hepp, Pfeffer, Hartmann

41 Der Nanga Parbat (vorhergehende Farbseite)

Fankhauser und Hepp eine Höhe von 5000 Meter. Die Träger pendelten, von Lager zu Lager wurde die Nachschublinie aufgebaut. »Ich habe eine große Freude am Expeditionsleben«, bekannte Martl Pfeffer. »Abends überzieht sich der Himmel, und jetzt, während ich im Zelt schreibe, schneit und graupelt es draußen. Es donnert dazu. Unsere Kulis drüben in ihrem Zelt singen ihre melancholischen Weisen. Ein Blick durch den Zeltspalt: Eispickel, verschneite Zelte, Nebel. Ein Blitz teilt das Grau. Der Donner kommt näher. Ich spiele noch eine Weile auf der Mundharmonika, während draußen die letzten Blitze verzucken.«

Karlo hörte Pfeffers Mundharmonikaspiel: »Wenn's koan Schnee mehr abaschneit.« »Morgen geht's endgültig zum Lager II, 5364 m hoch.«

Am 24. Mai »donnert eine gewaltige Staublawine über die Nanga-Mauer herunter«, schrieb Pfeffer, »eine ungeheure Schneewolke entwickelnd, die größer und größer wird, den Himmel verdunkelt und wie ein Schneesturm über uns hinwegfegt.« Die Träger aus Baltistan waren abends oft gänzlich erschöpft. Am 24. Mai weigerten sie sich im Lager I, Tee aus einem Topf zu nehmen, aus dem auch die Sahibs und die Träger aus Darjeeling ihren Flüssigkeitsmangel beheben mußten. Angtsering bekam endlich heraus, daß die Moslems aus Baltistan befürchteten, in dem Topf könne auch Fleisch gewesen sein, das nicht den islamischen Reinheitsvorschriften entsprochen hatte.

»Also fängt die ganze Kocherei noch einmal an«, schrieb Hans Hartmann.

Vom Lager II »sieht man weit in den Karakorum und Hindukusch hinein«, berichtete Pert Fankhauser unter dem 25. Mai. »Riesige Eislawinen donnern von den Wänden und machen unser Zelt schwanken, so daß wir es halten müssen. 2800 m trennen uns noch von dem Gipfel. Über uns steht der Rakiot Peak.« An diesem Tage klagte Fankhauser über Luftmangel und Kopfschmerzen. »Der Hunger ist groß. Aber der Arzt verbot mir alles Gute, nur Zwieback und Tee ist erlaubt.«

Am 26. Mai zeigte der Nanga Parbat sein wahres Gesicht. Das reine, überirdische Licht, das ansonsten der Silbersattel mit gleißenden Strahlen spiegelte, lag hinter Nebelwolken. Sie überschütteten Lager II mit Schnee. Hepp und Müllritter spurten den Freunden entgegen, die mittags heraufkommen mußten. Sie nahmen vier Träger mit, um Lasten zu

Gipfelbereich des Nanga Parbat. Ausschnitt aus der von Prof. Finsterwalder und W. Raechl unter Mitarbeit von Karlo Wien erstellten Karte von 1936

holen, die noch im Eisbruch lagen. »Um 12 Uhr«, schrieb Karlo, »erscheinen Göttner und Martl, die zusammen mit Hatschi 19 Träger heraufgeführt haben, allerhand bei diesem Wetter. Nun haben wir schon eine Menge Sach heroben.«

Günther Hepp, der in diesem Augenblick neben Karlo stand, berichtete: »Alles ist gerade damit beschäftigt, Lasten abzuladen und zu sortieren, als ein riesiges Getöse über uns entsteht. Zunächst können wir nichts sehen. Einige Sekunden später wird mir klar, daß der Eisbruch daherkommt. Und schon fegt eine Urgewalt Menschen, Zelte und Lasten zu Boden. Ich falle auf zwei Kulis, fasse deren Füße, der Anorak wird mir über den Kopf gerissen, für eine halbe Minute kann ich nicht mehr atmen, wie mit einer eisernen Faust bin ich zu Boden gepreßt. Wenn jetzt nur keine Eisbrocken kommen, dann ist alles gut. Plötzlich spüre ich, wie die Gewalt nachläßt. Ich sehe, wie sich Karlo erhebt, einer ruft, ›Seid's alle do, Buabn‹, dann lachen wir, die Scherpas reiben sich den Schnee aus den Haaren, ziehen sich die Kleider zurecht und lachen: »No good, Sahib.« Die Baltis werden mitgerissen von dem grimmigen Humor, und dann stehen wir alle da, 30 Mann, und lachen und besehen uns den Schaden. Zwei Zelte weggerissen, Zeltstäbe geknickt, alles liegt kunterbunt durcheinander. Als letzter kriecht Adi unter einem Zeltfetzen heraus und sagt: ›Als vorsichtiger Mensch hob i mi glei unt' einidruckt.‹ Morgen wollen wir nach Lager III, 5900 m, spuren.«

Das Schicksal war gnädig, aber das Wetter zeigte keine Gnade. Hatschi erlebte die Lawinenfaust anders: »Ich stehe neben Pert, der gerade eine Nudelsuppe kocht, als es oben am Ostpfeiler des Nanga plötzlich kracht. Der Pert sagt: ›Das ist wahrscheinlich unsere Lawine, auf die wir seit zwei Tagen warten.‹«

Für die Expedition der Freunde war die Lawine Gegenschlag des Berges, um den Angriff zum Erliegen zu bringen. Aber die Lawine brach weder Elan noch Entschlossenheit. Im Gegenteil: Sie stärkte den Willen, das Mannschaftsbewußtsein und förderte den Mut bis zum Übermut. Alle hatten Glück gehabt, das Glück der Starken, die sich nun mit dem nächsten Schritt erneut den Naturgewalten stellten. Wie viele Bergbewohner hatten in diesen Tagen nicht dasselbe Glück? Vom Minfaka-Paß, dem Paß der »Tausend Steinböcke«, bis zum Nanga Parbat und Tirich Mir rasten Lawinen zu Tal, zerstörten Karawanenpfade,

Siedlungen und töteten Vieh und Hirten. Karlo und seine Freunde waren ganz in die Schicksalsgemeinschaft dieser Bergwelt eingebettet. Von nun an lag ihr Leben in Gottes Hand.

Die neun Männer, durch ein Schicksalsseil miteinander verbunden, waren voll heiteren Muts und eines Humors, der auch die erschöpften Träger allabendlich wieder belebte. Als der Berg seine gefährlichste Waffe zog, die Lawine, lachten sie der Gefahr ins Gesicht und schüttelten Schnee und Eis aus ihren Kleidern und Zelten. Sie wußten, daß der Berg vielleicht der gefährlichste Gigant im ganzen Himalaya ist; er hat die höchste Wand und das schlimmste Wetter. Auf seinen schmalen Schultern häuft sich im Orkan der Schnee; hier wächst auch das Eis, bis die Massen ihr Gleichgewicht verlieren und sich auf die Expedition aus der großen Talschaft Erde stürzen. Um die Katastrophe auszulösen, genügt ein kleiner Temperaturwechsel, ein neuer Luftstrom oder, was viele vergessen, ein kleines, lokales tektonisches Beben, das überall im Karakorum den Sturz von Fels, Schnee und Eis auslöst. Wie großartig nimmt sich der Berg aus einer bestimmten Ferne aus, wie furchtbar aber ist er nun, wenn man ihm zu Leibe rückt.

Aus dem Ringen um die Gipfel war seit dem lawinengefährdeten Lager II ein Kampf gegen die Naturgewalten geworden. Alles läuft glatt an diesem Berg, wenn nur das Wetter mitspielt. Aber es spielte nicht mit. Was tun nun die Bergvölker bis hinauf in den Pamir gegen die Überfälle aus der weißen Hölle? Sie rufen mit rituellen »Gegenmaßnahmen« die Gunst des Schicksals an und bekämpfen auf kultisch-traditionelle Weise das Unheil.

Die Frage des Unheils kann nur der Schamane, der Bitan, ein Urpriester, beantworten. Der Bitan kommt vom Berg. Er ist Sohn der überirdischen Macht, die auf dem Gipfel des Nanga Parbat und des Rakaposchi residiert. Karlo erzählte, wie am 24. Mai in seinem Lager »ein kriegerischer Priester mit schwarzem Bart und Gewehr« erschien. Der etwas unheimliche Geselle sagte ihm, daß sich auf dem Gipfel des Nanga Parbat eine teuflische Macht befinde. Er werde jedoch dafür beten, daß sie keine Orkane mehr machen solle.

Es ist nicht überliefert, ob der Priester von Tato ein Schamane war. Wahrscheinlich nicht, die Umstände sprechen dagegen. Der Schamane gehört einer Tradition an, die dem Europäer völlig unbekannt ist. Die Trommel der Beritscho, eines Musikantenstammes, enthält für den

Bitan die Stimme der vergöttlichten Fee, die ihn während der Séance und des Entrückungstanzes heimruft. In der Entrückung steigt der Bitan aus seinen Kleidern, er verläßt gleichsam seinen Körper und tritt seine Seelenreise zu den unerreichbaren und unberechenbaren Mächten an, die nach dem Glauben der Bergvölker in den Eispalästen des Rakaposchi und Nanga Parbat residieren. Er stärkt sich für die Fahrt und trinkt das Blut einer geschächteten Bergziege. Blut hält der Schamane dabei für Milch. Er bereist die Frühgeschichte und die unbekannte Welt der Zukunft. Er beherrscht mit seiner archaischen Ekstasetechnik das, was der Europäer nicht erklären kann – die Himmelfahrt. Der Bitan setzt die Tradition der Magier und der tibetischen Bon-po fort. Nach jeder Reise kehrt der Bitan mit einer Offenbarung in den Kreis zurück, den er vor dem Entrückungstanz verließ. Vor den Zuschauern verkündet er die Offenbarung in einer Sprache, die der Bitan nicht spricht, wenn er bei Bewußtsein ist – im dardischen Shina.

Die Wunschkraft im getrommelten Entrückungstanz ist so stark, daß sie den Zeugen überwältigt. Er gerät urplötzlich in ein Spannungsfeld, in den Suggestionskreis des Urpriesters hinein und erschaut nun offenen Auges, wie der Bitan »davonfliegt« oder ein Seil erklettert, das er zuvor in die Luft warf und das dort nun wie ein Schlangenpfad stehenblieb. Sinnestäuschung? Welche Macht aber täuscht denn hier die Sinne? Der Bitan schlüpft in die Haut anderer, identifiziert sich seelisch mit ihnen und nimmt ihr Gebaren und gar ihre fremde Sprache an. Er verkörpert den jahrtausendealten Lebensstrom des Bergstammes, vor allem aber den Sohn der Berggottheit; er besucht sie auf einem Pfad, den ihm die rasende Trommel bereitet.

Nach der Offenbarung bricht der Schamane ohnmächtig zusammen; er versinkt in einen mehrstündigen Genesungsschlaf. Mitglieder europäischer Expeditionen, die vor und nach Karlo Wien mit dem Phänomen flüchtig in Berührung kamen, taten alles kurzerhand als »Firlefanz« ab. Wem das Wissen über die Lebensströme alter Völker fehlt und wer seinen seelischen Reichtum verliert, büßt auch den Maßstab des Urteils ein.

Forscher, darunter Lorimer, Biddulph, Schomberg, Adolf Friedrich und Georg Buddruss, die viele Jahre ihres Lebens unter den »Schamanengipfeln« des Karakorum und Hindukusch zubrachten, sahen die Ereignisse am Ende ihrer Erfahrungen anders. Sie entsprachen den

Worten des Dichters, daß es eben zwischen Himmel und Erde mehr gebe, als sich die Schulweisheit träumen lasse.

Für den gebildeten Bergfürsten sind Bergsteiger gewiß Herausforderer ihrer Gottheiten und Dämonen. Die Männer aber, die mit dem Nanga Parbat oder dem Rakaposchi ringen, um neue naturwissenschaftliche Aufgaben zu lösen, gehören auch einem engen Kulturkreis an, der den Berg noch nicht verloren hat – den Horst der geheimen Macht, die Suchende nach oben zieht und auch Karlo Wien auf die Reise zum Gipfel schickte. Welch eine Anziehungskraft übt doch der Berg in seinem Schweigen auf gebildete Kulturgeschöpfe aus. Hat er nicht etwas Schamanistisches an sich?

Nach Leutnant Smart gibt es noch andere Rituale gegen das Unheil. Er meint Schwerttanz und Polospiel. Polo? Nach der Legende wurde der »Bolu« (dardisch: Ball) zum ersten Mal auf dem hohen Königsberg bei Gilgit über die Erde geschlagen. Bolu, heute Polo, war ursprünglich der Schädel eines getöteten Feindes, den man von der Aussaat an täglich über das Feld schlug, um unheilvollen Einflüssen den Weg in die Terrassenkulturen zu verlegen. Dazu spielen und trommeln mit verwegenen Rhythmen wieder die Beritscho auf. In den Tagen Karlo Wiens fand das religiöse Kampfspiel in den Talschaften des Karakorum wie auch in den Balkonsiedlungen statt, bis hinauf in den Pamir, bis dorthin, wo sein Weg als Forscher und Bergsteiger begann.

In Gilgit zogen täglich 18 Reiter auf. Sie trieben den eisenharten Ball über das Feld, mit Schlägern, die zuvor in das Blut eines Opfertieres getaucht wurden. Täglich stürmten in Gilgit Reiter über die Erde und schwangen dabei den Schläger. Sie verbanden sich in ihrer Ekstase mit den schnellen Reittieren zu einem einzigen Wesen. Im undurchdringlichen Staub sahen beide Mannschaften wie kleine Reiterheere aus, die hier aufeinanderprallen. Mit bebenden Nüstern nahmen die Pferde den Platz unter ihre Hufe, während die Reiter in fast rauschhafter Besessenheit den Triumph über die böse Macht suchten. Rasenfetzen wirbelten hoch. Das Feld, über das der Sturm hinwegfegte, symbolisierte die ganze Erde. Was die Reiter taten, war kämpferische Ausübung einer Urreligion gegen das Unheil zum Schutz der Bedrohten. Ob der Krieg gegen das Arge jenen nutzte, die in diesen Stunden am meisten bedroht waren? Ihnen galt am Abend das Mahl, die Stärkung, der Verzehr des Opfertieres.

Karlos Reitpferde für die Teilnehmer seiner Expedition stammten aus Gilgit. Sie gehörten einer Rasse aus Khotan an; nach Ansicht der Chinesen hatte sie der Himmel beflügelt, weil sie in ihrer Gewandtheit und Schnelligkeit unübertrefflich waren.

Es war ein Hunzukutz, ein Mann aus Hunza gewesen, von dem Karlo gesagt hatte, er habe Ähnlichkeit mit dem Reiter vom Bamberger Dom. Dabei meinte er nicht nur das Aussehen, sondern auch das stolze Selbstbewußtsein eines Menschen, der in sich selbst ruhte und Sproß einer alten Kultur war. Karlo ahnte, daß dieser Mann vor ihm, der seine Lasten so mühelos trug, etwas mit einem Volk zu tun haben mußte, das vor über 2000 Jahren Mittelasien verlassen und auf den Stufen des Christentums Europa geschichtsfähig gemacht hatte.

Für alle Forscher, für John Biddulph, Lorimer und Tolstow, waren die Hunzaleute Nachfahren der Ta Yüe-tschi, der Großen Goten. Zu ihrer Völkerfamilie zählten die Massageten (Stammutter oder Goten), die Tocharen und die Kuschanen, auch Ghutanen, Wutanen oder Geten, wobei die Lautverschiebungen immer auf das Wort Goten zielen. Nur in einer kleinen Hochgebirgskammer und ihren seitlichen Rückzugsgebieten konnten die Ta Yüe-tschi ihre kulturelle Eigenständigkeit bewahren. Hunza erschien den Forschern als letztes Königreich der Goten. Die Goten waren nicht unter dem legendären Teja am Vesuv untergegangen oder hatten sich nach Thule eingeschifft, wie Geschichtssagen erzählen. Über zwei Jahrtausende hat hier im Karakorum ein kultisches Königreich der Goten bestanden. Es ging erst in den siebziger Jahren unter, nachdem es von der islamischen Republik Pakistan und vom Reich Mao Tse-tungs gleichgeschaltet worden war, getreu den Worten Eqbals aus Lahore, des geistigen Vaters von Pakistan: »Nationen werden in den Herzen der Dichter geboren; sie gedeihen und sterben in den Händen der Politiker.«

Für Pakistan und China wohnen auf den Berggipfeln keine Gottheiten mehr, die den Menschen daran erinnern können, daß die Schöpfungsgeschichte bis auf den heutigen Tag anhält, daß er täglich aufgerufen ist, über ihre Reinheit zu wachen, wie es die Bergvölker im Tanzschritt ihrer Schwertkämpfer oder ihrer Polo-Reiter tun, und daß »1000 Jahre nicht mehr als der Tag sind, der gestern vergangen ist«.

Sind die Berge nicht Meilensteine der Ewigkeit? Am 28. Mai kam es zwischen Leutnant Smart und Günther Hepp zu einem wunderbaren

Gespräch über die Schlösser und Kathedralen Englands und über die Burgen und Dome Deutschlands. Beide entwickelten unterhalb des Rakiot Peak ein feines Gefühl für die Grundaussage der hohen Bauwerke. Worte können das Dunkel lichten, das ihre Ideen und Aussagen umgibt. »Es gibt Augenblicke«, sagte Smart, »da erinnern mich diese Berge hier an abendländische Architekturen, an die Macht, die sie beflügelt, auf einem sakralen Bogen zum Himmel zu streben.«

Am 27. Mai hielten Pfeffer und Hartmann Lager II ganz allein. Zum Schutz vor einer neuen Lawine gruben sie sich tief ein. »Der Platz ist etwa 2 bis 3 m groß und 1 1/2 m tief«, schrieb Pfeffer, »und die Brüstungen werden mit großen Schneequadern verbollt. Eine kleine Treppe führt hinunter, der Eingang ist der Lawinenseite abgekehrt. Nach dem Essen brechen wir das alte Zelt ab und bauen uns eine unverwüstliche Burg. Um 7 Uhr abends liegen wir warm gepackt im Schlafsack; neben uns geben zwei Reihen Rucksäcke, Seil und Proviantsack dem Zelt einen festen Halt. Der Schnee rieselt aufs Zeltdach, und bald wird es bis zum First hinauf eingeschneit sein. Wir sind beide der Überzeugung, eine der herrlichsten Burgen, die es gibt, in Besitz zu haben, wetter- und lawinenfest, und der ›Herr von gegenüber‹, nämlich die vom Silbersattel heruntergekommene Lawine, wird uns nun nichts mehr anhaben können … Zwischen uns flackert eine Kerze, die wir hinter die Schneebrille auf einen Topi gesteckt haben, und so schreiben wir gemeinsam an unseren Tagebüchern.

An diesem Nachmittag stellen wir fest, daß unsere Wacht hier in unserer Zeltburg, weit vorgeschoben auf oberstem Posten, unser schönstes Erlebnis im bisherigen Verlauf der Expedition ist …

Es ist eine Lust zu leben. Da ist es ganz gleichgültig, was rings um uns geschieht, da ist gleichgültig, was in der ganzen Welt geschieht; wie im Mittelpunkt der Erde hausen wir, unsere Herzen schlagen den gemeinsamen Takt unzertrennlicher Kameraden, deren Glück es ist, jede freudvolle und jede harte Stunde zu teilen. Wunderbar abgeschnitten von aller Welt sind wir hier, in unserem kaum zwei Kubikmeter umfassenden Schutzraum. Vielleicht könnte uns in diesem Augenblick niemand von unten her durch die Riesenschneemassen erreichen, Lawinen rumpeln fern und nah, und unsere Gespräche kreisen um den Nanga, um die Kameraden unten, um die Fliegerei und das Bergsteigen und um die Heimat.«

»Wir lesen immer wieder unsere Post«, schrieb Günther Hepp am 28. Mai, »leider ist nur ein Brief dabei gewesen für mich. Das Bild des Bürschchens (seines Sohnes) ist lieb, und es wird mich nach oben begleiten. Abends sitzen wir im Zelt. Ich unterhalte mich mit Smart über Galsworthy. Wir beide finden ihn bedeutend, und keiner von uns kennt eine so schöne lyrische Stelle wie über den Tod des alten Jolyan in der Forsyte Saga. Dann kommt die deutsche Musik an die Reihe. Vor allem beschäftigt uns Wagner. Smart liebt Parsifal, Tristan und Siegfried, ich vor allem die Meistersinger ... Um halb ein Uhr verlassen wir das Hauszelt. Es hat 10 cm geschneit. Welch eine Vision! Als wir mit der Laterne zu unseren Schlafzelten gingen, erstand vor uns ein weihnachtliches Bild aus der Heimat. Die nächsten Tannen ragten dunkel in das Weiß des Schnees, und das leise Rauschen des Baches war das gleiche wie im Schwarzwald.«

Am 29. Mai hatte der Schnee im Hauptlager die Zelte eingedrückt. »Morgen werden wir das vorläufige Hauptlager oben an der Moräne in 4000 m Höhe errichten.« Martin Pfeffer beschrieb den Tag: »Wir verließen um halb acht Lager II. Bei dem tiefen Schnee kamen wir nur sehr langsam vorwärts. An den beiden steilen Stellen ließen wir zuerst den Neuschnee als Lawine ab ...

Hatschi, der ein endloses Umherirren im Bruch befürchtete, wollte auf unserer Spur nach Lager II zurück ... Auf einmal, gegen halb zehn, riß der Nebel auseinander, eine sonnenüberstrahlte Gletscherlandschaft mit ulkigen Neuschneehauben war um uns, und von weit draußen, aus Lager I, wo wir die Kameraden als kleine Pünktchen sahen, drang ein Juhschrei Perts zu uns herauf. Wir mußten etwa 50 m in uferlosem Neuschnee hinaufwaten, zu einer Stelle, wo wir den richtigen Weg wieder trafen. Hier saßen wir lange und überlegten und kamen zu dem Entschluß, Lager II weiterhin besetzt zu halten, nachdem das Wetter schön geworden war und die Kameraden uns ja nun gesehen hatten.«

Am 30. Mai spurte Martin Pfeffer in Richtung nach Lager III durch eine Eisgasse, mittags kam Hartmann hinzu. »Aber den Versuch«, schrieb Pfeffer, »in der alten Richtung zu Lager III zu gehen, geben wir bald auf und kommen ausgepumpt ins Lager II zurück. Nachmittags schneit und stürmt es. Gegen 5 Uhr zerreißt es die Nebel wieder. Der Rakaposchi leuchtet zwischen Wolken, und über die Indusgegend

wechseln Wolkenstimmungen von unbeschreiblicher Pracht. Blaue Schatten kriechen in den Tälern aufwärts, die Sonne flieht von Spalte zu Spalte über den zerrissenen Rakiotgletscher aufwärts, strahlend stehen die Chongra-Peaks und der Rakiot-Peak in der Abendsonne. Als ich zum Zelt hinaufstieg, empfing mich Hatschi mit dampfender Suppe.« Am darauffolgenden Tag entzündeten Darjeeling-Träger am Grabe Drexels ein Feuer. Sie stellten Gebetsfahnen auf und schritten dann zum Opfer. »Angtsering betet vor«, berichtete Günther Hepp, »und wirft Beeren und Reis in die Flammen.« Karlo spurte am 31. Mai mit Adi Göttner nach oben, um Anschluß an die Besatzung von Lager II zu finden. »Mitten im Bruch treffen wir zusammen.« Über die Rückkehr schrieb Pert Fankhauser: »Gott sei Dank, sie sind wieder da. Es ist ihnen ganz gut gegangen da droben. Eine zweite Lawine hat nichts mehr getan, aber arg waten mußten sie, bis sie herunterkamen. Karlo und Adi spurten ihnen entgegen. Man merkt gut, daß eine tiefe Freundschaft Karlo und Hatschi verbindet. Die lassen einander nicht im Stich. Sie bilden den einzigen Ruhepunkt der Gemeinschaft.«
Der letzte Monat im Leben Karlo Wiens begann mit schönem Wetter. Karlo schrieb am 1. Juni: »Die Baltis holen Holz. Wir richten uns ein, stöbern in den Trümmern des Hauptlagers 1934, bereiten uns vor und schreiben. Ein schöner Abend. Wir sitzen mit den Scherpas am Feuer und singen.« Nachmittags prüfte Karlo die Route von Lager II nach Lager III.
»Der Uli hat inzwischen fleißig gearbeitet«, schrieb Hans Hartmann. »Heute legen wir wieder einmal gemeinsam los. Für unsere Wissenschaft ist es außerordentlich günstig, daß rund acht Tage nach Beginn des Angriffs nochmals alle Männer hier unten (4000 m Höhe) ums Mikroskop versammelt sind und wir ihnen nach Belieben Blut abzapfen können. Ganz toll sind die Blutkörperchenzunahmen in diesen wenigen Tagen ... Mit dem Bergsteigerlied gehen wir schlafen.«
Am 2. Juni ordnete Karlo an, daß der Spitzentrupp mit Hans Hartmann, Martin Pfeffer, Adi Göttner und Günther Hepp am gleichen Tag nach Lager I aufsteigen sollte, um es wieder zu beziehen. Auf dem Weg fiel Hepp auf, daß einige Träger europäische Züge hatten. »Einer sieht dinarisch aus. Wir nennen ihn Luis Trenker«, schrieb Hepp. Martin Pfeffer machte vom Hauptlager aus noch einen längeren Spaziergang über einen Moränenhügel. »Der Kuckuck ruft im Rakiot-Tal«,

vertraute er seinem Tagebuch an, »und viele winzige Edelweiß sprießen aus dem Grün hervor.« Zum Frühstück gab es an diesem Tag ein frisch geschossenes Schneehuhn, mittags Spinat mit Spiegeleiern und gefüllte Pfannkuchen. Smart und Fankhauser gingen noch kurz vor dem Aufbruch auf Steinbockjagd. »Nach langem Schneewaten«, so berichtete Fankhauser, »sahen wir plötzlich das Tier 50 m vor uns. Smart schoß und fehlte. Das Tier lief, ich schoß und überschoß. Dann noch zweimal Smart, grad so knallen tat's, aber das Tier lief in schönen Sprüngen davon. Wir hatten eine Pfundswut im Bauch. Und erst als wir zum Zelt kamen. Gar nicht mehr anreden täten sie mich. Später ging ich unter dem Druck meines Gewissens nachforschen, wo das Tier geblieben war. Ich sah an der Spur, daß das Tier unverletzt war und zog befriedigt nach Hause. Waidwund war es also nicht.«

Am 3. Juni ging Karlo »um 4.30 Uhr mit den restlichen 6 Scherpas zum Lager I. Um 6.15 Uhr starten von dort alle 10 Scherpas mit großen Lasten nach Lager II. Der Gletscherboden ist beinhart gefroren. Sie kommen rasch voran. Ich ordne und magaziniere in Lager I. Die Scherpas sind alle schnell heute. Um 13.30 Uhr sind sie schon in Lager II. Kurz danach sieht man, wie sich die Träger wieder durch den Bruch hindurchschlängeln auf dem Weg nach Lager I. Danach kommen die Männer vom Hauptlager, allen voran Ramona, dann Nursang, Uli Luft und Leutnant Smart und schließlich Fankhauser.«

In der Zwischenzeit ging über Lager II wieder eine große Eislawine nieder, das Lastenzelt wurde beschädigt, die Zeltstäbe waren eingeknickt. Am 4. Juni bereitete die Expedition den Weg nach Lager III vor. »Die Sicht ist heute vollkommen klar«, notierte Karlo. »Smart macht uns auf den Tirich Mir aufmerksam, der rechts vom Buldar Peak am Horizont steht, ein gewaltiges mehrgipfeliges Massiv. Auffallend sind die ebenen Flächen jenseits des Indus, die schon Pamir-Charakter haben. Am Gipfelplateau geht ein starker Wind, und die Schneefahnen werden weit hinausgetrieben. Die anderen haben die Spur mehr nach Osten gelegt. Wir sehen sie zu viert spuren und um 12 Uhr die Terrasse für Lager III errichten. Smart führt die beiden Baltikolonnen wieder hinunter. Pert und ich warten noch auf die Rückkehr der Kameraden. Gegen 14 Uhr kommen sie. Der Weg zum Lager II ist fertig. Ein steiles Stück in der Barre ist etwas schwer. Es liegt ziemlich genau an der gleichen Stelle wie 1934.«

Karlo befand sich in der Spur, die 1934 Willo Welzenbach gegangen war. Peter Müllritter filmte die aufsteigenden Kolonnen im Bruch. »Uli ist auch da. Ein Mann aus Tato hat ein Kasturi, ein Moschustier, geschossen. Er hat uns Fleisch und Kartoffeln heraufgebracht.«
In den ersten Junitagen war Karlo unermüdlich unterwegs, um die Lagerkette bis III aufzubauen und zu versorgen. »Die Scherpas haben gestern den Karlo gebeten«, schrieb Hans Hartmann am 5. Juni, »ob sie nicht mit nach Lager III umziehen könnten, da sie nicht in dem lawinengefährdeten Lager II bleiben möchten. Der Karlo hat ihrer Bitte entsprochen.« Lager III lag in einer Höhe von 5900 m. Die Sicht reichte bis zum Pamir, bis nach Tibet und zum Tirich Mir im Hindukusch. Nachts fiel das Thermometer auf minus 16 Grad.
Am 6. Juni brachen Karlo und Smart Lager I ab. »Der Abschied von Ramona ist rührend«, erzählte Karlo. »Ab geht's 7.15 Uhr mit Satara und einem Balti. Der Aufstieg ist heiß mit schwerem Rucksack. An 11 Uhr. Peterl hat Lager II in die Mulde verlegt. Die Baltis sind nach Lager III gegangen. Alles in Ordnung. Die Spitzengruppe spurt heute nach Lager IV.«
Lager IV, das Schicksalslager. Martin Pfeffer und Adi Göttner spurten abwechselnd und erreichten um 10.30 Uhr das Ende des Steilhangs unterhalb von Lager IV in einer Höhe von 6180 m. »Während die Kameraden zurückkehrten«, schrieb Pfeffer, »stieg ich noch ganz hinauf zur Mulde von Lager IV. Ich schaute lange hinauf zum Grat, wo die Toten von 1934 liegen.«
»Über flache Hänge des Rakiot-Peak«, schrieb Günther Hepp, »geht es langsam und ständig bergan. Nach zweieinhalb Stunden haben wir die Höhe des früheren Lagers IV (6200 m) erreicht. Wir rasten und schaun hinunter ins Hauptlager, ins Industal, zum Hindukusch und zum Karakorum. Dicke Wolken türmen sich im Norden und Westen auf. Von den Wänden des Nanga Parbat krachen ununterbrochen die Lawinen.«
»Hier steht der Rakiot-Peak direkt vor uns«, berichtete Hans Hartmann, »und der Steilhang, über den der Weg zum Lager V im felsigen Sockel des Berges führt, glänzt uns gegenüber in der Mittagssonne. Von der steilen Pyramide des Rakiot-Peak führt in weitem Bogen der weiße Ostgrat zum Silbersattel des Nanga Parbat hinauf, der im unteren Teil einen einzigen schwarzen, felsigen Zahn erkennen läßt, den

Mohrenkopf.« Am Mohrenkopf spielte sich 1934 das letzte Todesdrama ab. 1938 fand hier Paul Bauer den toten Willy Merkl mit seinem Orderly Gay Lay.
Am 7. Juni spurten Pert Fankhauser und Karlo nach Lager III. »Zwei Baltis sind krank«, notierte Karlo abends. »Die Scherpas gehen nach Lager IV mit Lasten. Der einzige Kummer sind die Schuhe der Scherpas, die nicht groß genug sind. Ich schicke Pasang und Nim Tsering nach dem Hauptlager, um dort unsere Anmarschschuhe und Resereveschuhe zu holen.«
Am gleichen Tag fand der große Umzug der Expedition nach Lager IV statt. »Dann kommt wieder eine der vielen Zeltnächte«, schrieb Günther Hepp. »Man hört den Schnee auf dem Zeltdach, man bekommt etwas Atemnot, man unterhält sich über die Heimat. Ich schließe die Augen, und ein unsagbar reiches Land breitet sich aus, grün mit Bergen und Felsen; es ist Schwaben mit der Alb. Bauern und Ritter, Edelfrauen und Landsknechte ziehen durch Wälder und Städte, und wenn die Bilder verschwimmen, tauchen einzelne Gestalten deutscher Geschichte und Kunst aus der Dämmerung auf, leben und lachen, und das Glück dieser Vision führt in einen traumlosen Schlaf, der behütet erscheint von guten Geistern.
Glückliche Dämmerstunden! Nie habe ich so tief in die Seele der Heimat geschaut, wie wenn ich in kalten Nächten zwischen gleichschlagenden Herzen dem Brausen des Windes lauschte, der, aus den unendlichen Räumen Asiens kommend, sich an den höchsten Zinnen der Welt brechend, über uns Schnee und Eis schüttet. Glückliche und schwere Stunden des Sehnens und Ahnens, Stunden der Besinnung und Verpflichtung zugleich. Und in scheinbar unlösbaren Fragen schwingt sich das Denken auf zu dem Einzigen, und für Spannen Zeit, die nicht zu messen sind, fühlt es sich eins, um erneut erwacht die herbe und tragische Schönheit dieses Lebens zu tragen.«
Karlo verteilte am 7. Juni Post. »Dann besprechen wir kurz den Plan für den Gipfelsturm«, berichtete Hans Hartmann. »Sechs Sahibs und acht Scherpas sollten gleichzeitig vom Lager V, 6700 m, aus vorstoßen, zwei Sahibs und vier Träger vom Lager VI oder VII wieder zurückgehen. Das große Plateau über dem Silbersattel wird nur noch von je vier Sahibs und Scherpas passiert, die das Lager VIII möglichst hoch errichten. Von hier aus versuchen die beiden besten ›Schnaufer‹ den Gipfel zu

erreichen, während die anderen den Rückzug decken. So muß es gehen, wenn wir nur noch 14 Tage gutes Wetter behalten.«
Am 8. Juni wehte ein so heftiger Wind, daß Karlo gezwungen wurde, die Zelte etwas tiefer zu legen. Das Barometer sank um vier Millimeter, dazu herrschte grausame Kälte. Karlos Temperaturwerte entsprachen den Messungen aus dem Jahre 1934. »Dabei hatte ich bis Lager IV höchstens mit Temperaturen von minus 10 Grad gerechnet. Das Doppelte scheint einzutreten. Für die neuen Bedingungen reicht die Ausrüstung der Baltis nicht mehr aus. Der Wind wird uns bald dazu zwingen, Eishöhlen zu bauen. Gerade als die Scherpas nach Lager IV gehen und die ersten Leute von Lager II heraufkommen, hat es endgültig zugemacht. Es beginnt stark zu schneien. Smart und Peterl kommen ganz munter daher. Ich gehe dann ins Lager IV hinauf, eine Stunde. Es liegt tiefer als 1934, gerade an der Kante der oberen Mulde. Angtsering klagt über Kopfschmerzen. Kami sitzt im Zelt und massiert seine Füße, die weiß und gefühllos sind.«
Am gleichen Tag spurten Göttner, Fankhauser und Hepp den Hang zum Lager V. In einer Höhe von 6550 Meter wurde das Wetter so schlecht, daß sic umkehren mußten. Im Lager herrschte eine Temperatur von minus 16 Grad. »Mit Karlo (Lager IV) wird ausgemacht«, berichtete Martin Pfeffer, »den oberen Weg auf die Terrasse, der auch 1934 begangen wurde, zu versuchen und das Lager IV so bald wie möglich höher zu verlegen.« In der Nacht hatte es 30 Zentimeter geschneit; bedrohlicher jedoch war das Grollen, das tief im Eis eine Spaltenbildung ansagte und daher eine neue Verlegung des Lagers erforderlich machte.
»Wenn nur endlich einmal der Schneefall aufhören würde«, klagte Hans Hartmann. »Der Martl schreibt noch im Schlafsack liegend an seinem Bericht, und der Adi läßt sämtliche Volkslieder, die er kennt, auf seiner Mundharmonika erklingen. Langsam brennt die Kerze, die über Martls Schlafsack flackert, nieder, und die Eiskristalle an den Zeltwänden wachsen von dem Atem der hier tief schlafenden vier Männer.«
Am 9. Juni schneite es narrisch, wie Karlo notiert. »Von Lager IV gehen wir mit Adi und Martl noch ein Stück höher, um einen besseren Lagerplatz zu finden.« »Das kann gut werden weiter oben«, schrieb Günther Hepp. »Wenn man nur eine Minute mit dem kalten Primus-

kocher umgeht, muß man seine Hände lange in den Taschen wärmen, bis sie wieder gebrauchsfähig sind. Ein Frühstück kochen dauert eineinhalb Stunden. Wir spuren heute ein Stück höher hinauf, weil unser Zeltplatz uns bei dem Neuschnee nicht mehr ganz lawinensicher erscheint. Da es zu stark schneit, verschieben wir das Verlegen auf morgen und schicken die Träger nach Lager III zurück.
Zu viert ist es eng in dem kleinen Kaukasuszelt, deswegen legen wir uns heute so, daß zwei mit dem Kopf und zwei mit den Füßen dem Zelteingang zu liegen. Was haben wir schon über dieses Radfahrerzelt geschimpft. Es hat keinen Boden, es ist schlecht aufzustellen. Wenn es kalt ist, bringt man die Knöpfe nicht zu, es ist ein Graus. Dabei hat es der pfundigste Himalayamann, der je existierte, konstruiert, unser Hauptmann Paul Bauer. Es ist dauernd voll Schnee und naß. Der Wind pfeift durch. Kruzitürken.«
Über die Verlegung von Lager IV heißt es bei Günther Hepp: »Mit Karlo gehen wir ein Stück aufwärts und suchen einen neuen Lagerplatz im Nebel. Die ankommenden Lasten werden gleich hier gestapelt. Hatschi zapft unser Blut ab für seine physiologischen Bestimmungen.«
Pert Fankhauser schrieb: »Karlo und ich wechselten das Spuren ab und kamen nach einer Stunde und fünf Minuten in Lager IV an. Die waren eben aus den Säcken gekrochen. Nach kurzer Unterredung spurten wir auf eine andere Terrasse hinauf und beschlossen, dort endgültig Lager IV zu errichten ... Es schneit nun schon wieder, Peter kocht einen Griesbrei mit Dörrobst, Smart raucht seine Pfeife, Karlo rechnet, ich schreibe, und allen kommt es recht gemütlich vor.«
Hans Hartmann notierte am gleichen Tag: »Wir können den Weg nach Lager V nicht weiterbauen und sind zum Warten verdammt.« Am nächsten Tag, am 10. Juni, fiel das Thermometer in der Nacht auf minus 20 Grad. An diesem Tag wollte Martin Pfeffer das neue Lager IV sehen. »Ich komme gerade zurecht, wie im Schneetreiben das neue Lager IV errichtet wird, ca. 6230 m. Im alten Lager schreibe ich den Bericht fertig und eilig nach Hause, denn der Karlo nimmt die Post nach unten mit. Gut schliefen wir in dieser Nacht, auch wenn der Sturm am Zelt rüttelte. Auch heute können wir nicht zum Fuß des Rakiot-Peak, wo wir das Lager V errichten wollen. Uns bleibt nur das Höherhinauf-

schieben des Lagers in die obere Gletschermulde und – Geduld lernen. Wir sitzen noch eine halbe Stunde beisammen und sprechen über das Wetter und den Berg und über die Männer, die ihn trotz allem erobern werden.«

Am 11. Juni bekannte Karlo in seinem Tagebuch: »Die Verhältnisse sind schlecht. Wir haben uns gut eingegraben. Die Stelle, auf der Lager IV liegt, ist herrlich. Nur hat man verdammt kalte Finger zum Schreiben. Lustig ist es, daß wir wieder einmal alle beieinander sind.« »Puls 50«, schrieb Pert Fankhauser. »Das Wetter ist doch verrückt. Am Morgen war's schön, zwei Stunden später schneite es wie verrückt. Dann tut's auf, und später schneit's wieder. Alle Weissagungen Leutnant Smarts in bezug auf das Wetter erfüllen sich nicht. Empört stellt Smart fest, daß es das letzte Mal sei, daß er das Wetter voraussage. Um halb neun werden drei Baltis ganz bimar, krank, nach dem Hauptlager geschickt. Smart klagt über Kopfschmerzen. Auch Müllpeter hat zu leiden.«

Günther Hepp schrieb: »Es ist wie jeden Morgen seit 10 Tagen: Einige Stunden ist es schön, dann kommt Nebel, und nachmittags schneit's. Smart und Karlo haben ein lustiges Wortspiel erfunden. Einer sagt mit gerunzelter Stirn in den Nebel blickend: ›I think it is clearing up.‹ Der andere sagt genauso sorgenvoll nach oben blickend: ›I think too.‹ Was wir brauchen, sind 14 schöne Tage. Nahe sind Ostgrat und Silbersattel.«

Peter Müllritter erzählte immer wieder, daß er an dieser Stelle, in Lager IV, die verzweifelten Hilferufe der Sterbenden aus dem Jahre 1934 gehört habe. Er kam davon nicht los. Alles erinnerte ihn an den Todeskampf Willo Welzenbachs und Willy Merkls, an die Rufe, die der Sturm dem Lager IV zutrug, wie sie immer schwächer wurden und dann ganz verstummten. In Lager IV war damals der Scherpa Angtsering in einem schlimmen Zustand eingetroffen. Er war der letzte Bote Merkls, der nur noch berichten konnte, daß Willo Welzenbach und Willy Merkl das Opfer des tage- und nächtelang tobenden Orkans geworden waren, von Kälte, Erschöpfung und Entbehrungen zu Tode gemartert.

Am gleichen Tag spurte Hans Hartmann zu Lager V hinauf. Nach eineinhalb Stunden stand Hatschi mit Peter Müllritter auf der großen Terrasse. Nachdem Müllritter den Aufstieg gefilmt hatte, wollten sie

nun die Einsattelung vor dem Rakiot Peak erreichen. »Aber schon stecken wir wieder im Nebel. Da fallen und wirbeln auch schon die Flocken. Verdammt. Gerade können wir noch unten auf dem Gletscher einige schwarze Punkte entdecken, die sich aufwärts bewegen. Das ist der Karlo mit dem ganzen Trupp von Sahibs, Scherpas und Baltis. Dann nimmt uns der Nebel jede Sicht.
Gigantisch türmen sich die Eiszacken im Bruch rechts unter uns auf, und dicht über uns jagen Schneewehen durch die unteren Felszacken des Kamins, der vom Rakiot Peak herüberzieht. Der erste gewachsene Fels auf dem Weg zum Nanga. Noch eine halbe Stunde queren wir weiter, dann sehen wir gar nichts mehr und kehren um. An der steilen Stelle an der Barre ist ein Schneebrett über unsere Spur hinweggegangen, und der harte Firn liegt hier frei und verlangt festes Einsetzen der Füße. Ich rufe dem Adi zu, der wegen seiner häufigen ›Seitensprünge‹ als Filmoperateur nicht am Seil geht, er solle aufpassen, da kommt er auch schon dahergesaust und reißt mich genau zielend mit, bis unsere Reise auf einem vorspringenden Sporn in tiefem Schnee ein sanftes Ende findet. Tiefes Schnaufen, großes Gelächter und gegenseitige Anpflaumerei. Dann geht es weiter hinab. Es ist saukalt.
Lange besprechen wir uns noch am Abend. Die ganze Mannschaft steht bereit, und der Berg ist abweisender denn je. Der Anstiegsweg ist eindeutig vorgezeichnet. Er ist geradezu flach und birgt keine zu großen Schwierigkeiten in sich, wenn man ihn zum Beispiel mit dem Nord-Ost-Sporn des Kantsch vergleicht – und dennoch. Er hat uns jetzt schon am Anfang harte Arbeit auferlegt. Schnee und Kälte, das sind die Waffen des Nanga, die er gegen uns führt. Früher und schärfer als 1932 und 1934 setzt er die Waffen ein, und er führt sie nach einem uns unbekannten Gesetz.«
Am 12. Juni erreichten Göttner, Fankhauser, Pfeffer und Hepp nach schwerem Kampf mit dem Eisbruch und einer steilen Randkluft einen Ort, der nicht weiter als 150 bis 200 Meter vom Rakiot Peak entfernt ist. Aber das kalte Schneetreiben zwang sie zur Umkehr. In der Nacht fiel die Temperatur auf minus 22 Grad. »Seit sechs Tagen«, notierte Martin Pfeffer, »haben wir nun schon das gleiche blödsinnige Wetter, das uns nicht vorwärtskommen läßt. Die Träger sind infolge der großen Kälte teilweise krank und machen Schwierigkeiten. Wir haben doch nur den einzigen Wunsch, möglichst bald an unserem Ziel zu

sein, auf daß es wieder hinuntergeht in die warmen Täler, wo man nicht dick verpackt und schwer beweglich 12 bis 14 Stunden im Schlafsack liegen muß, das Eisdach vor der Nase, und am Morgen nicht den Proviantsack und den Rucksack und den Kocher aus 30 bis 50 cm Neuschnee ausgraben muß. Gern wollen wir die noch größeren Strapazen der Hochlager auf uns nehmen, wenn es nur endlich aufwärts ginge, mit Volldampf, und in acht oder zehn Tagen siegreich wieder hinunter.«

»Der Karlo und ich«, schrieb Hans Hartmann, »packen inzwischen die drei Proviantbeutel für die Hochlager VI, VII und VIII neu zusammen. Schweren Herzens muß die eine oder andere ›Delikatesse‹ aus dem Beutel herausgenommen oder eine Blechverpackung entfernt werden, um auf ein oberhalb der 7500-Meter-Grenze noch erträgliches Gewicht zu kommen. Wir sind noch mitten beim Packen, da fegt wieder eiskalter Nebel heran. Im Nu sinkt die Temperatur auf minus 13 Grad, und ein Schneesturm hüllt uns ein ... Ja, es ist immer noch kein Wetter für uns. Die Baltis sind alle krank und wollen absteigen, selbst die Widerstandskraft der Scherpas beginnt zu wanken. Einige sind krank, andere haben allen Auftrieb verloren. Nach längeren Verhandlungen von Smart und Karlo mit den einzelnen Scherpas, nach Festsetzung eines Rasttages, Verteilung von Medikamenten kommt die Sache wieder in Ordnung. Bei den vier Baltis ist Hopfen und Malz verloren. Einer heult stundenlang. Sie müssen so bald wie möglich hinunter ins Hauptlager, und der Smart, der auch schon basecampreif ist, soll sie begleiten.«

»Die Kerle sind komisch«, meinte Günther Hepp in seinem Tagebuch. »Die Baltis laufen frierend und barfuß herum, klagen dabei über kalte Füße und Kopfschmerzen. Abends hocken wir zu acht in unserem kleinen Zelt. Martl (Pfeffer) und ich zeichnen, es wird gesungen. Ich friere. Für dieses Wetter sind Zelte und Schlafsäcke zu dünn.«

Smart war höhenkrank. Das letzte Gespräch am Abend des 13. Juni drehte sich zwischen Hepp und Smart um Fragen der deutsch-englischen Freundschaft, die auf so vorbildliche Weise am Nanga Parbat praktiziert wurde. Würde die Expedition bei diesen täglichen Schneestürmen und Kälteeinbrüchen überhaupt höher hinaufkommen? Jede Stunde zehrte an den Kräften, weil, wie Pert Fankhauser schrieb, »alle Tage eine neue Spur gemacht wird, die alle Tage wieder verschneit ist«.

Am Morgen des 13. Juni zeigte das Thermometer minus 23 Grad an. Die Luft war dünn und schneidend. Die untergehende Sonne beleuchtete mit magischen Farben eine schwarze Wolkenwand, die sich aus dem Hindukusch näherschob und fast das Industal erreicht hatte. Der nächste Orkan rückte heran. In dieser Nacht würde es ein kalter Schlaf werden, in den Träumen würden viele über Eisstufen nach oben schreiten, vom Sturm gepeitscht und von den Messern der Kälte gequält, und um allem zu entgehen, würden die letzten Gedanken in die Heimat wandern. Und wenn der Gedanke ganz ruhte, so drangen oft aus weiter Ferne Stimmen und vom Sturm zerrissene Lieder an das Ohr.
Am 12. Juni 1937 machte Karlo in seinem Tagebuch seine letzte Eintragung. Er schrieb: »Minus 23 Grad, morgens wolkenlos. Günther, Adi, Martl und Pert spuren nach Lager V. Wir freuen uns alle über das Wetter, um so größer ist unsere Enttäuschung, als die Scherpas zum ersten Mal Zeichen von Unzufriedenheit äußern. Sie haben irgendeinen, der ihnen vorerzählt, was sie alles am Everest bekommen haben. Smart versucht den Trouble zu glätten. Ich spreche schließlich allein mit meinem Orderly Mingma.«
In den letzten zwei Lebenstagen trug Karlo in ein kleines Notizbuch lediglich meteorologische Beobachtungen ein.
Ein merkwürdiger Berg, überlegte Karlo in der vorletzten Nacht, ein Berg, den Smart für einen Killer hält, ein Berg, von dem es heißt, auf dem Gipfel residiere eine vergöttlichte Fee. Hatte diese Fee nicht mit ihnen gespielt, wie die Katze mit der Maus spielt? Fast vier Wochen lang. Sie hatte ihre schönsten Kleider angelegt, schöner, als je die »Gerstenköniginnen« im Karakorum sie getragen hatten – um die Expedition zu empfangen. Ihre Krone verstrahlte reines kosmisches Licht. Welch einen Duft besaß dieses Licht. Mit Sirenenklängen hatte die Fee die Sinne betört. Als die Männer der Bergerscheinung aber nähertraten, entpuppte sich die Fee als Erinnye, die den Bergsteigern auf ihren einsamen Wegen Tod und Verderben entgegenschickte. Auch zwischen 6000 und 7000 Meter lockte der Gipfel noch immer jeden Tag in der Frühe. Aber sobald Karlo mit seinen Freunden aufbrach, verstrickte ihn der Berg in seine tückischen Unwetter und zwang alle zur Umkehr, zurück in die Zelthöhlen aus Reif und Eis.
Für Karlo gab es keinen Vergleich zwischen Nanga Parbat und Kangchendzönga, zwischen dem Giganten im Westen und dem Riesen im

Osten. Der Nanga Parbat war, wie Leutnant Smart von den »Gilgit-Scouts« gesagt hatte, einfach ein Killer. Er blieb Killer, weil er sich mit einer Wetterzone umgab, die hier mörderischer war als sonstwo. Der Nanga Parbat teilte die Gefährlichkeit der Wetterzone vielleicht nur noch mit seinem Nachbarn aus dem Karakorum, dem Rakaposchi. An dem hochkritischen Bauwerk der Natur, gemacht in den Schöpfungstagen aus Fels und Eis, verlor der Mensch aus der fernen europäischen Zivilisation nach und nach das Bewußtsein seiner Überlegenheit. Die Natur war hier gewalttätig, unberechenbar, unbeständig, und menschliches Leben war zerbrechlich.

Es ist so einfach zu sagen, der Nanga Parbat sei 8125 m hoch. Wie hoch, wie schwierig ist der Berg eigentlich? Welche Zahl könnte die innere Macht des Bauwerks ausdrücken, welche Zahl die Gewalt der Naturkräfte messen, die den Gipfel wie »Saturnringe« umgeben? Wer die Höhe des Nanga Parbat messen möchte, der multipliziere sie am besten mit der Summe aller Schwierigkeiten, die sich bis zum Gipfel vor ihm aufbauen. Die Alten waren schlüssiger; sie drückten die Höhe des Berges mit der erzählenden Macht ihrer Gottheit aus. Wie blaß wirkt daneben doch die europäische Meterzahl, gemessen am Spiegel eines fernen Meeres.

Am 13. Juni schrieb Karlo den letzten Brief seines Lebens. Er ist an Uli Luft gerichtet. Leutnant Smart nahm den Brief mit ins Hauptlager, wo sich der britische Offizier, der mit seinem Afghanenhund ganz in der Bergkameradschaft der Expedition aufgegangen war, mit den kranken Baltis von seiner Höhenkrankheit kurieren sollte. Bei minus 21 Grad Celsius brach am 14. Juni 1937 für die Mannschaft Karlo Wiens der letzte Lebenstag an.

An diesem Tag hatte der kleine Sohn von Hans Hartmann Geburtstag. Der Vater betrachtete immer wieder das Bild des Kleinen. In genau einer Woche, am 22. Juni, würde er seinen eigenen Geburtstag begehen können. In Schnee und Eis, zu Füßen des Rakiot Peak, träumte Hans Hartmann nun davon, sich an diesem Tage sein Geburtstagsgeschenk vom Gipfel des Nanga Parbat selbst zu holen. Was die Expeditionsmitglieder am 14. Juni sagten und verrichteten, das taten sie zum letzten Mal.

Pert Fankhauser schloß sein Tagebuch: »Minus 20 Grad. Die ganze Nacht schlecht geschlafen, mußte immer an den Berg denken. Der

Morgen war schön. Die Kulis haben schon Tee gekocht. Man entschließt sich heute, die Lasten nur an das obere Ende des steilen Aufstiegs zum Lager V zu transportieren. Karlo, Hatschi und Adi wollen die Spur treten.«

Hans Hartmanns letzte Aufzeichnung: »Heute Nacht waren es noch minus 21 Grad, und um halb sieben lacht die Sonne so verlockend, daß wir alle an das Besserwerden des Wetters glauben. Dazu wird heute ›der kleine Karlo‹, mein Bub, zwei Jahre alt. Um 8 Uhr gibt's Frühstück ... Heute sollen alle für Lager V bereits zusammengestellten Lasten bis auf die große Gletscherterrasse, 6550 m hoch, hinaufgeschafft werden, um dadurch bei einem wirklichen Besserwerden des Wetters den beschwerlichen für morgen geplanten Umzug ins Lager V zu erleichtern. Gegen halb zehn ziehen der Adi, Karlo und ich zum Hinaufspuren los. Die neun beladenen Scherpas folgen und außerdem der Müllritter mit seiner Kamera, der uns, auf dem ersten Stück im tiefen Pulverschnee spurend, auf dem Film festhält. Später verfolgt er uns noch mit seinen großen Brennweiten aus der Ferne.

Zuerst spuren wir abwechselnd; als es steiler wird, bleibe ich vorn und spure so mühelos, obwohl ich oft bis zu den Knien einsinke. Dann kommt das steile Stück, wo der Schnee beinhart ist und man mit der Schuhkante fünfmal hinhauen muß, bis man sicheren Stand hat, und bald darauf stehe ich auf der schönen Eisnase, direkt unter der Terrasse, wo wir das Lagerdepot errichten wollen. Es ist wunderbar schön! Und ich steige heute so leicht und ohne schnaufen zu müssen, und dazu noch in einem Schnee, wo ich normalerweise tief einsinke und mich mehr schinden muß als andere. Das ist mir wie ein Wunder – und macht mich still und dankbar –, und ich glaube, den ganzen Tag steht mir heute ein feines Lächeln im Gesicht. Nun ja, zum Geburtstag von Bubi. Langsam, einer nach dem anderen, treffen die Träger auf der Eisnase ein und deponieren ihre Lasten.«

Bei Martin Pfeffer hieß es am Montag, dem 14. Juni 1937: »... Nachdem uns Smart, der mit Datondu und den vier Baltis ins Hauptlager geht, verlassen hat, spuren Karlo, Hatschi und Adi den großen Steilhang nach V hinauf, gefolgt von neun Scherpas, die ihre Lasten oben deponieren. Zur gleichen Zeit, 9.15 Uhr, spure ich allein hinauf zur Scharte, 6238 m im Hauptkamm östlich des Lagers, um zu photographieren. Zum ersten Mal trage ich Schneereifen, die das Spuren in dem

abgrundtiefen Schnee bedeutend müheloser machen. Um 10.15 Uhr erreiche ich die Scharte, aber droben, wo sich ein unerhörter Tiefblick bilden sollte, ist alles schwarzer Nebel. Schwarz brodelt der Nebel über den Grat hinauf, wird oben vom Wind verblasen, der Silbersattel leuchtet noch in der Sonne, und lustig ist es, den Kameraden und Trägern am Steilhang zuzusehen, wie sie im Schuß mit Geschrei herunterrutschen.
Bald dringen von überall die Nebel herein, während ich langsam auf den unbedeutenden Firngipfel nördlich der Scharte steige, 6320 m, mein erster Sechstausender. Grau ist alles um mich, und den Absturz hinunter nach Osten verliert sich alles ins Schwarze. Da und dort, am Rand des Sichtbaren, bewegt sich ein Felskopf gespensterhaft im Nebel. Dann wieder leuchtet ein Stück sonnenbestrahlter Eiswand oder der Silbersattel aus dem Nebelgrau. Langsam stapfe ich zurück ins Lager, wo noch ein wenig Sonne scheint und bald, vom Mingma zubereitet, das Khana aufmarschiert. Es ist heute der erste Tag, an dem es nicht ausgesprochen schlecht wird. Und bald reißen die Nebel wieder auf, der Sturm peitscht die Wolken über den Nanga und den Rakiot hinweg, die Bergwelt im Norden wird ungemein klar sichtbar, nur wenige Gipfel sind höher als wir, fast die ganzen Bergländer da draußen liegen tief unter uns und 5000 Meter tiefer das Industal. Mit großer Geschwindigkeit jagen die letzten hellerleuchteten Wolkenfetzen über Rakiot- und Chongra-Peak, über den Silbersattel, und die Nanga-Flanke hinunter peitscht der Wind die Schneekaskaden.
Im Lager IV können wir heute das erste Mal warm in der Sonne sitzen, und die Stimmung ist sehr hoch, denn jetzt scheint das Wetter endgültig besser zu werden, und morgen wird Lager V eingerichtet, dann geht der Gipfelsturm an, und vielleicht wird bis Hatschis Geburtstag am 22.6. der Gipfel fallen. Am längsten bleiben Günther und ich in der Abendsonne, die sich langsam den fernen Bergketten nähert.
Ich bin sehr glücklich, all diese Herrlichkeit schauen zu dürfen.
Um 6 Uhr, als der Sturm, der über den Gipfel bläst, auch unser Lager zu berühren beginnt, ziehen Günther und ich ins Zelt, dessen First noch lange von der Sonne beleuchtet ist, was im Innern ein angenehmes, warmes Licht verbreitet. Heftig rüttelt zuweilen der Sturm noch am Zelt, während wir in unseren Büchern schreiben.«

Am Abend des 14. Juni trug Karlo zum letzten Mal seine Wetterbeobachtung in ein Notizbüchlein ein:
»Nachts klar, minus 21 Grad.
Vormittags klar, von Norden her bewölkt. 6.30 Uhr minus 15 Grad, 12.00 Uhr minus 5,5 bis minus 7 Grad. Langsames Einnebeln. Nebel hielt, ohne Wind, warm.
18.00 Uhr minus 8,2 bis 9,8 Grad, fast ganz klar.
Phantastischer Weitblick nach Norden, am Berg Wind aus Nord-West.
Verglichen mit den Vortagen ist das Wetter geändert, erster Tag fast ohne Niederschlag, abends klar, wenig Wind.«
An diesem 14. Juni 1937 wurde die Expedition der Freunde zum ersten Mal von der Hoffnung bewegt, den Gipfel bald schaffen zu können. Karlo fürchtete keinen Steilhang, keine Eisrinne und auch die Höhe nicht. Was ihn mit Sorge erfüllte, besserte sich: das Wetter. War in der Auseinandersetzung mit dem Nanga Parbat damit der ärgste Widersacher endgültig ausgeschieden? Alle waren plötzlich von neuem Geist erfaßt. Ein Strom trug alle hinauf. Auf seinen Wellen spürten sie die Nähe des geheimnisvollen Gipfels, des Steins, eines Grals, beseelt von dem glücklichen Gefühl, daß sich das Leben aller bald erfüllte. Als es am Rakiot Peak dunkel wurde, sangen die Freunde zur Mundharmonika Heimatlieder. Das letzte Lied, das deutsche Bergsteigerlied, verfaßt von Ludwig Böttcher vom AAVM, wurde zur Hymne der deutschen Expedition am Nanga Parbat. Nur ein leiser Wind wehte an diesem Abend. Er trug die Stimme der Männer hinauf zum Silbersattel und zum Mohrenkopf, an die Gräber von Willo Welzenbach, Uli Wieland, Willi Merkl und der Träger.
Karlo trat noch einmal vor das Zelt und schaute hinauf, als erwarte er von seinen Freunden, die seit vier Jahren im Eis ruhen, ein Zeichen. Er betrachtete dann all die »Herrlichkeiten«, die Martin Pfeffer in seiner letzten Tagebucheintragung soeben beschrieben hat. Nanga-Parbat-Nächte haben ihr eigenes Farbspiel. Das Dunkel ist nicht schwarz, sondern grau und von silbernen Fäden durchzogen. Die Nacht ist voller Geheimnisse, voller Laute und Bewegung. Wenn der Mond über die Landschaft wandert, bekommen die Bilder den Pastellton der Kreide, den alte Darstellungen aus der Generation der Väter und Mütter haben. Dann schaute Karlo noch einmal hinauf in den rätselhaften Garten am Himmel, wo Tausende von Sternen aufblühten und astronomische

Bilder entfalteten. Wie oft hatte er in den europäischen Alpen den Polarstern gesucht und nach ihm die Richtung des nächsten Schrittes bestimmt.

Leuchtet das Feuer der Sterne hier oben an den eisgrünen Säumen nicht nach, oder brennt gar tief im Eis des Nanga Parbat ein Licht, das die Signale des Himmels erwidert? Seltsame Kräfte, die nichts Körperliches besitzen, spielen zusammen und umgeben den Besucher, der in die Höhe horcht, mit einem bewegten Gewand der Nacht.

Unter dem Gewölbe des Himmels war Karlo mit seinen Freunden nicht allein. Sie teilten die Nachbarschaft mit dem Rakaposchi, dem Hispar, dem Haramosch, dem Batura und dem K-2. Schaute Karlo zum Karakorum hinüber, so spürte er die Gemeinschaft mit anderen Achttausendern und mit Männern, die denselben Weg gingen. Und irgendwo in Baltit, Astor, Gilgit oder Ganesch saß auch sein »Bamberger Reiter« auf einem Wohnbalkon und gedachte seiner, der im Auf und Ab der Wetter mit dem Berge rang. Irgendwo da draußen ist auch Eric Shipton mit einem »Bamberger Reiter« unterwegs zum Mintaka-Paß, der Karakorum mit dem »Dach der Welt«, mit Karlos Pamir von 1928, verbindet.

Im letzten Licht der Sonne hatte der Rakaposchi türkisfarbene Schleier und feine Wolkengewänder angelegt, so als schmücke er sich für ein großes Fest. Was mochte die geheimnisvolle Fee auf dem Rakaposchi wohl vorhaben – Göttliches, Teuflisches? Karlo lächelte, als er in den Schlafsack kroch. Ein paar Freunde schrieben noch an ihrem Tagebuch oder an einem Brief in die Heimat, zu Frau und Kind oder zu den Eltern und Geschwistern. Wenig später lagen alle in festem Schlaf.

Wovon sie nun auch träumen mochten, auf den Wellen des Traumes trieben sie langsam, ohne Bewußtsein dem ewigen Zustand des Vergessens entgegen.

Nur die Sterne sahen zu

Katastrophe und Bergung. Tod ist Heimkehr. »Den Sterblichen gehör ich nun nimmer an.« Deutsch-britische Kameradschaft am Berg des Todes. Hilfe aus München für Uli Luft: Paul Bauer, Fritz Bechtold und Dr. Karl von Kraus.

»Wachse, Du Korn, und werde Ährenfeld,
dann laß Dich mähn am Tage der Sense gern
und werd im Feuerofen Brot der Welt –
verlaß die Erde freudig, werde Stern.«

Rumi

In dieser friedlichen Nacht bebte der Berg. Er bebte um Mitternacht auch am Batura, Rakaposchi und Hispar. Niemand aber hatte die Hand am Puls, als der Rakiot Peak in einem tiefen Atemzug den Eispanzer sprengte. Das Beben war so leise, daß es die Schlafenden nicht weckte.

Im Bruchteil einer Sekunde setzten sich vom Hängegletscher zyklopische Eisabbrüche in Bewegung, glitten mit ihrer ungeheuren Schubkraft auf Lager IV zu und erschlugen auf ihrem Weg in die Tiefe alles Leben. Als sich die dunkle Wolke im Sternenlicht auflöste und das Grollen zum Silbersattel auftieg, gab es die »Expedition der Freunde« nicht mehr; die sieben Sahibs und die neun Scherpas aus Darjeeling waren vom Schicksal mit dem Berg vereint. Aus der Schlafstatt für eine Nacht war Schlafstatt für die Ewigkeit geworden.

Die Sahibs und Scherpas hatten alles geteilt: die große Herrlichkeit des Berges und die Bergnot, Freude und Furcht und die zauberhafte Stunde zwischen Tag und Nacht, wenn sich allabendlich die Stimme der Seelen zum gemeinsamen Gesang fand. Dann stimmte auch Rudyard Kiplings Wort nicht mehr: »Ost ist Ost und West ist West, und einander verstehen wird man sich nie.« »Für uns sind die Scherpas keine Diener, sondern Brüder«, schrieb wenige Tage zuvor Günther Hepp noch in seinem Tagebuch.

Nun hatte der Tod die Bruderschaft für immer besiegelt, der Bergtod, von dem Ardito Desio am K-2 gesagt hatte, er möge schrecklich sein, aber er sei niemals erbärmlich. Alle ruhten von nun an wie Weltkönige im hohen Fels und teilten die Nähe nur mit einheimischen Gottheiten.

Wer begreift den Sinn der Tragödie? Zuflucht gewährt eine Legende aus alter Zeit. Ihrer Aussage zufolge wurde einst Empedokles von Agrigent von einem rauchenden Berg, dem sizilianischen Aetna, heimgeholt, als er am Gipfel sein Geheimnis lüften wollte. Der Bergtod befreite den Geist von seinen Bindungen an die Persönlichkeit. Er entstieg dem Gefäß und erhob sich nun über die ganze Erde. Die Ode, die Hölderlin erdachte, hätte im Jahre 1937 auch für die »Expedition der Freunde« geschrieben sein können:

»... Es ist geschehen. Den Sterblichen gehör ich
nun nimmer an. O Ende meiner Zeit!
O Geist, der uns erzog, der du geheim
am hellen Tag und in der Wolke waltest.
Und du o Licht! Und du, du Mutter Erde!
Hier bin ich, ruhig, denn es wartet mein
die längstbereitete, die neue Stunde ...

Im Tode find ich den Lebendigen
und heut noch begegn' ich ihm, denn heute
bereitet er, der Herr der Zeit, zur Feier,
zum Zeichen ein Gewitter mir und sich.
Kennst du die Stille rings? Kennst du das Schweigen
des schlummernden Gottes? Erwart ihn hier!
Um Mitternacht wird er es uns vollenden ...«

Dr. Karlo Wien, Martin Pfeffer, Dr. Hans Hartmann, Pert Fankhauser, Dr. Günther Hepp, Peter Müllritter und Adi Göttner; das Schicksal der sieben Sahibs teilten neun Scherpas, darunter der Treuesten einer: Mingma Tsering, der 1936 Karlo auf seinem abenteuerlichen Weg durch das unerforschte Passanramtal am Kangchendzönga begleitet hatte; dazu Nima Tsering I, Nima Tsering II, Jigmay, Chong Karna, Angtsering, Gyaljen Monjo, Karmi und Pasang »Picture«, so genannt, weil ihn Julius Brenner 1931 am Kantsch in die Geheimnisse des Photographierens eingeweiht hatte.
Es überlebten: Dr. Ulrich Luft und Leutnant Smart, der wenige Jahre später in Burma fiel, sowie Prof. Dr. Karl Troll. Luft und Smart hielten sich während der Katastrophe im Hauptlager auf; Troll war in einem Seitental des Nanga Parbat mit Forschungsarbeiten beschäftigt.
In der Geisterstunde um Mitternacht gewährte die rätselhafte Allmacht auf dem Thron der Götter allen Männern in Lager IV einen gnädigen Tod. Der Tod war jedoch nicht der übliche Bergtod gewesen, Tod durch Absturz, durch Erschöpfung, Erfrieren oder durch das lange,

qualvolle Sterben in einem Schneeorkan wie 1934. Der Tod sah 1937 anders aus. Alle stellten sich ihm gemeinsam, ohne Laut, ohne Ruf. Und sie gaben ihren Leib nicht dem Staube zurück, sondern vertrauten ihn zur Verewigung dem Fels an. Der Tod erschien als Heimkehr zum Berg.

Sechs Jahre zuvor hatte Paul Bauer über das Gletschergrab Hermann Schallers am Kangchendzönga gesagt, daß Kaiser und Könige den Ruhenden um den hohen Ort beneiden würden. War der hohe Ort am Nanga Parbat nicht noch königlicher, den Göttern näher als den Menschen?

In derselben Zeit meißelten Karlos »Reiter vom Bamberger Dom« für ihren toten König Mohammad Nazim Tham, Mir von Hunza, einen Grabpalast aus dem Fels eines Berges, der dem Rakaposchi, dem Dumani – »Mutter der Wolken« –, gegenüberliegt. Das Haupt des Karakorumkönigs wurde auf einen Stein des gewaltigen Ultar gebettet.

Alle hatten den Berg herbeigesehnt in ihren Träumen in München und auf ihrem Weg durch Indien. Der Nanga Parbat war der Totenberg des Freundes Willo Welzenbach. Alle Expeditionsmitglieder kannten die Gefahren; aber sie kannten auch ihr Können, ihre Kraft und ihren Glauben. Bildung und Erfahrung hatten Sinne und Umsicht geschärft. Wie heiter hatten Karlo und seine Freunde München verlassen, wie fröhlich waren sie übers Meer und wie eilig durch die heißen Landstriche Indiens gezogen, immer weiter über Pässe und Stromtalkulturen hinweg durch die Talschaften von Astor, am Indus und Rakiot dem Fest entgegen, der Vereinigung mit ihrem Berg. Auf dem Anmarsch hatten sie gesungen und getanzt; sie hatten allabendlich Feuer entfacht und fremden Weisen so lange gelauscht, bis sie den Geist der Gesänge verstanden. Als sie zum ersten Mal den Gipfel ihres Berges sahen, schwangen sie sich in den Sattel und ritten im Galopp dem Nanga Parbat zu. Welch ein Jubel, welch eine Hoffnung; entweder gehörte der Berg bald ihnen oder sie gehörten bald dem Berg, eine Alternative gab es nicht. Aber Karlos logistische Planung, die von Lager zu Lager den Charakter von solide eingerichteten Bergstationen hatte, schaltete Zweifel am Erfolg aus. Als die Hoffnung am größten war und nichts mehr im Wege zu stehen schien, kam die Eiswand. Sie war tonnenschwer und schickte die Männer hinüber in die Ewigkeit, ohne noch einmal ihre Sinne zu wecken.

Das Bergsteigerlied, das Karlo und seine Freunde kurz zuvor angestimmt hatten, war ihr einsamer Todesgesang gewesen. In der Krypta aus blauem Eis ruhen nun alle nebeneinander, Karlo und seine Freunde mit ihren Scherpas aus Darjeeling, nachbarlich vereint mit den Freunden früherer Jahre, mit Willo Welzenbach, Uli Wieland, Willy Merkl und Alfred Drexel, sowie mit dem Engländer Alfred Mummery, den Hastings einst so verzweifelt im Rakiot-Gebiet gesucht hatte, wie nun in wenigen Stunden Uli Luft seinen Expeditionschef suchen würde. Wo die »Todeszone« beginnt, liegt unerreichbar die Ruhestätte, vom Schicksal für die Freunde des AAVM reserviert.
Am Morgen des 15. Juni hatte der Nanga Parbat ein strahlendweißes Gewand angelegt. In seiner Schönheit und Unschuld war er alles andere als der Killer. Nichts deutete auf die Tragödie hin, die sich in der letzten Nacht unterhalb des Rakiot Peak abgespielt hatte. Der Berg tat so, als ob nichts geschehen sei. Im Hauptlager bereitete Uli Luft alles für den Aufstieg nach Lager IV vor, um dort Karlo und die Freunde zu treffen. Uli Luft schrieb:
»Wie erwartet, traf Leutnant Smart, der mich im Hauptlager ablösen sollte, mit einigen Baltis und seinem prächtigen Afghanenhund direkt von Lager IV kommend im Hauptlager ein. Er brachte mir einen Brief von Karlo. Datum 13. Juni:
›Lieber Uli,
was ist das für ein Wetter. Nach einigen schönen Stunden am Morgen schneit es jetzt wieder mit größter Heftigkeit. Die Spur nach Lager V, die gestern vom Spitzentrupp gelegt wurde, ist jetzt wieder völlig zugeschneit und verwischt. Wir sind heute gar nicht erst gegangen, sondern haben einen Ruhetag gemacht. Morgen wollen wir nach Lager V umziehen. Ich glaube einstweilen nicht an eine Besserung des Wetters, aber wir müssen weiterarbeiten. Mit den Scherpas haben wir auch einigen »trouble« gehabt. Die restlichen Baltis sind alle krank. Das anhaltende Sauwetter, die Kälte (-20 Grad C) zermürben mit der Zeit alle Träger. Gut ist, daß es den Sahibs allen gutgeht. Wir wollen, wenn Lager V besetzt ist, langsam weiter vorstoßen. Zu diesem Zweck ist Deine Anwesenheit in Lager IV notwendig.
Smart, der sich hier in dem Sauwetter genügend geplagt hat, steigt morgen mit drei Baltis ab, die sich im Hauptlager erholen sollen. Am 14. sollen (wenn es das Wetter erlaubt) vier Mann das Lager V beziehen.

Am 15. werden die Träger auch hinaufgehen. Am 16. wirst Du mich hier noch antreffen. Ich bitte Dich daher, mit 4–5 Mann der Baltis aufzubrechen und Lager II zu beziehen. Die Baltis kennen den Weg; gib ihnen aber nur leichte Lasten wegen der Wühlerei im Schnee. Solltest Du nicht am 15. und 16. nach Lager IV durchkommen, so versuche es einige Tage später mit Shukur Ali, der der Beste der Baltis ist und dem die Höhe hier etwas zugesetzt hat. Unter Umständen wird Müllritter einige Scherpas von oben entgegenschicken, um das Spuren zu erleichtern ...
Du nimmst Deinen Schlafsack mit und einen Zweiflammer »Primus«, entweder den vom Hauptlager (im grünen Tuch) oder den in Lager I. In Lager I steht ein Zelt. Für die Kulis müßtest Du das Zelt von Lager I heraufbringen. Wenn Du Lager III einmal erreicht hast, so ist Lager IV nur noch 1 1/2 Stunden höher. Wenn es geht, wäre es zu empfehlen, von Lager II bis Lager IV in einem Zug durchzugehen. In Lager III steht ein Zelt, ist Proviant, aber kein Benzin. Ich will versuchen, daß Dir am 16. Juni bis Lager III vorgespurt wird; aber gerade der Schneefall, der seit einer Stunde anhält, ist das Beispiel einer sehr starken Tiefströmung. Wenn Du außer den in meinem letzten Brief angeführten Artikeln noch folgendes mitbringen würdest, wären wir sehr dankbar: Aus der Apotheke: 1) Einige Expectorans Compositum, Acidum Bencoicum, Menthol mit Percain, 2) 10 Büchsen Milch, Keks und Kakao aus 10 Feurich Blechpackungen ...
Beim Telegramm wäre noch folgender Zusatz zu machen: »L IV, 14.6. Die gleichen Schneefälle halten noch an. Am 12.6. wurde L V erreicht, konnte aber wegen der unaufhörlichen Schneefälle nicht bezogen werden. Die Bergsteiger und Scherpas befinden sich alle im Lager IV.«
So, lieber Uli, mehr kann ich Dir auch nicht schreiben. Wenn Du heraufkommst, weiß ich, daß Du es mit aller Vorsicht machen wirst. Wenn es ganz schlecht wird, wir kommen nach unten immer durch. Proviant und Benzin haben wir genug heroben. Heil Dir! Dein Karlo. Die beiden Kolonnen vom 10.–11. sowie Smart bringen je ein Seil nach unten.‹«
Am 14. Juni notierte Uli Luft: »Nursang meldet mir am Abend, daß er von einer Anhöhe eine größere Kolonne gegen Lager V langsam aufsteigen sah, die am Nachmittag wieder nach Lager IV zurückkehrte. Immerhin, es geht voran! Ich warte heute auf den Postläufer aus Gilgit. Aber er kommt nicht.«

Uli Luft am 15. Juni: »Heute morgen habe ich reichlich zu tun, um ein langes Pressetelegramm von Karlo und einen ausführlichen Luftpostbericht von Pfeffer abzutippen (mit meinem Zweifingersystem) und für den Postläufer fertigzumachen, der heute früh eintraf und morgen früh wieder abgeht. Endlich ein wolkenloser Tag, und wir wundern uns etwas, daß keinerlei Bewegung zwischen Lager IV und Lager V zu bemerken ist.«

Über dem Nanga Parbat leuchtete die Sonne; der Morgen war voller Hoffnung und Heiterkeit. Am 16. Juni stellte Uli Luft die Proviantlasten »und die Sachen zusammen, die Karlo noch angefordert hat«. Zuvor entnahm er aus einem Finger Blut, um das Haemoglobin und die Blutkörperchen zu bestimmen.

Am 17. Juni brach Uli Luft auf. Die Ereignisse hielt er in einem Tagebuch fest:

»Um 4.45 Uhr gehe ich mit sechs Trägern über die Moräne zum Lager I, wo wir um 6.00 Uhr ankommen. Wir steigen um 7.00 Uhr auf den Gletscher. Langsam geht es durch den Bruch. Die Spur führt an eine große Doppelspalte im Eis. Sie liegt unmittelbar unter dem kleinen Plateau, wo wir schon Lager II liegen sehen. Die Träger sagen mir, daß die Spalte, die sie vor drei Tagen passiert haben, viel breiter geworden sei. Aber wir finden eine Umgehung und sind gegen Mittag bei den Zelten in Lager II.

Lager II, 18. Juni: Die Nacht im Lager II war keine reine Freude, weil man dauernd vom Poltern der Lawinen und dem Krachen des Gletschers geweckt wurde. Um 4.30 Uhr trommelte ich die Träger aus dem Zelt und setzte Teewasser auf. Gegen 6.00 Uhr geht es aufwärts bei wolkenlosem Himmel. Wir gelangen über den harten Firn rasch zur oberen Rampe des Eisbruches. Um 10.00 Uhr sind wir in Lager III. Zwei von den Trägern fühlen sich nicht wohl. Aber es ist nicht mehr weit bis Lager IV. So eile ich mit der Post allein voraus.

Um 13.00 Uhr komme ich an den Spuren des ersten Lagers IV vorbei. Es wurde am 10. Juni weiter nach dem Hang des Rakiot-Grates hinauf verlegt, da der alte Platz nicht als lawinensicher angesehen wurde. In wenigen Minuten würde ich den Kameraden die langersehnte Heimatpost bringen können. War die Spitzengruppe bei diesen guten Verhältnissen nicht bereits über Lager V hinaus zum Grat vorgedrungen?

Den Trägern mit ihren schweren Lasten bin ich weit vorausgeeilt, vol-

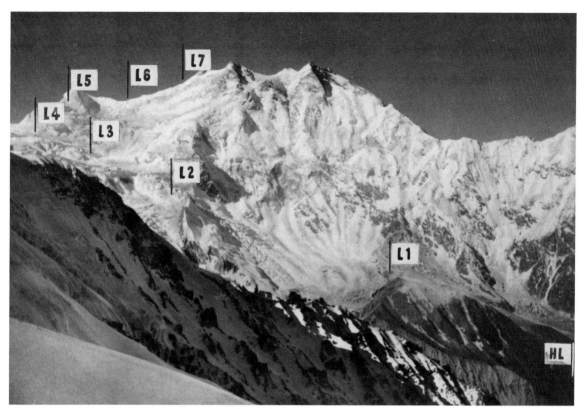

44 Die Lager am Nanga Parbat

45 Lager II nach der Staublawine: Hartmann

46 »Hatschi« baut Burg im Lager II

47 Lager II im Eisbruch

48 Lager II

49 Von Lager II nach Lager III

50 u. 51 Blick von Lager II nach Westen

52 Lager IV von 1934 (Aufn. Paul Bauer). 1937 wurde das Lager IV etwas weiter zum rechten Bildrand errichtet. In der Nacht des 14. Juni 1937 stürzte der gesamte Eisbalkon (rechte Bildmitte) auf das Lager IV.

53 Gedächtnisstein für Karlo Wien auf dem Münchner Waldfriedhof

ler Erwartung, und es kam mir gar nicht zu Bewußtsein, daß ich mich schon über 6000 Meter Höhe befand. Ich trat auf eine große, fast ebene Firnterrasse, auf der, wie ich wußte, das Lager sein mußte. Eine drückende Stille lag darüber. Am wolkenlosen Himmel ragte der Silbersattel hoch über mir in den Himmel. Gegen Norden verlor sich der Blick über die fernen Gipfel des Karakorum.

Unmittelbar vor mir war eine Eislawine niedergegangen, wie ich sie noch nie gesehen hatte. Wild jagten sich meine Gedanken in Fragen und Zweifeln, bis mit unerbittlicher Wucht die Klarheit kam: Diese Lawine hatte meine Freunde und ihre Träger unter sich begraben. Aus einem Hängegletscher, etwa 500 Meter oberhalb, waren unzählige Blöcke herausgeborsten und hatten, auf der Neuschneedecke gleitend, das Lager heimgesucht. Jede Hoffnung, ein Teil der Mannschaft könne in einem höheren Lager der Katastrophe entgangen sein, war sinnlos. Längst hätte ich von ihnen ein Lebenszeichen bekommen. Die Lawine war offenbar einige Tage alt, denn die Eistrümmer waren bei Tage leicht angeschmolzen, in der Nacht jedoch wieder wie Zement aneinandergefroren.«

Das furchtbare Bild teilte sich dem Verstande mit, aber das Herz weigerte sich, die Eindrücke des Entsetzens aufzunehmen. War es wahr, daß er den weißen Platz von Lager IV betreten hatte, oder waren die zyklopischen Eiswerke vor ihm nur böse Träume, die er noch im Zelt der letzten Nacht träumte? Langsam, langsam würgte ihn die Gnadenlosigkeit der Erkenntnis. Dann stürzte sich Uli Luft in die Trümmer der Rakiot-Eiswand, von dem einzigen Gedanken getrieben: Du mußt zu deinen Freunden, du mußt sie da herausholen. Erschöpft betrachtete er nach Stunden den Eispickel. Mit ihm war hier nichts mehr auszurichten. Zu Trauer und Erschöpfung gesellte sich die Ohnmacht.

»Wenn du nur ein einziges Leben rettest«, heißt es in einem Glaubenssatz des Orients, »so rettest du die ganze Welt.« Ach, könnte er doch noch ein einziges Leben retten. Unter den Massen unerreichbar die Welt, der er zugehörte.

Uli Luft schrieb: »Aus Wiens letztem Brief ging hervor, daß ein großer Teil der Belegschaft am 15. Juni umziehen würde. Da Nursang von der Nähe des Hauptlagers mit dem Fernglas gesehen hatte, daß am Morgen des 14. Juni eine Kolonne nach Lager V aufstieg, aber dann am Nachmittag zurückkam, mußte ich schließen, daß in der Nacht vom 14. auf den 15. Juni das Schicksal meine Freunde und ihre treuen Träger alle zusammen ereilt haben mußte.

Die Mannschaft war nicht mehr.

Inzwischen waren die Träger zu mir aufgestiegen. Sie bestätigten mir, daß hier das Lager gestanden habe. Wir machten uns sofort daran, nach Spuren zu suchen. Nach mehreren Stunden fanden wir endlich in den Ausläufern der Lawine zwei leere Rucksäcke und einige leere Konservenbüchsen, die offenbar von weiter oben abgetrieben worden waren. Es wurde mir klar, daß es hoffnungslos war, mit unseren leichten Eispickeln die starr verschmolzenen, großen Blöcke loszulösen, mit denen das Lager womöglich mehrere Meter hoch bedeckt war. Es war bereits 13.00 Uhr. Wir hatten nichts zum Übernachten, da wir erwartet hatten, ein wohlausgestattetes Lager vorzufinden. So mußten wir schleunigst absteigen, um vor Anbruch der Dunkelheit zumindest Lager I zu erreichen. Der Abstieg in dem erweichten Firn am Spätnachmittag war ein ›Schlauch‹. Aber alle erreichten die Moräne unversehrt, als es dunkelte. Bald leuchteten uns zwei Lichter entgegen. Leutnant Smart und Nursang, die uns übertags mit Besorgnis von unten beobachtet hatten, kamen uns entgegen.

Im Hauptlager angekommen, schickte Leutnant Smart sofort je einen Eilboten zu seiner Dienststelle nach Gilgit und Chilas mit der Nachricht vom Unglück und der Bitte, Werkzeuge und bergerprobte Soldaten zu schicken. Bei Morgengrauen schickte ich mit Sonderboten ein Telegramm nach München, nebst Telegrammen an die Angehörigen. Troll, der zur Zeit im Astortal forschte, wurde ebenfalls benachrichtigt mit der Bitte, dem Postmeister aufzutragen, alle Telegramme an uns nach Gilgit durchzugeben, von wo sie uns durch berittene Boten schneller erreichen würden.

Hauptlager, 20. Juni. Bei schönem Wetter steigen Smart und ich mit allen Trägern, beladen mit Brennholz, zum Lager I hinauf. Hier soll die untere Partie der Bergungsmannschaft stationiert werden, die aus Gilgit-Scouts bestehen soll ... Drei schwierige Stellen werden mit Seilen gesichert.«

Am nächsten Tag stiegen Uli Luft und Leutnant Smart auf den Moränenkamm. Uli Luft beschrieb den Augenblick: »Der Blick schweift weit ins Industal hinaus nach Talichi und Bondji mit ihren grünen Oasen. Von hier kann man am Berg direkt zur Unglücksstätte hinaufsehen. Abends meldet uns ein Läufer aus Chilas, daß Hauptmann McKenzie mit seiner Mannschaft morgen Abend die Rakiotbrücke erreichen wird.

Hauptlager, 22. Juni: Mittags sind wir auf der Märchenwiese, um McKenzie zu empfangen. Abends kommt ein Brief von Major Kirkbride, Political Agent in Gilgit. Er ist an Karlo Wien adressiert. Ich wundere mich. Irgendwie hatte unsere erste Meldung, die am 20. Juni in Chilas telegraphisch nach Gilgit weitergegeben wurde, zu der Falschmeldung geführt, daß Wien und nicht ich der einzige Überlebende sei. Dies ging gleich an die Weltpresse, während mein erster Bericht nach München, der erst am 21. Juni in Gilgit eintraf, nicht beachtet wurde.

Märchenwiese, 23. Juni: Um 10.00 Uhr kommt Hauptmann McKenzie von Tato herauf. Er hat einen indischen Ingenieur und einen Contractor mitgebracht, die bei der Herrichtung der Grabstätte und der Erinnerungspyramide helfen sollen. Morgen erst soll die Mannschaft mit den Werkzeugen eintreffen. Ich erhalte am Abend von Major Hadow, dem Vorstand des ›Himalaya Club‹, Sektion Srinagar, das freundliche Angebot, uns mit anderen Bergsteigern zu Hilfe zu kommen, falls nur die geringste Hoffnung besteht, daß im Lager IV noch jemand am Leben ist ...

Hauptlager, 25. Juni: Morgens tippe ich ein längeres Pressetelegramm mit einem Lagebericht. Mittags kommt Major Cropper mit 9 Gilgit-Scouts und Bergungsgerät hier an. Er bringt aus Gilgit die für mich erlösende Nachricht, daß *Paul Bauer, Dr. Karl von Kraus* und *Fritz Bechtold*, alles erfahrene Himalayamänner, am 23. Juni Deutschland mit dem Flugzeug verlassen haben und hierher eilen. Nachmittags trifft Troll mit seinen Leuten aus Astor ein.«

Der erste Vorstoß über Lager I, II nach III scheiterte. Das Gelände hatte sich in den letzten Tagen verändert. »Smart rät zur Umkehr«, schrieb Uli Luft, nachdem sie vor Lager II einige neue gefährliche Spalten überquert hatten. »Wir dürfen mit unserer unzulänglichen Mannschaft und dem Mangel an Seilen nach dem, was geschehen ist, nichts mehr riskieren. Wir lassen das Gerät zurück und steigen ab ... Im Hauptlager erwartet mich um 6.00 Uhr ein Telegramm: Am 30. Juni fliegen die Münchener von Lahore nach Gilgit. Heute Nacht werde ich etwas ruhiger schlafen.

Hauptlager, 29. Juni: Major Cropper geht mit seinen Scouts nach Gilgit zurück ... Ich danke Cropper für seine prompte Hilfsbereitschaft und seinen Beistand. Troll will auf drei Tage ins benachbarte Bunartal, um seine Vegetationskarte zu vervollständigen. Ismael, der Ingenieur, und seine Leute, haben eine große Steinpyramide auf dem Moränenkamm aufgebaut und die Bronzetafel zur Erinnerung an die Toten der Expedition 1934 daran befestigt. Auch das Grab Drexels (1934) trägt das Bronzekreuz, das seine Eltern uns mitgaben.
Hauptlager, 30. Juni: Zwei Gilgit-Scouts kamen heute herauf mit einem Heliographen. Sie wollen mit dem Gerät durch Morsezeichen mit Talichi im Industal Verbindung aufnehmen, um die Nachrichtenübermittlung zu beschleunigen.
Hauptlager-Märchenwiese, 1. Juli: Nachmittags ging ich mit Da Thondup und Satara zur Märchenwiese hinunter, um hoffentlich morgen Bauer, Bechtold und Kraus zu empfangen. Mehrere Sturzbäche, die sich von der Randmoräne unter den Gletscher ergießen, sind durch den vielen Regen so reißend geworden, daß wir einen Umweg über das Eis machen müssen. Um 21.00 Uhr kommt ein Läufer mit dem Brief Kirkbrides vom Hauptlager zurück. Er enthält die Nachricht, daß die Münchener sich um drei Tage verspätet haben ...
Märchenwiese-Tato, 7. Juli: Ich stehe um 10.00 Uhr nicht weit unterhalb des Dorfes und kann die etwa 1 km lange Querung vom Buldarkamm herab gut übersehen. Von ganz oben eilen mir vier Gestalten entgegen. Es sind die ersten Träger. Zwei Sahibs sollen kurz hinter ihnen sein.
Also sind sie endlich da! Kai (Dr. Karl von Kraus) ist natürlich wieder weit voraus. Wie immer ist er bei einer schweren Aufgabe als erster zur Stelle. Ein kräftiger Händedruck — zu sagen haben wir uns nicht viel. Paul Bauer und Fritz Bechtold folgen bald. Sie bringen Herrn Kuhn mit, der in Rawalpindi ein kleines Hotel besitzt und den deutschen Bergsteigern 1932 und 1934 sehr behilflich war. Wir gehen zum Lagerplatz im Wald oberhalb des Dorfes, wo unser Koch schon eilfertig am Werke ist. Bis zur Märchenwiese werden wir heute nicht mehr kommen, denn die Freunde sind gestern von Gilgit nach Talichi (50 Meilen) durchgeritten und müssen sich langsam an die Höhe gewöhnen. Am Lagerfeuer bewegen uns abends viele Gedanken über das Geschehen an diesem Berg ...

Eines steht fest: Das Ziel der verlorenen Kameraden wird weiter verfolgt werden. Aber wie kann menschliche Willenskraft allein das Ziel erreichen? Nur gepaart mit Demut kann es gelingen. Immer wieder kommen mir die Worte aus Hartmanns Kantsch-Tagebuch in den Sinn: ›Wer die Hand an den Pflug legt und schauet zurück, ist nicht berufen zum Reich Gottes (Lukas 9,62).‹ Lange kann ich nicht einschlafen. Bald werden wir an den Berg gehen. Die Ankunft der Freunde hat mir neue Zuversicht gegeben. Nur nachts im Traum erschienen mir die frohen Kameraden alle wieder. Und dann das Erwachen!

Hauptlager, 9. Juli: Heute ist wieder Hochbetrieb. Wir gehen hinauf zur Steinpyramide, wo Fritz uns vor der Gedenkplatte filmen will. Mit dem Fernglas untersuchen wir den Weg nach Lager IV. Zu meinem Entsetzen sehe ich, daß viele neue Eisstürze den Weg nach Lager II fast völlig zerstört haben. Es ist fraglich, ob wir das alte Lager II überhaupt noch vorfinden. Mittags tippe ich ein Telegramm von Bauer nach München und schreibe nach Hause. Bauer hat heute starke Kopfschmerzen, und die anderen sind auch nicht gut beieinander, aber Kai scheint in guter Form zu sein. Nachmittags muß ich einem Balti einen großen Weisheitszahn mit einem Wurzelabszeß extrahieren, wobei Kai die Evipannarkose macht. Abends zünden wir die Kerze, die Drexels Eltern mitgeschickt haben, an seinem Grabe an. Einige Minuten stiller Sammlung.

Hauptlager, 10. Juli: Bauer, Kai und Fritz (Bechtold) starten um 8.00 Uhr nach Lager I, nicht ohne vorher für meine ›Wissenschaft‹ angezapft worden zu sein. Ich muß unbedingt jetzt und vor dem Abstieg Blutuntersuchungen machen, um die Arbeit, so gut es geht, abzuschließen. Nachdem ich die Blutproben von uns allen vieren unter dem Mikroskop analysiert habe, übergebe ich Kuhn das Lager und mache mich auf nach Lager I ...

Lager I, 11. Juli: Schon um 4.30 Uhr sind wir vier Sahibs mit fünf Trägern unterwegs Richtung Lager II ... Wir kommen gut vorwärts bis zu der Eisrinne, wo ich am 26. Juni ein Seil befestigt hatte. Oberhalb dieser Rinne legen die Träger ihre Lasten ab und kehren nach Lager I zurück. Fritz hat arge Kopfschmerzen und geht mit ihnen. Bauer bleibt bei den Lasten zurück, um zu verschnaufen, während Kai und ich weitergehen, um den Weg zu erkunden.

Nach zwei Seillängen kommen wir an das Eck, wo die Spur steil über einen Eisturm führt. Am 28. Juni hatten Smart und ich dort ein Seil befestigt. Der ganze Turm, auf dem wir damals herumturnten, ist eingestürzt. In der Tiefe sehe ich noch einen Holzpflock von uns. Als wir zur Seite herüberqueren, setzt sich der Hang unter uns mit dem bekannten Geräusch in Bewegung, aber er geht nicht los. Nun steigen wir über einen Firnrücken nach links durch ein Labyrinth von Seracs. Bald sehen wir eine Kanzel, wo wir am 28. Juni Pickel und Schaufeln deponiert hatten. Es war irgendwie beruhigend, diese Dinge wiederzusehen, aber hinübergehen wollten wir nicht, denn der ganze Eisblock lehnt sich bedrohlich über den Abgrund ...

Lager I, 12. Juli: Bauer fühlt sich heute sehr unwohl und bleibt zurück. Fritz hat sich etwas erholt, und wir drei kommen rasch voran. Um 8.00 Uhr sind wir in einer Scharte unter dem felsigen Gratausläufer und blicken gespannt in das groteske Gewirr des Eisfalls zur Linken. Als wir auf einer Erhöhung stehen und nach dem Weiterweg suchen, sieht Kai unmittelbar unter uns eine Holzkiste und daneben das verschneite Lager II. Ein kurzer Abstieg und die Überquerung einer Schneebrücke bringen uns rasch zu den Zelten ... Als wir ins Lager I zurückkommen, geht es Bauer leider nicht besser. Wir beschließen, ihn noch am Spätnachmittag auf einer aus Ski improvisierten Bahre ins Hauptlager hinunterzuschaffen ...

Lager II, 14. Juli: Diese Nacht in II habe ich viel besser geschlafen als das letzte Mal am 18. Juni. Kai aber hat gar nicht geschlafen und hat Durchfall. Gleich hinter dem Lager gelangen wir in eine Gasse, die uns wegen mehrerer Kreuzspalten gestern Abend Sorge gemacht hatte. Aber Fritz ist geschickt hinüber und hat drüben ein Seilende befestigt. Wir klettern rasch über eine breite Lawinenbahn und stehen bald vor einem Wandl, das Pfeffer damals gangbar gemacht hatte. Aber, o weh, die Kulisse, die den Übergang hergestellt hatte, hat sich weit zurückgelehnt, so daß eine Lücke von mehr als zwei Metern zwischen Absprung und der Wand klafft. Aber Kai arbeitet sich geschickt über eine danebenliegende Verschneidung und bald ›paternostern‹ wir nach oben (9.30 Uhr). Weiterhin ist der Weg einfacher, aber der Kessel des oberen Gletschers wirkt in der grellen Sonne wie ein Hohlspiegel, und die Hitze plagt uns sehr. Kai und ich wechseln uns im Spuren ab. Er geht viel zu schnell, und als ich gerade vorangehe, klappt er für kurze Zeit zusammen. Die schlaflose Nacht, der Durchfall und die Höhe von fast

6000 Metern sind selbst für seine eiserne Konstitution zu viel gewesen. Zum Glück sind wir bald in Lager III, wo er sich rasch erholt ... Wie wird es in Lager IV aussehen?

Lager III, 15. Juli: Kai und Fritz haben in der Nacht kaum ein Auge zugemacht. Fritz hat nach wie vor wahnsinnige Kopfschmerzen, die auf die üblichen Medikamente kaum ansprechen. Ich muß bewundern, wie er sich müht, sich nichts anmerken zu lassen. Beim Frühstück muß er sich übergeben. Sieben Tage vom Industal (1000 m) auf 6000 m mit schwerer Arbeit sind nicht genug für die Höhenanpassung. Er sieht ein, daß er heute zurückbleiben muß. Kai und ich gehen mit Thondup und Satara zur Unglückslawine hinaus ... Um 10.00 Uhr sind wir an der Unglücksstätte, aber es ist so diesig, daß wir uns schlecht orientieren können.

Vieles hat sich verändert, seit ich am 18. Juni hier war. Vor allem: Es liegt über 1 m Neuschnee auf den Eisbrocken. Wir gehen sofort an die Arbeit und wollen systematisch 1,50 m tiefe Gräben in etwa 10 m Abstand durch die Lawine ziehen ... Nach drei Stunden schwerer Arbeit sind wir alle erschöpft und müssen absteigen ...

Lager III, 16. Juli: Trostloses Wetter. Immer mehr Schnee. Die Sicht ist gleich Null. Es hat heute keinen Zweck, aus dem Lager zu gehen. Die zwei Balti melden sich krank, und Ali Mohammad hat Fieber ... Diese Wetter rauben uns einen der wenigen verbleibenden Tage für die Bergung.

Lager III, 17. Juli: Endlich wieder Nanga-Wetter, und die Stimmung steigt. Wir wollen unser Lager näher an Lager IV verlegen und dann weiterarbeiten. Aber irgendwo hapert es immer. Der junge Balti, der gestern schon Fieber hatte, sieht heute sehr schlecht aus, und sein Puls ist nicht gut. Ich kann es nicht verantworten, daß ein Schwerkranker hier oben bleibt. Es ist klar, daß ein Sahib mit ihm hinuntergehen muß; dazu ein Träger. Nach kurzer Besprechung wird beschlossen: Fritz geht heute mit dem Kranken ins Hauptlager hinunter. Da Thondup, unser wackerer letzter Scherpa, geht mit. Fritz fällt es sehr schwer, darauf verzichten zu müssen, den Kameraden den letzten Dienst zu erweisen ... Kai und ich gehen mit Shukur Ali und Satara wieder an die Grabarbeit; wir arbeiten von 11.00 Uhr bis 17.30 Uhr in der Lawine, ohne die geringste Spur von den Verunglückten zu finden. Die Hoffnung sinkt, aber wir werden bis zum 20. Juli unbedingt durchhalten. Unser neues

Lager liegt herrlich, und wir genießen am Abend den Blick über den Karakorum, wo der höchste Berg, der K-2, deutlich zu erkennen ist.
Lager IV, 18. Juli: Wir gehen heute mit den beiden verbliebenen Trägern höher hinauf. Die Arbeit ist ziemlich planlos; wir graben mal hier, mal da zwei bis drei Meter tiefe Schächte und tasten mit den Lawinensonden nach unten und zur Seite. Die Sonden waren am Flugplatz von Lahore in der Werkstatt der ›Royal Air Force‹ unter Anleitung von Fritz Bechtold eigens für uns angefertigt worden.
Mittags quält uns die Hitze wieder arg; wir haben nichts zum Trinken mitgenommen. Um 14.30 Uhr sind unsere Kräfte erschöpft; wir steigen ab. Wir sind alle zermürbt und ziemlich mutlos, und morgen soll der letzte Tag sein, denn Proviant und Brennstoff gehen zur Neige. Im Lager entnehme ich Kai und mir selbst eine Blutprobe, denn ich habe glücklicherweise am Ende der Lawine einen Kasten mit ›Wissenschaft‹ gefunden, den ich am 18. Juni zurückgelassen hatte.
Lager IV, 18. Juli: Wir wollen heute – am letzten Tag – bis nachmittags durcharbeiten. Ich habe gestern Abend 3 g Ammoniumchlorid, von dem mir Hatschi in seinem letzten Brief Gutes berichtet hatte, eingenommen und fühle mich besser als je zuvor in dieser Höhe ... Wir graben heute weiter nach Südosten, um einen haushohen Eisblock, der auch von oben gekommen ist, abzutragen. Gegen 10.30 Uhr stoße ich auf einen Alpenpickel, der die Nummer H. C. 114 auf dem Schaft trägt. Jeder Scherpa bekommt vom ›Himalaya Club‹ in Darjeeling eine Nummer. Daneben sind Zigarettenstummel und ein Büchsendeckel. Welche Erregung bringen diese ersten Spuren des Lagers! Leutnant Smart hat mir am 9. Juli eine Skizze von der Lage der Zelte gemacht. Demnach müßten die Scherpa-Zelte unmittelbar oberhalb dieser Gegenstände liegen.
Einige Meter nach oben wird also ein neuer Schacht getrieben, der in der obersten Schicht 60–80 cm Neuschnee zeigt, darunter eine 1 m dicke Schicht von Eisbrocken und weiter unten eine Firnschicht von einem halben Meter. Schon will ich entmutigt weitergehen, aber ich zögere. Vorher möchte ich noch mit der Sonde etwas tiefer stoßen. Nach etwa 50 cm spüre ich einen nachgiebigen Widerstand. Sofort rufe ich Kai herbei.«
Kai, der Arzt Dr. Karl von Kraus, schilderte den Augenblick: »Da plötzlich ein Ruf von Uli, er hat etwas gefunden. So schnell wie es mei-

ne Atemnot erlaubt, krabbele ich aus meinem fast vier Meter tiefen Loch und stolpere mehr als ich gehe auf das Loch von Uli zu. Am Rande lasse ich mich auf den Bauch fallen und starre hinunter.« Zunächst wurde der Besitzer des Eispickels festgestellt: Es ist Mingma Tsering, Orderly von Karlo Wien. Als Uli Luft zum zweiten Mal Kai rief, stand für den Arzt fest, daß Uli auf einen menschlichen Körper gestoßen war. »Schweigend gräbt Uli weiter. Wer wird es wohl sein? Eine Decke, eine Wollmütze und dann das Gesicht eines Trägers kamen zum Vorschein.«
Dazu Uli Luft: »Ich glaube, es ist Pasang. Er liegt in seinem Schlafsack, ein Bild des Friedens, mit einem Arm unter seinem Kopf. Keine Andeutung irgendeiner Abwehrreaktion. Nursang, der Scherpa-Obmann, hat uns vor dem Aufstieg gebeten, alle Scherpas in der Lawine zu belassen, wie es ihren religiösen Anschauungen entspräche. Wir decken ihn daher wieder zu und versuchen uns nach der Skizze von Smart zu orientieren, wo die Sahibzelte liegen könnten. Wir können uns von diesem Schlüsselpunkt auf ein Areal von etwa 30 x 30 m beschränken. Sogleich gehen wir trotz der Hitze und der Atemnot mit doppeltem Eifer ans Werk. Nach einer weiteren halben Stunde meldet Satara einen Pickel mit einem Stück Zeltschnur daran. Hier setzen nun Kai und ich ein. Der Pickel hatte offenbar als Zeltverstrebung gedient. Wir stießen bald auf das Zelt selbst, dem wir zuerst einen Rucksack mit den Initialen H. H. (Hans Hartmann) entnahmen.
Das zweite Sahibzelt mußte einige Meter links davon liegen; wir fanden es nach weiterer schwerer Arbeit. Für heute müssen wir die Arbeit einstellen, denn es ist schon spät. Wir sind beide unsagbar glücklich, daß es uns doch noch gelungen ist, in letzter Stunde die Kameraden zu finden. Daß wir nun den Angehörigen ihre Tagebücher und andere Erinnerungsstücke mitbringen können, erfüllt uns mit Dankbarkeit. Morgen und, wenn notwendig, noch übermorgen wollen wir weitersuchen.«
Dazu vermerkte Karl von Kraus: »... wir konnten ferner aus dem Datum der letzten Eintragung den Zeitpunkt des Todes festlegen und die wissenschaftlichen Ergebnisse der letzten Tage am Berg retten.«
Lager IV, 20. Juli: Uli Luft: »Zunächst gehen wir heute an das Zelt, wo wir Hatschis Rucksack gefunden haben. Mühsam müssen wir das Eis über dem Zelt mit den schweren Pickeln herausschlagen. Allmählich

lassen sich die Umrisse eines Körpers erkennen. Als wir das Zelt aufschneiden, können wir zuerst Martl Pfeffer identifizieren. Er liegt in Schlafstellung auf der rechten Seite. Mit einem Seil ziehen wir ihn heraus und legen ihn in die Gruft, die die Baltis schon gegraben haben.
Dann legen wir den Hatschi frei. In seinen Taschen sind seine Pulsstopuhr und ein Notizbuch mit wissenschaftlichen Aufzeichnungen. Wir nehmen noch seine Armbanduhr und seinen Ehering mit. Die Uhr ist unbeschädigt und ist um 12.30 Uhr stehengeblieben. Nachdem ich sie einige Minuten aufgewärmt hatte, lief sie wieder, ohne aufgezogen zu werden. So mag das Unglück um Mitternacht passiert sein. Wir ziehen ihn behutsam heraus und legen ihn an Martls Seite. Ich muß zurück ans Zelt, denn ich muß unbedingt noch Hatschis Tagebuch finden, denn ich weiß, wie gewissenhaft er es geführt und darin seine Gedanken und Stimmungen niedergelegt hat. Endlich finde ich es im Zeltzipfel unter einem Eisbrocken verklemmt. Daneben liegen seine Taschenbibel und ein Brief an seine Frau Gertrud, den er am letzten Abend noch geschrieben hatte. Als dritter lag Günther Hepp im Zelt. Sein Tagebuch liegt neben dem Schlafsack. Seine Uhr ist ebenfalls kurz nach 12.00 Uhr stehengeblieben.
Während wir ihn zur letzten Ruhe betten, überrascht uns Paul Bauer, der entgegen dem Rat der Leute aus dem Hauptlager nach oben aufbrach und es in zwei Tagen geschafft hat.
Lager IV, 21. Juli: Es ist heute wieder bewölkt, aber schwül und windstill. Das Pickeln und Graben fällt uns schwer; wir müssen uns alle fünf Minuten abwechseln. Bauer muß bald aussetzen und steigt wieder ab. Er hat sich doch zuviel zugetraut. Karlo und Pert Fankhauser liegen unter 3 m dickem Eis, das uns grün entgegenschimmert. In gebückter Haltung oder halb im Liegen müssen wir das blanke Eis untertunneln. Endlich finden wir auch Karlo. Wir finden auch sein Tagebuch und nehmen noch seine Wertsachen mit. Es ist Mittag, als wir ihn zu seinen Kameraden in die Gruft legen.
Satara und Shukur Ali haben ihr Äußerstes hergegeben und sind nun am Ende ihrer Kräfte. Wir beide sind ebenfalls arg mitgenommen, sowohl physisch wie auch seelisch ... Zusammen füllen wir das Grab mit Schnee und Eis hoch auf und setzten zwei Pickel und ein Bergseil darauf. Auf einer Eisnase darüber weht ein Wimpel mit den deutschen und den Tiroler Farben, den Pert für den Gipfel mitgebracht hatte.«

Über den letzten Bergungsakt schrieb Karl von Kraus am 21. Juli: »Das Zelt von Müllritter und Adi Göttner lag vermutlich mitten unter einem riesigen Eisblock. Zu ihm hinzugelangen, war völlig aussichtslos. Wir sondierten das ganze Gelände rund herum ab, fanden aber nichts, so daß es nur unter dem Eisblock sein konnte. So mußten wir uns entschließen, die beiden am Ort ihres Todes zu lassen.
Der Proviant war aufgezehrt, der Brennstoff reichte gerade noch für eine Mahlzeit, und am nächsten Tag hätte wahrscheinlich keiner von uns mehr arbeiten können, so erschöpft waren wir alle. Wir haben Pert und Karlo zu den anderen in das Grab gelegt. Dort schlummern sie alle fünf friedlich in ihren Schlafsäcken nebeneinander. Inzwischen war ein Hochgewitter heraufgekommen, und Blitze und Donner gaben der Totenfeier einen über alles hinausragenden, gigantischen Rahmen.
Uli und ich standen als letzte am Grabe, entblößten Hauptes, verdreckt und verschmutzt, mit zerschundenen Händen; durch den Hagel und Schneestaub vereist, sah ich im Geist noch einmal den Martel, den Hatschi, den Günther, den Karlo, den Pert, den Adi und den Peterl. Stumm reichten wir uns dort oben die Hände. Ich leugne nicht, daß ich geweint habe.«
Ganz langsam löste sich etwas in der Brust. Bei Uli und Kai wollten sich Schmerz und Not nun ausströmen, die sie täglich gewürgt hatten. 30 Tage waren alle Sinne betäubt gewesen; der Körper hatte seine Bewegungen nur noch mechanisch ausgeführt. Tief im Innern, wo Entsetzen und Trauer Tag um Tag und Nacht um Nacht alles eingeschnürt hatten, brach langsam das Weinen aus, das Weinen, das Tränen erstickte. Sie hatten mit den Lawinenmassen gerungen, bis die schmerzenden Glieder abends oft den Dienst verweigerten. Fritz Bechtold und Paul Bauer hatten bei der Bergung ihre Höhenkrankheit und ihre Qualen niedergekämpft, Karl von Kraus war zusammengebrochen. Die Bergungsmannschaft hatte sich ständig am Rande des eigenen Unterganges bewegt.
Uli Luft sah noch immer Hatschi und Karlo, alle Freunde vor sich, lebend und lachend und – starr, bleich und stumm, ein Doppelbild aus der Apokalypse. Kälter als das Lawinenschicksal war das Entsetzen über das Unwiderrufliche, das den Überlebenden bedrängt, wenn er den Leib bettet, dem der Geist entfloh. Der Krug, der vor Leben überschäumte und voll von Liedern war, ist nun leer; er zersprang. Ist der Tod das Ende aller Dinge, ein Rätsel, das niemand löst?

Uli Luft und Karl von Kraus verabschiedeten sich am 21. Juli an der Krypta im Nanga-Parbat-Eis von ihren Freunden. In 6200 Metern Höhe ist die Luft dünn; seit der Katastrophe fiel das Atmen noch schwerer. Es schneite und stürmte. Dann wandten sie sich langsam dem Tale zu und kämpften sich durch dichtes Schneetreiben ins Hauptlager zurück. Die letzte Eintragung im Tagebuch von Uli Luft:
»Nie werde ich diese Stätte vergessen.«
Mit jedem Schritt erinnerte sich Uli Luft eines prophetischen Wortes von Hans Hartmann, das Karlo im »Kantsch-Tagebuch«, im Tagebuch über das Drama am Kangchendzönga, zitiert hatte:
»Schwer, ach allzu schwer verlasse ich jetzt den Gipfel oder die Hohe Warte, die ich erreichen durfte. Und wie ich meine Füße jetzt nur zaghaft und langsam abwärts setzen kann, so findet auch mein Herz, das früher dem Tal entgegenjubelte, jetzt nur mühsam den Weg hinab zu den Menschen. Allzu gerne ließe ich es droben. Ob es wohl dort seine Heimat hat?«
Der Nanga-Parbat hat die Frage beantwortet.
Der Weg nach München ist für Uli Luft, für Paul Bauer, Fritz Bechtold und Karl von Kraus schwer; schwerer noch die Begegnung mit den Angehörigen.

Die Nanga-Parbat-Tragödie bewegte ganz Deutschland; aber sie fand auch ungewöhnliche Teilnahme in Großbritannien. Während sie politisch auseinanderstrebten, hatten sich Deutsche und Engländer am Berg kameradschaftlich gefunden. Sie waren zu einer Mannschaft zusammengewachsen, die Offiziere und Scouts von Gilgit und Chilas und die Bergsteiger aus München und Tirol. Der Fall war ohne Beispiel. Für den Präsidenten der »Königlich Geographischen Gesellschaft« in London, für Francis Younghusband, bestimmte die fast charismatisch geartete Persönlichkeit des deutschen Expeditionschefs und seiner Freunde das hohe Maß an Sympathie und Trauer. Im britischen Nachruf war von dem unerschrockenen Geist, von Würde, Kameradschaft und Moral die Rede. Für Younghusband war es schlicht »die beste Mannschaft, die Deutschland je in den Himalaya geschickt hatte«. Der große Scout des britischen Reiches, der selbst vom Berge kam, bezeichnete den Berg als jene Kraft, die nach dem Ersten Weltkrieg der elitären Gruppe um Paul Bauer und Karlo Wien die Fähigkeit verliehen hatte, in schlimmen Jahren mit dem Leben fertig zu werden.

»Die Deutschen«, so schrieb eine bedeutende englische Zeitung, »können auf die Männer am Nanga Parbat so stolz sein, wie es die Engländer auf ihren Kapitän Scott sind.«

Was sich hier in fast epischer Form als internationale Teilnahme vorstellt, konnte jedoch die hinterbliebenen Familien kaum trösten. Die Erde war naß von den Tränen derer, die zurückblieben. Die Mutter Karlo Wiens nahm Ton und formte in ihrem Schmerz das Antlitz ihres Sohnes zu einer Büste. Auf diese Weise versuchte sie, Karlo zum zweiten Mal Leben zu schenken. Für alle Mütter, Frauen und Schwestern galt jedoch ein Wort des Trostes, das Max Planck an die Mutter Karlos in München richtete: »... es treibt mich unwiderruflich, mit Ihnen eine direkte Verbindung zu suchen und Ihnen still die Hand zu drücken. Wenn ich daran denke, was Ihnen das Schicksal auferlegt hat: erst den allzu frühen Verlust Ihres Gatten, und nun den des zu Ihren schönsten Hoffnungen zählenden Sohnes, so fällt es mir fast schwer, an eine gütige Vorsehung zu glauben. Und doch habe ich schon öfter die Erfahrung gemacht, daß gerade den starken Naturen das Schwerste zugemutet wird und daß die besten Kräfte des Menschen sich erst im Unglück voll entfalten. Ich kann nichts Besseres wünschen und hoffen, als daß sich diese Erfahrung auch bei Ihnen bewahrheiten möge. Herzlich grüßt Sie Ihr mittrauernder Max Planck, zugleich mit Marga.«

Der große Tod enthält einen Ruf an die Lebenden. Was bleibt? Vieles: Vorbild, Leitbild für Opfersinn, Leistung und Bescheidenheit. Waren nicht alle auf ihre Weise späte, aber große Schüler Alexander von Humboldts wie einst Prinz Waldemar von Preußen und Adolf von Schlagintweit?

Für den preußischen Gelehrten galt »ein Gebildeter nur dann, wenn er so viel Welt wie möglich ergreifen konnte, und sie so eng wie nur irgendwie denkbar mit sich zu verbinden wußte«.

Am Nanga Parbat hatte sich am 15. Juni um 0.10 Uhr das Wort Alexander von Humboldts siebenfach erfüllt. Sieben, die Auserwählten, lebten von nun an durch ihr Beispiel weiter. Gegen alle Todesdrohungen hatten sie am Rakiot Peak zuletzt noch einmal den weißen Baum der Hoffnung und der Träume gepflanzt.

Auf dem Waldfriedhof in München wurde für Karlo Wien ein Gedenkstein errichtet. Alljährlich zum 14. Juni werden dort Blumen niedergelegt. Es sind Rosen aus Nairobi.

Zusammen mit ihren Freunden Pert Fankhauser, Adolf Göttner und Peter Müllritter, die auch unsere Freunde waren, und 9 Trägerkameraden fielen am Nanga Parbat unsere Mitglieder

DR. HANS HARTMANN   DR. GÜNTHER HEPP
DIPL.-ING. MARTIN PFEFFER   DR. KARL WIEN

Nachdem sich die Nachricht von ihrem Tode bestätigt hat, gedenken wir ihrer noch einmal in treuer Kameradschaft. Aus Kampfesfreude und Wagemut griffen sie nach einem der kühnsten Ziele, die es gibt, um Deutschlands Kraft und Stolz zu zeigen. Ihr Leben wurde genommen, aber ihr Name lebt fort als Sinnbild und Ansporn.

Akademischer Alpenverein München

 Unsere lieben Mitglieder

ADOLF GÖTTNER und DR. KARL WIEN

haben im Ringen um den Nanga Parbat den Tod gefunden.

Es waren Bergsteiger im besten Sinne des Wortes, tatkräftig und unermüdlich, reich an Erfolgen. Göttner hatte sich auch um die Jungmannschaft der Sektion verdient gemacht, er hatte sie mitbegründet und mit allen Kräften gefördert. Sie kämpften und fielen für das Ansehen der deutschen Bergsteigerschaft, für den Ruhm ihres Vaterlandes.

Alpenvereinssektion München

 Tieferschüttert müssen wir den Verlust des aus unserer Jungmannschaft hervorgegangenen Sektionsmitgliedes

MARTIN PFEFFER

beklagen. Mit unbeugsamem Willen zur Bezwingung des deutschen Schicksalsberges, des Nanga Parbat, zog er aus, leider sollte er die Heimat nicht wiedersehen. Auch er fiel für Deutschlands Ehre.

Alpenvereinssektion
Turner-Alpen-Kränzchen, München

 Drei unserer Besten starben am Nanga Parbat den Bergsteigertod

DR. HANS HARTMANN   DR. GÜNTHER HEPP
PETER MÜLLRITTER

Sie gaben ihr Leben im Kampf um die Berge der Erde für Deutschlands Ehre und Lebenswillen.

Alpenvereinssektion Bayerland, München

Der Berg

Die sanfte Sprache der Rose gilt dem Freund, der mit seinen Gefährten in der »Zikkurat«, in der »Bergspitze«, des Nanga Parbat ruht. Ihr Leben war ganz auf den Berg zugeschnitten. Fast ein halbes Jahrhundert nach dem Tode Karlo Wiens, im Sommer des Jahres 1986, bestieg der Papst, der Stellvertreter Christi, eine hochalpine »Zikkurat«, den italienischen Nebengipfel des Montblanc, um zu beten und in einer zweiten Bergpredigt die Völker Europas aufzurufen, ihre Herzens- und Glaubensträgheit abzulegen. Warum bestieg der Papst den hohen Berg? Er suchte die Einsamkeit des Gipfels zur Meditation, damit sich der Geist der verborgenen Gottheit menschlicher Sprache bedienen konnte. Der Papst wählte den höchsten Berg Europas, wie vor ihm Religionsstifter und Propheten die höchsten Berge Asiens erwählt hatten. »Du bist mein Fels, meine Burg«, verkündet am Anfang der Psalmist. Petrus, der erste Papst, war nach den Worten des christlichen Kultgottes der Fels, »auf dem er seine Kirche bauen wollte«. Religionen, die die Welt eroberten, hatten alle an einem Berg begonnen. Mehr noch: In vielen Fällen entsprach das Gotteshaus auch einer Projektion des Berges. Die Chronik verrät, daß im frühen Mittelalter Bischöfe und Baumeister, die Männer mit dem Zirkel, in der alpinen Bergwelt die Werke der Schöpfung studierten, um Grundzüge des Sakralbaues zu ermitteln. Der Weg vom sumerischen Stufentempel bis zur abendländischen Kathedrale war nicht sehr lang. Die »Bergsteiger Gottes« waren Naturwissenschaftler, die versuchten, den Weltenberg aus dem Gebirge herabzuholen und ihn in die Gärten des Menschen zu verpflanzen.
Ist Religion ohne Berg denkbar? Die Meteora-Klöster Thessaliens, die nicht selten 500 Meter hohe Steilklippen krönen, bezeugen wie auch die Felsenkirchen Kappadokiens, daß der Gipfel stets ein Ort der Meditation und der Gottesnähe war und daß die ersten Bergsteiger als Freunde Gottes galten. Sie folgten ganz wie die frühen Priesterkönige dem Ruf der Bibel: »Hebe deine Augen auf zu den Bergen.« Wer die

»Bergspitze«, die »Zikkurat«, befragt, der erfährt, daß es immer nur eine Welt, eine Physik und eine Religion gibt und daß von vielen Domen und Gotteshäusern Europas wesentliche Pfade an einen Weltenberg Asiens führen. Es beginnt mit dem Tempel von Jerusalem. Er wurde hoch oben auf dem Berge Zion errichtet, mit dem Fels der weiten Erde verwachsen und nach Jesaja »höher denn alle Berge und über alle Hügel erhaben«. Der islamische Nachfolger des Tempels heißt »Felsendom«; er wurde nach den ältesten Traditionen auf gewachsenem Fels erbaut und setzt damit Überlieferungen fort, die nicht aus der arabischen Wüste stammen.

Erst die Religionsgeschichte enthüllt das Motiv des Bergsteigers. »Ich konnte den Berg nicht anblicken«, bekannte der Naturwissenschaftler Saussure aus Genf über den Montblanc, »ohne von schmerzhaftem Verlangen nach ihm ergriffen zu werden.« Was zieht den Menschen seit Anbeginn nach oben? James Ramsay Ullman schreibt: »Das Klettern braucht keine Rechtfertigung, ebensowenig wie der Sonnenaufgang, die Musik oder die Liebe.« Ist die »Zikkurat« des Nanga Parbat Ort des Todes oder ein Ort, an dem der Tod überwunden wurde? Nach der Ermordung des amerikanischen Präsidenten John F. Kennedy begab sich sein Bruder zum Berg; er betrat den Gipfel, um mit sich und Gott allein zu sein und einen Weg zu finden, den Tod zu begreifen und ihn als Teil des großen Lebens zu verstehen.

Da ist in der Urzeit die Zwiesprache Gottes mit Moses auf dem Sinai, die Erleuchtung Buddhas in einsamer Höhe, die Berufung Zarathustras auf dem »Mons Victorialis«, auf dem Siegesberg Asiens, und die Verklärung Christi auf dem Monte Tabor. Die Berufungserlebnisse Manis, des Vaters der Manichäer und Albigenser, fanden in der Bergwelt statt. Mohammeds Prophetenwerdung hängt mit dem Berge Hira zusammen. Mit der Bergpredigt erschütterte der Messias die Herzensträgheit der Menschen. Der Großmeister der Assassinen unterrichtete seine Schüler in der uneinnehmbaren Bergfeste Alamut im Al-Borz zwischen dem Kaspischen Meer und dem nordpersischen Hochland. In seinem Adlerhorst dressierte er seine »Fedai«, seine Opfergänger, zum menschlichen Geschoß, um in fremden Glaubensbezirken Furcht und Schrecken zu verbreiten. Das Urdrama des Menschengeschlechts zwischen Kain und Abel spielte sich nach syrischer Tradition am Berg, am Dschebel Kassion von Damaskus ab. Der noch heute hart umkämpfte

Hermon, der »Baal-Hermon«, der die Küstenkulturen des östlichen Mittelmeeres beherrscht, galt als Sitz des großen Herrn. Der Dschebel Cheikh, der Fürstenberg, wie die Araber ihn nennen, trägt noch immer sein weißes Kopftuch, wenn er sich auf den Empfang der Morgensonne vorbereitet, und ein kupferrotes Gewand mit violetten Bordüren. Zu Füßen des Baal-Hermon das unendliche Ährenfeld, die Bekaa. Im Süden der nährende Strom, der Jordan, und die ganze Landschaft im Schmuck des Weinblattes und der Traube. Dazu der »Große Stein«, Beth-el, die Wohnung Gottes.

Auf dem Olymp Mediens, im antiken Schiz, auf der Naht zwischen Kurdistan und Aserbeidschan, erblickte alljährlich zur vorgeschriebenen Zeit das neue Licht in Gestalt eines Knaben die Welt. Am heutigen Takht-e-Soleiman liegt im hohen Berg die Urzelle, die Geburtshöhle eines Glaubens, der sehr viel später zu Bethlehem seine eigentliche Laufbahn antrat.

Auf dem Weg nach Ost-Turkestan erlebte Mani den Gipfel als Lichtsäule, in der sich göttliche Allmacht verdichtete, ähnlich wie bei jener »blendenden Erscheinung«, in der Paulus vor Damaskus einst den Herrn erkannte. Durch die ganze biblische Geschichte zieht sich das imaginäre Bild von der »leuchtenden Wolke«, in der sich die Gottheit am Gipfel offenbart. Am Anfang steht der brennende Dornbusch; durch ihn empfing Moses das Wort Gottes. Im Feuer diktierte ihm die Stimme die »Zehn Gebote«, die Grundlagen für die sittliche Ordnung und für das menschliche Zusammenleben seit vielen Jahrtausenden.

Alle Kulturvölker, die aus Mittelasien kamen, verehrten den Berg. Wenn es keinen natürlichen Berg mehr gab, so errichteten sie einen künstlichen Berg. Am Anfang steht die »Zikkurratu« (die Zikkurat) Sumers und Elams, die »Bergspitze«. Der Stufentempel blieb nicht lange allein. Für die alte Welt gab es keine tote Materie. Aus Stein war die Erde gemacht. Stein war Urschale der Mineralien; Stein war das Feste und Beständige. Romanische und gotische Bauwerke waren von der beseelten Natur des Steins und des Berges inspiriert.

Wer den Rakaposchi und den Nanga Parbat betrachtet, das Geschwisterpaar aus Karakorum und Himalaya, der erkennt plötzlich, wie viele Impulse die Massive enthalten. Da sind Strebebögen, Helme, Führungsleisten für Dachrandzonen, Säulen, Eisbrücken, Türme, Grate, Spitzbögen und Dachreiter. Urgestalten scheinen sich in das lebhafte

Spiel weißer Hochwelten zu mischen, und wenn plötzlich die Schleier fallen, so werden Mischwesen sichtbar, die in langen Gewändern herabsteigen und sich erst in den Gärten verlieren. Alles ist wirklich, dennoch ist alles imaginär.

Ließen sich Berge nicht abtragen? Jeder kleine Stein war ein Stück des großen Steins, des Berges, der in unerreichbarer Höhe seinen Gipfel trug. Der große Berg ließ sich in unzählige »kleine Berge«, in »beseelte Steine« zerlegen und an anderer Stelle wieder aufbauen; als Gotteshaus, nach den Ideen eines Weltenberges und geschmückt mit dem Antlitz fremder, mythischer Wesen aus der Epoche der Urformen und Urkräfte. »Lasset euch selbst wie lebendige Steine aufbauen als ein geistliches Haus ...« Im Sprachgebrauch des Mittelalters standen die Worte Stein und Fels für Burg und Berg, für das Schützende und Bergende. In zahlreichen Ortsnamen erschienen Stein und Fels als Endsilbe; mit dem Urbegriff erinnern sie an Stützpunkte, die eine historische Landschaft festigen sollten. Albertus Magnus glaubte an die Beseelung der Materie und daß sich Architektur an der kühnen Hoheit des Berges und seiner mythologischen Tradition orientiere. Karl der Große holte für sein Gotteshaus den »Stein der Goten« aus Ravenna nach Aachen. Damit baute der Karolinger sein Oktogon, die »Hohe Acht«, Grundzahl und Grundbegriff für eine Allmacht, die in allen Gottesvorstellungen daheim ist. Der Baumeister des Kölner Domes wählte den Stein aus einem 50 Kilometer entfernten mythischen Berg, aus dem »Drachenfels«, um den legendären Fels nun Stein um Stein abzutragen und in eine Kathedrale umzusetzen.

Es waren Berge, die bereits in der Gandhara-Zeit die Ta Yüe-tschi, die großen Goten, die »Gotik« lehrten, das Streben nach Höhe, nach Gottesnähe, nach einem Zenit, in dem sich das Werk des Menschen mit dem Reich Gottes vereinigen konnte. Es war das Streben nach einer geheimnisvollen Lichtkammer, die sich im Kreuzrippengewölbe verwirklichte. Die fast magische Lichtästhetik fand in der Fensterkultur der Kathedrale ihren höchsten Ausdruck. Hier wurde in unnachahmlicher Weise das Licht gesammelt und in seine Urideen zerlegt, gebunden, wobei die Farbe die Rolle geistiger Beziehungen annahm. Der Mensch brauchte nun nicht mehr den Berg zu erklimmen, um die Gottesnähe zu erleben. Nachdem der gotische Baumeister die Gottheit gleichsam vom Gipfel des Berges herabgeholt und ihr einen neuen

Thron auf Erden errichtet hatte, konnte der Mensch täglich den Herrn besuchen, sich an der Kraft des Lichts stärken und sich von einem Wort einbinden lassen, das noch den unverrückbaren Bildwert der Bibel besitzt. Die Fensterwerke mit ihren Lichtbringern und Erzählungen waren »Tore des Berges«. Die innere Welt wurde durch die Kathedrale betretbar; seit fast 1000 Jahren empfängt hier der Mensch den Strahl der Menschlichkeit, damit er lernt, sich zu erheben.

In der Sakralarchitektur spielten Licht und Lichtquell eine zentrale Rolle. Im Frühjahr, am ersten Morgen nach der Tag-Nacht-Gleiche fiel in Rom der jüngste Strahl der Sonne auf den Stein des Priesters in St. Peter. In Jerusalem berührte er den Altar und in der Audienzhalle von Persepolis den Thron des Weltkönigs, der alsdann das Feuer des Reiches, alle Ämter und Lehen erneuerte. Alle waren nun Lichtkeimbesitzer geworden, gesegnet vom Plasmastrom der Sonne. Sie trugen von nun an einen Strahlenhelm oder eine Strahlenkrone. Je kostbarer der Stein war, der das erste Licht reflektiert hatte, als um so fruchtbarer galt der Energiekeim, der dem Urfeuer innewohnte.

Wie atemberaubend aber war das Lichterlebnis für jene, die eines Tages auf der »Bergspitze«, auf der höchsten »Zikkurat«, standen. Auge in Auge mit dem unberührten Bild der Schöpfung, unter den Füßen jener Stein, in dem sich das Drama der Erdengeburt und die Beziehung zur kosmischen Materie widerspiegelten.

Das höchste Heiligtum des Islam, die Kaaba von Mekka, ein Geschenk des Kosmos, ist ein solcher Stein. Unweit von Persepolis liegt im Tal der toten Weltkönige die Kaaba-e-Zerduscht, der Stein Zarathustras. Der »Stein«, in Wahrheit Urhaus des Religionsstifters, barg einst das Buch, die Heilige Schrift, das Awesta der ersten monotheistischen Religion, die die Kulturgeschichte der Menschheit kennt.

In der Vorstellung der Einheimischen galt die »Bergspitze« Jahrtausende hindurch als verbotenes Gebiet. Die letzte Grenze auf unserer Erde lag in der Höhe, jenseits der weißen »Dachrandzone« des Weltenberges, jenseits der Gletschergürtel, wo aus Erde und Fels plötzlich Schnee und Eis wurde. Für diese Demarkationslinie des Glaubens galt das Wort Goethes: »Denn mit Göttern soll sich nicht messen irgendein Mensch.« Eines Tages aber rührte der Mensch das Tabu an; er brach auf zum Gipfel, und in den Städten der neuen Welt wuchsen Hochhäuser über die Dachrandzonen der Kathedralen hinaus. Vorbei war die

Zeit, in der ein französischer Erzbischof mehrfach im Jahr seine Kathedrale erstieg, um nach einem profanen Gebäude Ausschau zu halten, das im weltlichen Hochmut die Dachtraufe seines Gotteshauses überragte. Eine drakonische Strafe wäre dem Frevler sicher gewesen.

Im asiatischen Hochgebirge nun sah der Bergbewohner fassungslos zu, wie der Europäer unbekümmert die weiße Demarkationslinie des Glaubens überschritt und eine Welt betrat, die allein den Gottheiten gehörte. Die alte Ordnung schien hier und dort einzustürzen, das, was seit Anbeginn nach oben und nach unten gehörte. Nur wenige Mitglieder europäischer Expeditionen verstanden, was der Berg eigentlich dem Bergbewohner bedeutete. Sein ganzes Dasein war in die hohe Landschaft und in die Landschaftsordnung eingebunden. Für den Terrassenbauern und den Hirten lebte die transzendente Macht in der Höhe. Täglich erfuhren sie die gütige Natur des Berges, der lebenswichtige Güter spendete. Vom Gipfel des Berges stammte die »Gletschermilch« mit ihrer großen Heilkraft. Von dort kam auch das Metall der Sonne, das Gold, das aus den Gletscherflüssen herausgewaschen wurde. Nach dem Berg richtete der Mensch seine Siedlungen und Häuser aus.

Auch der neue Mensch kommt von oben. Die Geburt findet auf dem Dach des würfelförmigen Hauses statt. Danach wird er durch das Rauchloch nach unten, in die irdische Welt entlassen. In den ersten Jahren gehören Mutter und Kind sich selbst. Das Haus, in dem die Familie lebt, ist eine gebaute Welt, nach archaischen Raum- und Ordnungsmustern konzipiert, die im Pamir, im Karakorum und im Hindukusch das Bild der Siedlung bestimmen. Der Dala, der Kanal, bildet wie der nährende Milchstrom in den Mythen die Achse. Oberlaufgebiete sind Götterorte, Flußtäler und Steilklippen, die Sockel der Terrassenkulturen, bilden den Lebensraum für den Menschen, wobei sich das würfelförmige Haus stets an den Berg lehnt. Hier sind die Bewohner geborgen und ruhen in sich selbst. In jeder Wohnstatt, die den Schutz der Berggottheit genießt, gibt es einen Kultpfeiler. Mit seinem geschnitzten Blattschmuck materialisiert er gleichsam die Beziehung zwischen Gottheit und Geschöpf. Der Kultpfeiler verklammert zwei Welten; er steht für das Zentrum; um die Mitte kreisen alle Dinge des Lebens. Darüber das Rauchloch. Es erhellt den Raum mit blauem Licht. Das Dach ähnelt dem »Bokhara-Zelt«, dem Laternendach, das

Hütte wie Grabhügel mit gespanntem Yak-Fell gegen Unwetter schützt.

Wer die Geborgenheit der menschlichen Siedlung verließ und zum Gipfel ging, dem widerfuhr Seltsames. Jenseits der Demarkationslinie des Glaubens verwandelte sich die menschliche Existenz. Die Kräfte zerfielen, Glieder wurden von Lähmung befallen, und bald nahmen die Sinne Wesen und Bilder wahr, die es in Wirklichkeit nicht gab. Niemand kannte die Folgen des Sauerstoffmangels. Die ersten Berichte über die Höhenkrankheit stammten aus chinesischen Quellen. Chronisten beobachteten, wie der menschliche Körper in der Nähe der »Bergspitze« seine Lebensfähigkeit einbüßte. Pilger und Forschungsreisende stellten einfache Hochgebirgskarten her. Wo heute die Namen Nanga Parbat, Batura oder K-2 stehen, da gab es in der frühen Han-Zeit »den Berg des großen Kopfwehs«, der »schlimmen Körperfieber«, der »Gliederschmerzen« und der »Umnachtung«. Die Ursachen suchte der chinesische Forscher in der Welt der Dämonologie. Höhe des Berges war nicht eine Sache der Zahl, mit der man Entfernungen maß; Höhenbegriffe wurden allein von der Macht einer Gottheit abgeleitet, die oft mit tödlichen Folgen den Menschen in der »verbotenen Zone«, auf der »Zikkurat«, heimsuchte. Erst auf der Expedition Karlo Wiens gelang es seinen Gefährten Uli Luft, Hans Hartmann und Günther Hepp, die Phänomenologie der Höhenkrankheit zu enträtseln. Ihre Ergebnisse veröffentlichten sie 1937 in der »Zeitschrift für Luftfahrtmedizin«.

Die Ehrfurcht vor der Bergspitze hemmte Jahrtausende hindurch den Schritt des Bergbewohners. In Form von Riten, die sein Leben prägten, verehrte er die Gottheit. Dabei galten die Männer aus den Stromtalkulturen als hervorragende Bergsteiger. »Man erkennt sie an ihrem Gang«, schrieb ein britischer Forscher, »sie haben am Berg den Schritt des Tänzers.« Wenn sie kletterten, so taten sie es leicht und mühelos; sie hatten den Fuß der Gemse. Als die Bergbewohner gehen lernten, erlernten sie zugleich auch das Klettern. Von dieser Stunde an loteten sie in den Terrassenkulturen und auf den Hochweiden, den »Pamirs«, ständig die Grenzen ihrer Lebens- und Leistungsfähigkeit aus.

Muß in dieser Welt nicht jeder Hirt und Gärtner in erster Linie Bergsteiger sein? Niemand könnte seinem Tagewerk nachgehen, ohne auch ein guter Kletterer zu sein. Die Gipfel des Bergbewohners liegen jedoch nicht jenseits des Gletschergürtels, der Demarkationslinie des Glaubens, sondern auf abenteuerlichen Steilklippen, die auf ihren Schultern gepflegte Terrassenäcker und heimliche Kultplätze tragen. Als Götterspeise verehrt der Ureinwohner, was ihm der Berg in den hängenden Gärten schenkt. Der Dank wird in der Liturgie erkennbar, die die farbige Welt der Vegetationsfeste auszeichnet. Die Gartenlandschaft beginnt in der Gletscherregion, wo im März die Aprikosenblüte einsetzt und mit dem stillen Ruf ihrer weißen Kelche die Landschaft verzaubert. Es hat nun den Anschein, als entrollten dort Bergbewohner zahlreiche Teppiche aus blühenden Terrassenkulturen. Zwischen den Gipfeln der Giganten entfalten duftende Gartenteppiche Poesie und erfüllen das menschliche Bewußtsein mit Harmonie und Eintracht.

Das Ruhelager der Expedition Karlo Wiens ist umgeben von Gipfeln, die zur »Rufordnung« der Hochwelt zählen; statuengleich bilden Fels und Nadeln ein Kalendergebirge (von griech. kalain = rufen), gemeinsam mit Sonne und Mond und den Gestirnen. Die neue Rufordnung, das Jahr, beginnt, sobald im Winter Mithra den ersten Funken der Sonne aus dem Stein schlägt. Der Bergfürst vermag von seinem Zentrum aus, von seinem Schloß, die Bewegung der Zeiten abzulesen, die ein weithin sichtbarer Stern ansagt, sobald er sein »Nest«, einen Gipfel oder einen bestimmten Sattel, bezogen hat. Die Namen dieser Bergplätze sind die Namen der Monate, die auf der Kreisbahn der Sonne liegen. Ein altes mythologisches System empfing im Kalendergebirge seine bildliche Form. Niemand sieht den Zeiger, der um den heiligen Platz des Ruhelagers am Rakiot Peak kreist. Dort sind von nun an »1000 Jahre wie der Tag, der gestern vergangen ist«. Es gibt keine Spannungen mehr zwischen Tag und Nacht und den Zeiten. Was der Berg dem Menschen schenkte und bedeutete, faßte wenige Jahre nach der Zeitenwende der Kuschane Kanischka in Puruschapura, unweit des heutigen Peschawar am Khaiber-Paß, auf ungewöhnliche Weise zusammen. Die Bauleute des rätselhaften Weltkönigs bildeten bereits vor 2000 Jahren eine Bruderschaft, die »vom Berge kam und die Sprache des Berges beherrschte«. Kanischka faßte all die Weltenberge, die seit Anbeginn verehrt wurden, zu einer kosmischen Turmachse zusammen. Kanischka war Kuschane, »Ghutane«, nach Lautverschiebung auch eben »Gote«. Um seine Turmachse sollte von nun an alle Welt kreisen, gleichgültig, welchen Glaubens und welcher Rasse sie auch

war. Es sollte der Heilige Berg der Ta Yüe-tschi, der Großen Goten, sein, die Achse eines gemeinsamen Weltbildes, höher als jedes menschliche Werk bislang. Das sakrale Bauwerk, das zugleich Kalendersäule und Weltuhr war, galt als doppelt so hoch wie der Kölner Dom. In den Jahren 1908/09 grub die britische Archäologie die gewaltigen Grundmauern unweit von Peschawar aus. Ihre Seitenlängen betrugen 90 Meter. Die Gestalt des Schreins wurde aus Beschreibungen chinesisch-buddhistischer Pilger bekannt. Fünf Stockwerke waren aus Stein und hatten eine Höhe von etwa 80 Meter. Aufgesetzt war eine Barmika aus 13 Stockwerken mit einem eisernen Schirm, der etwa 120 Meter maß. Die kosmische Achse zählte zu den Weltwundern und diente den Völkern Asiens um die Zeitenwende als Wallfahrtsort. Sie wurde zerstört, als die Kultur aus der Steppe die Kultur des Berges besiegte, als die Hunnen Gandhara verwüsteten, im fernen Italien die Ostro-Goten die Macht ergriffen und in Ravenna das europäische Taxila entstand.
Zwischen Khaiber-Paß, Kaschmir und Sinkiang beginnen sich heute wieder die Dinge zu heben, die vor 2000 Jahren Teil eines Ganzen waren. Im 20. Jahrhundert kehrten von den Völkern, die um die Zeitenwende nach Westen gezogen waren, kleine elitäre Gruppen wieder zum Berg zurück, zur Urform der »Weißen Kathedrale«. Der Berg hatte dafür gesorgt, daß Karlo Wien und seine Freunde, ganz vom Kosmologischen durchströmt, sich selbst als Einzelpersönlichkeit voll ausschöpfen und erleben konnten.
Tod? Nach dem Lieblingsphilosophen Hans Hartmanns hatten alle an der »Zikkurat« des Nanga Parbat die »Schranke ihrer Individuation« durchbrochen; dort waren sie vom »Sonderleben« zum Dasein der Elemente zurückgekehrt. Das Ruhelager befindet sich auf einem Platz, an dem für den biblischen Jakob die Leiter endete, die er im Traum erblickte; es ist der Platz, auf dem das ewige Zwiegespräch zwischen Himmel und Erde stattfindet. Die Ruhenden sind so unerreichbar wie jene Spitze unerreichbar ist, die einst die Turmachse des Weltkönigs Kanischka krönte. Aber die Orte besitzen ein mythisches Leuchten, das die Wahrheit in Legenden und Märchen auszeichnet.
Die »Zikkurat« des Nanga Parbat sorgt nun dafür, daß die Männer dort so wenig vergehen, wie die Gestalten der Pharaonen vergehen konnten, die noch nach Jahrtausenden in den Pyramiden das Unversehrte ihres geistigen Gutes und Antlitzes behielten.

Namen- und Ortsregister

Abdul Bari, Wesir 8
Abdul Rahman Khan 83
Afrosiab, König 84
Agra 152
Alamut 288
Albertus Magnus 290
Alblihorn 54
Alexander der Große 12 ff., 25, 58, 86, 174, 180
Allwein, Eugen 78, 88, 92, 100, 102, 104, 107 f., 111 ff., 122, 130, 138 f., 143 f., 146 ff., 151, 166, 185, 233
Altin-Masar 94 f., 103, 105 f., 114
Amba Libanos 161
Andijan 27, 86
Angtsering (Träger) 7, 60, 241, 250, 254, 256, 268
Annapurna 33, 60
Annenkow, General 75
Arnspitze 43
Aornos 12 ff., 58, 179 f.
Arrian (griech. Schriftsteller) 13
Arusha 164
Asmara 160
Astor 171, 230, 233, 235 f., 264, 269, 274 f.
Aufschnaiter, Peter 122, 138 f., 143, 146, 148, 151, 166
Augustinus, hl. 11
Ayesh Khan, Prinz 153
Ayub Khan 174

Babur der Tiger, (Zehir-uddin-Mohammad) 15, 85

Bagde (Träger) 136, 148
Baktra 89, 175
Baku 68 ff.
Baltit 25, 95, 152 f., 186 f., 234 ff., 264
Bandipur 228 f.
Batt, Oberst 180
Batura 131, 187, 198, 264, 267, 293
Bauer, Paul 33, 51, 53 f., 120 ff., 125 ff., 130 ff., 138 f., 141, 143 f., 146 f., 151, 153, 195 f., 198 ff., 202 ff., 206 f., 209, 214, 224, 229, 253, 255, 269, 275 ff., 282 ff.
Bechtold, Fritz 196, 275 ff., 283 f.
Beethoven, Ludwig van 50
Belajew (Astronom) 92, 97
Berlin 118 f., 124, 157, 159, 193, 195, 199, 219 f.
Bethlehem 289
Bhutto, Zulfikar Ali 72 f., 176, 178, 181 f.
Biddulph, John 22, 26, 235, 245, 247
Biersack, Hans 88, 106
Birdwood, Lord 128
Bismarck, Otto von 47
Blümlisalp 54
Bodor (Träger) 106, 112
Böttner, Ludwig 263
Bokhara 67, 69 f., 75, 81
Bombay 227
Bondij 185
Borchers, Philipp 75, 78 f., 91 ff., 96, 101 ff., 107, 113
Al-Borz 288
Boukephala 14

Boveri, Margret 45, 119
Boveri, Theodor 44
Bozai, Kirgisenkhan 95
Braham, Trevor 128
Brahms, Johannes 50, 219
Breithorn 52
Brenner, Julius 122, 127, 130, 139 f., 268
Broili, Heinz 192
Bruce, Charles Granville 33, 127, 195 f., 198
Bruckner, Anton 50, 206 f., 219
Buddha 288
Buddruss, Georg 245
Budjonny, Semjon Michailowitsch 70 f.
Burghardt, Erika 164 ff., 226
Burzil-Paß 230 f.

Carossa, Hans 49, 218, 238
Carter, Edna 43
Chegoria 163 f.
Chen-Yi (Feldmarschall) 176
Chilas 274 f., 284
Chillam-Bungalow 232
Chong Karna (Träger) 268
Chongra Peak 232, 250, 262
Cocteau, Jean 150
Collie 32 ff., 128
Cong Camma 7
Courmayeur 79
Cropper, Major 275 f.
Curie, Marie 8, 40, 45
Curzon, George Nathanael Lord 66, 152

Daksch (Sherpa) 168
Dammkar 46
Daraul-kurgan 114, 117
Daressalam 162
Dario (Träger) 106, 112
Darius I., Großkönig von Persien 12, 21
Darjeeling 127 ff., 137, 149, 151, 214, 228, 270, 280

Darji (Träger) 210
Da Thondup (Träger) 276, 279
Denikin, Anton Antonowitsch 70
Desio, Ardito 39, 267
Diodorus (griech. Historiker) 13
Djahangir 70
Dodona 164
Dojan-Bungalow 236
Dorje (Träger) 210
Dreitorspitze 43
Drexel, Alfred 60, 168, 184, 240, 250, 270, 276 f.
Drude, Paul 45
Drygalski, Erich von 157, 161
Dschanait-Khan 70, 72
Dschebel Cheikh *siehe* Hermon, Berg
Dschebel Kassion 288
Dschebel Tair 158
Dserschinsky, Felix 71
Durand (Forscher) 66
Dwinger, Edwin Erich 157
Dyhrenfurth, G. O. 128

Ecbolima 180
Edwards, Oberst 29
Einstein, Albert 8, 40, 45
Eiskögele 56
Ellmauer Halt 55
Empedokles 267
Enderlen, Prof. Dr. 42
Engadin 158 f.
Enver Pascha 67 ff.
Eqbal (Iqbal) Mohammad 174, 179, 247
Eritrea 158, 160 f.

Fankhauser, Pert 7, 51, 184, 222, 224, 226 f., 229, 231 ff., 236 ff., 243, 249 ff., 255, 257 ff., 268, 282 f.
Fedtschenko-Gletscher 94 ff., 99, 103, 105, 197
Feldtkeller, Prof. 119, 157
Fendt, Wilhelm 122, 139

Ficker, Prof. von 157
Filchner, Wilhelm 16
Finsterwalder, Richard 79 ff., 88, 91 f., 97, 99 f., 102, 105 ff., 113, 125 f., 151, 153, 157, 161, 191 f., 194 ff., 198, 220, 223 f., 237
Fochler-Hauke, Gustav 200
Freshfield, Douglas 128, 202, 208
Friedrich, Adolf 245

Galilei, Galileo 150
Galsworthy, John 249
Gangtok 130, 203
Gardoba 91
Garmo 105
Gascherbrum 183
Gay Lay, Sherpa 168, 253
Genua 221, 224, 226
Gilgit 21 f., 27, 174, 177 f., 180 f., 183, 186 f., 193, 230 ff., 235, 237, 246 f., 264, 271, 274 ff., 284
Girti (Träger) 205, 210 ff.
Gjalsen (Träger) 240
Godai-Bungalow 232
Goethe, Johann Wolfgang von 239, 291
Göttner, Adolf 7, 52, 184, 199 f., 203 ff., 214, 223, 226, 228 f., 243, 250, 252, 254, 257, 259, 261, 268, 283
Goman Singh (Träger) 34
Gombaz Bozai 95
Gorbunow, Nikolai Petrowitsch 74, 92, 100, 103, 105, 114
Gromschewski (Hauptmann) 66
Großglockner 28, 30, 55 ff., 218
Gulab Singh, Maharadscha von Kaschmir 22
Gurais 229
Gurikot 233
Gyaljen Monjo (Träger) 7, 268

Habib Afridi Khan 8
Hadow, Major 228, 275
Hannibal 58

Haramosch 183
Hari Parbat 197
Hartmann, Hans 7, 46, 53, 57, 115, 123 f., 130, 132 ff., 150 f., 159, 166, 184, 196, 198, 221 f., 226, 231 ff., 236 ff., 243, 248 ff., 252 ff., 260 ff., 268, 277, 280 ff., 293, 295
Hartmann, Max 123, 159
Hastings (Forscher) 32 f., 35, 270
Haushofer, Karl 200
Hedin, Sven 16, 45 f., 75, 113
Helmholtz, Hermann von 8, 40, 50
Hentig, Werner Otto von 66
Hepp, Günther 7, 51, 184, 199 f., 203 f., 206 f., 209, 214, 222 f., 226, 229 f., 232 f., 237, 240 f., 243, 247, 249 f., 252 ff., 267 f., 282 f., 293,
Hepp, Isolde 219, 232
Hermon, Berg 289
Herodot 31
Herzfeld, Ernst 14
Himalaya 11, 22, 24 ff., 31, 33, 46, 53, 59, 61, 113, 119 ff., 127 f., 131, 133, 151, 179, 182, 185, 193, 195, 197, 199, 208, 214, 221 f., 227, 231, 234, 244, 284, 289
Hindukusch 8, 14 f., 21, 27, 31, 66, 73, 113, 174, 186, 241, 245, 252, 259, 292
Hinterbärenbad 61
Hira, Berg 288
Hispar 197 f., 217, 220, 264, 267
Hochbergjoch 52
Hölderlin, Friedrich 9, 11, 268
Hofmeier, Walter 51 f.
Hoffmeister, Dr. 22
Holtsmark (Physiker) 43
Hossein (Pilot) 182 ff.
Humboldt, Alexander von 22, 285
Hummel (Zoologe) 106 f.

Ibrahim (Schamane) 29
Ibrahim-Beg 72
Ili-Stadt 217

Irvine, Dr. 163
Irwin, Lord 128
Isakow (Topograph) 92
Ismael (Ingenieur) 276
Iwan IV., der Schreckliche, Zar von Rußland 81

Jasgulem 105
Jaspers, Karl 126
Jerusalem 288, 291
Jesaia (Prophet) 288
Jigmay (Träger) 7, 240, 268
Jiliper-Peak 239
Jimtsering (Träger) 7
Johannes Paul II., Papst 287
Johannes (Priesterkönig) 175
Johannisberg 56
Joldasch 93
Jostedalsbreen 223
Judin 106

Kabul 73, 85, 175 f., 182
Kailas 185
Kaindi 106
Kalif (Priester) 186
Kalimpong 129
Kami (Träger – Kangchendzönga) 148
Kami (Träger – Nanga Parbat) 240 254
Kamerunberg 160
Kangchendzönga 33, 46, 53, 121 f., 124 ff., 129, 131 ff., 136, 138, 140 ff., 147 ff., 151 ff., 158, 160 f., 166 f., 192 f., 199 ff., 206, 213, 218, 221, 226, 230 f., 257, 259, 268 f., 277, 284
Kanischka 294 f.
Karagbal-Bungalow 229
Karakorum 8, 11, 13 ff., 21 f., 24 ff., 28, 31, 59, 66, 95, 113, 152, 162, 174 f., 178 f., 181 f., 186, 193, 197, 234, 236, 241, 244 ff., 252, 259, 264, 273, 280, 289, 292
Karl d. Gr., dt. Kaiser 290

Karmi (Träger) 7, 268
Kaschalajak 101, 103
Kaschgar 21, 27, 69, 89, 176, 234
Kaufmann, Konstantin Petrowitsch 65 ff., 88, 95
Kaukasus 53, 120
Kazalwan-Bungalow 229
Keller, Gottfried 50
Kennedy, John F. 288
Kepler, Johannes 150
Kerschbaum, Hans 45, 51 f., 57, 117 ff., 122, 166
Ketar (Träger) 148
Khaiber-Paß 12 f., 67, 176, 182, 294 f.
Khokand 27, 75, 81 ff.
Khomeini, Ayatollah 72
Khiwa 176
Kilimandscharo 160, 162
Kings Gira Castle 12
Kipling, Rudyard 13, 19, 31, 66, 113, 152, 267
Kirkbride, Oberst 233, 275 f.
Kishengenga 229
Kitchener, Herbert Lord 66
Kleine Halt 54
Kleist, Heinrich von 49
Knight (Forschungsreisender) 234
Koestler, Arthur 71
Kohlhaupt, Dr. 88, 97, 102 ff.
Kok-su-kur-baschi 92
Koltschak 70
Krapf (Missionar) 163
Kraus, Georg von 51, 57, 166, 192
Kraus, Karl von 51, 57, 275 ff.
Kronstadt 82
Krylenko, Nikolaj Wassiljewitsch 74, 92, 100, 105 ff., 114
Külpe, Oswald 45
Kuen-lun 113
Kuhn (Hotelbesitzer) 276 f.
Kulgun-tokai 113 f.
Kurundi 91, 94
Kyros II., Großkönig von Persien 12

K-2 29, 39, 125, 183, 232, 264, 267, 280, 293

Laguinshorn 54
Laird, Elisabeth 43
Laschén 131, 201, 214
Laue, Max von 40, 45 f., 118
Le Coq (Forscher) 16
Lenard, Prof. 52
Lenin, Wladimir Iljitsch 67 ff., 113
Lentz, Dr. 82, 88, 92, 102 f.
Lessing, Gotthold Ephraim 189
Lettow-Vorbeck, Paul von 49
Leupold, Joachim 122, 139
Lewis-Gletscher 158, 163 f.
Lhotse 127
Liliencron, Detlev von 81
London 26, 54, 284
Long, Oberst 228
Longsdorff, Bergsteiger 128
Lorimer, David Lockhart Robertson 187, 234 f., 245, 247
Ludendorff, Erich 49
Ludwig III., König von Bayern 46, 51
Luft, Ulrich C. 7, 221, 228, 232, 240, 250 ff., 260, 268, 270 ff., 293
Lukrez 84
Lutfallah, Sheik 152
Lyskamm 54

Maduschka, Leo 192, 223
Makalu 127
Mambahadur (Träger) 228
Mani 288 f.
Mao Tse-tung 247
Marco-Polo-Route 26, 174 f., 185
Marx, Karl 68
Mason, Kenneth 127 f., 195, 223
Massaga 12
Massaua 158, 160
Matterhorn 30, 52
McKenzie (Hauptmann) 275
Meitner, Lise 118
Mekka 291

Merkl, Willy 34, 60, 168, 184, 192, 223, 229, 234, 240, 253, 256, 263, 270
Meru 162, 164
Mie, Gustav 118
Mingma Tsering (Scherpa) 7, 205, 209 ff., 259, 262, 268, 281
Mir Ghazanfar, Ali 8
Misch, Peter 197, 224
Mittenwald 40 f., 42, 46 f., 52, 118, 125, 158, 218
Mohammad Nazim Tham 152, 269
Mohammed der Prophet 288
Mohrenkopf 253, 263
Mont Blanc 30, 54, 61, 79, 218, 230, 287 f.
Monte Soira 161
Moses 288 f.
Moskau 70, 81 f., 106, 114, 117
Mount Everest 33, 121, 125, 127, 183, 204, 259
Mount Kenia 158, 160, 162 ff., 167, 193
Müllritter, Peter 7, 51, 184, 223, 226, 232, 237, 240 f., 252, 254 ff., 261, 268, 271, 283
München 28, 33, 39 ff., 44, 47 f., 53 f., 82, 114, 118 f., 124, 168, 194, 196, 220, 223, 226, 269, 274, 284 f.
Mummery, Alfred 30 ff., 54, 59 f., 184, 195, 270
Murree 180, 182
Mus-Dschilga 106
Muskulak 99
Muzaffarabad 182

Nairobi 164, 166
Nanda Devi 33
Nanga Parbat 7 f., 11, 21 f., 24 ff., 29, 32 ff., 39, 41, 50, 52 f., 59 f., 152, 158, 161, 168, 171, 174 f., 180 f., 183 f., 187, 191 ff., 200, 214, 217, 219 ff., 228, 230 f., 233 f., 236 ff., 241, 243, 245 f.,

252, 257 ff., 262 ff., 268 ff., 272, 279, 284 f., 287 f., 289, 293, 295
Naumann, Friedrich 50
Nepal-Peak 125, 148, 201, 203 f.
Niedermayer, Oskar Ritter von 45, 118
Nietzsche, Friedrich 37
Nikäa 14
Nima Dorje (Sherpa) 168
Nima Norbu (Sherpa) 168
Nima Tashi (Sherpa) 168
Nima Tsering I (Träger) 7, 268
Nima Tsering II (Träger) 268
Nimtsering (Träger) 230, 253
Nöth, Dr. 88. 97
Novalis (d. i. Friedrich von Hardenberg) 50
Nursang (Träger) 228 ff., 238, 251, 271, 273 f., 281

Obtruchow, General 21, 72
Öra (Udegram) 12
Omar Chajjam 155
Oncken, Hermann 119
Orenburg 83
Oriolla, Graf von 22
Ortega y Gasset, José 58, 169
Osch 81, 86 f.
Osten 220

Pamir 11 f., 14, 16, 21, 25, 59, 65 ff., 73 f., 78 ff., 86 ff., 91, 93 ff., 99, 103, 105, 108, 113 f., 120, 125 f., 131 f., 152, 157, 166, 174 ff., 179, 185 f., 193, 197, 218, 226, 233, 244, 246, 252, 264, 292
Paris 219
Parrot, André 32
Pasang (Träger) 134, 136 ff., 143, 149
Pasang »Picture« (Träger) 7, 231 f., 240, 253, 268, 281
Pascoe, Edwin 128
Passanramtal 210 f., 218, 268
Paulcke, Prof. Dr. 53, 75
Paulus, hl. 289

Peak Kaufmann 65 f., 82, 92 ff., 97, 105, 107 f., 111 f., 114, 185
Peak Lenin *siehe* Peak Kaufmann
Peking 176, 178 f.
Perim 158
Perlin (russ. Bergsteiger) 104
Persepolis 13 f., 291
Peschawar 294 f.
Peshwari 230
Petrus, hl. 287
Pfeffer, Martin 7, 51, 184, 223 f., 226, 228 ff., 233, 236 f., 240 f., 243, 248 ff., 252, 254 f., 257 ff., 261, 263, 268, 272, 278, 282 f.
Pilsudski, Jozef 71
Pintso Norbu (Sherpa) 168
Pircher, Hans 122, 133 f., 136 f., 139 ff., 146, 148
Piz Bernina 123 f., 144 f.
Planck, Max 8, 42, 45, 118 f., 221, 285
Point Batian 164
Point Nelion 164
Polo, Marco 23, 174 f.
Port Said 227
Port Sudan 160
Port Suez 227
Prometheus 11 f.
Ptolemäus 89

Qudrat Ullah Baig 187

Raechl, Walter 191, 197
Raghobir (Träger) 34 f.
Rakaposchi 25 f., 152, 183, 186 f., 234, 236, 244 ff., 249, 260, 264, 267, 269, 289
Rakiot Peak 184, 234, 236 f., 241, 248, 250, 252, 255, 257, 260, 262 ff., 267, 269 f., 272 f., 285, 294
Ramona (Träger) 229 f., 231, 251 f.
Ramsay, Prof. 32
Rapallo, Vertrag von 73
Raschkam 26
Ravenna 290, 295

Rawalpindi 171, 176, 178, 180, 229, 276
Rein, Hermann 159
Reinig, W. 87 f.
Reza Pahlevi, Schah von Persien 72 f.
Riaz, Prinz 8, 186
Richthofen, Ferdinand Freiherr von 175
Rickmers, Wilhelm Rickmer 65, 74, 80, 82, 87, 92, 97, 102 ff., 106, 112
Roberts, Eric 60
Rodewald, Martin 193
Röntgen, Wilhelm Conrad 8, 40 f.
Rolland, Romain 119
Rossels, Dr. 100, 102
Rousseau, Jean-Jacques 30
Rüchardt, Eduard 43 ff.
Rückert, Friedrich 239
Rumi, Dschalaloddin 265
Ruttledge, Hugh 128, 196, 230
Ruwenzori 160

Saas Fee 54
Sadarkoti-Bungalow 231
Saint-Exupéry, Antoine de 59
Samarkand 67, 69 f., 75, 81, 84 f., 89, 175, 193
Sarbaz Khan 8
Sardar Bahadur Laden-La 128
Satara (Träger) 252, 276, 279, 281 f.
Saussure, Horace Benedict de 30, 288
Saxen 43
Schaal, Oberstleutnant 158
Schahi Hamid, General 180
Schaller, Hermann 122, 130 ff., 143, 148 f., 166, 214, 269
Schiller, Friedrich 49
Schkora 53
Schlagintweit, Adolf von 22 ff., 31, 86, 121, 184, 236, 285
Schlagintweit, Hermann 22, 28
Schlagintweit, Robert 22

Schmidt (Volkskommissar) 74, 100, 102, 104 ff., 114
Schmidt-Ott, Dr. 74, 157
Schneider, Erwin 78 f., 87, 91, 97, 99 f., 102, 104 f., 107 f., 111 ff., 185
Schomberg (Forscher) 245
Schtscherbakow 106
Schwendjew-Gletscher 97
Scott, Robert Falcon 126, 285
Shakespeare, William 49
Sheng Shih-tsai, General 217
Sherzad Khan 8
Shipton, Eric 33, 128, 162 ff., 236, 264
Shukur Ali (Träger) 271, 279, 282
Siemens, Ernst von 45, 51 f., 57, 118 f., 122, 166
Simvu-Sattel 210, 213
Sinai 288
Siniolchu 53, 125, 127, 129, 131, 147 ff., 161, 192, 194, 199, 201, 204 ff., 210 f., 218 ff., 226
Sinowjew, Grigorij Jewsejewitsch 69
Smart, Leutnant 7, 230, 233 f., 236 f., 239 f., 246 ff., 251 f., 254 ff., 258 ff., 268, 270 f., 274, 278, 280
Sommerfeld, Arnold 45
Srinagar 22, 28, 228
St. Petersburg 26, 65, 67, 82 f.
Stebbeare, E. O. 128
Stein, Aurel 13 f., 16, 128
Stettin 82
Stockley, Oberstleutnant 128
Strahlhorn 54
Suri-Tasch 90

Tabor, Berg 288
Tadsch Mahal 151 f.
Takht-e-Soleiman 289
Talichi 236 f., 274, 276
Tanganjika 158
Tanimas 94, 98, 103

Tarek Khan 8
Taschkent 81 ff., 176, 193, 217
Tato 237, 244, 252, 275 f.
Taxila 15, 175, 295
Ta Yüe-tschi (Große Goten) 16, 66, 84, 89, 187, 235, 239, 247, 290, 295
Tenchedar (Träger) 138
Tent-Peak 143, 148, 201, 203 f.
Thakot 12, 14, 177, 179 f.
Tien-schan 113
Timur Lenk 15, 67, 69 ff., 85 f.
Tirich Mir 183, 243, 251 f.
Tobin, Oberstleutnant 128
Tolstoi, Leo N. 39, 81
Tolstow (Forscher) 247
Toynbee, Arnold 75
Tragbal-Bungalow 229
Trans-Alai 90 f., 95, 108, 114
Trenker, Luis 205, 215
Troll, Karl 7, 151, 157 ff., 164, 192 f., 198, 223 f., 226, 228, 237, 268, 274 ff.
Trotzki, Leo 68
Tschammer (Reichssportführer) 220
Tschang-kiän 63, 89
Tsin Norbu (Träger) 134, 136
Tulung (Kloster) 150 f.
Tuskun-tokai 107

Ullman, James Ramsay 288
Ulrichshorn 52

Vegard (Polarforscher) 43
Victoria, Königin von England 22

Wagner, Richard 249
Wagner, Prof. 198
Waldemar, Prinz von Preußen 22, 31, 285
Wali Khan 8
Wali Khan (turkmenischer Anführer) 27 ff., 86
Wantsch 100, 103
»Wastl« 207, 209, 220

Wegener, Alfred 126
Welzenbach, Willo 51, 53 ff., 75, 78, 80, 166 ff., 184, 191 f., 222, 234, 252, 256, 263, 269 f.
Whistler, Hugh 128
Whymper, Edward 30
Wieland, Uli 60, 168, 184, 224, 263, 270
Wien, Gerda 42, 223
Wien, Hildegard 199, 223
Wien, Karlo 7 f., 31 f., 33 f., 39 ff., 46 ff., 61, 66, 74 f., 78 ff., 91 ff., 96 ff., 111 ff., 115, 117 ff., 157 ff., 184 f., 191 ff., 217 ff., 226 ff., 243 ff., 250 ff., 258 ff., 263 f., 268 ff., 273, 275, 281 ff., 287, 293 ff.
Wien, Waltraud 8, 48, 160, 223
Wien, Wilhelm 8, 39 f., 42 ff., 52, 80 f., 114, 117 f., 226
Wien (Stadt) 195
Wilder Kaiser 54, 61, 167, 218, 222
Wilsar 43
Withers (Präsident des brit. Alpen-Clubs) 61
Wrangel, Peter Nikolajewitsch 70
Würzburg 39 ff., 51, 218, 220
Wu-ti (chin. Kaiser) 63

Yang (Generalgouverneur) 75, 113
Yarkand 26, 29
Yonow, Oberst 66
Younghusband, Francis 26, 66, 128, 195, 197 f., 284
Yumtso-La 149

Zadamba 162
Zarathustra 12, 288
Zehir-uddin-Mohammad *siehe* Babur der Tiger
Zemu-Gletscher 125, 128 ff., 133, 138, 141, 147, 149, 153, 167, 202, 206 f.
Zugspitze 52
Zumbusch, Prof. von 124

Bildnachweis

Die Expeditionsbilder wurden seinerzeit generell der Deutschen Himalaya-Stiftung zur Verfügung gestellt. Die Fotografen sind im einzelnen nicht mehr feststellbar.

Die Vorlagen zu den hier veröffentlichten Bildern stammen durchweg aus Privatbesitz, und zwar:

Prof. Dieter Hepp, München: 38–40, 48, 49
Frau Kolder-Hartmann, Erlangen: 42–47, 50, 51
Dr. Uli Luft, Albuquerque, N. Mex.: 44
Hermann Schaefer, Königswinter: 28–34, 53
Frau Waltraut Wien, München: 1–27, 35–37, 41, 52

Die im Text abgebildeten Dokumente und Karten stammen – soweit nicht anders vermerkt – aus dem Privatbesitz von Frau Waltraut Wien, München, das Foto von S. 2 wurde von Frau Hildegard Wien aufgenommen.

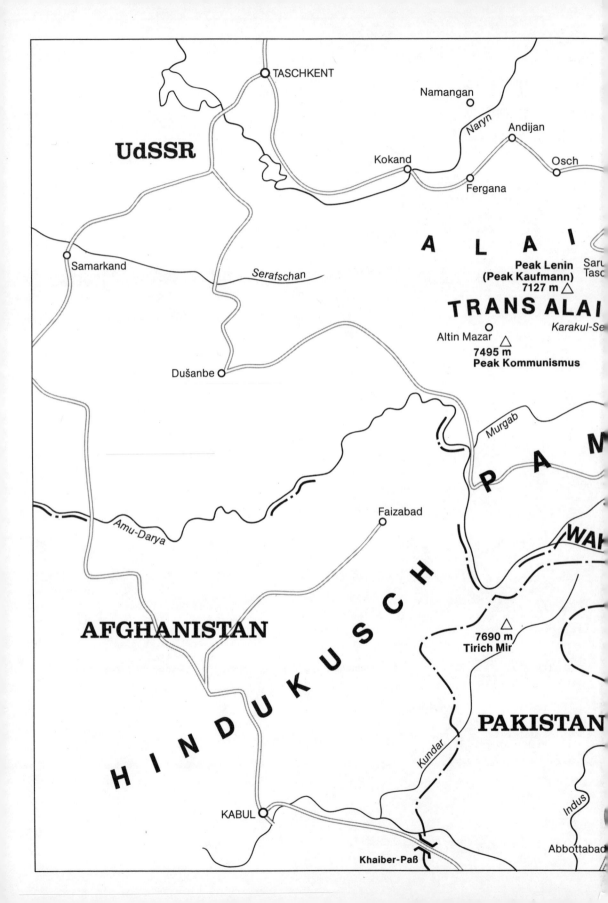